DÔM

DOM

ns
ROBERT OVIES

O DOM

Tradução
Paulo Ferro Junior

1ª edição
Rio de Janeiro-RJ / Campinas-SP, 2015

VERUS
EDITORA

Editora
Raïssa Castro

Coordenadora editorial
Ana Paula Gomes

Copidesque
Maria Lúcia A. Maier

Capa
Adaptação da original (© John Herreid)

Foto da capa
© tunart/iStockphoto.com

Projeto gráfico
André S. Tavares da Silva

Diagramação
Daiane Cristina Avelino

Título original
The Rising

ISBN: 978-85-7686-279-6

Copyright © Ignatius Press, San Francisco, 2014
Todos os direitos reservados.

Tradução © Verus Editora, 2015
Direitos reservados em língua portuguesa, no Brasil, por Verus Editora. Nenhuma parte desta obra pode ser reproduzida ou transmitida por qualquer forma e/ou quaisquer meios (eletrônico ou mecânico, incluindo fotocópia e gravação) ou arquivada em qualquer sistema ou banco de dados sem permissão escrita da editora.

Verus Editora Ltda.
Rua Benedicto Aristides Ribeiro, 41, Jd. Santa Genebra II, Campinas/SP, 13084-753
Fone/Fax: (19) 3249-0001 | www.veruseditora.com.br

CIP-BRASIL. CATALOGAÇÃO NA FONTE
SINDICATO NACIONAL DOS EDITORES DE LIVROS, RJ

O98d

Ovies, Robert
  O dom / Robert Ovies ; tradução Paulo Ferro Junior. - 1. ed. - Campinas, SP : Verus, 2015.
  23 cm.

  Tradução de: The Rising
  ISBN 978-85-7686-279-6

  1. Ficção americana. I. Ferro Junior, Paulo. II. Título.

15-22441
CDD: 813
CDU: 821.111(73)-3

Revisado conforme o novo acordo ortográfico

1

Foi, como todos os velórios, bastante comum. Marion Klein fora uma esposa fiel por vinte e um anos, mãe amorosa por dezessete e membro genuinamente adorável da equipe da paróquia de St. Veronica por quase seis. Tinha mais amigos próximos do que o normal, tanto em razão de sua função como secretária da paróquia, que lhe dava grande visibilidade, quanto por sua natural afinidade em distribuir um daqueles tipos de sorriso que fluem com facilidade e muitas vezes sinalizam uma profunda e contagiante simpatia pela vida.

Sua boa disposição era um deleite não apenas para seu marido, Ryan, como também para seus filhos adolescentes, Truman e Dawn, os únicos filhos de um membro paroquial que não tinham nome de santo católico — uma insignificante observação que padre Mark Cleary fizera, fingindo assombro, por mais de uma vez durante a meia dúzia de bons anos em que ele e Marion trabalharam juntos e muito próximos.

Como era de sua natureza encontrar razões para sorrir em situações que outros poderiam considerar difíceis, todos se perguntavam como Marion lidava com o câncer que se espalhava por seu corpo, e cuja notícia lhe fora sussurrada por seu médico nesse mesmo mês, há exatos três anos. E, como todos que compareceram à Casa Funerária MacInnes concordavam, ela lidou com aquilo tão bem quanto possível. Lutou contra a doença com quimioterapia e bom humor até os primeiros dias de junho, quando finalmente se rendeu, cansada demais para andar e intoxicada demais para fingir, e deixou que padre Mark — seu sacerdote, empregador e amigo — a ungisse com o óleo da triste e silenciosa bênção que, segundo ele, seria por sua paz e sua cura, mas que Marion sabia ser, na verdade, por sua morte.

E naquele momento, numa terça-feira cinzenta, sob uma garoa fina que regava o início de mais um verão úmido em Michigan e com cento e vinte e quatro amigos e parentes reunidos para visitar, lamentar, sorrir e se despedir de uma amiga e companheira querida, padre Mark se lembrou da alegria de Marion e lhe ofereceu uma prece, para que, afinal, ela fosse completa e definitivamente curada em nome de Deus, para quem, por toda a eternidade, "o regozijo de Marion estará completo".

Ele sentia de maneira pessoal a perda de sua companhia, e todos sabiam, o que foi apreciado. E então ele convidou os outros para compartilhar algumas de suas lembranças e muitos o fizeram, incluindo o filho de dezesseis anos de Marion, que contou que era obrigado por sua mãe a tomar sopa de tomate com bacon todas as vezes que tinha febre, "para colocar mais sal no corpo", e como as piadas de sua mãe o ajudaram a passar por muitos momentos difíceis, mesmo ele sendo apenas um adolescente, e que ele sentiria muito, muito mesmo, a falta dela. Sua irmã de treze anos falou brevemente sobre parques de diversões e sobre como sua mãe sempre ria muito, e que era assim que ela gostaria de ser, e seria, ainda que estivesse chorando naquele momento. Outros choraram com ela. O pai deles evitou se pronunciar, não por falta de lembranças, mas pelo peso de todas elas, que passaram tão rápido. Ryan e Marion se casaram durante a faculdade, e aquela estava sendo uma noite muito, muito difícil.

Depois de quinze minutos de lembranças, que transcorreram depressa demais, padre Mark deu a bênção final e o serviço funerário terminou. Ele cumprimentou Ryan e o irmão de Marion, Kerry, que vivia a oeste do estado e frequentemente os visitava. Dawn deu um rápido abraço no padre e então agarrou seu pai, com força e por um longo tempo. Perto de cem pessoas se aproximaram do caixão, algumas em pares, para se ajoelhar ao lado do corpo de Marion e fazer um rápido sinal da cruz, outras para tocar sua mão rígida, algumas pairando bem próximas por longos momentos de reflexão, desconforto ou as duas coisas, algumas assentindo apressadamente e se afastando. Alguém se inclinou tanto sobre o corpo que parecia querer beijá-lo, mas não o fez, apenas sussurrando algumas palavras. A maioria ficou a uma distância segura e simplesmente olhou fixamente para Marion, talvez pensando na morte dela ou na própria.

Trocaram-se saudações de boa-noite. Abriram-se portas. Ergueram-se guarda-chuvas. Giles MacInnes e seus dois assistentes, Dave Harmon e a filha de Giles, Melissa, que ainda cursava a faculdade e estava em treinamento, estavam vestidos de preto e cumprimentaram todos pelo comparecimento. Eles sorriam, mas não muito.

Cuidadosamente, todos que ali estavam saíram para a noite, como se tivessem medo de que mais alguma coisa em sua vida se despedaçasse. Ryan Klein finalmente chorou, muito pouco, e Dawn e Truman também. Eles conversaram rapidamente com padre Mark e com Giles sobre o sepultamento no dia seguinte. E então era hora de encerrar.

Melissa foi até o escritório fazer anotações sobre o serviço de sepultamento da tarde seguinte. Dave Harmon ajeitou rapidamente as cadeiras que haviam sido tiradas do lugar durante o velório e depois verificou os banheiros em busca de objetos perdidos. Não encontrou nada. Vestiu o casaco, despediu-se de Giles e caminhou com Melissa até o estacionamento, trancando a porta principal. Giles também sempre verificava se tudo estava bem trancado ao final do expediente. Ele deu uma rápida olhada pelo salão, que agora jazia em silêncio. Seu olhar era eficiente. De modo geral, estava tudo em ordem. Sempre estava. As cadeiras dobráveis de acolchoado vermelho estavam no lugar, provavelmente em número maior do que precisariam pela manhã, mas era sempre melhor que sobrassem do que faltassem. Um xale negro de seda estava caído no chão perto do sofá. Seu assistente não notara. Sempre havia algo. Giles pegou o xale com um balanço casual da mão e o colocou no gancho para casacos perto da entrada, onde a dona certamente o veria e o pegaria de volta, caso estivesse presente na cerimônia da manhã. Se não visse, não tinha importância.

Com isso, ele ajeitou mais duas cadeiras, olhou brevemente para seu relógio de pulso e se virou a tempo de ver o rosário de Marion Klein escorregar com uma graciosidade terrível, como se o mundo estivesse acabando em uma velocidade lenta e doentia, sobre o dorso de sua mão esquerda, que se erguia, e através dos dedos trêmulos, cujas unhas estavam pintadas de rosa, até cair e emitir um estalo pequeno como a morte em seu peito, que se movia lentamente.

* * *

Ainda chovia quando padre Mark voltou para a casa paroquial de St. Veronica. Ele considerava a velha casa "sua" de muitas maneiras. Ele e a construção haviam chegado ao mundo no mesmo ano. Agora os dois tinham cinquenta e um anos e, cada um à sua maneira, começavam a mostrar a idade que tinham.

Ele era um atleta que havia muito não treinava, um homem bem cuidado, de compleição mediana, tal como suas habilidades físicas, que passava mais tempo lendo histórias de mistério durante os últimos anos do que jogando hóquei, um de seus passatempos favoritos, e que evitava pensar seriamente em como seu joelho às vezes doía ou como era perceptível que seus cabelos pretos e curtos começavam a dar lugar aos primeiros fios grisalhos.

Em momentos de dúvida, ele se comparava à casa, com seus canos vazando, seus tijolos soltos e seus implacáveis chiados e rangidos, e, nessas horas, achava que ainda estava muito bem.

Sua paróquia, assim como sua casa, era pequena. Já chegara a ter duas mil e seiscentas famílias registradas, e agora esse número havia caído para mil e quatrocentas. A expansão comercial do distrito sul de Royal Oak havia derrubado muitas casas ali perto. Mas, mesmo assim, mil e quatrocentas famílias era muita coisa para o jovem padre e seu único assistente, o ainda mais jovem Steve Kennedy.

Ele parou seu sedã azul-escuro na garagem e apertou o controle remoto preso no quebra-sol. A porta da garagem gemeu conforme se movia — outra coisa que ele não fazia. Ele saiu da garagem para a garoa escura e deu uma corridinha para atravessar o pátio de concreto cintilante até a porta dos fundos da casa, sorrindo durante o caminho, pensando em quão desesperado devia estar para se comparar a uma velha garagem de cinquenta e um anos.

O telefone da cozinha estava tocando no escuro enquanto ele destrancava a porta dos fundos — um som inquietante por alguma razão, um telefone tocando em meio à escuridão de um lugar vazio, mas ele não fez questão de se apressar. A secretária eletrônica atenderia, caso padre Steve não estivesse em casa, e provavelmente não estava. Padre Steve era um jovem sacerdote muito prestativo — alto, ruivo, atlético, mais bem-apessoado do que teria o direito de ser e, em parte por todas as razões mencionadas, muito bom no trabalho com os adolescentes e as crianças da paróquia. Mas, durante a noite, ele não ficava muito na casa paroquial. Se não estivesse nas reuniões necessárias, estava com os amigos ou com a família, que morava ali perto.

Padre Mark esticou o braço, ligou o interruptor ao lado da porta da cozinha e ouviu sua própria voz dizer, para quem quer que estivesse telefonando, que ele não estava em casa. Uma sensação estranha, sua própria voz no escuro, dizendo para ele e para alguém distante: "Ficaremos felizes em retornar a ligação assim que possível".

Ele acendeu a luz. Não havia louça suja; obrigado, Steve.

Desabotoou a capa de chuva e seguiu em direção ao telefone, quando a secretária eletrônica apitou uma vez, e uma voz que ele ouviria todos os dias pelo resto de sua vida, uma voz aguda de mulher, insegura e suplicante, ecoou:

— Padre! Ah, Jesus! É Helen MacInnes!

Ele parou, a mão congelada no primeiro botão do casaco, os olhos travados no telefone.

— A esposa de Giles, da funerária! — Sua voz estava ainda mais alta e agitada. — Eu preciso... Por favor, volte para a funerária assim que chegar!

Giles está com um enorme problema! Mas a mulher *não pode* estar viva, ele sabe quando alguém *morreu*, pelo amor de Deus!

Padre Mark ainda não se movia. Ele se perguntou, nos dias que se seguiram, por que havia congelado. Porque não queria interromper a mensagem, porque estava tão cansado que não queria lidar com uma ligação histérica depois de um dia exaustivo, ou talvez porque o extremo terror nas palavras "mas a mulher *não pode* estar viva..." lhe causou medo, mesmo ali.

Helen chorava.

— Ele... Não sei se ele ficou louco ou coisa parecida! Mas ah, meu Deus!

Agora sua mente estava acelerada, tentando encontrar uma imagem da esposa de Giles MacInnes. Ele já a havia encontrado pelo menos duas vezes, mas muito rapidamente. Ele se lembrava dela muito alta e magra, como o marido, só que com os cabelos cor de areia. Muito elegante. E muito quieta.

Mas, naquele momento, ela não estava quieta.

— Eu sei que é impossível — ela chorava —, mas Giles acabou de me ligar, padre, da funerária... — O tom de sua voz baixou subitamente, até um sussurro, como se seu segredo fosse terrível demais para deixar escapar. — E agora ele está dizendo que Marion Klein está viva! E foi Giles quem a encontrou!

Ele prendia a respiração, envolto em um tipo estranho de desapego, como se pudesse estar sonhando ou ouvindo algum programa na tevê esquecida ligada num quarto distante. Mas a voz com a qual ele não queria falar estava bem perto e era muito real, e acabara de dizer que Giles MacInnes havia encontrado Marion Klein viva, depois do velório, depois que ele saíra da funerária. Mas ele sabia que aquilo não era verdade, claro que não, porque sabia que Marion Klein estava morta.

A voz concordou, falando mais rápido.

— Ele está falando sério, padre, mas ela *não pode* estar viva. Só que está, ele diz, e jura por Deus! O pobre homem está fora de si, e estou indo para lá assim que puder, mas ele já ligou para a emergência, e eu sei que o senhor também esteve lá, então eu disse para ele que ia ligar para o senhor, porque ele ia ligar para o pai dele, na Flórida, e ele estava chorando!

Ela também estava chorando, mais intensamente do que antes.

A ligação não era trote, ele se deu conta em seguida, e descartou a possibilidade de ser uma brincadeira de criança. Mas o que estava acontecendo?

— Por favor, volte se puder — a voz suplicou. — Mesmo que seja tarde. Giles confia no senhor, e ele sabe que *o senhor* viu que a mulher está morta. Ou *estava*.

Houve uma pausa, e então:

— Ah, Deus, estou enjoada. Preciso me sentar. Eu não sei. Por favor, vá logo, padre!

Um estalo, uma pausa, um bipe duplo, e a secretária eletrônica rebobinou e estalou novamente, a luz vermelha ainda piscando, ligando e desligando, dizendo ao padre que mais alguém havia ligado, requisitando sua atenção.

Ele respirou fundo e exalou o ar com força. Seria Helen MacInnes mesmo? Sob o efeito de alucinógenos, talvez? Ou alterada, enlouquecida? Ele balançou a cabeça e apertou o botão para escutar a mensagem.

O aparelho estalou e apitou, e a voz de outra mulher ecoou, dessa vez mais suave e escusatória.

— Oi, padre Mark. Odeio incomodar o senhor, mas achei melhor ligar. Aqui é Kathy Draner, e... sinto muito, mas não vai ser possível comparecer ao almoço do Clube de Mães amanhã. Coisas das crianças...

Ele a deletou. Seu coração estava acelerado; não havia notado antes. A roleta-russa reluzia em sua mente. Por quantas mensagens teria de passar antes de ouvir novamente a da esposa de Giles?

Estava impaciente. Precisava ouvir rápido.

— Padre! Ah, Jesus! É Helen MacInnes!...

Ele ouviu a mensagem inteira novamente, e depois uma terceira vez. Ele a ouviu dizer: "Marion Klein está viva", "E foi Giles quem a encontrou", e a ouviu implorar novamente para que "por favor, vá logo, padre." Ele imaginou por um segundo se a ligação não havia sido feita, na verdade, antes do velório, mas se deu conta tão repentinamente quanto a ideia surgira de que ele havia entrado em casa no momento em que ela estava falando, apenas dois minutos atrás.

Ele colocou a mão espalmada sobre o rosto e esfregou os olhos. Precisava pensar mais claramente sobre aquilo.

Para começar, ele sabia que Marion estava morta. Sem dúvida. Ele havia até mesmo tocado a pele dela. Estava fria e rígida, e ele conhecia a sensação. Mas uma ligação recente acabara de ser feita, e não era nenhuma brincadeira de criança, era uma mulher adulta, alguém muito sério.

Ele abriu rapidamente a agenda de telefones ao lado do aparelho, encontrou "Casa Funerária MacInnes" e digitou o número. A linha estava ocupada. Tentou uma segunda vez. Ainda ocupada. Ele desejou que Steve voltasse e pegou a lista telefônica da cidade. Visualizou a imagem de Helen MacInnes novamente, parada diante da funerária, nas raras vezes em que a encontrara, sua aparência elegante, ereta como uma corda esticada. Uma senhora distinta. Mas se era ela, e se ela estava em casa e histérica, estaria ficando maluca ou sob o efeito de drogas? Ou, o mais provável, será que Giles tomara algo depois do velório, alguma droga, quando todos já tinham ido embora, teve uma alucinação e ligou para a esposa, passando adiante seu pesadelo químico?

MacAllister. MacBaine. MacInnes, Giles, Troy.

Ele digitou o número deles. Ocupado também.

Eram 20h56. A ligação de Helen havia sido feita por volta das 20h45.

Ele se lembrou da voz dizendo que Giles estava ligando para seu pai na Flórida, para contar a ele que a mulher morta estava viva novamente. Depois do velório. Depois do embalsamamento. Ele pensou naquela ligação e se esforçou para não sorrir. *Aquela sim* seria uma conversa interessante!

Tentou os dois números mais uma vez, mas ouviu o sinal de ocupado novamente e teve de encarar; ele teria de voltar e ver com os próprios olhos. O que quer que estivesse acontecendo, alguém precisava de ajuda, e rápido, e ligou para ele para pedir.

Outra imagem surgiu em sua cabeça: Helen MacInnes ligando novamente dentro de cinco minutos e dizendo com uma voz tímida: "Oi, padre. Aqui é Helen MacInnes. Ah, esqueça".

Ele tentou sorrir imaginando a cena, mas não conseguiu. A voz estava séria demais. Havia muita dor nela. E o que dizia era perturbador demais.

* * *

Ele seguiu para o norte pela Hilton — os limpadores de para-brisa se movimentando num ritmo constante, a mente saltando diante das novas possibilidades.

Giles MacInnes era um homem que ele conhecia já havia um bom tempo, e padre Mark duvidava de que aquele homem usasse drogas. O que levava a crer que poderia se tratar de um colapso nervoso. Mas ele lhe parecera tão calmo e satisfeito uma hora atrás. A possibilidade de ter ocorrido algo recaía então sobre sua esposa, se é que era ela mesmo ao telefone; qual seria seu histórico com drogas, bebidas, problemas de origem nervosa, esquizofrenia ou algo do tipo?

Se não fosse nada disso, ele pensou, pelo menos daria uma boa história para contar na próxima vez em que seus amigos se reunissem. Ele se imaginou em sua ocasional partida de tênis com Ed Prus, dos Guardian Angels, dizendo: "'E ela está viva', disse aquela voz".

Padre Mark se sentiu bastante nervoso e desejou não estar. Pela primeira vez, deixou a mente vagar por aquele pensamento bizarro: e se Marion não estivesse realmente morta, se não tivesse sido embalsamada nem nada, se apenas recobrou a consciência, se levantou do caixão e saiu andando? Impossível, ele sabia, mas mesmo assim imaginou como seria acordar em um caixão. E então pensou que seria melhor estar morto do que fazer todos pensarem que realmente se estava, para em seguida acordar em um caixão, com o câncer dominando o corpo novamente.

Ele se guiou pela luz âmbar da Twelve Mile Road, no ponto em que a Hilton vira Campbell Lane, quando atravessa os bairros ricos do norte. Ainda havia luzes no tráfego, ainda havia uma chuva constante. Ele virou à esquerda na Normandy em direção à Crooks Road, onde ficava a funerária de Giles MacInnes, menos de um quilômetro ao norte.

Ele imaginou o que aconteceria legalmente se uma pessoa realmente se revelasse viva. O médico-legista teria um péssimo dia, isso é o que aconteceria. Alguém assinou um atestado de óbito. O Hospital Fremont seria envolvido. Provavelmente ela havia sido colocada em um necrotério, onde ele sabia que a temperatura era mantida abaixo de cinco graus centígrados. Só isso seria capaz de matá-la, ele pensou, se a mantivessem lá por toda a noite, e foi o que fizeram.

Ou, pelo menos, foi o que disseram.

O semáforo ficou vermelho na esquina da Crooks. Ele diminuiu a velocidade, viu que não havia tráfego em volta e virou à direita.

— Deus — sussurrou —, faça com que eu saiba como lidar com isso quando chegar lá.

E aquela simples prece tomou conta de sua atenção. Foi a primeira vez em que ele pensou em orar buscando ajuda para o que estava prestes a fazer, e se deu conta de que desejava ter pensado em fazer isso mais cedo, quando ele ou alguém mais precisasse de ajuda. E desejou também que aquele ímpeto surgisse nele mais naturalmente.

Era em momentos fugazes como aquele, em que aquilo que ele via como uma inadequação espiritual se sobrepunha e lhe sorria, que ele se pegava pensando o que acontecera com seu sacerdócio, com o modo como ele o imaginara quando recebeu sua ordenação. Nos tempos em que ainda jogava hóquei.

Crooks Road. Não havia trânsito. Ele parou no sinal vermelho e respirou fundo. A funerária logo surgiria à sua frente.

Ele já podia ver as luzes de emergência vermelhas e azuis a um quilômetro de distância, paradas do lado direito da rua. Podia ver a fachada da funerária iluminada de vermelho e azul, as luzes refletindo no asfalto negro e molhado, em alguns arbustos e nas laterais das árvores encharcadas de chuva, agitando a noite com aquela inquietação vermelha e azul. E então ouviu a própria voz sussurrar um tenso "Meu Deus!"

Alguém havia considerado seja lá o que tenha acontecido sério o bastante para chamar ajuda. E não estava brincando, não havia ligado apenas para a casa paroquial e deixado por isso mesmo.

Ele apertou o volante com força. *É só alguém que passou dos limites*, disse a si mesmo. *Sou um padre. Já vi isso antes.*

Havia uma UTI móvel vazia e uma viatura azul-metálica da polícia perto da entrada lateral do prédio, com as luzes ainda piscando. Enquanto ele fazia a curva para estacionar em frente à casa, o rádio da viatura chiou para ele e em seguida ficou em silêncio novamente.

Ele passou pelos veículos, se aproximou do estacionamento próximo ao edifício e desligou o motor. E então, apertando o casaco desabotoado contra o peito para se proteger de qualquer coisa que estivesse prestes a acontecer, atravessou as gotas vermelhas e azuis de chuva que caíam na direção da silenciosa funerária onde ele havia feito suas orações, não muito mais do que uma hora atrás, dizendo que Marion Klein não estava realmente morta, mas que viveria para sempre.

* * *

Não havia movimentação no vestíbulo, e tudo estava em silêncio. Giles Mac-Innes estava sozinho, sentado na beirada de um sofá atrás de uma mesa marrom brilhante, onde um prato de cristal cheio de docinhos vermelhos e brancos se acomodava no centro.

Ele estava de frente para a porta, mas não se deu conta quando padre Mark entrou. Apenas olhava fixamente para frente, como o retrato de um homem morrendo de dentro para fora. Tinha a aparência de quem esteve sentado, esperando, naquele mesmo sofá, desde sempre. Parecia que nunca mais voltaria a se mexer.

Padre Mark se aproximou lentamente do agente funerário, sem dizer nada, e se perguntou por que ainda não tinha visto os paramédicos e a polícia. E então parou.

Na capela de visitação, subindo as escadas e seguindo pelo corredor à sua direita, no lugar onde ele sabia que o corpo de Marion Klein ainda jazia, ouviam-se vozes e o tinir de metal arranhando metal. E, naquele momento surreal das vozes distantes, ele percebeu que os paramédicos e a polícia estavam na capela com o corpo de Marion Klein, que usavam os equipamentos de emergência, que não estavam zombando ou rindo e não sairiam dali tão rápido.

Ele colocou as mãos contra a parede para se apoiar, e dessa vez sussurrou:

— Jesus.
Dessa vez ele estava pedindo ajuda.
Giles inclinou a cabeça ao som da voz do padre. Ele o notou e pensou no que sua presença significava, e então sussurrou muito devagar, como se estivesse se dirigindo a outra pessoa, a alguém que estivesse muito longe:
— Eu tive que abrir a boca de Marion.
Padre Mark sentiu as pernas fraquejarem.
Naquele instante, antes que seu coração batesse ainda mais forte, antes que ficasse mais difícil para ele respirar fundo, antes que ele próprio tivesse de se sentar, decidiu ver pessoalmente o que estava causando o som de metal e o murmúrio de vozes que vinham da capela no alto das escadas e seguiam pelo corredor à direita.
Ele se virou e, com as pernas instáveis, caminhou na direção do corredor.
Quando chegou à capela, viu dois paramédicos de uniforme azul, um policial de Royal Oak e uma maca na frente do caixão de Marion. Ele viu o policial esticando o pescoço para analisar o rosto da mulher que estava sendo removida do caixão para a maca. Viu um suporte para soro que parecia tão alto quanto o mais alto dos homens, e, pela segunda vez, se ouviu suspirando um agudo "Jesus!".
O policial ouviu o som e olhou para o padre pálido. E foi isso. Os paramédicos em nenhum momento ergueram o olhar.
Mesmo do fundo do salão ele podia ver as gotas claras do fluido pingando pela mangueira, dizendo-lhe que Marion estava recebendo o soro intravenoso. Ele sabia que aquele tipo de tratamento era feito apenas em pessoas vivas, não em cadáveres, e então soube que era tudo verdade. Marion estava realmente viva, ou pelo menos eles achavam que ela estava, aqueles homens que saberiam diferenciar. Ele sentiu uma onda de fraqueza se abatendo sobre ele e esticou o braço instintivamente para se apoiar no encosto da cadeira mais próxima.

Ela está inconsciente, mas está viva, pensou. Era verdade, e ele não sabia o que fazer. Não sabia o que pensar.

Sua amiga estava realmente viva. Ela estava coberta até o pescoço com um lençol e cercada de equipamentos, todos eles confirmando que ela estava viva. Ela respirava com a ajuda de aparelhos, recebia monitoramento cardíaco e soro intravenoso.

Ele se aproximou dela, a mente acelerada, forçando o corpo para frente. E então percebeu uma voz na frente do salão. Um dos paramédicos dizia coisas importantes a alguém pelo rádio, suavemente:

— Isso *se* ela voltar a si.

Ele continuou lentamente, agora praticamente tremendo de tantas questões. Ele se perguntava como, em primeiro lugar, ela fora declarada morta. Se perguntava por que não havia sido embalsamada, passando por todo o processo até chegar ali, na funerária. Ele se perguntava como havia deixado aquilo passar. Se perguntava por que ela e sua família tiveram de passar por todo aquele horror apenas para que, no fim, ela despertasse e morresse de câncer novamente em outro dia, ou em outra semana, ou dali a duas ou três semanas. Ele imaginava como Ryan e as crianças receberiam a notícia, e tinha quase certeza de que eles ainda não sabiam de nada. A polícia e o hospital costumam ligar para a família quando alguém morre, mas alguém pensou em ligar para Ryan porque Marion ainda estava viva?

Teria de ligar ele mesmo para a família, pensou, só para garantir. Mas não ainda. Ele foi avançando, cadeira por cadeira, fileira por fileira, se firmando conforme prosseguia, chegando perto.

E então ele pôde ver o rosto dela. Havia um tubo de oxigênio enganchado em suas narinas. Seus olhos estavam fechados, mas a boca estava aberta. Mark viu dois pedaços de arame projetando-se para fora, entre seus lábios — dois pedaços de arame torcidos, curvados para cima, em direção às luzes no teto, um saindo de dentro do lábio superior e o outro do lábio inferior; dois pedaços de arame dourados, que pareciam duas coisas vivas, duas lâminas de grama crescendo horrivelmente da gengiva de Marion.

Ele se lembrou de Giles dizendo que teve de "abrir a boca de Marion". E se sentiu nauseado. Fraco. Os arames haviam sido presos dentro da boca, depois provavelmente torcidos juntos, mas para quê? Para manter seus lábios fechados? E agora Giles os havia separado e aberto a boca da mulher, e os arames pareciam vivos, crescendo em direção ao teto, pois Marion Klein ainda estava viva.

Ele ouviu uma voz aguda dizendo:

— Sim, doze por sete, juro por Deus.

Ele sentiu que precisava se sentar, e fez isso súbita e desengonçadamente, caindo no assento mais próximo, a apenas cinco fileiras do ponto onde o mundo não fazia mais sentido.

Pelo rádio transmissor, um dos paramédicos assegurou novamente ao médico do Centro de Emergência que tudo indicava que Marion estava estabilizada e que eles a levariam até ele. Em dez minutos, ele disse.

Padre Mark pensou: *Não a deixem acordar aqui. Nem no caminho para o hospital. Isso seria horrível!*

O segundo paramédico e o policial juntaram as maletas médicas e o transmissor e se apressaram na direção da porta. O paramédico que ficou parecia infeliz. Ele cumprimentou o padre com um aceno de cabeça, finalmente, mas não disse nada, e rapidamente dobrou um cobertor verde-claro sobre o corpo de Marion. Em seguida verificou mais uma vez o soro e o pequeno monitor de oxigênio que ainda estava conectado ao dedo dela.

Padre Mark se perguntou quando o policial relataria o incidente pelo rádio, e imaginou o que diria.

O paramédico e o policial voltaram segundos depois, caminhando rapidamente. E então os três homens começaram a agir com a familiaridade que tinham com aquele processo, arrumaram as coisas para sair, cada movimento executado de maneira ágil e profissional.

Para uma prece rápida, uma bênção, qualquer coisa, padre Mark queria estar ao lado de Marion antes que ela fosse levada. Era o que um padre faria, o que um amigo faria. Mas, quando tentou se levantar novamente, sua cabeça estava tão leve que ele achou que fosse desmaiar. Então ele se segurou na cadeira à sua frente e se sentou novamente, fechando os olhos e tentando orar em silêncio.

Um dos paramédicos disse, finalizando:

— Isso é tudo.

Eles a embrulharam bem apertado no cobertor verde para protegê-la da chuva, da noite e para que a morte não se acercasse dela novamente. Em seguida, empurraram a maca passando pelo padre, na direção da porta. Ele não conseguiu tocá-la. Só esticou a mão esquerda quando a maca passou e disse, com a voz fraca:

— Deus te abençoe, Marion.

E ela se foi.

Então ele ouviu outra voz gritando no fim do corredor, uma voz aguda de mulher, que ele reconheceu no mesmo instante:

— Giles!

Helen MacInnes irrompeu do estacionamento e deu de cara com a equipe médica saindo com a maca pela porta da frente. Ela gritava por seu marido e se afastou, passando pelo outro lado, tentando desesperadamente escapar do que estava acontecendo com aquela mulher e com seu marido, e com seus filhos e com o mundo. Seu rosto estava branco e lívido.

Alguém lhe pediu licença, enquanto os dois paramédicos passavam rapidamente por ela, empurrando Marion porta afora.

Giles se levantou do sofá, concentrado em Helen, mas desesperadamente incerto sobre o que fazer.

Helen começou a desabar, e o policial correu para segurá-la. Ele a apoiou, passando o braço sob os dela, e lançou um olhar autoritário para Giles, exigindo silenciosamente que ele os ajudasse. O socorro não demorou.

Helen viu Giles olhando para ela e correu em sua direção, se soltando dos braços do policial, os joelhos novamente firmes, a mão direita esticada para frente, pedindo ajuda.

O policial aproveitou e escapou enquanto a sirene soava lá fora.

Ouviu-se o ruído de portas se fechando. Outra sirene se juntou à primeira em berros desiguais enquanto a ambulância e a viatura, com suas luzes vermelhas e azuis, e a viva mas inconsciente Marion Klein saíam para espalhar aquele pânico em alta velocidade em direção ao sul, pela Crooks Road, até chegarem ao Hospital Fremont.

O telefone no escritório tocava. O escritório estava longe, no fim do corredor à esquerda, e a porta estava fechada, deixando o toque ainda mais distante. Ninguém fez menção de atender. Já havia sido o bastante.

Helen ficou abraçada a Giles, e os dois se sentaram lentamente no sofá, como uma única, pesada e envelhecida figura. Seguravam a mão um do outro. O telefone no escritório não parava de tocar.

Helen começou a tremer levemente, ondas de emoção que surgiram a princípio lentas e então mais evidentes. Depois começou a chorar. Em seguida se recompôs e se levantou de repente, tentando ser uma companheira forte para seu abalado marido; mas então irrompeu em lágrimas novamente, simplesmente se balançando ao lado dele — a esposa indefesa, incapaz de lidar com tanta dor e confusão.

Na verdade, padre Mark pensou, ela *era* a esposa indefesa. E Giles era o marido indefeso. E ele era o padre indefeso. Marion Klein fora vítima de um câncer agressivo. Ela parara de respirar, fora examinada no Hospital Fremont por médicos competentes e declarada legalmente morta. Eles a mantiveram no necrotério a menos de cinco graus por vinte e quatro horas e a encaminharam à funerária. Ela fora amarrada com arames de cobre e vestida para o enterro, recebera as orações, os lamentos e sabe Deus o que mais; ele tinha até medo de pensar.

Mas sua respiração agora estava estável. Sua cor parecia normal. Sua carne estava macia o suficiente para aceitar a inserção de uma agulha na veia. Seu sangue estava fluindo, e ela estava viva.

Então ele se deu conta de que também estava chorando.

2

A ligação chegou ao Canal 3 da tevê através de um operador de radioamador em Grosse Pointe. O homem dizia que havia monitorado uma chamada de emergência de um paramédico para o Hospital Fremont. Disse que conseguira gravar a última metade da conversa e queria tocar "os trinta segundos mais quentes dela" para Adam Mitten, o estagiário de produção da emissora que atendeu a ligação.

Adam ouviu, se levantou, anotou o nome e o telefone do homem e chamou George Willie, o editor do programa *Notícias quentes das onze* do Canal 3, enquanto este se afastava da máquina de café. O estagiário chamou a atenção do editor com um grito, fazendo sinais exagerados com a mão para que ele voltasse para o seu escritório e atendesse rapidamente uma chamada telefônica.

— Adam está mijando nas calças — George disse para sua secretária enquanto entrava na sala. O telefone já estava tocando.

— Apenas pela diversão? — ela sorriu.

O nome do homem que havia ligado era Leon Brock. Ele disse a George que monitorava a frequência da polícia, dos bombeiros e as ligações das emergências médicas por hobby, e que, sim, ele ouvira uma esta noite que "você tem que ouvir para acreditar".

Adam surgiu sorrindo após uma pequena corrida para atravessar a sala de redação. George acenou e fez sinal para que fechasse a porta atrás de si.

— Acontece que uma funerária em Royal Oak tinha um corpo pronto para ser enterrado — Brock disse. — Já tinham feito o velório e tudo o mais quando a mulher acordou, viva! Juro por Deus!

George se sentou, pegou uma caneta, desenhou um ponto de interrogação no bloco de anotações e mostrou para Adam, com as sobrancelhas erguidas. Ele estava sorrindo.

— E onde isso supostamente aconteceu?

— Em Royal Oak. Juro por Deus. O paramédico disse que a funerária tinha um atestado de óbito assinado por um médico do Hospital Fremont.

Adam suplicava, em um sussurro animado:

— Escuta o áudio! Ele tem a conversa dos médicos gravada.

— Você tem o áudio disso tudo, sr. Brock?

— Ah, sim, eu tenho o áudio. Mas só consegui gravar a última metade da conversa.

Uma secretária da seção de editoriais bateu na porta e entregou a Adam uma anotação. O nome e o número de Brock haviam sido verificados. Até aquele momento, estava tudo certo.

— Você pode reproduzir o áudio para mim agora?

— Sim, mas você tem que entender, o que eles disseram no começo, antes que eu começasse a gravar, era a respeito dessa mulher, que ela estava respirando pelo nariz, que não estava tampado com algodão, mas eles não conseguiam abrir a boca porque estava selada, como uma pessoa embalsamada, só que não com cola, mas eles estavam falando sobre torcer os arames que, segundo o cara, tinham sido presos na gengiva dela, pelo amor de Deus, só que ela não estava nem morta!

— Com certeza quero ouvir essa gravação — George disse, se endireitando na cadeira e batendo as unhas da mão esquerda rapidamente na mesa. Ele não estava mais sorrindo. Agora olhava para o relógio de pulso. Se existia alguma história boa naquilo, havia ainda um bom tempo para que entrasse no jornal das onze.

— Estou tentando... — Brock resmungou de repente. — Espere só um minuto...

— O que está acontecendo? — George perguntou, achando que o cara talvez estivesse se servindo de mais um drinque.

— Só um minuto — Brock balbuciou sem explicar mais nada.

— Que funerária em Royal Oak? — George perguntou. — Eles disseram?

— MacInnes. Em algum lugar nos arredores do Fremont. Ele disse que levariam dez minutos para chegar.

— Eles disseram o nome da mulher? — Ele estava escrevendo "MacInnes funerária/Fremont".

— Pronto — Brock anunciou. — Aí vai.

O áudio começou a tocar. George deixou a última pergunta passar sem resposta. Ele estava se esforçando para ouvir, tentando captar sinais de autenticidade.

— Algum sangramento? — uma voz perguntou. Difícil dizer se era o paramédico ou o médico no hospital. Impossível dizer se era autêntica. — Dos pinos ou de outra coisa? — disse a mesma voz.

Devia ser o médico, o que fazia as perguntas, George pensou.

— Apenas um pequeno nos pinos — outra voz respondeu. — Nada que ameace afogá-la ou algo do tipo. E agora o sangramento parou.

George entregou a anotação para Adam.

— Ligue para eles! — murmurou. — Se não atenderem, tente encontrar o proprietário na casa dele. Consiga alguém para ir atrás de um relatório da polícia também. E verifique com o número de emergência.

Adam assentiu enquanto pegava a anotação e saía correndo.

A primeira voz disse novamente:

— Boca? Vias nasais?

— Nada. Os arames e o que eles colocaram nos olhos dela são tudo. Ela está respirando com facilidade.

Os caras estavam bem tensos, George pensou. *Tentando agir com calma, mas não se sentiam do mesmo jeito.*

Brock interrompeu, falando mais alto que o rádio:

— Ela está totalmente inconsciente. É com isso que eles estão preocupados. Ela não reage.

George fez uma anotação.

A primeira voz disse:

— O cara da funerária estava bem assustado, vou te contar.

— Ele não vai ser o único. Continue lidando com o que temos.

— Certo.

As vozes continuavam falando. Sobre números agora. Sinais vitais. Pressão. Níveis de oxigênio. Uma lista de verificações, que terminou rapidamente.

George fora fisgado. Havia um mistério naquilo tudo. Algo acontecera, e era estranho, e era ruim. Ele rabiscou alguns nomes da equipe e instruções em seu bloco enquanto ouvia o suposto médico e o suposto paramédico finalizarem a lista. Então apertou a tecla do telefone para chamar a secretária. Ele queria duas vans de transmissão, a anotação dizia, uma delas pronta para transmitir ao vivo do Fremont, e que contatassem o pessoal do hospital para ver o que eles tinham a dizer.

Adam voltou e sussurrou rapidamente. MacInnes estava em Royal Oak. Ninguém atendia os telefones. Eles continuariam tentando. Ele entregou a George o nome do dono da funerária: "Giles MacInnes: Troy". Eles haviam tentado ligar para a casa dele, também. A babá não disse nada, parecia assustada, e desligou na cara deles. Schatner verificou com a emergência, na esperança de conseguir um relatório da polícia. Toda a equipe da redação estava em cima daquilo. E agora?

— Se teve uma ligação para a emergência, mandem os repórteres com uma câmera e uma liberação de imagem para esse cara assinar e sigam imediatamente para Grosse Pointe! — George sussurrou. — Ponham todo mundo no carro com o endereço do cara e falem para irem até lá. E para levarem o áudio. Entrevistem o cara, mas sejam breves. Prometam para ele um tempo no ar. Ele vai querer falar, se for realmente verdade. O cara mal pode esperar.

Adam assentiu e desapareceu no corredor novamente, batendo a porta atrás de si.

— Ela está dopada de Narcan — a primeira voz disse. George escreveu como ouviu: nar-can.

A segunda voz:
— Prontos para entrar?
— Quase.

A secretária de George voltou; ligações de emergência verificadas. Um tal de Giles MacInnes ligou às 20h49, "emergência médica" foi tudo o que ele disse. Ele não falou mais nada, mas parecia não conseguir respirar. Parecia histérico. Eles ainda não tinham soltado um relatório, mas a polícia respondeu à chamada; tinha que responder. "A assessoria de imprensa do Fremont não sabe de nada", foi o que disseram.

— Espero que você consiga antes que ela recobre a consciência — a segunda voz disse. — Se é que ela vai recobrar.

George entregou à secretária a anotação onde escrevera "nar-can" e acenou para que ela saísse. Ela assentiu. Ele sussurrou outra ordem pouco antes de ela sair, apressada:

— Dennis Plansker, o produtor das onze da noite; traga-o aqui.
— Ainda estável, doutor. Estamos a dez minutos daí.

George assentiu duas vezes, enfaticamente. Era a primeira vez que um deles usava a palavra "doutor".

— Mal posso esperar — disse o doutor.

E então Brock voltou à linha, cheio de orgulho.

— E aí? — Ele sabia que tinha um furo de reportagem nas mãos.

George pegou seu endereço e disse a ele que gostaria de colocar no ar algumas partes do áudio, "se tudo estiver correto, depois de verificarmos". Brock concordou, satisfeito, e disse que faria uma cópia da fita imediatamente. Ele nem queria dinheiro por ela, disse, apenas que seu nome fosse citado no noticiário. George disse que alguém passaria por lá exatamente para isso. Enquanto desligava, sua secretária voltou. Narcan era uma droga antagonista, geralmente administrada para contrabalançar os efeitos de uma overdose de morfina. O que, George pensou, podia significar que a mulher estava drogada, então alguém achou que ela tinha sido embalsamada e preparada para um velório. O que significava que alguém realmente tinha a intenção de enterrá-la. E o que isso significava? Loucura? Algum ritual? Assassinato com um golpe único e certeiro?

— Detroit — ele murmurou através de um sorriso astuto —, temos notícias para você!

* * *

Padre Mark observava Giles e Helen sem dizer nada. Ele tentava filtrar aquela experiência a fim de extrair algo apropriado para dizer, mas não conseguiu. *Quando em dúvida*, pensou, *apoie-se na verdade*.

— Não sei o que dizer a vocês. — Sua voz era quase um sussurro. — Se quiserem falar, estou aqui para ouvir.

Os lábios de Helen se esticaram apertados, numa tentativa de sorriso. Ela conseguiu murmurar um agradecimento. Seus olhos estavam avermelhados de medo.

Ele decidiu que teria de ir ao cerne da questão. Algumas perguntas precisavam ser feitas.

— Giles — ele disse —, você... preparou a sra. Klein para o enterro?

A palavra "embalsamou" não conseguiu sair.

— Não — Giles sussurrou, olhando fixamente para o prato de doces. — Foi Dave Harmon.

— E Dave realmente... — agora ele disse: — a *embalsamou*? Com fluido de embalsamar e tudo?

— Ah, Giles — Helen lamentou, já exausta.

Giles assentiu, mas não disse nada.

Helen deixou a cabeça cair no ombro do marido e o abraçou.

O sacerdote e amigo deles respirou fundo mais uma vez e tentou pensar nas possíveis falhas.

— Giles, eu preciso perguntar. Você viu Dave fazendo isso? Pessoalmente? Ou ele fez tudo sozinho?

Giles entendeu o que estava acontecendo. O padre estava questionando o embalsamamento, sugerindo que Dave não fez realmente o que havia dito, apenas entregou o corpo com preparação facial e nada mais. Ele não apenas se ressentiu com a pergunta, mas ficou aterrorizado.

— Ela estava embalsamada, padre! — insistiu, esperando por uma reação, mas, como não houve nenhuma, continuou, falando rápido. — Ele e eu fizemos todo o embalsamamento, mas não juntos, e então minha filha Melissa nos ajudou a vesti-la, e ela costuma lidar com a parte cosmética, mas... — Seus lábios se curvaram, e subitamente ele ficou novamente em silêncio, se esforçando para não chorar.

Helen tentou forçar um sorriso de apoio, mas apenas apertou os lábios mais uma vez. Mais lágrimas se formaram em seus olhos, ainda assustados. Ela acariciava as costas do marido.

— Você sabe se Melissa viu o procedimento? — padre Mark perguntou.

Giles se virou, olhou para o padre e não respondeu.

— Porque, se ela não viu, ninguém mais poderia realmente ter testemunhado o ato. Apenas Dave, que estava sozinho, certo?

— *Você* a viu! — Giles gritou e subitamente se colocou de pé.

Helen soltou um grito baixo e cobriu a boca com as duas mãos.

— No velório! — Giles berrou. — *Você* a viu! *Você* pode dizer, não pode?

Mark havia ido longe demais, rápido demais. Ele tentou voltar atrás prontamente para amenizar a situação, esforçando-se para manter a voz calma.

— Sim, é claro que eu a vi. E para mim ela parecia embalsamada. É isso que vou dizer para qualquer um. Mas as pessoas vão fazer essas perguntas, não acha?

— Você não enfia uma agulha injetora em alguém, a não ser que esse alguém esteja morto! — Giles gritou, ainda em pé, e subitamente gesticulando. — Pelo amor de Deus, padre! É preciso fazer incisões! Ela sangrou! Você a veria sangrar! Acha que somos todos loucos?

Abalado, o padre balançou a cabeça em negativa, pensando que eles só veriam o sangramento se Dave realmente tivesse feito uma incisão — e esse era o ponto a que ele queria chegar com as perguntas.

Agitado, Giles andava em círculos em volta da mesa onde estava o prato de doces vermelhos e brancos — da esquerda para a direita, da direita para a esquerda. Helen gesticulava desesperada do sofá, suplicando para que ele se sentasse novamente, embaraçada por seu ataque de raiva diante do padre e assustada por tudo o que estava acontecendo.

— Você diria: "Por que essa mulher está sangrando?" — Giles gritou, passando a dar passos cada vez mais largos. — Você diria: "Ah, olhe para esta mulher... nós acabamos de passar a tesoura por sua carótida, cortamos ela ao meio, mas ela ainda está viva!" Você acha que Harmon a veria sangrando e então... o que está sugerindo? Que ele acobertou tudo para que seguíssemos em frente e a enterrássemos mesmo assim? Que a enterrássemos viva? Pelo amor de Deus, padre!

Helen soluçava, aterrorizada.

— Ah, Giles. Por favor. Por favor. Por favor.

Giles andava em círculos como se quisesse desesperadamente sair dali, mas não tivesse para onde ir. Ele era alto, magro, de ombros caídos, mas parecia forte agora, se erguendo como uma espada, os olhos em fogo.

— Ela estava com os olhos tampados, pelo amor de Deus! — ele gritou.

— Sua boca estava costurada! — Ele apontou o dedo na cara do padre e começou a chorar. — Ela tinha um trocarte dentro dela, também! Era só olhar para ver!

Helen se levantou e se aproximou para ficar de frente para o padre Mark. Agarrou sua manga e a puxou com força, arrastando-o para o lado. Ela estava soluçando.

— Ah, padre! — ela se lamuriou. — O senhor não crê em milagres?

* * *

A diretora de relações públicas do Hospital Fremont recebeu uma ligação em casa do diretor de pessoal, que também havia recebido uma ligação em casa, feita pelo diretor do setor de emergências, o qual era capaz de reconhecer a diferença entre uma confusão curiosa e um desastre médico e de RP em qualquer dia da semana. Na verdade, todos os envolvidos nos eventos daquela noite foram contatados, incluindo o médico e a enfermeira que haviam declarado e confirmado a morte de Marion para o chefe da equipe médica, o médico pessoal de Marion, seu oncologista, o capelão do hospital, um dos assistentes do diretor do conselho jurídico e o presidente do conselho de administração do Hospital Fremont.

A equipe de plantão já estava pronta para o que chegaria em dez minutos. Eles foram forçados a tomar uma decisão imediata pela simples falta de alternativas. No momento, tentariam se concentrar em Marion como qualquer outra emergência médica que chegava — uma mulher com um tumor maligno avançado e um histórico de trauma recente, mas que, apesar dos sinais vitais normais, estava inconsciente e não respondia à voz ou ao toque. Ela seria admitida como Código Azul, nível quatro — paciente desprovido de consciência e reação. E essa seria a principal preocupação deles — não os rompantes e os sussurros de "ah, meu Deus" que já se ouviam nas salas dos médicos e nas enfermarias; não o atestado de óbito assinado; não o que havia ou não acontecido no quarto de Marion no hospital três dias e meio atrás, ou no necrotério, ou na funerária; tampouco as chamadas telefônicas que continuavam chegando de pelo menos um canal de tevê, que sabia o que estava acontecendo e pedia autorização para fazer entrevistas dentro do hospital; ou a dimensão do potencial processo que todos sabiam que seria instaurado contra eles se o que o paramédico relatava era real; ou a implosão de relações públicas que tudo aquilo certamente iria gerar; nem mesmo o fato de que em breve o Conselho de Medicina de Oakland County e possivelmente o gabinete do procurador da mesma localidade exigiriam respostas de todos eles.

A ordem dada aos membros da equipe foi esta: concentração. Não especulem. Avaliem a condição imediata da paciente. Determinem as razões dessa condição. Tragam-na com cuidado de volta à consciência, o mais rápido possível e com segurança.

Com essa ordem em mente, dois médicos da Unidade de Tratamento Emergencial, duas enfermeiras, o oncologista de Marion, o chefe da equipe médica do hospital e a diretora de relações públicas observaram a viatura azul-escura da polícia e a ambulância vermelha e branca virando na entrada da emergência e se aproximando das pessoas que haviam certificado a morte de Marion Klein, e de todas as duras questões que agora teriam de ser respondidas.

* * *

Giles e Helen se abraçavam como órfãos em um cemitério.

— É melhor eu ligar para a família de Marion — disse padre Mark, parado na frente deles, soando incerto. Ele continuou: — Sabem se alguém já ligou para eles?

Demorou alguns segundos, mas Giles acabou erguendo a cabeça.

— O policial ligou — respondeu lentamente. — Ele disse aos outros que ligaria. Ele foi até o meu escritório.

O padre tentou imaginar o que eles haviam dito ao marido de Marion, mas rapidamente afastou o pensamento.

— Os jornalistas vão aparecer logo — ele disse.

Giles não respondeu. Seus olhos estavam sem vida.

Helen tinha um olhar de quem recebera mais uma surpresa.

— Marion já está no hospital agora, e vai haver jornalistas — padre Mark disse novamente. — Em cinco, talvez dez minutos. Eu preciso ir ao hospital.

Giles concordou e voltou a olhar para o nada. Estava tentando se concentrar. Ele sussurrou um fraco "sim".

Padre Mark se sentiu mal por ele. Pensou que, se um padre achava que uma ressurreição milagrosa era algo quase impossível de aceitar, como aquele homem podia achar que os jornalistas acreditariam naquilo, sem mencionar os advogados sedentos de sangue que o marido de Marion mandaria para cima dele? O cara estava morto. Marion Klein podia não estar, ele pensou, mas o futuro daquele cara no ramo de funerárias com certeza estava.

— Talvez vocês queiram trancar a porta depois que eu sair — ele disse. — Podem me ligar amanhã se precisarem de ajuda ou qualquer outra coisa, mas agora talvez seja bom vocês se prepararem para lidar com os jornalistas. Talvez vocês queiram ir para casa antes que eles cheguem.

* * *

Assim que saiu da funerária e seguiu para o sul na direção da Thirteen Mile Road, padre Mark se perguntou o que realmente poderia fazer pelo marido de Marion, Ryan, quando chegasse ao hospital, e pelos filhos também, é claro. Mas o que alguém poderia fazer, além de estar lá? O que alguém poderia dizer?

A questão flutuou devagar por sua mente, sem encontrar resposta, e então, bem atrás dela, como se as duas estivessem presas uma à outra, a pergunta de Helen, muito mais sombria e insistente, voltou à sua cabeça. E dessa vez permaneceu ali, sem distração, sem nenhum lugar onde se esconder enquanto ele fazia a curva diante de uma minivan que seguia vagarosamente pela Thirteen Mile Road e começava a viagem de três quilômetros até o Hospital Fremont. A pergunta: "O senhor não acredita em milagres?"

Só que agora não era Helen quem exigia uma resposta. Ele acreditava em milagres ou não? Ele acreditava em milagres reais, autênticos, ou apenas nas boas reviravoltas do destino, pelas quais os fiéis agradeciam a Deus e que outros chamavam de coincidência, o que permitia que todos se sentissem confortáveis em suas próprias crenças porque ninguém tinha realmente certeza?

Ele acreditava que Lázaro fora ressuscitado mediante uma simples palavra? E, se acreditasse, por que não acreditava que a mesma coisa pudesse acontecer novamente? Ou será que lidar com uma pessoa embalsamada era um problema muito maior para Deus do que lidar com um homem que já estava em estado de decomposição, como Lázaro?

Padre Mark pensou em todas as vezes em que rezou para que um milagre acontecesse, e em toda dor e lamentação que sentiu ao entender que essas preces nunca seriam atendidas, nem uma única vez, não de modo que ele poderia considerar milagroso — todas as pessoas doentes e à beira da morte, as crianças, seus próprios parentes, seu pai, especialmente, no longo adeus que foi seu câncer de pulmão, e suas preces, pedidos e súplicas. Ele pensou em todas as esperanças que abandonou e na pesada tristeza que cresceu dentro dele.

Isso significava que ele não acreditava mais em milagres? Ou que não acreditava mais em si mesmo, ou em seu lugar no grande plano de Deus?

Ele estava menos de cem metros a leste da Woodward Avenue, a última interseção antes que o Hospital Fremont surgisse à sua esquerda como uma cidade, quando viu o furgão branco e azul da estação de televisão se aproximando e passando em alta velocidade por ele, seguindo na direção oposta. Havia a inscrição "Notícias Quentes 3" pintada em grandes letras azuis, vermelhas e negras na lateral, e uma antena no teto. Pelo retrovisor, ela subitamente se tornou apenas duas pequenas luzes vermelhas encolhidas, em meio à névoa que cobria a estrada molhada de chuva.

Estava indo muito rápido.

* * *

Ruth Cosgrove havia apresentado o *Notícias do meio-dia* no Canal 3 na hora do almoço, assim como o *Notícias da tarde* às seis horas. Eram notícias suficientes para ela, mesmo que não houvesse muitas novidades. Ela saiu da emissora às 19h15, jantou com amigos em Southfield e voltou ao seu apartamento em Bloomfield Village, pouco mais de três quilômetros a nordeste do Hospital Fremont, às 21h20.

George Willie havia ligado da emissora para o celular dela, às 21h35.

— Ruth, fique feliz por eu conseguir te achar! — Ele não precisou se identificar.

— Promessas, promessas — ela disse, sorrindo.

— Em quanto tempo você consegue chegar ao Fremont?

— O que você tem para mim?

— Pode entrar no carro agora e falar comigo no caminho? Me liga no 06.

— O que você tem para mim? — ela perguntou de novo.

— Só vou dizer uma vez, e então preciso de você no carro, dirigindo, pronta para um furo de reportagem e para entrar ao vivo às onze, do hospital. Acabamos de confirmar com os policiais de Royal Oak que uma esposa e mãe estava sendo velada em uma funerária, com a boca e os olhos selados, toda embalsamada. Eles velaram o corpo, e então descobriram que ela ainda estava viva no caixão. Isso é o que estão dizendo, juro por Deus. A última coisa que sabemos é que ela ainda está viva, então vá direto para o carro!

— Meu Deus!

— Realmente, Deus é um bom ponto de vista. Podemos brincar um pouco com essa linguagem de voltar dos mortos, mas o outro lado da história é real: negligência gravíssima, possível tentativa de assassinato etc. etc. Nesse meio-tempo, o Roper já está a caminho com o Alex para tentarem gravar uma entrevista com o dono da funerária... Isso se eles conseguirem encontrar o homem lá. Vamos ver o que ele vai dizer. Mas você vai entrar ao vivo para o furo às onze horas. E adivinha? Não só temos exclusividade como, até onde eu sei, temos um áudio da chamada de rádio dos paramédicos perguntando o que eles deveriam fazer... Enfim, temos a coisa toda!

— Ah, George, meu Deus! — Ela já estava se movimentando, pegando a pasta e correndo para tirar a capa de chuva do armário.

— Então me ligue de volta no 06. Agora vá, vá, vá!

— Quem é a Mulher Lázaro?

— Não sei, mas amei "Mulher Lázaro". Agora vai!

— Estou indo! — ela exclamou, se esforçando para vestir o casaco e segurar o telefone ao mesmo tempo. — Qual funerária?

— Vamos logo, Ruth!

— Vamos logo para onde? O nome!

— MacInnes. Crooks Road, Royal Oak. Me ligue no 06! — Ele desligou antes que ela pudesse fazer mais alguma pergunta.

Ela estremeceu quando pegou as chaves na mesinha perto da porta da frente. *MacInnes*, ela pensou, *na Crooks Road. Quantas pessoas devem ter sido enterradas lá sem que eles descobrissem a tempo?*

* * *

Estava fresco no campo, onze quilômetros a norte de Westhaven, Nova York, e escuro no quarto do adolescente de quinze anos Anthony Cross Jr. Uma lâmpada de vinte watts brilhava no corredor escuro revestido de mogno bem diante da porta de seu quarto, que nunca ficava fechada. Uma única luz noturna ficava acesa ao lado de sua cama.

Como Marion Klein, o jovem Tony dormia com uma dose de soro enfiada na veia. Mas, diferentemente de Klein, ele tinha leucemia, em fase terminal.

O aposento era grande demais para o quarto de um jovem rapaz e escuro demais, com todo aquele mogno. Fora decorado para ser o escritório nos planos originais da mansão dos Cross, e na verdade fora isso mesmo por quase vinte e cinco anos. Mas, como o aposento era virado para oeste e tinha vista tanto para o lago quanto para os terrenos e as belas colinas do interior de Nova York, o pai viúvo de Tony, um senhor de sessenta e nove anos também chamado Anthony, havia mudado a cama e o equipamento médico de seu filho para lá no começo de janeiro.

Agora o quarto era tão bem equipado quanto a maioria dos hospitais. As três enfermeiras de Tony se revezavam em turnos, numa vigília de vinte e quatro horas. Havia visitas diárias do médico pessoal do sr. Cross, assim como visitas periódicas de um oncologista-sênior do respeitável Hospital Judaico de Long Island. O sr. Cross não poupara gastos para manter o conforto de seu único filho e para que os dois ficassem juntos o máximo possível.

Eles estavam lado a lado naquela noite, mas Tony não sabia. Enquanto o garoto dormia, seu pai estava parado diante das enormes janelas do quarto, olhando para o lago escuro, virando-se ocasionalmente para verificar se seu filho estava bem. Apesar da idade, Anthony Cross era cheio de músculos que só agora começavam a se suavizar. Apesar dos seis anos que já duravam sua virtual aposentadoria, ele ainda vestia diariamente um terno escuro de mil e trezentos dólares e uma gravata de seda, normalmente azul. Após ter perdido sua jovem esposa para um câncer de pulmão seis anos atrás, ele ainda se recusava a acreditar que a ciência médica havia feito todo o possível para impedir seu filho, Tony, de partir também.

Anthony Cross fora um homem poderoso durante a maior parte da vida e usufruíra desse poder livremente. Mas agora, diante da morte iminente da última pessoa na terra que ainda o amava de verdade, ele descobriu, pela segunda vez em um curto espaço de seis anos, que sua completa impotência era maior do que ele podia suportar.

Ele estava parado no mesmo lugar fazia quarenta minutos quando seu amigo, advogado e sócio em muitos aspectos de sua vida profissional, que atualmente envolvia guardar vastas quantias de dinheiro em compartimentos bem escondidos em algum lugar do ciberespaço, se juntou a ele.

Torrie Kruger era o mais eficiente dos dois. Ele era catorze anos mais jovem e dono de uma beleza crua — esbelto, traços longilíneos e marcantes, cabelos pretos e curtos, divididos perfeitamente na lateral esquerda. Seus olhos davam a impressão, nem sempre correta, de uma pessoa que sorria constantemente. Torrie era um homem capaz de gerenciar até os mínimos detalhes de tempo, propriedade e poder, mas, naquele momento, estava ali simplesmente para ser um amigo e apoiar seu empregador de tantos anos. Ele nunca se casara. Não tinha filhos nem parentes vivos. O sr. Cross e Tony eram o mais próximo do que seria uma família para ele.

— Quer que eu pegue algo para você? — Kruger perguntou, já sabendo que a resposta seria não. Ele já havia visitado o sr. Cross ali antes, perto da mesma janela, na mesma triste vigília. A resposta era sempre não.

O homem cujo filho estava para morrer tinha os olhos tristes e balançou a cabeça sob a meia-luz sem dizer nada. Os dois ficaram lado a lado em silêncio, como costumavam fazer nos últimos trinta dias.

— É como andar para trás — Cross disse, finalmente. Kruger não respondeu. Ele tinha o hábito de apenas ouvir. — Tudo andando para trás. É isso. — Cross falava mais para si mesmo do que para Kruger. Outro minuto de silêncio, e então ele disse: — Como as coisas podem andar para trás desse jeito?

O pai suspirou e se virou na direção de Tony. Seus olhos estavam acostumados com a escuridão, e ele podia ver seu filho deitado, magro e quieto, em sua aconchegante cama branca.

Eles permaneceram em total silêncio por mais cinco minutos, então Cross balançou a cabeça lentamente e foi para o lado de Tony, levando toda a dor com ele. Isso deixou seus passos mais lentos e pesados. A enfermeira estava sentada, imóvel. Cross se inclinou e beijou o filho nos lábios.

— Meu garoto — sussurrou.

Tony não se moveu.

Cross se endireitou bem devagar.

— Boa noite, sra. Hummel — ele disse suavemente para a enfermeira. — No meio da noite eu volto. A senhora vai estar acordada?

— Sim, sr. Cross. — Ela sabia que ele não estava realmente perguntando; estava mandando, se certificando do que ainda podia controlar, como fazia todas as noites.

— Obrigado — ele disse.

Ele se curvou e beijou o filho mais uma vez. Então os dois homens saíram lentamente do aposento, deixando a porta aberta, seguindo pelo corredor até a próxima porta à direita: o quarto de Cross. Nenhum deles disse nada.

Cross parou.

— Nunca deveria ser o filho primeiro — sussurrou, com a voz rouca e amarga, balançando a cabeça em um protesto inútil. Em seguida, entrou no quarto escuro lentamente e fechou a porta, sem acender a luz. Antes que a escuridão do mogno o engolisse, sussurrou mais uma vez, bem baixinho: — Eu daria *tudo*...!

3

Setenta e três horas depois de ter sido declarada morta no Hospital Fremont, Marion Klein voltou. Ela usava aquele que fora seu vestido de noite azul favorito, agora com um corte embaixo do braço esquerdo e na lateral do mesmo lado, acima da cintura. Recebia soro intravenoso e tinha um oxímetro preso ao dedo. Tinha dois arames de cobre projetando-se da boca. Estava inconsciente; não respondia à voz ou ao toque.

A equipe emergencial do dr. Roger Jankowski era formada por ele próprio, diretor do setor de emergências, e por dois outros médicos — o dr. Kevin Deem, chefe do setor cirúrgico, que havia recebido uma ligação em casa, e o dr. Paine Meininger, cardiologista-chefe em serviço. O médico pessoal de Marion e seu oncologista também haviam sido notificados e estavam a caminho. O dr. Harold Taube, médico-chefe do hospital, observou o estado lastimável de Marion quando se juntou à equipe com mais duas enfermeiras. Eles se apressaram pelo corredor e entraram na sala E16, sob olhares e sussurros incomuns da experiente equipe emergencial do Fremont.

A chegada de Marion suscitou mais do que curiosidade profissional no crescente grupo de médicos, enfermeiras, colaboradores e administradores do hospital, que se aglomeravam pelo caminho e se esticavam para ter uma visão melhor, além do que a boa conduta profissional poderia permitir. Todos que observaram o Código Azul sabiam que aquela mulher era sinônimo de problemas à vista. Ela deixaria alguns embaraçados, outros destruídos, e faria a vida de todos ali muito mais difícil.

A porta da E16 se fechou. Exame de sangue completo, eletroencefalograma, eletrocardiograma e cateterismo foram requeridos. Raio X, tomografia computadorizada de corpo inteiro, ressonância magnética de cabeça, peito e abdome, arteriografia, punção lombar e cintilografia óssea também estavam prontos para ser orquestrados pelos médicos do atendimento emergencial.

A suspeita imediata era de que Marion ainda estava inconsciente por causa de uma combinação de intoxicação, hemorragia ou infecção induzida pelas drogas. A prioridade médica era que eles não podiam deixá-la escapar mais uma vez.

A enfermeira-chefe coletou sangue. O dr. Meininger preparou o eletrocardiograma, o dr. Deem cuidou do eletroencefalograma e o dr. Jankowski revisou os sinais vitais de Marion. Sua pulsação estava regular. A respiração, superficial, mas regular. Oxigênio: normal. A pele estava morna e seca, sem descoloração, sem sinais de equimose, perfurações ou inchaço. Temperatura: trinta e seis graus. Pressão sanguínea: doze por oito.

A equipe relaxou um pouco. Não havia deterioração iminente.

O dr. Taube entrou na sala para examinar os pinos de metal que seguravam os arames de cobre nas gengivas superiores e inferiores de Marion.

— Que diabos está acontecendo aqui? — ele balbuciou, sem esperar respostas.

A enfermeira pegou a tesoura para cortar o vestido e retirá-lo, assim como as roupas de baixo, para a inserção do cateter. Ela cortou o vestido da cintura para baixo e o retirou, e então parou subitamente.

— Doutores... — disse suavemente.

— Ah, meu Deus — era o dr. Taube novamente.

— Que diabos está acontecendo? — dessa vez era o dr. Jankowski que dizia, sua voz mais alta e mais raivosa do que a do dr. Taube soara.

Marion usava uma enorme fralda plástica, muito apertada e presa ao corpo, que os agentes funerários costumam colocar nos cadáveres. A enfermeira começou a cortá-la com a tesoura, mas o dr. Taube já havia se posicionado do lado esquerdo de Marion. Ele prendia a respiração e olhava fixamente para o pequeno círculo de plástico laranja, embutido aproximadamente cinco centímetros acima e à esquerda de seu umbigo.

— O trocarte — ele sussurrou rispidamente, esticando a mão e tocando o braço da enfermeira. Ele parecia sem fôlego. A enfermeira parou de cortar. Os outros também pararam, rígidos e com o olhar fixo.

A mão direita do dr. Taube se esticou na direção do círculo laranja, como se ele aguardasse permissão para tocá-lo, para provar que era real, para confirmar que realmente aquilo havia sido parafusado no abdome da paciente e não estava apenas preso lá como um enfeite estranho. Era um trocarte, que conectava o buraco ao equipamento de sucção feito de metal do agente funerário, usado para drenar os órgãos internos e as cavidades corporais, incluindo os pulmões e o coração.

O dr. Taube empalideceu subitamente, úmido de transpiração. Ninguém disse nada. O dedo do médico tocou o plugue de plástico. Estava claramente embutido. Sua mão esquerda segurou o pulso da enfermeira, se certificando de que ela não cortasse mais nenhum pedaço de roupa. Seu olhar lentamente saiu do trocarte e seguiu até o dr. Jankowski.

Este, por sua vez, olhava fixamente para o trocarte e balançava a cabeça devagar, os lábios curvados em um protesto silencioso. Sua mente, longe de estar vagando, buscava dados daquela experiência, procurando freneticamente por respostas. De súbito, ele se virou com um olhar de perplexidade e lentamente puxou a gola do vestido de Marion para baixo. Ele a descera exatamente dez centímetros quando congelou.

Um sobressalto se fez ouvir atrás dele.

— Em nome de Deus, mas o quê...? — ele sussurrou.

A enfermeira se afastou, com os olhos arregalados e descrentes. O dr. Taube apenas olhava, imóvel. O dr. Deem observava fixamente, boquiaberto. A segunda enfermeira murmurou:

— Eu não entendo.

E pela primeira vez o dr. Meininger falou, emitindo, com a voz suave e estranhamente fora de contexto, uma única palavra:

— Uau.

Seu rosto estava pálido.

A cicatriz que eles viam marcava o início de uma incisão de doze centímetros feita debaixo e paralelamente à clavícula direita de Marion. O corte era desigual, e o ferimento havia sido suturado sem levar em conta a aparência e o uso do fio cirúrgico adequado. Em vez disso, sua pele havia sido costurada com uma linha número dez caseira. E nem sequer havia sido bem apertada, dando a impressão aos médicos de que estava solta, um trabalho inconsequente e horrível.

— Não acredito nisso — o dr. Taube murmurou.

— Você acha que eles mexeram dentro dela? — o dr. Meininger perguntou.

— Pelo menos fizeram parecer que sim — Deem sussurrou.

— A arteriografia — o dr. Taube sussurrou. — Mova o angiógrafo para cima.

O dr. Jankowski resolveu perguntar:

— Harold, há quanto tempo você diria que essa incisão foi feita, considerando o nível de cicatrização? — E fez um aceno de cabeça na direção do abdome de Marion. — Isso e o trocarte. Há quanto tempo eles estão aí?

O dr. Taube analisou o grau de cicatrização ao longo da sutura, então passou o dedo em volta da pele, que já estava subindo, e por sobre as beiradas do plugue laranja no abdome de Marion, já tomando o botão de plástico como seu.

— Quatro meses — ele sussurrou. — Algo do tipo, pela maneira como o corpo cicatrizou por cima do plástico. O que você diria? — Ele olhou para o dr. Meininger, e então para os outros.

Jankowski assentiu.

— Muito tempo — ele disse. — Mas ela esteve aqui, como nossa paciente, durante os últimos meses. Algum de vocês a examinou? Essa coisa está nos registros dela?

— Mas que diabos...? — o dr. Meininger sussurrou. — Que inferno...

* * *

Para uma jornalista competitiva como Ruth Cosgrove, aquela notícia era simplesmente incrível. Ela já havia coberto "mega-histórias" antes, mas nada que chegasse aos pés daquela.

O plano de transmissão era simples. Ela teria uma entrada de trinta segundos às 21h55, cinco minutos antes que o concorrente *Primeiras notícias*, do Canal 20, entrasse no ar, às dez da noite. Isso estabeleceria a posição de exclusividade do Canal 3. Então ela voltaria com mais inserções de quinze segundos durante a próxima hora antes de apresentar as armas às onze.

Num mundo perfeito, ela pensou, tudo teria acontecido uma hora mais tarde e eles teriam entrado com a cobertura total e exclusiva às onze da noite, mas outros três canais de Detroit já estavam armando posições por ali, assim como várias estações de rádio. O restante estaria no local em minutos. Mas, enquanto todos sabiam da chamada feita para a emergência e da conversa pelo rádio que aconteceu na ambulância, assim como do relatório policial, nenhum deles tinha o verdadeiro áudio entre o médico e o paramédico como o Canal 3; Ruth tinha certeza disso. Se colocasse aquele áudio com tudo o que ela estava reunindo dos paramédicos e da equipe médica e de emergência do hospital, Ruth teria o suficiente para um corajoso furo que deixaria toda a imprensa de Detroit com vergonha de si mesma.

O horário no paraíso das notícias era 21h53, dois minutos para a primeira chamada extraordinária de Ruth, e ela já estava no lugar, sentindo a excitação. Eles fariam uma introdução de cinco segundos, e então cortariam para ela, ao vivo. Seu nome seria colocado na tela, assim como "Hospital Fremont, Royal Oak". Uma arte gráfica mostraria aos espectadores a informação "Notícia Exclusiva Canal 3" piscando na tela, enquanto Ken Brooks, no estúdio, a apresentaria.

Um minuto para entrar. Seu cabelo estava bom. Nenhuma câmera parecia pronta em volta dos outros furgões, aqueles que haviam acabado de chegar, e todos que saíram deles ainda corriam como loucos para conseguir informações. Os operadores de câmera e jornalistas viram Ruth pronta para entrar no ar naquele instante e se perguntaram quanto ela sabia, conscientes de que ela tinha a dianteira e desejando estar no lugar dela. Aquela era a melhor sensação que um jornalista poderia ter, e ela se banqueteava com aquilo. A adrenalina pulsava. Pronta para começar.

Trinta segundos. Ela respirou fundo, limpou a garganta e ensaiou suas primeiras palavras em voz alta.

— O *Notícias quentes 3* teve acesso exclusivo... soube com exclusividade... — Limpou novamente a garganta. — *Notícias quentes... Notícias quentes 3...* — As luzes se acenderam. Contagem regressiva: 4... 3... 2...

Seu ponto eletrônico captou o anúncio do âncora, sua deixa:

— E agora, por Ruth Cosgrove, que está ao vivo no Hospital Fremont, em Royal Oak, este exclusivo "Alerta de Notícias" do Canal 3!

Subitamente ela estava em todos os lugares do sudeste de Michigan e sul de Ontário, no Canadá, falando rápido e alto.

— O *Notícias quentes 3* traz com exclusividade a informação de que uma moradora local foi declarada morta no Hospital Fremont em Royal Oak no sábado à tarde, e, após ter sido supostamente *embalsamada* no dia de ontem em uma funerária da cidade, descobriu-se que ela estava *viva em seu caixão*, há apenas uma hora! Alguns se referem a essa "Mulher Lázaro" como um milagre de proporções bíblicas, mas outros a consideram vítima de uma provável negligência criminosa, ou pior. Enquanto procuradores, legistas e a polícia investigam, cabe a nós perguntar como ter certeza de que isso também não aconteceu com algum de *nossos* familiares e amigos... sem que se descobrisse a tempo? Ouçam as vozes reais da equipe de emergência, enquanto eles faziam essa chocante descoberta... *somente* no *Notícias quentes 3*, às onze da noite!

* * *

C.J. Walker, cujo nome era Christopher Joseph, mas que nunca fora chamado de "Christopher", muito menos de "Christopher Joseph", embora seu pai algumas vezes o chamasse de "Ceej", tinha nove anos e estava sozinho vendo tevê na sala de estar de sua casa, na zona sul de Royal Oak. Sua mãe, Lynn, estava no andar de cima guardando a roupa lavada. Seu pai morava em outro lugar. Seus pais haviam se divorciado, ele dissera a seus amigos, quando ele era apenas um garotinho. Já haviam se passado dois anos, mas ele ainda conseguia se lembrar de tudo facilmente.

Quando viu a notícia dada por Ruth, o garoto soube que ela estava falando da sra. Klein. Ele sabia que a sra. Klein era amiga de sua mãe, da igreja.

Ele conhecia os filhos dela também, porque estava no quarto ano da Escola Fundamental St. Veronica e já os vira no colégio de ensino médio de mesmo nome, que ficava do outro lado da rua. Ele até sabia quem era o pai deles, o sr. Klein, porque acabara de vê-lo acompanhado dos filhos, chorando na funerária, aonde sua mãe o levara após o jantar para que pudesse se despedir da amiga que falecera e dizer ao sr. Klein e aos filhos dele que sentia muito e que também amava a sra. Klein.

O rosto de Ruth desapareceu, dando lugar ao comercial de uma concessionária Ford da região de Detroit, mas C.J. continuou vendo seu rosto. Ele havia escutado o padre Mark rezar pela sra. Klein na funerária. Ele tinha visto os visitantes chorarem e a sra. Klein usando um vestido azul em seu caixão, com uma foto da família dela, de quando ela era mais jovem e os garotos tinham a mesma idade que C.J. tinha agora. Ele não ficou com medo quando a viu, porque tinha visto seus avós, quando eles morreram, e Steve Luccini, que se afogara no inverno passado no lago do campo de golfe, e ver pessoas mortas não o assustava. Ele até se curvara sobre a sra. Klein e lhe sussurrara algo enquanto sua mãe conversava com o marido dela do outro lado do caixão, mas agora ele desejou não ter dito nada. Agora, sim, ele estava com medo.

Um velho anunciante usando uma gravata vermelha dizia que ele tinha um amigo na Móveis Frankheart.

C.J. pegou o controle remoto e desligou a tevê. Colocou o aparelho na mesa em frente ao sofá, dobrou os joelhos e apoiou o queixo neles, envolveu os braços em volta das pernas e olhou fixamente para o monitor apagado com os olhos arregalados, sem se mover.

Ficou sentado daquele jeito por quase quinze minutos, até que sua mãe desceu as escadas e foi para a sala de estar, cantarolando.

Lynn Walker era magra e atlética, com cabelos curtos e castanho-escuros, olhos grandes e castanhos e um lábio inferior carnudo que, de acordo com os poucos homens com quem ela havia saído nos últimos anos, lhe dava um visual afrancesado. Embora ela não fosse. Ela era meio inglesa, meio irlandesa. E, naquele momento, era uma pessoa curiosa. Havia descido para dizer a C.J. que era hora de ir para a cama e o encontrou olhando fixamente para a tevê desligada, então se virando e olhando fixamente para ela.

Ela conhecia o olhar. Olhar de culpa. E não era porque ele estava com os pés no sofá.

— É bom esse programa, a tela da tevê preta assim? — Ela inclinou a cabeça e sorriu para ele. Depois acrescentou: — O que você está fazendo, querido?

C.J. não respondeu. Seus olhos voltaram para a tevê desligada.

Ela se sentou ao lado dele. Os olhos grandes e escuros de seu filho, os quais Lynn certa vez descreveu para Nancy Gould, sua melhor amiga e sósia, como "incrivelmente capazes", não pareciam tão capazes naquele momento. Na verdade, ela notou que ele parecia mais do que culpado. Parecia assustado.

Um tremor de preocupação a atravessou. C.J. se metera em diversas encrencas nos últimos anos, desde que ela e seu ex-marido, Joe, se separaram. Nada sério demais, na verdade, mas foram muitos os episódios de agressividade. Brigas com outros garotos. Discussões com professores. Falas inoportunas e inconsequentes. Tudo isso não acontecia com muita frequência, mas estava ali — a dor e a raiva à flor da pele, latentes dentro dele.

— Qual é o problema, meu amor? — ela perguntou. — Pode falar. — Ela tocou seu rosto e o virou para ela, então passou a mão levemente por seus cabelos castanhos. — Aconteceu alguma coisa. Foi algo que passou na tevê? Me diz o que tem de errado.

Subitamente o telefone na mesinha ao lado do sofá tocou, fazendo Lynn pular.

— Nossa! — ela reclamou, tentando deixar o momento mais leve. — Que susto! — Ela ainda sorria enquanto pegava o fone, mas seus olhos não desgrudaram de C.J., que não parecia surpreso e não sorria. — Alô?

Nancy Gould passou por cima do habitual "olá" para gritar:

— Lynn, dá para acreditar nisso? Ah, Jesus amado!

— Acreditar em quê? — Lynn perguntou, subitamente se endireitando no sofá.

— Ah, meu Deus, Lynn! Você não viu o Canal 3, e o jornal das dez no Canal 20? Ah, meu Deus, mulher! Burr, fica esperto; vão mostrar de novo às onze!

Lynn percebeu que sua amiga estava chorando, depois chorando e rindo ao mesmo tempo, sem saber qual das duas atitudes escolher.

— Que foi, Nancy? — Lynn perguntou, subitamente percebendo que Nancy e C.J. haviam visto a mesma coisa, só que aquilo havia assustado seu filho.

— Lynn, está passando na tevê! Alguém está vivo em uma funerária de Royal Oak e o Canal 20 acabou dizer que é a Marion!

Lynn saltou do sofá. Sua cor sumiu. Sua boca se abriu. Ela se virou para olhar para C.J. e viu lágrimas se juntando em seus olhos, então se sentou ao lado dele e esticou o braço desajeitadamente para segurar sua mão. Ela lhe fez uma menção de "está tudo bem", sem soltá-lo, sem tirar os olhos dele.

Pelos próximos minutos, Nancy despejou toda a história com preciosos detalhes, com louvores a Deus e outras exclamações que beiravam a histeria.

Quando desligou, Lynn estava tremendo.

C.J. estava sentado, olhando para ela, ainda sem dizer nada, ainda com medo, só que agora Lynn sabia o motivo. E agora C.J. não era o único que estava com medo.

Lynn queria falar, mas como poderia? As perguntas se acumulavam em sua mente. O que haviam feito com Marion? Por que pensaram que ela estava morta? E não estava, por sua aparência na funerária? Ela sentiu algo quando acordou? Estaria sentindo algo agora? Ela realmente ficaria bem? Ela ainda ia morrer de câncer mesmo assim? Eles cometem esse tipo de erro o tempo todo?

— Foi isso que você viu na tevê, querido? — ela finalmente perguntou em um sussurro pesado, a mão esquerda se estendendo para abraçar gentilmente o ombro esquerdo do filho, a direita ainda segurando a dele. — As coisas que eles disseram a respeito da funerária?

Ela se deu conta de que sua voz ainda estava trêmula, mesmo sussurrando. Ela sabia que C.J. também podia ouvir aquilo.

O menino assentiu lentamente, e o coração de Lynn se despedaçou da maneira que só um coração de mãe é capaz. O pobre garoto havia sentido tanto medo, medo até de contar para ela, e ela se sentiu mal por isso. Ela deslizou a mão de seu ombro e acariciou as costas do menino, puxando-o para perto de si.

— E agora eles estão dizendo que a sr. Klein não morreu de verdade, não é? — ela disse. Ela não queria chorar na frente dele, mas ouvir a si mesma dizendo aquelas palavras em voz alta fez com que acontecesse. Ela não conseguiu evitar. Era tudo muito maluco e muito próximo de sua casa.

C.J. a observou chorar. Ele ainda não dizia nada, ainda não se mexia.

— Por que você não me disse que eles falaram essas coisas, meu bem? — Lynn perguntou.

Nenhuma palavra. Nenhum gesto. Nenhuma mudança de expressão.

Ela pensou: *Que Deus o ajude; o garoto está traumatizado de verdade.*

Então sussurrou:

— Ah, C.J., querido. Vamos lá. — Sua voz parecia um pouco mais estável, então ela tentou de novo. — Está tudo bem, seja lá o que tenha acontecido. — Ela parou e se forçou um leve sorriso; chega de chorar. E falou: — Uau. Apesar de tudo, isso é realmente incrível, não acha?

E então colocou o outro braço em volta dele e, aproximando-se ainda mais, o abraçou. Ela realmente não sabia se abraçá-lo seria a coisa certa a fazer, ou se o garoto preferia ser tratado como um homem e, em vez disso, receber um aperto de mãos ou um soquinho no braço, mas C.J. deixou o abraço acontecer. Ele não ergueu os braços para retribuir, mas deixou acontecer.

— É como num filme, não é? — ela disse, afastando-se um pouco dele mais uma vez, abaixando a cabeça e olhando em seus olhos, as mãos na parte de trás de seus ombros, descansando com leveza. — Também é *assustador*, não é? Quer dizer, de uma forma emocionante. Mas é assustador para você também?

C.J. concordou levemente.

O telefone tocou de novo. Dessa vez, os olhos de C.J. se arregalaram e ele se enrijeceu.

— Acho que é assustador para mim — Lynn acrescentou rapidamente, alcançando o telefone mais uma vez. — Acho que é meio assustador para todos nós.

Uma voz de homem soou, alta e animada:

— Me diz que você ficou sabendo da Marion Klein!

Era Joe, o homem de quem ela havia se divorciado depois que o pegou pela segunda vez com um bilhetinho indecente no bolso, assinado por alguém com quem ele andava às escondidas. Durante meses ela se preocupara que o caso do marido tivesse sido de algum modo culpa sua, mesmo se convencendo de que Joe havia deixado o bilhete no bolso para que ela encontrasse e o resgatasse. E então um dia, sem razão aparente, ela se convenceu completamente de que não era sua culpa, de que ele estava escondendo seus feitos porque gostava da excitação da caça mais do que amava a esposa e o filho, de que ele manteve o bilhete no bolso porque no fundo era um idiota de marca maior que nunca cresceu nem sequer pensou em jogar o bilhetinho fora, e que, mesmo se ela o resgatasse, ele sairia atrás de outra na primeira oportunidade, porque Joe não queria estar casado de verdade.

Simples assim, ela teve certeza. E, simples assim, Joe se foi.

Mas eles continuaram mantendo contato regularmente, em grande parte pelo bem de C.J. E, na verdade, havia coisas a respeito dele que ela ainda respeitava. Não o suficiente para construir uma nova vida, nem perto disso, mas algumas coisas.

— Sim, fiquei sabendo — ela disse. — Não sei se acredito.

— Mas me diz se isso não fez sua cabeça explodir! — ele riu. — Deus, eles vão acabar com aquele agente funerário. — Outra risada. — E com o hospital. Você foi ao velório?

— Sim. Mas não parecia ter nada fora do comum. Quer dizer, foi meio sinistro, porque ela parecia morta. Você sabe como eles sempre ficam, né?

— Isso é tão inacreditável!

— Mas seja lá o que tenha acontecido, foi depois que a gente foi embora, Joe. — Ela notou que C.J. se empertigou ao ouvir o nome do pai. — Então eu não sei o que te dizer. Mas C.J. e eu estamos bem perturbados, se é que você me entende. E ele está bem aqui.

— O que você está dizendo, Lynn? Que levou C.J. ao velório com você?

Subitamente sua voz adquiriu um tom grave, e ela não gostou. Ela já ouvira aquele tom de voz antes, seu jeito de se tornar protetor com C.J., agora a cinco quilômetros de distância.

— Acho que você não vai querer entrar nesse assunto — ela disse.

— Os Klein não são nada para o C.J., Lynn — ele disse, afiado. — E nove anos já é idade suficiente para ficar sozinho em casa por uma hora, sabia?

— Eu te disse, não aconteceu nada. Mas nós dois estamos bem mexidos com a notícia, se é que você está me ouvindo, para variar um pouco. C.J. está bem aqui, e nós dois estamos bem perturbados.

— Bom, que diabos você acha que está acontecendo com ela? — Joe quis voltar ao assunto.

— Você sabe mais do que eu, Joe — ela disse, soando subitamente clara e decidida. — Mas o C.J. está bem aqui e quer falar com você também. Porque estamos passando por uma barra aqui por causa disso, ele e eu. Já te falei isso? Então fale com ele.

Ela entregou o telefone para C.J. e apertou o maxilar com força, esperando.

C.J. pegou o fone sem expressão. Ele ouviu e respondeu com um "ãrrã". Vários segundos se passaram. Ele disse novamente um "ãrrã" baixinho. Mais cinco segundos, e então um leve:

— Eu sei.

Lynn ficou aliviada. Pelos menos Joe estava conversando com ele, dizendo *alguma coisa*. Ela acariciou as costas de C.J. e esperou. Passaram-se mais dez segundos.

— Eu sei — o garoto sussurrou mais uma vez. E então ergueu o braço lentamente e lhe entregou o fone, olhando para ela com os olhos negros de quem ainda estava assustado.

Ela fez uma pausa com o fone apoiado no queixo, imaginando se devia perguntar sobre o que eles haviam conversado. Mas desistiu e apenas disse:

— Preciso desligar.

— Ele realmente está no mundo da lua, não é? — Joe perguntou. — Tenho que lidar com isso. Amanhã eu ligo, tudo bem? Ou me ligue você, se ficar sabendo de alguma coisa nesse meio-tempo, pode ser?

— Sim, eu ligo se tiver algo mais que você possa fazer — ela disse, e então desligou.

* * *

Às 22h25, a diretora de relações públicas do Fremont, Diane Whitney-Smith, convidou o marido da paciente e seus dois filhos, assim como o sacerdote da família, padre Mark Cleary, para saírem da sala de conferências número três do Centro de Tratamento Emergencial, onde estiveram esperando, e irem para a sala de espera dos médicos, muito mais confortável, na ala leste, logo ao lado da unidade de tratamento intensivo. Ela se desculpou pelo fato de ainda não poderem ver a sra. Klein, mas lhes assegurou que ela estava estabilizada, embora ainda inconsciente, e que as avaliações iniciais logo seriam concluídas. Depois disso, eles esperavam passá-la para a UTI, onde a família poderia não apenas vê-la, mas ficar com ela pelo tempo que quisesse.

Às onze da noite, reunido na sala de conferências, o pequeno grupo assistia ao âncora do jornal do Canal 8 de Detroit berrar a história completa. A ele se seguiu uma lista de "peritos" escolhidos pela emissora, que deram suas opiniões éticas, médicas e legais. Um deles, um padre jesuíta baixo e de barba grisalha da Universidade de Detroit, lembrou aos espectadores a realidade dos milagres. Dois outros, um representante do Conselho de Medicina de Oakland County e um procurador-assistente do gabinete do procurador da mesma localidade, mencionaram possibilidades mais pessimistas do que aquela e prometeram o que concordaram ser uma "investigação imediata e implacável".

O grupo não ouviu o áudio interceptado que Ruth exibia no Canal 3.

Às 23h25, o dr. Jankowski, que havia conversado com Ryan e com as crianças mais cedo, apareceu e apresentou o chefe da equipe médica do hospital, dr. Taube, que estendeu a enorme mão e sorriu para eles com olhos cansados.

— Viemos lhes dar boas notícias — o dr. Taube disse. — Elas serão divulgadas ao público dentro da próxima hora.

A família se preparou.

O dr. Taube respirou fundo, deu um largo sorriso, embora claramente mecânico, e disse:

— O fato é que, embora a sra. Klein ainda esteja inconsciente, e isso é o que nos preocupa, podem ter certeza, até agora não encontramos nenhuma evidência de drogas, infecções ou hemorragia interna, cerebral ou de qualquer outro tipo.

Ryan suspirou.

— Graças a Deus.

— Além disso — o médico disse, com uma expressão séria —, estou aqui para lhes dizer que não encontramos evidência, pelo menos até agora, de câncer. Sangue, fígado, nada ainda. Até o presente momento, não conseguimos encontrá-lo.

Dawn exclamou suavemente:

— Uau — e então se levantou. Truman estava aturdido e, sentado na cadeira, não se movia. Os olhos de Ryan se encheram de lágrimas. Ele sussurrou:

— Nenhum sinal do câncer dela?

Os dois médicos balançaram a cabeça. Nenhum sinal do câncer.

— Ela está em remissão — o dr. Taube disse. — E aparentemente será completa.

Os lábios de Ryan se retorceram enquanto ele esticava o braço para segurar a mão da filha e olhava impotente para o filho, cujos lábios também se retorceram subitamente, o choque silencioso de uma promessa séria demais para que simples palavras dessem conta.

O padre Mark se levantou devagar, com o coração acelerado.

— Ela estava realmente morta? — ele perguntou com a voz fraca.

Ninguém o ouviu.

Ele falou mais alto, dessa vez olhando para os médicos:

— Ela estava realmente morta? — Mas Ryan havia jogado os braços em volta do médico e ria alto, soltando sua tensão e sua dor, e tremendo numa súbita explosão de risos, com a cabeça caída para trás, os olhos arregalados e cheios de lágrimas. Ao seu lado, Dawn e Truman pulavam, batiam palmas, choravam e riam alto também.

***

Lynn Walker não ouviu quando C.J. subiu sorrateiramente em sua cama pouco depois das 3h15 da manhã, mas o ouviu fungando profundamente dez minutos depois. Da primeira vez que o ouviu, ele parecia muito distante, ao menos foi o que lhe pareceu, e, embora o som fosse baixo e estranhamente misturado com um sonho sobre um homem gordo que aplaudia, por alguma razão, um túmulo que Lynn se lembrava de ter visto perto dos trilhos de uma ferrovia quando era menina em Columbus, Ohio, o som repetitivo das fungadas de C.J. era tão familiar que ela não apenas as reconheceu como se deu conta de que estavam a apenas alguns centímetros de distância.

A imagem do túmulo se esvaneceu. Ela abriu os olhos e se virou para encontrar o filho aninhado ao seu lado, algo que ele não fazia havia um bom tempo.

Com os olhos embaçados, ela virou a cabeça para olhar o relógio e então se moveu para colocar o braço em volta da cintura do garoto em um abraço preguiçoso e gentil.

— Vamos dormir juntinhos, querido — ela sussurrou suavemente no escuro, sem saber se ele estava acordado ou dormindo —, e amanhã tudo vai melhorar, eu prometo.

Não houve resposta.

— Estou feliz que você esteja aqui — ela sussurrou.

C.J. ainda não respondeu, mas sentiu o acalento de Lynn no escuro, com seu braço o envolvendo de um modo que agora ele raramente permitia. Para ela, ele parecia tão aquecido e bem que em questão de segundos ela caiu novamente em sono profundo, o qual lhe roubou suavemente a visão e a carregou para a escuridão.

C.J. aguardou, ouvindo sua mãe respirar mais profunda e lentamente. Então virou o rosto na direção dela no escuro e ficou imóvel por um longo tempo, muito imóvel e muito perto, olhando fixamente para aqueles olhos e aqueles lábios familiares, e para o cabelo recortado pela luz da lua em linhas muito suaves no travesseiro ao lado.

Uma vez, quase trinta minutos depois, ele sentiu Lynn se mexer. Isso o surpreendeu e ele prendeu a respiração, para não acordá-la. Mas ela continuava adormecida.

As nuvens pairavam sobre a face da lua, selando o quarto em uma escuridão que parecia interminável para C.J. E então as nuvens se afastaram novamente, e ele observou a luz da lua suave alcançando a veneziana e passando pelas lâminas como dedos. Os dedos desenhavam linhas que brilhavam pelos pés da cama de sua mãe e por todo o chão até a penteadeira. Ele observava as linhas, e pensou novamente em Marion Klein e no que a jornalista havia dito na tevê — especialmente a parte que falava sobre crime e a polícia.

E então, na escuridão, no meio da noite, para a mulher que dormia ao seu lado e para quem mais estivesse lá, ouvindo no escuro, C.J. Walker sussurrou:

— *Fui eu!*

4

Dennis Henry, presidente do conselho de diretores do Fremont, estava sentado à cabeceira da mesa de madeira de vinte e quatro lugares da sala de conferências e informava a seus três colegas que a reunião de emergência das seis e meia da manhã iria, de fato, começar na hora. Ex-executivo do ramo automotivo, o sexagenário Dennis se orgulhava de seus fartos cabelos castanhos, de sua eficiência administrativa e de sua larga experiência de vida. Ele se gabara aos membros da equipe do hospital, por mais de uma ocasião, de que, em seus quarenta e um anos de profissão, "já vira e fizera de tudo". Mas estava prestes a descobrir que não.

À sua direita estava Harvey Bailey, um dos três conselheiros legais da Corporação de Assistência Médica Fremont. Harvey era um quarentão em forma, impecavelmente vestido e preparado da mesma maneira.

À direita de Harvey estava a cansada, mas motivada Diane Whitney-Smith, vestida com um tailleur marrom-escuro risca de giz. Ela estivera tensa demais na noite passada para dormir, mas estava pronta.

Do outro lado da mesa, na frente de Diane, estava o dr. Harold Taube, uma presença formidável em qualquer reunião, mas dominante em uma reunião tão compacta e direcionada a questões médicas como aquela. O doutor chegara armado com três horas de sono mais uma pilha de um centímetro de notas, registros e fotografias, enfiados em uma única pasta de papel pardo. Ele parecia afundado em dúvidas. Não tomou café nem se importou com a conversa fiada. Queria começar logo.

E assim o fizeram.

— Obrigado por virem até aqui tão cedo esta manhã — Dennis afirmou, repetindo o que havia dito a cada um deles individualmente. — Vamos direto ao assunto. — Os outros concordaram. — A sra. Klein ainda está inconsciente, pelo que parece. — Ele olhou para o dr. Taube, que sinalizou sua concordância com um simples fechar e abrir de olhos. — E os noticiários da tevê, tenho certeza de que estão cientes disso, apelidaram nossa paciente de

"Mulher Lázaro". — Com isso, o presidente parou. Ele observou as próprias anotações, então bateu a borracha da ponta do lápis diversas vezes na mesa. Um martelo silenciador. — Então, Harold — ele disse prontamente, olhando para o dr. Taube. — O que exatamente temos aqui?

O doutor respirou comedidamente e abriu a pasta diante dele.

— Do ponto de vista médico — ele disse —, temos uma situação notável. As perguntas ainda estão no ar e também são notáveis, e temo que estejamos muito longe de encontrar todas as respostas.

Dennis se recostou na cadeira, as mãos pousadas no colo. Não era o que ele queria ouvir.

— A sra. Klein ainda está inconsciente, como você disse, Dennis, embora não tenha demonstrado reação distinta nem ao toque, nem ao som da voz, até as cinco horas desta manhã. Por isso eu lhes passarei rapidamente o que já temos e voltarei para lá.

— Esse é outro ponto que a mídia está forçando — Diane objetou. — A cidade está em vigília. Todo mundo quer saber o que a Mulher Lázaro vai dizer quando acordar.

— Os advogados dela serão os primeiros da fila — Harvey observou em voz baixa.

— O que vou lhes dizer agora é estritamente sigiloso — o dr. Taube disse. — E enfatizo o *estritamente*, pois não precisamos de mais histeria.

A insinuação de que poderia haver uma nova razão para ainda mais histeria lançou uma reação nervosa em todos na mesa.

— Suponho que vocês já ouviram que a paciente está passando pelo que aparenta ser uma dramática remissão — o médico começou. — Isso já vazou para a imprensa, e vamos confirmar esse fato, mas não em detalhes, na coletiva de imprensa desta manhã. Pelo que vemos, seus tumores se foram, as enzimas estão normalizadas, a toxicidade negativa, todo o processo. Aparentemente uma remissão completa e imediata. Não dizemos "milagre", mas dizemos "notável". Não há dúvida quanto a isso, não com essa mulher.

Dennis havia sido alertado a respeito da remissão de Marion, mas ainda assim ver o médico oficializá-la o tocou profundamente. Ele permaneceu olhando fixo, com os olhos arregalados.

— Essa é a questão número um.

Os três reagiram novamente com movimentos discretos, tensos e desconfortáveis. O dr. Taube retirou de sua pasta oito fotografias feitas com uma Polaroid e as exibiu como se segurasse cartas de baralho, colocando-as na mesa diante deles. Todos se inclinaram para ver as imagens mais de perto.

As primeiras duas fotos eram da incisão de Marion, a sutura de linha através de uma cicatriz de doze centímetros bem abaixo da clavícula. As próximas três eram detalhes do procedimento, que ocorrera de madrugada, para a remoção da linha. A seguinte era uma foto do trocarte com o qual ela chegara, virtualmente parafusado em seu abdome. E as últimas duas: o procedimento para a remoção do grande plugue de plástico.

— Foi assim que a encontramos — o doutor disse. — Essa incisão com a linha a mantendo fechada é de praxe, é o que um agente funerário faz. Vocês podem ou não estar familiarizados com isso.

Harvey expressou a confusão de todos ali:

— Você quer dizer que um agente funerário realmente *cortou* essa mulher?

— Sim, como se estivesse fazendo um embalsamamento. Parece uma brutalidade para nós, e realmente é, mas ninguém vê o processo no embalsamamento. Apenas o agente e a pessoa que a vestiu viram isso. Eles fazem a incisão, como vocês podem ver aqui, dez, doze centímetros, e então descem através do músculo até a veia jugular e a artéria carótida. Alguns vão até a artéria femoral, mas esse aqui é o padrão. Eles amarram a artéria e a jugular. Depois as cortam em três quartos do caminho, para que possam colocar um tubo e drenar todo o sangue, e então usam a mesma incisão para injetar os fluidos de embalsamar.

Dennis se levantou e pegou a primeira foto.

— Você está dizendo que essa mulher foi ou não foi embalsamada?

— Ela obviamente não pode ter sido embalsamada — o médico respondeu, ainda apressando as palavras. — O fluido de embalsamar é "esclerosante", o que significa que destrói todo o sistema circulatório, mistura tudo e nada mais flui. Então acho que podemos concordar que nenhum paciente vivo pode ter sido embalsamado.

Dennis se sentou novamente, agitado e impaciente. Ele olhou fixamente para a foto do procedimento cirúrgico e da linha, viu processos e pedidos de demissão de médicos, forçadas ou de outros tipos, e a reputação de um grande hospital rachar e talvez até afundar, com ele segurando o leme sozinho durante a derrocada.

— O que é essa coisa laranja? — ele perguntou.

— É um instrumento chamado trocarte. No embalsamamento, um tubo fino de metal é usado para drenar os órgãos internos e as cavidades, incluindo pulmões, coração, estômago, intestino e assim por diante. Não é agradável pensar nisso, mas ele é inserido pelo abdome para mexer em tudo e drenar, e então, quando o procedimento é finalizado, esse plugue é colocado no lugar para selar a abertura. Normalmente o "botão", como eles o chamam, é amarelo, às vezes é laranja.

Dennis olhava fixamente para o médico, sem saber o que dizer.

O dr. Taube se moveu lentamente e tirou a foto da mão de Dennis.

— Existem outras coisas que é preciso analisar. Estão vendo essa cicatriz, abaixo da clavícula dela? Olhem novamente o nível de cicatrização. Achamos que esse tipo de cura leva pelo menos três ou quatro meses. Isso já estava curado fazia um bom tempo.

— Mas ela ainda está com a linha — Diane disse.

— Mas ela ainda está com a linha — o dr. Taube repetiu. — Se vocês me perguntarem o que está acontecendo aqui, eu realmente não vou saber responder. A pele dela está cicatrizada em volta do trocarte também. Olhem aqui, nas bordas, onde a carne já começou a se fechar em volta. Aqui também já está curado.

Ele parou e começou a morder o lábio, olhando fixamente para as fotos, como se não as tivesse analisado antes. Mais uma vez, sentiu o assombro aumentar na expressão de seus interlocutores.

— E não apenas a pele cicatrizou por cima, mas todos dizem não ter visto isso até a noite passada — ele disse, sem querer ir rápido demais, nem por ele nem por seus colegas. — Eles não viram isso enquanto ela esteve no hospital nas últimas semanas. Nem nos últimos meses. Nem mesmo recentemente, coisa de um ou dois dias atrás. — Ele parou, dando um tempo para a informação ser digerida. — O que podemos dizer? Médicos. Enfermeiras. Perguntamos a todos que lidaram com ela. Voluntários. Ajudantes. Técnicos de raio x. O próprio marido disse que nunca tinha visto isso antes. Mas aparentemente está cicatrizando há meses. Não tem outra explicação.

Seu braço se esticou novamente, devagar dessa vez, buscando a foto do trocarte.

— A mesma coisa com isso — ele disse. — Ninguém viu esse plugue antes. Eles juram. Bem aqui no flanco dela. E devia estar cicatrizando há três, quatro meses, no mínimo.

O silêncio pesou sobre eles, cheio de tensão, por dez segundos completos.

— Estamos falando de um milagre aqui? — Dennis finalmente sussurrou.

O dr. Taube respondeu:

— Estamos falando de fatos, espero, como membros do Hospital Fremont e não do Centro Metafísico Fremont. E estes são apenas os fatos. — Ele fez uma pausa para escolher e analisar outra folha de papel, e então disse: — E tem mais.

O presidente do conselho começou a batucar o lápis na mesa.

— Conte tudo, Harold, pelo amor de Deus. Tudo o que falta, de uma vez só. Por favor.

O médico assentiu.

— Apenas mais três questões. Por enquanto.

— Por enquanto — o presidente murmurou.

— Número um, temos uma arteriografia dessa mulher, feita na noite passada, e sua carótida realmente parece ter sido seccionada. Embora, novamente, pareça ter sido há algum tempo. Agora está curada, mas tem uma cicatriz do que quer que seja... não sabemos.

Dennis balançou a cabeça e desviou o olhar bruscamente. Eles o ouviram resmungar:

— Santo Deus!

Diane balançou a cabeça devagar.

Harvey falou suavemente, mas parecendo assustado:

— E as novidades não param.

— Número dois, na noite passada fizemos uma endoscopia e uma colonoscopia. O dr. Chapman foi chamado para participar. O fato é: existem múltiplas feridas de perfuração no estômago da mulher. Elas são distintas. E, novamente, adivinhem? Aparentam ser antigas. Já estão bem curadas. Concordamos que parecem ter de dois a quatro meses, e parecem ser perfurações feitas com algo mais ou menos do tamanho do dedo mindinho. Uma dúzia delas apenas no estômago.

Três bocas se abriram sem dizer nada. Era como um filme de terror, ficando mais horrível a cada cena.

— A ressonância magnética mostra feridas similares no coração, pulmões, rins, bexiga e por todo o abdome. Todas já curadas. Num total de oitenta, talvez. E essas são só as que conseguimos encontrar.

Harvey e Dennis disseram ao mesmo tempo:

— Oitenta?

— Há muitas delas.

— O tubo do trocarte? — Diane perguntou.

— No mínimo são compatíveis com o tubo do trocarte. Isso podemos dizer. Embora não saibamos ao certo... ainda.

— Compatíveis com o tubo do trocarte — Harvey sussurrou.

Dennis disse:

— Vamos ao terceiro ponto.

O dr. Taube parecia estudar a primeira foto do trocarte. Ele disse de maneira bem lenta, até mesmo distante, como se o ultraje do que acabara de dizer o fizesse deslizar para algum tipo de torpor:

— Precisamos manter essa mulher aqui — ele afirmou. — Temos de mantê-la aqui até que ela ou a família nos dê permissão para explorar o caso cirurgicamente.

— Direto ao ponto, Harold. Pelo amor de Deus.

— Sobre o tubo do trocarte, e sabendo que isso é fato. Executamos uma segunda bateria de ressonâncias magnéticas, e parece haver traços de metal, coisa microscópica, que se localizam no mesmo ponto de muitos desses ferimentos. Agora me ouçam. Eles muito provavelmente são recentes, se a ressonância foi capaz de captá-los desse jeito.

— E? — Dennis perguntou.

— E, se os rasparmos e pudermos analisá-los, e eles se provarem idênticos ao tubo de metal do trocarte do agente funerário... bem...

— Você tem ideia do que isso significa? — Diane perguntou, sem fôlego.

— Precisamos manter essa mulher aqui — o médico disse.

— Aí você estará... Nós estaremos... falando de um milagre? — Dennis perguntou.

O médico soltou a folha de papel, que flutuou sobre a mesa. E então disse:

— Aí, Dennis, a coisa vai pegar fogo.

* * *

Padre Mark se arrastou exausto para a cama, abalado, agitado e atordoado, pouco antes das quatro da manhã. Ele não pensou em reprogramar o despertador, que tocou, como de costume, às seis e meia, para que ele se levantasse e se arrumasse para a missa das sete da manhã. Mas ele continuou dormindo.

Às 6h40, seu jovem colega, padre Steve Kennedy, veio acordá-lo, sacudindo-o na cama. Steve parecia mais jovem do que seus vinte e poucos anos, era alto e aparentava ser um estudante universitário, de compleição irlandesa, com a pele clara, cabelos ruivos e brilhantes e sobrancelhas grossas sobre os olhos escuros, que costumavam parecer alegres, mas que naquele momento estavam cheios de perguntas e da emoção de uma nova e sensacional busca.

— Mark?

Ele abriu um olho. O quarto já estava iluminado pela luz do sol, mas o olho se fixou no vazio e se fechou novamente.

Uma sacudida mais forte dessa vez.

— Mark? Você quer que eu conduza a missa das sete para você? Posso fazer isso. Mas existem pessoas esperando por você, cara. Sinto muito.

Ele abriu os olhos e se contorceu.

— Ela já está consciente?

— Pelo que disseram, não. Você está acordado?
— Ela ainda está viva?
— É o que estão dizendo. Quer uma xícara de café?
— Que horas são? — Ele estava cansado demais para se virar e olhar para o relógio ao lado da cama.
— Quase sete. Eu rezo a missa, mas você tem uma ligação que precisa atender. — Como se esperasse uma deixa, o telefone tocou no andar de baixo.
— Deve ser a centésima vez que ligam.
— Mais alguma notícia de Marion? Nada ainda?
— Você sabe mais do que eu. Está nos noticiários dessa manhã que o câncer dela sumiu. Você ouviu algo a respeito? A coletiva de imprensa será daqui a uma hora, e então vão dizer o que já sabem.
— Foi o que disseram ao Ryan na noite passada.
— Coisa das grandes. É fantástico.
— Prendeu sua atenção.
— Você tem que me contar tudo, hein? Pelo menos me conta o lance do "ela estava morta?" E sobre o embalsamamento, e tudo o mais?
— Seria bom, se você rezar a missa — Mark disse enquanto lançava as pernas para fora da cama e se levantava de camiseta e cueca. Ele notou que as calças e a camisa estavam emboladas no chão. Ainda vestia as meias pretas.
— Vou descer para tomar café. Preciso tomar um banho e voltar para lá.
— Então, ela realmente estava morta?
— Não posso dizer com certeza. Realmente não posso. Para quem é que devo retornar a ligação?
— Para o monsenhor Tennett, ligação do chefe. Quer que você ligue para ele imediatamente. Na verdade, ele me disse para te acordar, para que você pudesse retornar a ligação para o quarto dele no seminário antes que ele saísse. Imagina o motivo, certo? Mas é melhor eu ir agora.

Padre Mark assentiu. Monsenhor Tennett era o diretor da cúria arquidiocesana, o que significa que era o padre-chefe da diocese, depois do cardeal David Schaenner. E, como tal, ele era os olhos e os ouvidos do cardeal Schaenner, especialmente nas questões públicas e nas políticas controversas.

Padre Steve já estava a meio caminho da porta quando parou e olhou para trás.

— Mark?
— Sim.
— Por favor. Ela estava mesmo morta? Eu sei que você não pode dizer com certeza, mas o que você acha? Você, pessoalmente? Ela realmente despertou dos mortos, você acha isso?

Mark olhou fixamente para o jovem sacerdote por um longo tempo, surpreso com sua própria necessidade de se manter indeciso. Ali estava ele, um homem de cinquenta e um anos, sentado na cama de cueca e meias, tendo de se levantar e ir ao banheiro, tendo dormido menos de três horas, e com alguém lhe perguntando se ele achava que uma mulher pela qual ele havia orado menos de doze horas atrás havia literalmente ressuscitado dos mortos, e a palavra "não" desaparecera de seu pensamento.

Depois de quase dez segundos, o atordoado companheiro sussurrou um suave "uau" e se virou lentamente. Com os olhos ainda mais arregalados, ele desviou o olhar de seu colega e desceu silenciosamente as escadas.

* * *

As pálpebras de Lynn Walker estremeceram ao receber a luz da manhã. Ela se esforçou mais uma vez. Elas tremeram e se abriram pela metade, lentamente. Era cedo demais. O despertador ainda nem tocara, mas havia parado de chover em algum momento durante a noite, e o sol ia brilhar aquele dia. Sua mente estava lutando para clarear.

E, quando o fez, ela se lembrou da noite anterior. E seus olhos imediatamente se abriram. Sua cabeça se ergueu para encarar as perguntas aterrorizantes que subitamente surgiram diante dela, avultando-se como altas torres. Marion Klein ainda estava viva? Havia recobrado a consciência? Para começar, ela havia morrido mesmo? Afinal, o que realmente acontecera com ela?

Ela se deu conta de que precisava ligar a tevê imediatamente e talvez telefonar para Nancy Gould antes de ir para o trabalho, para ver se algo acontecera durante a noite. E então lembrou que C.J. viera para sua cama.

Ela se virou cuidadosamente, sentindo o braço dele contra o seu, sabendo que ele ainda estava ali. Tentou ser bem silenciosa para não o acordar, mas viu que seus olhos também estavam muito abertos, esperando para encontrar os dela, e isso a sobressaltou.

— Ah, querido — ela sussurrou, sorrindo, mas C.J. apenas olhava fixamente para ela com seus olhos infantis ainda cheios de medo, e seu coração afundou. Ela se lembrou de tudo. Ele havia ido para a cama morto de medo por causa de toda a história de Marion Klein, e ainda estava assustado.

Ela se aninhou do lado direito de seu corpo, aproximando-se mais dele.

— Que bom que você veio para cá na noite passada. Você dormiu bem depois que veio para cá?

Ele parecia exausto.

Ah, não, ela pensou. Se o pobre garoto não dormira, ele se sentiria mal o dia todo. Ela pousou a mão esquerda na bochecha direita dele, enquanto a outra acariciava gentilmente sua nuca.

— Você ficou bastante tempo acordado, não ficou?

Ele deu de ombros levemente e assentiu. Apenas uma vez.

Ela tentou ler seu olhar. O que ele queria que ela fizesse? O que queria dizer?

— Você sabe que temos mais alguns minutos antes de o despertador tocar. Se quiser conversar... ou prefere ficar aqui quietinho mais um pouco?

Os lábios de C.J. subitamente estremeceram. Ele os apertou com força, como se não quisesse parecer assustado diante dela, a fim de evitar que o medo subisse até seu rosto e ameaçasse torcer a boca e encher os olhos de lágrimas.

Aquilo partiu o coração de Lynn, mas ela não disse nada.

E então, muito cuidadosamente, como quem patina sobre uma fina camada de gelo, C.J. se retorceu e se aproximou ainda mais de Lynn. Ele pousou a mão sobre a orelha dela e se inclinou para frente novamente. Em seguida, tão suave como a respiração de um bebê, começou a sussurrar. Ele sussurrou perto de sua bochecha, onde ela não conseguia ver que seus lábios ainda lutavam contra a forte ameaça que vinha com o medo. Ele sussurrou tudo — o que havia dito para a sra. Klein, o modo como havia dito, o que aconteceu a ela como resultado, e o que o homem na tevê dissera sobre a polícia ir atrás da pessoa que havia feito aquilo. Ele sussurrou aquilo tudo com cuidado e com a voz tão baixa quanto possível, como se estivesse morto de medo de que mais alguém pudesse ouvir o seu segredo, alguém que ele não queria que o ouvisse, alguém escondido — talvez até mesmo Deus.

* * *

Padre Mark se lembrou de quando, cinco ou seis anos atrás, um entregador de pizza de Royal Oak disse que vira o rosto da Virgem Maria na parede de um mercadinho na Rochester Road. Centenas de pessoas se reuniram no gramado do mercado todos os dias por quase três semanas seguidas, e muitas ficavam lá a noite toda. Ficavam, esperavam, oravam e desejavam aquela companhia celestial enfrentando tempo bom ou ruim, sem receber nada que os satisfizesse, a não ser sombras de uma lâmpada na lateral de alumínio do edifício e sonhos de que eles também fossem visitados, mesmo que daquele modo tão obscuro, por uma minúscula insinuação da presença real de Deus.

Ele imaginava, enquanto descia as escadas para dar uma cuidadosa olhada pela janela da frente de sua casa, quantas pessoas haviam se reunido para orar, esperar e desejar na frente de seu próprio gramado. Ele imaginou, também, se alguma daquelas pessoas que ficaram em vigília no mercadinho estaria ali entre elas, para iniciar uma vigília novinha, insistindo que a simples perseverança de sua presença seria recompensada com a visão de alguém que ressuscitara dos mortos.

O que ele viu, quando puxou cuidadosamente a cortina da janela da frente, foi algo entre setenta e oitenta pessoas esperando na calçada e se espremendo em seu gramado à espera de uma entrevista, um olhar ou um toque.

Ele se afastou. Não via aquela vigília como prova de fé. Via como loucura. E se lembrou de algo que ouvira em algum lugar: "Não é Deus que as pessoas querem. Elas querem milagres".

Ele teve vontade de se esconder.

Ligou a pequena tevê no balcão da cozinha e se serviu de uma xícara de café. As notícias repetiam o que o padre Steve havia dito: Marion estava viva; "fontes abalizadas" diziam que seu câncer estava em remissão total; haveria uma coletiva de imprensa às oito horas da manhã. Havia também um arrepiante áudio que ele não ouvira antes: toda a conversa, da qual ele só escutara um lado enquanto o paramédico que estava na funerária falava com alguém no hospital.

Ele balançou a cabeça. Era incrível, parecia que ele estava vivendo um filme. Ele desligou a tevê e fez a ligação que se sentia obrigado a fazer.

Monsenhor John Tennett ainda era jovem para uma pessoa com tanto poder, com seus quarenta e poucos anos. Tinha a mente rápida, era eficiente e direto.

— Oi, Mark — foram suas duas primeiras palavras. — O que, em nome de Deus, está acontecendo? — foram as próximas oito.

Levou menos de cinco minutos para Mark explicar tudo. Ele não se apressou nem omitiu detalhes. Contou tudo o que sabia, na ordem dos acontecimentos, com apenas uma interrupção do próprio monsenhor, perguntando se padre Mark achava que era "possível nesta terra de Deus" que Marion Klein estivesse realmente morta antes.

— Vou repetir isso um milhão de vezes, mas é tudo o que posso dizer, John. Eu não sei. Eu achei naquele momento que ela estava, mas isso basta? Eu esperava por isso. Ela parecia morta. Mas eu não sei.

— Você está vendo a coletiva de imprensa na tevê?

— Não. Quero voltar para lá.

— Não é apenas local. A CNN está lá. É como uma sopa de sangue atraindo os tubarões.

— É bem o que precisávamos.
— Mark?
— Isso quer dizer que é internacional.
— Eu sei. Mark?
— Vou voltar lá para vê-la, John. Te mantenho informado, tudo bem?
— Vá devagar em qualquer pronunciamento público. O que quer que aconteça. Você sabe disso.
— Não tenho nenhum pronunciamento a fazer. Diga ao chefe para não se preocupar.
— Tudo que ele sabe é que isso vai atrair um bocado de atenção de todo o mundo. Ele vai querer marcar um horário quando você vier até aqui para conversar sobre isso.

Padre Mark suspirou. Ele pensou no cardeal, que era tão calmo e silenciosamente profissional nos assuntos da diocese, mas muito sensível a respeito da imagem pública, tanto a sua quanto a da arquidiocese. Com a CNN no caso, ele imaginou que o homem ia querer se envolver até o colarinho romano.

— A presença da CNN significa que o Vaticano já está sabendo — ele falou, desanimado.
— Sim, já está.
— E ele está em Roma agora, não? Participando do Simpósio sobre Paz e Justiça?
— Ele já me ligou — monsenhor Tennett disse. — Ninguém em Roma vai acreditar nisso, é claro. Mas todos saberão como ele vai lidar com esse assunto.
— A cabeça simplesmente explode — disse padre Mark, e em seguida ouviu o monsenhor rir contidamente. — Ele quer falar comigo agora?
— Ele quer que nós dois fiquemos próximos para ter certeza de que a coisa toda não vire um escândalo. Ele vai voltar na sexta à noite. No sábado, vai estar ocupado com reuniões. Ele perguntou se domingo por volta das três da tarde está bom para você. É quando ele pode vir.
— Às três está bom. — Ele anotou: "cardeal, domingo, três horas da tarde". — Só para ele saber que eu não tenho nada a dizer que ele já não tenha ouvido.
— Eu vou te buscar — o monsenhor disse. — Às duas e meia. — Subitamente o homem fez um ruído alto, como um afiado "uau!".
— O quê?
— Você disse que sua tevê não está ligada?
— Não. O que aconteceu?
— Começou. Sua garota acordou. No hospital, alguns minutos atrás.

* * *

A CNN foi a primeira emissora internacional a transmitir trechos do áudio que o Canal 3 recebera, e a primeira a informar que Marion havia recobrado a consciência, mas os outros serviços de notícias foram rápidos o bastante para segui-la, incluindo os tabloides.

Na verdade, a manhã não foi um cenário apenas de notícias, mas de rumores, que iam de histórias a respeito de visões celestiais a imagens do fogo do inferno, as quais, do ponto de vista da mídia, eram ouro puro. A Mulher Lázaro prometia prender a atenção do público pelo máximo de tempo que a mídia conseguisse cavar e manipular sua história um pouco mais a fundo.

Como era de prever, Giles MacInnes estava de volta às notícias, pairando diante das investigações que se aqueciam com o anúncio da contínua melhora de saúde de Marion Klein, como prova inquestionável de sua própria integridade e da milagrosa presença de Deus em sua funerária em Royal Oak, a qual, ele insistia, "agora é na verdade mais um altar do que uma funerária".

Entretanto a comunidade jornalística, assim como a comunidade jurídica, permanecia universalmente cética, para não dizer sarcástica. Poucas horas após Marion ter recobrado a consciência, a mídia já estava ocupada fazendo dela o último símbolo da vulnerabilidade patética do público diante da exploração comercial — o tipo de exploração tão flagrantemente exposto, por meio do abuso da história de Marion Klein, mesmo naquele extremo da vida humana que nenhum de nós pode evitar.

Raiva diante de uma possível exploração criminosa do "negócio nacional da morte" foi um tema rapidamente plantado. Assim como o interesse da indústria do entretenimento.

Às nove horas da manhã, os diretores de canais televisivos de todo o país estavam ocupados em marcar almoços em Nova York e cafés da manhã na Califórnia para discutir potenciais "projetos ressurreição". As possibilidades mais quentes incluíam contratos de compra de direitos da história pessoal de Marion, o desenvolvimento de filmes ou minisséries de tevê focados em todos os extremos possíveis, abrangendo temas como morte e ressurreição, dois assuntos tão emocionantes quanto assustadores, e especiais ou minisséries que exporiam em detalhes os potenciais abusos no campo final de compra e venda humana conhecido como serviços funerários.

No entanto, apesar de todas as notícias, de toda a agitação e de todos os negócios que vinham sendo fechados, a maioria das pessoas no país, e muitas ao redor do mundo, começaram o dia imaginando. E o que elas estavam imaginando, em termos tão sombrios que a pergunta praticamente as sufocava, era: *E o meu pai e a minha mãe? E a minha irmã e a minha avó? E os meus amigos, que os médicos disseram estar mortos? Quando eles foram arrumados e finalmente enterrados, o que realmente aconteceu com eles?*

* * *

Joe Walker viu as notícias a respeito de Marion Klein estar livre do câncer enquanto se arrumava para o trabalho. Ele não ligou para Lynn novamente, pois sabia que ela também estava saindo para trabalhar, mas decidiu que a primeira coisa que deveria fazer assim que chegasse ao escritório era ligar para ela na imobiliária onde ela trabalhava. Ele ouviu sobre o despertar de Marion de uma das secretárias assim que entrou pela porta do Grupo Waldon de Seguros, em Ferndale — ele e seu café da manhã comprado no McDonald's. Ela gorjeou alguns detalhes dos últimos relatos que viu na tevê enquanto Joe se ajeitava à sua mesa, e ele gorjeou de volta que não só conhecia a Mulher Lázaro pessoalmente como sua ex-mulher e seu filho estiveram na funerária e viram seu falecido corpo minutos antes de "aquilo" acontecer na noite anterior.

Quando seu telefone tocou, a secretária o atendeu.

— Sua ex na linha um! — ela anunciou, com os olhos pintados de sombra verde, tão grandes quanto moedas de vinte e cinco centavos. — Nossa, que coincidência! Ou será clarividência?

Joe pegou o telefone. Ele não começou com um "alô", e sim com:

— Oi, acabei de saber que ela acordou, mas o que ela disse? Eu não tive nenhum retorno sobre isso.

Lynn respondeu:

— Eu não sei. Eles não disseram. Mas nós temos um problema.

— Que tipo de problema? E você ouviu que o câncer dela também sumiu, não é? Ouvi isso depois que eu já tinha saído. — Joe acenava para que outros três corretores de seguros curiosos e uma secretária se afastassem de sua mesa, balançando a cabeça em negação para sinalizar que Lynn não tinha nenhuma outra notícia a respeito da Mulher Lázaro, desculpem.

— O C.J. está com um problema — Lynn disse. — E sim, eu ouvi a respeito do câncer. A coisa toda é muito grande para sequer tentar entender. Eu já estou cansada de pensar nisso.

— É bizarro, isso sim. Em que tipo de problema o C.J. está metido agora?

Ela lhe contou a maior parte, de uma só vez: que C.J. estava tão assustado que tinha ido dormir na cama dela, que depois ele não conseguiu se levantar nem conversar sobre nada, que parecia tão abalado que foi difícil forçá-lo a se vestir e ir para a escola. Então a secretária da escola havia acabado de ligar, dizendo que C.J. não esboçava nenhuma reação e que, por isso, eles queriam saber o que tinha acontecido.

— Então, o que aconteceu? — foi tudo o que Joe disse, num sussurro, não realmente esperando uma resposta.

— Eu falei para eles que também não sabia — Lynn respondeu. — Então o pessoal da escola me pediu para ir buscar C.J. na secretaria assim que possível, levá-lo para casa e "trabalhar com ele". Eles falaram também que, se ele continuasse daquele jeito, amanhã eu teria que ir conversar com o terapeuta da escola e pedir ajuda sobre o que pode ser uma reação traumática.

— Não entendi — Joe disse.

— Eles têm certeza que é alguma coisa relacionada com a Marion — ela disse. — Não estou feliz com isso também, e posso resolver esse problema mais tarde, mas ele está esperando na escola agora, e não posso pegá-lo porque tenho clientes que estão para chegar de Gary, Indiana, daqui a vinte minutos. Além do mais, tenho que fazer uma apresentação sobre um tratado comercial em Oxford.

— Preciso dizer mais alguma coisa sobre por que não se levam crianças de nove anos a funerárias? — Joe perguntou, parecendo irritado.

— Você é o pai dele — Lynn disse, baixando a voz. — E eu te liguei, e estou disposta a aturar suas críticas, que eu já esperava, em vez de ligar para Nancy Gould ou para outras pessoas que realmente gostariam de ajudar, porque acho que seria muito importante para o C.J. estar com você ou comigo neste momento. Esta é a única razão. — Ela sentiu a raiva crescer e se esforçou para se controlar. Ela odiava admitir que as críticas dele ainda a intimidavam daquela maneira, mas sabia que era verdade. — Se você puder ficar com ele só até meio-dia e meia, quando eu vou poder ir para casa, eu assumo a partir daí. Porque com certeza eu posso escapar do almoço de negócios com o pessoal de Gary.

— Ainda não entendi — Joe disse, novamente com uma reação apática. Nunca dava para saber com Joe. — Quer dizer, achei que ele e os amigos iam usar isso como vantagem em vez de ficar abalados com o que aconteceu. "Ei, C.J. Walker estava lá!" Sabe? Crianças adoram essas coisas. E ignore o lance do terapeuta. É brincadeira, né?

— Ele não precisa de terapia de verdade.

— Todo mundo quer fazer o próprio trabalho parecer importante.

Ela parou. E então despejou sobre ele o resto do que tinha para falar, de modo rápido, disparando sem parar, como se dizer aquilo rápido o bastante transformasse a coisa em algo aceitável sem chamar muita atenção.

— Bem, não ria, Joe, porque não é engraçado, mas esta manhã ele me disse, e esta é a razão de ele estar tão fechado na escola e tudo o mais, embora eu tenha certeza de que ele não contou nada sobre isso para mais ninguém, mas juro por Deus que ele me disse que foi o responsável por Marion ter voltado à vida, e acho que ele realmente acredita nisso.

Mas chamou atenção.

— Ele o quê?

— É sério — ela disse. — Ele enfiou na cabeça que fez aquilo acontecer com Marion. Foi isso que o abalou tanto, com a investigação da polícia e tudo o mais. Ele me contou tudo hoje de manhã, mas tenho certeza que não contou nada na escola, ou eu teria ficado sabendo. Uma vantagem ele não ter contado. Mas ele estava parecendo um zumbi hoje cedo, juro por Deus. E, se fosse qualquer outro dia, eu mesma iria buscá-lo.

Houve outra pausa, e então Joe soltou uma risada alta e ácida. Há muito tempo ele desenvolvera a arte da risada como forma de crítica, e agora ela se transformara em arma.

— Estou ligando e espero um sim ou um não sério, Joe, não uma risada boba às custas do C.J. — Lynn disse. — Você vai buscar o seu filho ou não?

— Ela esperou uma resposta, mas Joe ficou quieto. Então decidiu continuar: — Crianças nessa idade acham que são responsáveis pelas coisas, você sabe, seja lá o que tenha acontecido, a culpa é delas. É assim que elas pensam.

— Como os pais terem se divorciado? — Joe disse com a voz baixa, sem mais risadas.

Lynn se segurou. Ela não queria perder as estribeiras, e certamente não naquela situação: Joe ainda estava bravo por ela tê-lo chutado de casa. Naquele momento, ele não podia evitar. Esse era o motivo de tudo, e nada mais.

— É fantasia, nós sabemos disso — ela continuou. — Mas não é fantasia para ele. Ele estava com os olhos cheios de lágrimas, olhando para o vazio, sem falar nada, e, se você quiser ajudar seu filho, é melhor estar lá. Não sei, talvez você até consiga ajudar o C.J. a se animar.

Era uma isca e ela sabia disso. Um desafio para Joe. Dê a ele a chance de fazer algo que ela não conseguira. Ela jogou e esperou. E não teve de esperar muito.

— Ele curou o câncer dela também? — O sorrisinho estava de volta em sua voz.

— Se essa for uma pergunta séria, duvido muito que ele saiba sobre o câncer ou qualquer outra coisa. Pelo menos ele não tinha ouvido nada a respeito disso quando saiu de casa hoje de manhã.

— Então que diabos ele fez? Sacudiu a mulher e religou a força? — Novamente, o escárnio em sua voz.

Lynn olhou para o relógio de pulso. Ela sabia que ele ia fazer aquilo, sabia que ele estava evitando responder de propósito, sabia que ele estava sorrindo e sabia, acima de tudo, que ele estava gostando do fato de ela ter de ligar e lhe pedir algo. Aqueles joguinhos estúpidos aos quais eles já estavam acostumados. Foram parte do problema durante todo o tempo em que estiveram juntos.

Ela disse:

— Ele tocou no braço dela e falou algo como: "Fique bem, sra. Klein". Ele mesmo pode te contar. Você vai buscá-lo ou não?

— Para uma criança com imaginação suficiente para inventar uma história dessas, ele não se deu ao trabalho de fazer muita cerimônia, não é?

Ela pensou naquilo.

— Não, acho que não.

— Soa como algo que ele ouviu em *Jornada nas estrelas*. Fique bem e próspera, essas coisas.

— Você pode ir buscar seu filho ou não? Preciso ir.

— E eles não sabem nada disso na escola? Ninguém perguntou para ele: "Como você passou a noite de terça, Christopher?", e ele respondeu: "Ah, eu despertei aquela mulher morta e assisti um pouco de tevê"?

— Ele não falaria sobre isso com os professores, tenho certeza. Então posso ligar para eles e dizer que você está indo, que vai pegar o c.j. agora? Sim ou não? E depois deixá-lo em casa, ao meio-dia e meia.

Ele parou, mas não por muito tempo dessa vez.

— Sim. Vou sair daqui a cinco minutos. E aposto cinquenta pratas que o deixo bonzinho até meio-dia e meia.

— Isso valeria cinquenta dólares.

— Quem sabe faz. Quem não sabe ensina.

— Meio-dia e meia em ponto.

— Os professores não sabem tanto quanto as pessoas acreditam.

E os dois desligaram.

* * *

Anthony Cross fez uma pausa em seu café da manhã leve, composto de um ovo cozido, um bolinho inglês e suco de cranberry, e assistiu em silêncio à última notícia sobre a Mulher Lázaro na CNN. Diferentemente da maioria dos espectadores, ele ouvia notícias que já superavam as especulações a respeito de vida, morte, embalsamamento e ressurreição. Ele ouvira os relatos de uma suposta ressurreição quando acordou, pouco depois das seis da manhã, e o restante pelas últimas horas. Às oito horas, ouviu as palavras "câncer" e "remissão completa e imediata" usadas juntas, e acabara de ouvir as palavras "recobrou a consciência". E, embora os repórteres não tenham falado o nome do sacerdote que havia orado por essa mulher misteriosa na funerária que abrigara seu corpo na noite anterior, eles deram o nome de sua paróquia: St. Veronica, em Royal Oak, Michigan.

Ele se lembraria. E perguntaria a Torrie Kruger o que ele pensava a respeito daquilo, embora não tivesse certeza de que teria algum significado. O velho já vira tantas mentiras anunciadas em rede nacional como se fossem eventos genuínos que dificilmente ficaria impressionado com aquele. Ele não apenas vira cada um deles; quando aquilo servia a seu primordial propósito de ganhar e manter as vantagens do poder, ele mesmo organizara algumas das mais caras falcatruas.

Ainda assim, ele se manteve sentado em silêncio, sem se mover, olhando fixamente para a tevê, pensativo. Quando a reportagem terminou, seus olhos recaíram pesadamente sobre a gema amarela de seu ovo cozido e sobre seu bolinho inglês ainda intocado. Ele estava imerso em pensamentos profundos: St. Veronica, Royal Oak, Michigan. A mulher que despertou novamente. E sem câncer. Ele perguntaria a Torrie a respeito daquilo. Ele se lembraria.

***

Joe sempre se considerou, com sua sabedoria das ruas, algo entre esperto e brilhante. Ele não era o mais dedicado corretor de seguros do mundo, porque não ligava muito para a vida das outras pessoas ou para seguros, mas ligava de verdade para ganhar dinheiro, então se apoiava em clientes que regularmente se maravilhavam com sua aparente paixão pelo futuro e pelo bem-estar de suas famílias. E, quando teve oportunidade, nem chegou a ser o marido mais dedicado do mundo, ou pai, ou amigo, ou nada. Dedicação não era o seu forte, e ele sabia disso.

Mas ele era um bom "leitor", e tirava o máximo proveito dessa habilidade — não um leitor de livros, um leitor de pessoas. Ele podia ler, às vezes na velocidade de um batimento cardíaco e com algo que ele se convencera ser um raro talento, como as pessoas realmente eram, quais eram suas prioridades, que jogos estavam jogando para conquistar essas prioridades, e, no longo prazo, como conseguir o melhor delas praticamente todas as vezes.

De fato, ele não havia lido Lynn com cem por cento de eficácia. Ela se tornara hipersensível e muito mais irracional do que ele pensava. E, enquanto ele meio que ainda queria estar com ela, se ressentia de sua visão limitada e de sua rigidez.

Ele também não tirava muito tempo para tentar "ler" a si mesmo, embora, como rapidamente admitia com uma risada para qualquer amigo próximo ou futura conquista, seu talento para "ler as pessoas" provavelmente estava ligado ao seu jeito sorrateiro de ser. Mas quem se importava? Seja lá qual fosse a razão, ele podia sentir o cheiro de alguém querendo lhe aplicar um golpe, mesmo se estivesse contra o vento e a dois quilômetros de distância.

Especialmente se fosse seu filho, que era, no fim das contas, apenas um menino de nove anos.

Só que C.J. estava falando sério; Joe percebeu isso em três minutos. Seu filho havia tocado a tal sra. Klein e dissera: "Fique bem, sra. Klein", e ela, sem brincadeira, se levantou, viva e pulando, e na mente do garoto foi tudo por causa dele — tudo por causa do pequeno C.J. Walker e da habilidade que subitamente desenvolveu na quarta série de ressuscitar pessoas mortinhas da silva e já embalsamadas. Cômico, na verdade — para Joe, não para C.J.

Enquanto aquilo representava um problema para C.J., representava outro diferente para Joe. Sim, Joe sentia falta do filho quando não podia vê-lo, e adorava estar com ele, fazendo qualquer coisa. E, sim, o garoto era problemático e estava sofrendo com sua fantasia maluca. Mas, ei, aquilo era coisa de criança, e C.J. ia acordar de repente, ou levantar na manhã seguinte ou na outra, talvez cedo, talvez tarde, e tudo aquilo ia acabar. *Bang!* Sem mais nem menos. Joe tinha certeza disso.

Mas ele precisava que fosse cedo, não tarde. Na verdade, precisava que fosse antes de meio-dia e meia, porque realmente queria que aquele passeio mostrasse a Lynn que ele era o pai com toque mágico, e que ele era, daquela maneira e de muitas outras, melhor com C.J. do que ela.

Assim, ele chegou à Escola Fundamental St. Veronica um pouco antes das dez horas. Caminhou até a sala da diretoria e C.J. estava ali, então ele teve uma "conversa de pai" com a secretária de Briggs durante um minuto e em seguida saiu com seu filho.

Joe tinha certeza de que em algum lugar estava o botãozinho certo para fazer C.J. melhorar, e seria ele quem o encontraria, e faria isso antes do meio--dia e meia.

A primeira parada que fizeram foi em uma loja de vídeos, onde Joe tentou com algum sucesso fazer C.J. conversar a respeito de videogames ou qualquer coisa que o fizesse se abrir. Ele até encorajou C.J. a escolher um game que ele realmente quisesse, e ele escolheu: *Earth Dawgs II*. Joe se deu conta de que

Lynn ia reclamar. Ela não gostava de jogos em que um monte de coisas morria de forma sangrenta, mesmo se fossem bolotas de barro da Terra Média. Mas havia muita coisa divertida que Lynn não gostava.

Ele comprou o jogo para C.J. com a condição de que ele ainda não iria para casa jogar nas próximas horas. Ele queria que C.J. se sentisse grato, mas não queria que o filho se escondesse atrás de um videogame naquele momento, de um filme ou de qualquer outra coisa que lhe parecesse mais uma fantasia. Joe sabia como se concentrar num desafio.

Da loja ele dirigiu direto para a Woodward Coney Shack, onde pediram cachorro-quente, refrigerante e café, embora ainda fossem 10h40.

Enquanto estavam na metade do cachorro-quente, C.J. confirmou a Joe, com um encolher de ombros, um balançar de cabeça e algumas palavras relutantes, que, quando ele tocou a sra. Klein e disse as palavras, ele "simplesmente sabia" que ela ficaria bem. E, sim, ele poderia fazer novamente, era outra coisa que ele "simplesmente sabia". Ele disse isso com cautela, como se quisesse se livrar das perguntas do pai que o havia abandonado e que trocara sua mãe por outra mulher, e que poderia acreditar nele, mas talvez não acreditasse, não mais do que sua mãe ou qualquer outra pessoa.

Na verdade, Joe teria rido alto se tivesse mais tempo, mas assentiu com uma expressão séria, pensando na melhor maneira de continuar a partir daquele ponto. Eram 10h50 e o relógio não parava.

Ele permaneceu sentado em silêncio, analisando o garoto, que mostrava sua própria capacidade de remoer o fato de que nenhuma das pessoas próximas a ele acreditava no que ele dizia, assim como Joe ainda remoía a decisão de Lynn de o expulsar de casa por causa de uma ou duas noites completamente sem importância com outra pessoa.

Ele e C.J. se pareciam muito fisicamente, e isso fazia Joe se sentir bem. Além da figura robusta e alta e dos olhos castanho-escuros, que eram os traços mais marcantes de Joe, C.J. também tinha a pele clara, o cabelo castanho, os traços fortes e angulares e o modo expansivo e sem medo de sorrir, próprios de seu pai. Com apenas nove anos, C.J. já começava a emagrecer e a mostrar o porte esbelto e atlético que Joe tanto admirava em si mesmo e que ainda sofria para manter em forma. Eles tinham até a mesma risadinha marcante, que Joe chamava de "zoando com os lábios". Mas, enquanto Joe tinha o hábito de puxar o lábio inferior para dentro e passar a ponta da língua sobre ele quando estava pensando a respeito de algo importante, o hábito mais notável de C.J. era mordiscar o lábio quando ficava preocupado — sempre o inferior, sempre do lado esquerdo.

Joe se perguntava o que havia na cabeça de c.j. Por que o garoto se sentia tão retraído? Se Joe tivesse nove anos e acreditasse nesse tipo de coisa a respeito de si mesmo, e ficasse assustado por causa disso, o que o assustaria mais que tudo? O que ele gostaria que acontecesse mais que tudo? O que alguém poderia dizer ou fazer para chegar até ele?

Joe rodeou a ideia de talvez pressionar c.j. e lhe perguntar sobre os motivos pelos quais ele achava que Deus, ou seja lá quem o tivesse escolhido entre todas as pessoas do mundo, lhe dera a habilidade de despertar pessoas mortas. Mas aquilo repetiria o mesmo caminho que Lynn já havia percorrido, obviamente sem sucesso. E enquanto Joe tinha certeza de que poderia ser mais esperto que Lynn, ele também sabia que aquela não era a resposta. A discussão só faria c.j. se recolher mais para dentro de si, que era onde ele já estava. E ele estava sozinho com aquele problema.

Joe pensou no que seria a coisa mais assustadora de tudo aquilo: estar sozinho.

Ele bebericou seu refrigerante. Podia sentir a ideia ganhando vida, algo acontecendo, um instinto. c.j. estava assustado, Joe tinha certeza, mas não apenas com o desconhecido, com o que acontecera com a sra. Klein, com o fato de a polícia poder prendê-lo ou algo parecido. Era mais que tudo isso, pelo menos seria assim se Joe tivesse nove anos de idade. Seria o fato de estar acontecendo tudo isso e você estar sozinho.

Ele se ajeitou no assento e se aproximou, olhando fixamente. O lábio inferior se enfiou para dentro, a ponta da língua deslizou por sobre ele, da esquerda para a direita, da direita para a esquerda.

Ele observou c.j. dar outra mordida no cachorro-quente, que agora não estava mais tão quente, e pensou: *O que é mais assustador para uma criança de nove anos? Pensar que você tem o poder de fazer coisas mágicas com pessoas mortas ou pensar que de repente você está sozinho com esse poder?*

— Você já experimentou aquela mostarda que não é amarelona? — ele perguntou. Era hora de se conectar, de conseguir abrir algumas linhas de comunicação. — Eles têm um tipo que é um pouco mais escuro. Você já experimentou?

c.j. pensou por um minuto e balançou a cabeça em negativa.

— Eu não gosto, na verdade — Joe continuou, de modo casual, sabendo que tinha um botão a ser pressionado e que ele estava perto de encontrá-lo.

— Não é ruim, mas eu prefiro desse jeito, essa coisa amarelona.

Joe observou enquanto c.j. assentia e tomava outro gole de refrigerante. De repente, ele soube que o menino tentaria de novo. Era óbvio: uma terapia de choque. Ele tentaria, e ficaria envergonhado por não ter sido ele, daria uma desculpa ou duas e ficaria bem. Tudo isso antes do meio-dia, era a única saída.

No entanto, ele não podia fazer a experiência com outro cadáver. Joe não conseguiria fazer isso. Uma mariposa morta perto de uma placa luminosa ou algo do tipo seria mais fácil, mas não serviria. C.J. simplesmente diria que não era a mesma coisa. E não seria mesmo. Joe não acreditaria naquilo também, se fosse C.J.

— Acho que é possível, Ceej — ele disse, decididamente, ainda pensando.

O menino ergueu o olhar. Um gesto que por si só era uma resposta. C.J. estava ouvindo, e estava pedindo mais.

— Tudo é possível — Joe disse. — Só porque você é criança, as pessoas acham que não é capaz de fazer coisas incríveis acontecerem. Mas eu acho que é possível.

C.J. o encarou em silêncio. Ele mordia o lábio inferior, o lado esquerdo.

— Embora também possa ser assustador — Joe disse. — Você ficou assustado, não ficou, amigão?

O filho deu de ombros e o encarou, o lábio ainda preso cuidadosamente entre os dentes. E então disse:

— Isso seria contra a lei?

Joe riu.

— Claro que não, não seria contra a lei. As pessoas não criam leis para uma coisa que nunca aconteceu, entende? Por que você quer saber?

Outro encolher de ombros.

— Foi o que eles disseram. Eles falaram que o procurado estava lá, e a polícia, e que era um crime.

Joe balançou a cabeça, achando graça, simpatizando com o medo do garoto. Um menino de nove anos pensando que acordou uma pessoa morta, e, se não fosse o bastante, ainda se preocupando com o fato de a polícia querer prendê-lo.

— Esqueça isso, C.J. — ele disse. — Juro por Deus. A polícia que estava lá, todo esse papo sobre crime, eu ouvi também. Eles só estavam dizendo que queriam saber se o agente funerário estava roubando as pessoas, tirando o dinheiro delas sem fazer o que tinha prometido. Era isso que eles queriam saber.

C.J. olhou para ele fixamente, com os olhos levemente estreitados.

— Sabe, eles acham que ela não estava morta. Acham que o agente funerário só fez parecer que ela estava — disse Joe.

O garoto novamente pescou o lábio inferior com os dentes.

Joe sorriu.

— Tudo bem?

Ele assentiu. Outro gole de refrigerante. Os olhos arregalados, na expectativa.

— Mesmo assim, deve ser difícil ninguém acreditar no que aconteceu, não é? É como se você estivesse sozinho com isso, certo? O maior segredo do mundo, mas é assim que você está, de certo modo, não é? Sozinho com ele. Com exceção de mim.

A boca de C.J. se entreabriu, e ele inclinou a cabeça tão levemente que Joe apenas notou porque era algo que ele também fazia. Quando ele inclinava a cabeça, é porque estava ouvindo com atenção.

Joe sorriu novamente para o filho.

— Tenho uma ideia — disse. E tinha. — Quer ouvir?

C.J. concordou e bebericou o refrigerante mais uma vez.

— O lance é o seguinte: você não tem que se sentir sozinho com essa coisa, como se ninguém soubesse o que aconteceu com você. Porque eu posso estar lá com você, assim que eu souber melhor o que aconteceu, quero dizer. E então podemos convencer sua mãe, e isso vai ser muito legal. Quer dizer, é algo maravilhoso de se fazer, certo? — Ele tentou rir levemente.

C.J. respondeu:

— Eu achei que era muito bom no começo, mas ainda estava assustado. Eu teria contado para a mamãe na hora. Mas aí eles começaram a fazer um escândalo, falaram da polícia e tudo... — ele disse, com a voz sumida.

Joe ainda sorria.

— Sim, bem, vamos fazer o seguinte, amigão... É simples. Você fez isso apenas uma vez e não fez nada de errado, acredite em mim. Você ajudou muito aquela mulher, certo? Então, vai fazer de novo.

Os olhos de C.J. se estreitaram formulando uma pergunta, porém Joe continuou, sem dar espaço:

— Mas não em uma funerária.

O menino inclinou a cabeça.

— E não me refiro a outra pessoa morta — Joe continuou, ainda sorrindo. — Acho que, em vez disso, podemos tentar com um pássaro morto, talvez, ou com um cachorro.

Os olhos de C.J. se alargaram. Ele se inclinou para frente e bebericou seu refrigerante com mais força e fazendo mais barulho enquanto terminava de sugar o restante do líquido. Ele não tirava os olhos do pai.

— Xiii — Joe murmurou, demonstrando súbita preocupação. — Você acha que funcionaria? Com um pássaro ou um cachorro? O que você acha?

C.J. não havia pensado a respeito daquilo. Ele olhou para o outro lado da mesa e disse, de modo tão sério que Joe quis rir de novo:

— Aposto que sim.

— Bem, isso é ótimo!

Pela primeira vez, C.J. parecia animado.

— Mas onde vamos conseguir um pássaro morto?

— É. O problema é esse... não sei — Joe olhou para baixo, esfregando o queixo.

— Podemos matar um — C.J. disse, com um meio-sorriso nervoso no rosto.

Joe riu.

— Provavelmente não vamos conseguir pegar um para matar.

— Eu estava pensando nisso. — C.J. sorriu e assentiu. Depois parou para pensar. — Talvez o canil possa nos arrumar um cachorro morto?

Joe franziu o cenho.

— Não. Eles se livram do corpo imediatamente. Além do mais — ele disse, certificando-se de que parecia bem sério —, estou pensando em cães e pessoas... Talvez as coisas não funcionem da mesma maneira.

C.J. assentiu novamente.

— Pode ser diferente.

— Não sei, cara — Joe disse. — Estou pensando em algo melhor.

A garçonete se aproximou para verificar se eles queriam mais alguma coisa. Joe pediu mais dois refrigerantes. Ela sorriu e concordou.

Joe sorriu radiante para C.J.

— É isso — ele disse. — É perfeito. Se você pode fazer aquilo com alguém *morto*, deve funcionar com alguém *doente*, certo? — Ele fez um segundo de pausa, então acrescentou: — É claro que sim!

C.J. concordou, pensativo. É claro que sim.

— Então podemos fazer algo que vai ajudar alguém, algo de que a mamãe vai se orgulhar muito, e eu também, e podemos mostrar para as pessoas que foi você quem fez dessa vez. E você vai me mostrar, tudo bem? — Ele fez uma pausa. — Porque eu preciso ver para poder contar para as pessoas, entendeu? — Outra pausa. Até ali estava tudo certo. — Porque eu não estava lá ontem à noite, não é?

C.J. concordou.

— E eu conheço a pessoa perfeita que você pode ajudar — Joe disse, batendo de leve com a mão aberta na mesa e se inclinando.

— Quem? — C.J. perguntou.

— Eu trabalho com um cara, nós somos muito amigos. O nome dele é Ed Welz. E a mãe dele é uma velhinha muito boazinha, C.J., mas muito velha, e ela está realmente mal, com câncer. Na verdade... — ele fez uma pausa, parecendo surpreendentemente feliz com seu último pensamento — é exatamente o que a sra. Klein tinha. As duas, a mesma coisa. Então certamente vai funcionar, não é?

C.J. sorriu e se endireitou na cadeira.

— Árrã. — Ele até confirmou o nome. — Welz?

— Sim. Com z no final.

— Onde ela está?

— No hospital, mas tudo bem. Não tem problema. É só a gente pedir para entrar, e eles nos falam o número do quarto. — Joe notou uma certa relutância na expressão infantil de C.J., mas nenhuma preocupação. C.J. daria o melhor de si e iria para casa mais triste, mas muito mais sábio. E ele teria acabado com aquilo, não porque alguém discutiu com ele ou porque algum terapeuta tomou notas por seis semanas, mas porque o garoto descobriria por experiência própria. A experiência é a melhor professora.

Além do mais, ele pensou, a mãe de Ed ficaria melhor por causa disso. Ela ficaria feliz porque um cara e seu filho a visitaram por um minuto ou dois. Não apenas isso: ela contaria a Ed acerca da visita; ele contaria para todo mundo no escritório; eles achariam que Joe era o sr. Boa Pessoa, por ter ido visitar a mãe do cara daquele jeito. E levara o filho junto, eles diriam; como um cara pode ser mais legal que isso?

— Agora, de homem para homem, Ceej — Joe disse, fechando o trato. — Essa é a nossa chance. Somos você e eu. Se você não quiser, eu te levo para casa e ainda tento te defender, mas não vou saber de nada, e eu não moro mais lá, não é? E sua mãe não vai ligar para o que eu disser. Mas você pode ajudar uma velhinha maravilhosa. É só dizer um "Fique bem, sra. Welz..."

— E tocar nela — disse C.J. suavemente do outro lado da mesa.

— E tocar nela — Joe sorriu. — É isso aí.

5

Um andar diretamente abaixo da unidade de terapia intensiva do Hospital Fremont — onde a família de Marion Klein, seu padre, os médicos e enfermeiros se reuniam em volta de sua cama para segurar sua mão e ouvir seus sussurros sobre o que, para eles, eram decepcionantes memórias a respeito de enjoos, luzes e nada mais —, em um quarto duplo onde as últimas orações eram ofertadas com mais preocupação do que celebração, a sra. Arlene Welz, de oitenta e sete anos, tinha um único tubo plástico conectado nas costas da mão, enquanto lentamente morria perto de uma janela com vista para o estacionamento.

A mulher que dormia na cama ao lado dela também estava morrendo. Uma cortina verde-clara circundava sua cama como uma mortalha, ocultando dos olhos de todos, exceto dos muito interessados, aquela que seria sua última grande jornada.

A sra. Welz também dormia, havia mais de uma hora. Ela não vira a porta de seu quarto se abrir como um segredo sussurrado no escuro. Não ouvira o homem e o garoto que entraram silenciosamente, fechando a porta atrás de si.

Joe se moveu devagar até a placa de identificação pendurada na parede atrás da mulher na primeira cama, apenas para se certificar; C.J. ficou parado atrás dele, aguardando. A mulher tinha um nome comprido terminado em "ski". Polonês. Aquela ao lado da janela, Joe se deu conta, devia ser a sra. Welz.

De tão fácil, ele se perguntava por que estava se sentindo nervoso. Podia sentir o coração batendo: *bam, bam, bam.*

C.J. parou ao pé da primeira cama e olhou fixamente para a mulher polonesa; quando Joe a viu de perto, pôde entender o motivo. A mulher era muito mais velha que Lynn, mas se parecia com ela, simples assim. O mesmo cabelo castanho, mas com muitos fios brancos, as maçãs do rosto protuberantes e o mesmo tipo de boca, com o lábio inferior carnudo. Aquela mulher provavelmente havia sido linda quando jovem, Joe pensou. Mas parecia amarelada agora, e muito mais velha que Lynn; devia ter sessenta e nove ou setenta anos, e o câncer não lhe permitia mais ser bonita, só um pouco inchada. O pior de tudo é que ela tinha um desses tubos pregados ao nariz. Estômago, pulmão, Joe não sabia nem queria descobrir. Ele evitou olhar para a bolsa perto do chão, na outra extremidade do tubo. E não achava que C.J. ia gostar também.

Ele se aproximou da segunda cama e puxou a cortina verde o mais silenciosamente possível, e lá estava ela. "Welz", dizia a placa, bem acima de sua cabeça.

Era bem mais velha que a outra mulher, mas não estava inchada nem amarelada, do jeito que os doentes costumam ficar, apenas muito magra — uma magreza causada pela doença, só pele e osso. Tinha um único tubo intravenoso e nenhuma bolsa de sangue, urina ou qualquer outra coisa nojenta. Assim seria mais fácil para que C.J. se aproximasse.

Joe se virou e acenou para que ele chegasse perto, mas o momento não podia ter sido pior. Subitamente lá estavam elas, entrando com tudo no quarto; Joe não pôde acreditar. O que estava acontecendo?

Ele devia ter agarrado C.J. e o puxado para perto da cama da sra. Welz no momento em que a porta se abriu. Devia ter feito o garoto dizer a tal coisa e tocar a senhora antes de ela acordar, bem ali, rapidamente. Ou mesmo no instante em que ela acordasse, ele devia ter dito:

— Meu nome é Joe Walker e este é meu filho, que quer lhe desejar melhoras.

E C.J. teria tocado seu braço, sussurrado as palavras para ela e pronto, tudo estaria resolvido. Mas ele perdeu a oportunidade, e agora elas estavam ali, passando apressadas por C.J., na direção de Joe e da velha senhora, na hora errada.

A enorme enfermeira foi a primeira, gigantesca em sua roupa branca, arremetendo como um general no campo de batalha. Joe quis gritar: "Agora, C.J.!" Mas ela andava muito rápido, como se tentasse desviar de um cofre que caía do alto. *Bam!* E então ela disse:

— Descuuulpaaa! Mas tenho que pedir para vocês se despedirem!

E todo o plano foi por água abaixo, rapidinho.

E piorou.

Mais duas pessoas de uniforme branco entraram atrás dela — uma enfermeira menor, com um sorriso simpático, e um enfermeiro de olhos tristes e todo o resto forte. Joe achou que o cara parecia um leão de chácara que ele havia conhecido, mas o olhar não era o mesmo.

— Vamos tirar uma foto suaaaa! — a grandona disse, apertando o soro intravenoso da idosa.

Joe percebeu que ela esticava as palavras de propósito, por achar bonitinho. Ele odiava aquilo.

A sra. Welz estava desperta. Ela fez a pergunta de um jeito suave, tentando soar despreocupada, mas havia dor em sua voz, e Joe sentiu pena dela.

— Lá embaixo? — ela disse, e olhou para a imensa enfermeira, e então para Joe. A pergunta ainda pairava em seus olhos.

— Ãrrããã! — a general de campo respondeu cantarolando.

— Sou Joe Walker, sra. Welz, amigo de Eddie. — Joe olhou por cima do ombro da enfermeira, tentando gesticular para C.J. se aproximar rápido, mas o garoto havia se afastado e agora estava perto da porta, seus olhos dizendo "Por favor, papai, vamos sair daqui". — Eu trabalho com Ed na companhia de seguros e somos bons amigos, e este é meu filho, Christopher, ali. Venha aqui, Chris.

A sra. Welz sorriu.

As enfermeiras se aproximaram, fazendo pressão, querendo dar prosseguimento às suas funções.

C.J. não se mexeu. Havia gente demais, todos de uniforme, e todos olhando para ele. E, como ele não se moveu, a general se aproximou, ocupando a brecha na fila de visitantes.

— Descuuuuulpa — ela cantou novamente. — Nós já voltaaaaamos.

— Ah, meu Deus — a sra. Welz disse suavemente. Ela tentava ver C.J., tentava afastar a enfermeira. Mas a general não parava de pressionar.

— Você e o papai podem voltar mais tarde, tudo beeeeeem? — ela disse, dirigindo-se a C.J.

Ele olhava fixamente para ela, incerto se devia responder.

A enfermeira menor disse para Joe:

— Estaremos de volta com a paciente em quarenta e cinco minutos, talvez uma hora. Espero que você e seu filho possam voltar. Ou podem esperar na cafeteria lá embaixo.

Joe suspirou, assentiu e se virou sorrindo para a senhora moribunda de quem ele já gostava e por quem sentia muito o que estava acontecendo. Gentilmente, ele lhe assegurou que estava tudo bem e que, sim, eles voltariam quando pudessem, pois estavam ali visitando outra pessoa e tinham só mais alguns minutos. E então se virou, olhou para C.J. e também sentiu muito por ele. Ele parecia tão deslocado naquele ambiente, largado ali e apavorado.

Também sentiu muito por si mesmo. Ele não queria refletir sobre o assunto, mas o pensamento flutuou por sua cabeça e ele reconheceu. Toda sua vida, ele pensou, era uma longa série de coisas que davam errado no último minuto e que não eram culpa sua. E ali estava ele novamente. Mais sessenta segundos e ele teria conseguido.

Enquanto atravessava o quarto na direção de C.J., dando de ombros, sorrindo e fingindo que estava tudo bem, ele notou que a mulher polonesa, a que se parecia um pouco com Lynn, o observava com olhos embaçados, então ele tentou sorrir para ela também. Mas não conseguiu.

Ele realmente não sentia vontade de sorrir.

A caminho do elevador, ele se perguntou se não havia mais alguém que ele pudesse visitar, mas ninguém lhe veio à mente. Além disso, já era quase meio-dia e eles estavam a uns vinte minutos da casa de Lynn. Sessenta segundos a mais, tudo que ele teria precisado.

— Não conte para sua mãe sobre o hospital — ele disse a C.J.
— Ela vai ficar brava?
— Não. Mas por que mencionar isso? Não aconteceu nada.
— Ela vai ficar brava por causa do *Earth Dawgs*?
— Não.

A porta do elevador se abriu e eles desceram no lobby.

C.J. estava pensando profundamente em algo, do jeito que sempre fazia, com a coisa do lábio novamente, e Joe se perguntou em que ele estaria pensando. A mente do garoto voava, o tempo todo.

Quando chegaram à saída leste, C.J. disse:
— Ela vai ficar *sim*.

E Joe pensou: *Bem, quem se importa?*

* * *

Joe deixou C.J. em casa às 12h25, como prometido. Ele não esperou para conversar. O carro de Lynn estava lá, a porta da frente estava aberta e C.J. entrou, e isso foi tudo. Joe acenou do carro, foi comer um hambúrguer e voltou para o escritório.

Lynn não ligou para agradecer e não ligou para reclamar. C.J. ainda acreditava naquela história, então o que havia a dizer?

Entretanto ele ouviu, durante a volta para o trabalho, que Marion não tinha muito a dizer sobre o que havia vivenciado — nenhum Jesus, nenhum anjo, nenhum parente morto em campos alvos a acolhendo, ou seja lá o que for, pelo menos nada que os tubarões da mídia pudessem explorar. Ele imaginava, porém, o que ela estaria dizendo a Ryan e aos médicos em segredo. E, acima de tudo, quanto iam lhe pagar quando ela escrevesse um livro sobre toda a experiência. Ele imaginou que ela lançaria um livro, diria que estava tudo escrito ali e acabaria tendo mais dinheiro que a Índia. Ela faria um milhão de dólares com a história de sua morte, enquanto ele ainda estaria lá, ralando para vender seguros, implorando para algum caloteiro participar com mais cem dólares. *O jeito como as coisas acontecem comigo é de amargar!*

Ele percebeu que era impossível voltar a trabalhar. Sua cabeça ainda estava no hospital. Então fez algumas ligações infrutíferas, adiantou alguns documentos e saiu mais cedo.

De volta ao apartamento, ele ligou a tevê para assistir às notícias do fim da tarde, então foi até a cozinha pegar uma cerveja e pensar em um plano para a noite. Algo divertido para variar, ele decidiu. Nada a respeito de pessoas mortas ou doentes ou qualquer coisa parecida.

Ele ouviu a mulher do Canal 3, Ruth Cosgrove, a loira, entrevistando alguém em sua sala de estar enquanto ele abria a porta da geladeira. Era um cara da Universidade Estadual Wayne, disseram, que parecia falar de política. O cara disse algo em voz alta sobre como o público é vulnerável e como estamos à mercê de médicos com formação cada vez pior.

Joe revirou os olhos e pegou um pedaço de queijo. Devia ter deixado a tevê desligada e colocado uma música. Falando em formação inadequada: um professor de faculdade tentando fingir que é um comentarista de tevê peso-pesado.

Quando voltou da cozinha com o queijo apimentado e uma caixa de bolachas salgadas em uma mão e uma cerveja gelada na outra, ele achou que a âncora loira estava novamente falando de Marion, pela maneira como mencionou "câncer" e disse aquelas mesmas palavras novamente: "remissão completa" e "instantânea". Mas, enquanto se ajeitava em seu confortável sofá, ele notou que palavras diferentes estavam sendo ditas naquele momento, acompanhadas de outras, que não deveriam estar ali.

"Câncer de estômago" o atingiu em cheio. De onde viera aquilo?

Ele tomou um belo gole de cerveja e se sentou, prestando atenção, nervoso por algum motivo, sem saber exatamente qual.

— Coincidência ou não — Ruth dizia —, a sra. Koyievski está no quarto *ao lado* daquele recentemente ocupado por outro caso célebre de aparente remissão de um câncer maligno no mesmo hospital, a sra. Marion Klein, mais conhecida pelos espectadores do Canal 3 como "Mulher Lázaro".

Joe não se mexeu. Mal conseguia respirar. Sua mente se acelerou, tentando dar conta do que aquela mulher estava dizendo. Seu coração subitamente começou a se acelerar também. O que era aquilo? O que mais haviam dito enquanto ele estava pegando sua cerveja?

Ele viu Ruth se virar para o outro apresentador com um sorriso altivo no rosto. E a ouviu dizer:

— Roger, o que você acha? Existe alguma coisa acontecendo na área de oncologia do Hospital Fremont, algo que tem a ver com o próprio hospital, ou o quê?

Aconteceu com outra pessoa, Joe pensou, *e essa não tem nada a ver com C.J.* Ele se levantou lentamente. *Alguém diga se houve outra!*

— Eu não sei, Ruth, mas é agradável ter notícias boas para contrabalançar as ruins, que enchem as manchetes ultimamente. E seja lá o que for... — o âncora esbelto sorriu largamente, se virando de frente para a câmera — ... pode ter certeza que continuaremos a ser seus olhos e ouvidos nessa nova história que se desenrola aqui, no *Notícias quentes 3*.

Houve outra. O cara disse "nova história".

— Com certeza — Ruth disse. E então subitamente mudou de posição na cadeira. O ângulo da câmera mudou; ela encontrou o teleprompter e começou de novo, mas o sorriso havia desaparecido: — Nas notícias mundiais de hoje..

Joe olhava fixamente, sem ver. Escutava sem ouvir. Nos olhos de sua mente ele estava de volta ao hospital. Estava no quarto com a sra. Welz, o coração acelerado novamente. Ele se aproximava para olhar pela primeira vez atrás da cortina verde. Ele olhava novamente para a senhora doente de quem gostava e que estava morrendo, com C.J. parado atrás de si. Mas não bem atrás de si. Ele viu C.J. parado aos pés da cama da senhora moribunda que se parecia com Lynn quando velha; C.J. olhando fixamente para ela e parecendo triste o tempo todo em que Joe falava com a enfermeira gorda; C.J. olhando para o tubo no nariz da mulher e para o sangue que corria para um saco, e sentindo pena dela porque ela se parecia muito com sua mãe. E a mulher tinha um nome, na parede, bem acima da cama. Polonês, terminado em "ski".

A garrafa de cerveja escorregou de sua mão e se espatifou no chão de madeira a seus pés.

* * *

C.J. estava jogando *Earth Dawgs II* com Burr Gould na sala de estar quando Joe tocou a campainha, e em seguida tocou de novo.

Lynn deu um meio-sorriso quando viu que era Joe. Afinal, C.J. já estava ficando sociável novamente, a crise parecia estar passando, se é que já não desaparecera completamente, e ela estava surpresa de ver que Joe havia retornado para ver como as coisas estavam indo. Ela não esperava tanto da parte dele.

Ela abriu a porta e estava prestes a falar "oi" quando Joe a empurrou e entrou sem dizer nada, parecendo um homem que fugia de alguma coisa.

— Joe, o que aconteceu?

Ele se virou e começou a falar, mas ouviu os ruídos de *Earth Dawgs* na sala de estar e disse:

— C.J.! — E correu na direção do garoto. Lynn foi em seu encalço, dessa vez insistindo:

— Joe, o que aconteceu?

Quando viu seu pai, C.J. ergueu o olhar e sorriu, mas Joe não estava sorrindo. Ele tirou o controle da mão do garoto, o colocou de pé e começou a levá-lo na direção da porta.

— Preciso falar com você — foi tudo o que ele disse.

Burr continuou sentado, boquiaberto, na esperança de que não estivesse encrencado também.

Lynn os seguiu. Pela terceira vez, agora visivelmente alarmada, ela perguntou:

— O que aconteceu, Joe?

Ele a ignorou e falou por sobre o ombro:

— Já voltamos, Burr. — E passou correndo com C.J. pela porta até a longa varanda de madeira.

Lynn continuava atrás deles, sem saber o que estava acontecendo e ficando irritada por causa disso.

— Joe! Eu quero saber!

Ele segurou C.J. pelos ombros e de repente ficou de joelhos, com o rosto bem próximo ao do filho. Não estava para brincadeira.

— O que você disse para a senhora da outra cama? — ele perguntou e prendeu o fôlego.

C.J. o encarou, com os olhos escuros arregalados.

Ainda exigindo uma resposta que não viria, Lynn perguntou:

— A senhora da... de *onde*?

— Eu sabia! — C.J. disse suavemente, com a expressão triunfante.

Atrás deles, Burr parou o jogo e caminhou pé ante pé até a porta para ouvir.

— Que senhora em que cama, Joe? Fala comigo!

— Você disse as palavras, C.J.? Você a tocou? Responda sim ou não.

A voz de Joe era tão dura que pegou Lynn de surpresa. Mas não era o tom que a assustava, eram as palavras. Ela o segurou pelo braço e o puxou com força.

— Joe! O que vocês fizeram? Eu quero saber!

C.J. nem olhou para a mãe. Ele encarava Joe com um sorriso nos lábios e um olhar penetrante, e então assentiu, confirmando e sussurrando novamente:

— Eu sabia!

Joe deixou as mãos deslizarem pelos ombros do filho, e sua boca se entreabriu.

— Lynn — ele disse com a voz baixa. — Posso conversar com você, querida? Por favor?

* * *

Eles se sentaram em cima da mesa de piquenique no quintal, com os pés sobre o banco. O quintal era delimitado por uma cerca de arame, fechada em frente à entrada. Eles a haviam instalado quando C.J. tinha cinco anos, antecipando a piscina que Joe sonhava ter desde que ele próprio era criança. Mas nunca começou a ser construída. Outra vítima do divórcio deles.

Joe começou falando da segunda mulher. Koyievski. O nome polonês.

Sim, Lynn vira a notícia.

Joe olhou para a varanda que percorria metade da extensão dos fundos da casa e notou C.J. e Burr, os dois espiando pela porta da cozinha. C.J. parecia saber exatamente o que estava acontecendo. Burr fazia perguntas, Joe pensou, questionando por que o pai de C.J. estava tão agitado.

Ele se virou novamente para Lynn, respirou fundo e começou.

Disse que algumas pessoas pensavam que padre Mark havia trazido Marion de volta à vida, mas o padre não podia ter nada a ver com a segunda mulher; ele nunca nem a encontrara, pelo que todos sabiam. Joe até ligara para a casa do sacerdote para verificar. A mulher não era da mesma paróquia. Ninguém no escritório ouvira falar dela.

Lynn deixou que ele falasse, e sua expressão foi ficando tensa, primeiro de assombro, depois de algo próximo a um alerta.

— Essas duas coisas aconteceram — ele disse. — Com Marion e com essa nova mulher, mas, Lynn, não foi o padre. E não foi o hospital também; algumas pessoas estão dizendo na tevê que eles têm uma unidade de ressonância magnética abaixo do quarto dessa mulher e de Marion também. Você ouviu a parte em que elas ficaram em quartos vizinhos, a mulher e Marion?

Ela ouvira. Sua boca se abriu um pouco, e ela ficou olhando fixamente para ele, imóvel.

— Eles estão imaginando coisas sobre emissão de energia ou algo assim. Mas não foi o padre nem campos energéticos.

Lynn sussurrou:

— Ah, meu Deus. — As palavras mal conseguiram passar pelos lábios, e ela prendeu a respiração.

Joe se sentia tão inundado pela importância do que estava prestes a dizer que sentiu lágrimas começando a lhe embotar os olhos, algo que ele nunca deixara Lynn ver antes, durante todo o tempo em que viveram juntos. Ele olhou para o lado rapidamente e murmurou:

— Ah, cara... — E esfregou os olhos.

Mas, quando se virou e olhou novamente para ela, já tinha se controlado completamente. Então ele disse:

— Lynn, só existe uma ligação entre Marion e a mulher polonesa. E você sabe qual é.

Ele disse isso e lhe deu um tempo, sentindo que aquilo crescia na direção dela, como uma explosão em câmera lenta. Ele imaginou cada incrível pedaço daquilo a atingindo, exatamente da mesma maneira que o atingira: C.J. e Marion na funerária, Joe e C.J. saindo juntos pela manhã, C.J. e a "senhora na outra cama" no hospital, as notícias a respeito de uma segunda mulher sendo curada, Joe perguntando a C.J.: "Você disse as palavras?" e "Você a tocou?"

Ela desceu da mesa como se ele a tivesse estapeado.

— Você levou meu filho ao hospital? Você o levou até uma pessoa que estava morrendo, mesmo sabendo o que ele estava pensando?

— Lynn...

Os olhos dela se inundaram de lágrimas, e ela começou a andar de um lado para o outro.

— Meu Deus, Joe! — ela sussurrou. — Você está tão iludido quanto ele! Seu estúpido... meu Deus!

Joe se contorceu para encará-la, mas não se levantou.

— Por que a Marion está viva novamente, Lynn?

— Eu *nunca* mais vou deixá-lo com você.

— Por que a segunda mulher está bem de novo, de repente, sendo C.J. a única ligação entre elas?

— Ah, meu Deus, Joe — ela suspirou. — Você não percebe o que vocês dois estão dizendo? Você...? Que diabos *aconteceu* com você?

Joe assentiu e começou de novo, falando suavemente. Ele sentia que aquela era a coisa mais importante sobre a qual já havia conversado em toda sua vida, então tentou explicar exatamente como tudo havia acontecido, toda a verdade, passo a passo, desde a vontade de provar que podia ajudar C.J. a melhorar, até a sra. Welz, a enfermeira que falava devagar — tudo.

— Podemos olhar o todo e imaginar uma maneira de sair dessa — ele disse, finalmente, falando devagar. — Mas todas as vezes que acho que encontrei uma saída, sou obrigado a pensar: *Sim, mas dez minutos depois que C.J. a tocou e disse o que disse, Marion estava viva e não tinha mais câncer. E dez minutos depois de C.J. tocar a mulher polonesa e dizer a mesma coisa, ela está andando pelos corredores, saudável, curada do câncer também.* E sem nenhuma outra ligação; foi isso que me fisgou. Não foi o padre nem nada no hospital, a não ser que você acredite em raios mágicos atravessando as paredes. Mas eu acho que não pode ser isso, ou teria acontecido centenas de outras vezes antes.

Ele a observava enquanto falava. Ele observava sua boca, ainda apertada. Ele observava a fina linha de raiva ainda se arrastando em volta de seus lábios. Observava seus braços, cruzados sobre o peito, mantendo-a segura. E, quando acabou de falar, ele observou seus olhos.

Depois de quase dez segundos de silêncio, ela sussurrou:

— Você força a barra em todo lugar que vai, não é, Joe? — Surpreendentemente para Joe, ela parecia mais exausta que brava. — Você força como se soubesse tudo o que há para saber.

Ele esfregou o rosto lentamente, com as duas mãos. O que aquilo tinha a ver?

— Só que, dessa vez, você está forçando o meu filho — Lynn disse, ainda sussurrando. — E eu não vou deixar você fazer isso.

— Dez minutos depois que saímos, Lynn. A nova mulher foi encontrada dez minutos depois do meio-dia, eles disseram, andando pelo corredor, sorrindo e perguntando pelo médico. Do bico do corvo para a alegria de viver.

Lynn secou os olhos e suspirou, olhando para o céu. As nuvens estavam em sua maioria brancas, mas os contornos estavam escuros, e se moviam lentamente, do noroeste para o sudeste, algo típico de uma noite de começo de verão em Michigan.

— Ele tem nove anos de idade — ela disse.

— Eu quase tive um treco, Lynn, quando ouvi o nome daquela segunda mulher. Pensei: *Meu Deus, estou tremendo por dentro.* Então fui verificar. Foi o padre Mark? Não. Algum outro padre? Alguém que também tenha estado no velório de Marion? Não. Só uma coisa em comum, Lynn.

— Não diga mais isso, Joe — ela disse suavemente, balançando a cabeça. Em seguida olhou para a casa. — Agora vou entrar.

— Eu não estava tentando bancar o esperto, Lynn, eu juro; nem forçar nosso filho a algo nem nada do tipo. Eu só estava tentando ajudá-lo a ver que ele estava errado.

Ela deu vários passos na direção da casa. C.J. e Burr haviam desaparecido da porta da cozinha. Ela disse:

— Não apareça por aqui esse fim de semana. Estou falando sério. Quero que isso acabe agora.

— Você não vai conseguir dormir hoje à noite, sabia? Se não descobrir.

Ela não respondeu. Continuou se afastando.

— Nem amanhã à noite. Não vai fazer nada a não ser imaginar.

Ela balançou a cabeça.

— Quero que você vá agora, Joe.

— A segunda mulher vai sair do hospital esta noite — ele disse, falando mais alto, mas ainda imóvel. — Vão levá-la para algum lugar onde possam examiná-la, deixar a multidão entrar para vê-la. Não vai haver mais ninguém com a sra. Welz até amanhã.

— Não!

A voz de Joe permanecia calma, e ele continuou:

— Ela não tem uma doença feia de ver. Não tem nada feio ali. E ele já a viu.

Lynn parou diante da porta com tela que dava acesso à varanda e se virou.

— Quero que você vá embora.

Joe deslizou da mesa e caminhou em sua direção. A conversa mais importante que já tivera na vida ainda estava em jogo.

— Podemos entrar e sair de lá em um minuto, Lynn. Sessenta segundos, eu juro. É a única maneira. Tem que acontecer, porque você precisa saber. E *ele* sabe. Ele nunca vai mudar de ideia agora, durante a vida inteira. A não ser que ele tente de novo e nada aconteça.

Ela escancarou a porta.

— Saia pelo portão. Não passe por dentro da minha casa.

— Pense nisso depois que eu sair — ele disse.

A porta de tela bateu.

— Dez minutos e dez minutos, Lynn, das duas vezes! — ele gritou para ela. — Você não pode ignorar isso.

Ela havia parado na porta da cozinha. Não queria encará-lo, e ficou parada ali. Depois foi entrando lentamente, ainda ouvindo. *Talvez ela esteja chorando*, ele pensou. *Ou talvez esteja realmente furiosa.*

— Pense nisso — ele disse em voz alta. — Me ligue e eu venho te buscar, mas temos que fazer isso antes das oito, se quisermos dormir esta noite.

Ele ainda podia ver a sombra de seus movimentos através do vidro enquanto a porta da cozinha se fechava.

Por fim, berrou:
— Mas amanhã de manhã haverá alguém lá com ela!

* * *

Quando chegou à Eleven Mile Road, Joe tinha uma boa ideia do que ia acontecer. Lynn pensaria no assunto; não poderia evitar. E conversaria com C.J. E então ficaria brava outra vez. *Mas, sim*, ele pensou, *ela vai fazer*. Ela vai ficar maluca se não fizer, e não vai esperar; não seria Lynn se esperasse. Ela vai se dar conta de que precisa ajudar C.J. imediatamente. Vai olhar para o garoto, preocupada com o que ele está pensando, tentar se convencer a não fazer nada, e então vai dizer a si mesma: *Vamos resolver essa bagunça agora mesmo*.

— Sete horas da noite — ele sussurrou. Ela vai ligar no exato momento em que ele chegar em casa e mandá-lo dar meia-volta e pegá-la às sete e meia. "E não fale nada", ela vai dizer. "Vamos apenas acabar com isso logo."

E acabou que ela só ligou às 19h35.

— Vamos só ver a tal mulher e sair — ela disse. — Se mais alguém estiver lá, ou houver outro paciente, esqueça. É isso. De qualquer jeito, não vamos esperar. — A voz dela parecia calma, dura e distante. — Durante todo o trajeto até lá, e na volta também, não vamos falar sobre isso, Joe.

* * *

C.J. perguntou a Lynn apenas uma coisa. Do banco de trás do carro de Joe, enquanto cruzavam a Woodward Avenue, a apenas meio quilômetro do hospital. Foi a primeira coisa que ele disse durante toda a viagem. Ele perguntou a ela se era "totalmente certeza" que ela não ficaria brava com ele se fizesse uma terceira mulher melhorar. Perguntou em voz baixa e muito sério.

Os olhos dela brilharam, cheios de lágrimas, e ela respondeu docemente:
— Não vou ficar brava com você. Você é meu garoto.

E então eles chegaram.

* * *

A recepção do sexto andar estava vazia. Eles passaram direto pela área das enfermeiras e encontraram a porta do quarto 6110 aberta. A tevê estava desligada lá dentro. Não havia visitas. Não havia enfermeira grandona com voz cantarolante.

Eles entraram devagar; Joe foi primeiro, depois C.J. e então Lynn, logo atrás.

Joe estava certo sobre a polonesa ser transferida de quarto. A sra. Welz estava sozinha dessa vez, a cortina verde puxada alguns metros ao longo da lateral de sua cama. Eles podiam ver suas mãos conforme entravam no quarto — apenas as mãos e os antebraços caídos ao lado do corpo, como se estivesse dormindo.

Vozes altas ecoaram no fim do corredor, e Joe sentiu uma súbita onda de apreensão. Seu coração se acelerou. Ele imaginou que a mesma coisa estivesse acontecendo com C.J. e Lynn, mas as vozes diminuíram quase que instantaneamente; era alguém que ia de um quarto a outro, só isso.

Mesmo assim, eles teriam de ser rápidos.

Ele olhou para Lynn, que parou perto da porta, sem a intenção de se aproximar.

Joe colocou a mão no ombro do filho e o empurrou em direção à cama.

— Apenas chegue perto e faça — sussurrou.

Ele se perguntou, de repente, o que aconteceria se C.J. dissesse o nome errado. Outra pessoa seria curada em algum outro lugar, e não a sra. Welz?

— Se pronuncia *Uéls* — ele sussurrou rapidamente.

— Depressa, querido — Lynn sussurrou atrás deles, com uma voz tão fraca que Joe se virou para ver se ela estava bem.

C.J. já estava se aproximando. Ele parou perto da cama e viu a moribunda respirar com dificuldade, o rosto comprido e imóvel, os olhos fechados, a boca semiaberta. Olhou fixamente para as veias em seus braços, e então para as cobertas erguidas no ponto onde cobriam seus pés.

Novamente as vozes no corredor. Na área das enfermeiras. Talvez mais perto. Talvez se aproximando.

— Rápido, querido — Joe disse mais alto dessa vez, mas não como se fosse uma ordem.

C.J. estendeu a mão direita. Ele tocou suavemente, com o indicador e o dedo médio, o cobertor no pé esquerdo da mulher. Foi seu único contato. E então Joe e Lynn o ouviram dizer. Foi a primeira vez que o ouviram dizer aquilo.

— Fique bem, sra. Welz. — Só isso.

O garoto retirou os dedos. Havia terminado.

Joe soltou a respiração e tentou sorrir, a calma do alívio. Estava acabado, ninguém entrara para interrompê-los, a sra. Welz continuava dormindo e eles haviam terminado, mas seu coração ainda batia acelerado.

Lynn se abraçou com força, a cabeça inclinada, os olhos erguidos e fixos em C.J.

O garoto se virou e olhou para Joe; então viu sua mãe vindo subitamente em sua direção, a mão aberta, apressando-o a sair daquele lugar com ela. Ele passou por Joe para pegar a mão dela.

Os dedos dela envolveram os do filho com força e ela se virou, levando-o em silêncio porta afora. Ela não olhou para Joe, não falou a caminho do carro nem a caminho de casa. Nenhum deles disse nada por um bom tempo.

Mas Joe continuava olhando para ela, enquanto seguiam pela Eleven Mile em direção à Hilton, tentando cruzar seu olhar com o dela. Ele queria lhe dizer que gostaria de entrar e esperar as notícias com ela e C.J. Tomar alguma coisa, talvez, ou comerem juntos, apenas para ficar ali ao seu lado enquanto ela mantinha no rosto aquele olhar que sempre exibia quando estava preocupada, pois era orgulhosa demais para pedir ajuda, com o cabelo caindo suavemente pelas laterais do rosto. Os velhos sentimentos estavam voltando. Talvez porque haviam acabado de passar por algo importante juntos. Ele pensou naquilo.

Velhos sentimentos, ainda cálidos.

— Lynn?

Ela virou a cabeça. Os olhos estavam meio fechados e apagados.

— O que você vai fazer agora? Vai esperar a notícia na tevê?

Ela deu de ombros e olhou pela janela.

— Eu não quero que haja notícias — disse baixinho. — Não acredito no que acabamos de fazer.

Então os dois ouviram. Do banco de trás. Apenas um pequeno sussurro:

— Vocês vão ver.

***

A jovem enfermeira olhou por cima de seu balcão no corredor norte e congelou.

Uma das pacientes estava parada em silêncio do lado de fora do quarto, a meio caminho do corredor de ladrilhos brancos, olhando fixamente para ela. Era a sra. Welz, que estava muito mal no quarto 6110. O tubo intravenoso ainda estava preso às costas da mão enrugada. Ele brilhava ao lado dela. A mulher estava imóvel e sem apoio — a camisola pendendo dos ombros, os braços esticados ao lado, a cabeça levemente inclinada para frente, os olhos bem abertos e sem piscar.

Parecia que ela estava esperando fazia tempo para ser descoberta.

E parecia que estava se divertindo com aquilo.

6

Lynn ligou para Joe às 2h10 da manhã. Ele também não estava dormindo; ela sabia disso — não depois da notícia a respeito da sra. Welz ter ido ao ar, não depois que eles discutiram o que fazer e não fazer, num círculo vicioso que não chegou a lugar nenhum, até quase meia-noite.

— Vou ver o padre Mark na igreja de manhã — ela lhe disse. — Eu só quero que você saiba. — E falou que já havia dito a C.J. para ficar em casa e não ir à escola, para dormir quanto quisesse, já que ela poderia não estar em casa quando ele acordasse, e que comesse e jogasse videogame até ela voltar. Ela tinha esperança de que ele não ficasse sabendo das notícias, como se aquilo fizesse alguma diferença.

— Por que você quer ver o padre? — Joe perguntou. — Não fizemos nada de errado. Não precisamos de um padre.

— Ele é mais que um padre; ele é um amigo... pelo menos para mim e C.J.

O fato era que ela confiava no padre Mark, mais do que jamais confiaria em Joe novamente. Ela não apenas havia conhecido o padre quando ela e Joe fizeram o curso de noivos, como ele acompanhara todo o seu processo de decisão de pedir o divórcio, conversando e rezando com ela a cada momento de desespero. Ela sabia que ele estaria ao lado deles novamente, agora que ela precisava de um tipo diferente de apoio.

Na verdade, eles haviam se tornado próximos o suficiente durante aqueles anos para que ele a encorajasse a chamá-lo simplesmente de "Mark".

— Eu vou vê-lo, Joe — ela disse. — Eu não liguei para discutir sobre isso. Só achei que você tinha o direito de saber.

Joe a conhecia o bastante para saber quando ela estava determinada a fazer algo, então apenas disse que gostaria de ir com ela. Ir buscá-la, na verdade. Assim ela não precisaria dirigir.

* * *

Padre Mark espiou pela porta de sua casa, viu Joe e Lynn na varanda e deu um suspiro. Ele abriu a porta com um sorriso no rosto, lançando um breve olhar para as dezenas de curiosos e fiéis que gritavam seu nome e se aproximavam, saindo da calçada onde estavam na esperança de se juntar aos Walker naquela audiência matutina.

Ele estendeu a mão para apertar a de Joe.

— Que ótimo vê-lo novamente, Joe. — Ele sorriu. — Lynn. Como vocês estão? Estou surpreso em vê-los. Venham, entrem.

— Sentimos muito pela hora, Mark — Lynn disse, falando rápido. — Mas é muito importante que conversemos com você. É muito importante.

Joe notou que ela disse duas vezes "É muito importante", duas vezes e muito rápido.

O padre fez um aceno, apontando para a sala de estar, a mesma onde ele se reunira com os dois muitos anos atrás, quando eles eram praticamente crianças, ainda estavam apaixonados e querendo se casar, e quando ele mesmo ainda era jovem. Ele disse:

— Se você está aqui, eu sei que é importante. — Depois fez uma pausa e acrescentou: — Se vocês estão aqui juntos, eu sei que é importante.

— Não estamos juntos desse jeito — Lynn disse.

Joe a observou com o olhar tranquilo.

— Ah. Bem, sentem-se. Querem um café ou alguma coisa?

— Não, obrigada.

— Nós viríamos para a missa da manhã — Joe mentiu enquanto se sentava. — Mas me atrasei. Culpa minha.

Lynn lançou um olhar afiado para ele, sem dizer nada.

— Tinha muita gente na missa hoje — Mark disse. — Mais do que de costume.

— Ficamos sabendo — Joe disse.

— Isso é incrível — Lynn sussurrou.

Joe se sentou na ponta esquerda do sofá, parecendo relaxado, o braço esquerdo esticado sobre o encosto de almofadas, o tornozelo esquerdo descansando sobre o joelho direito. Lynn se sentou na outra ponta, longe de Joe. E então, sem mais conversa, lá estava: Joe descruzando subitamente a perna, se inclinando para frente e lançando sem qualquer preliminar a bomba sobre o padre.

— Sabemos o que aconteceu com Marion Klein, Mark. E sabemos o que aconteceu com aquelas outras duas senhoras. E é a pura verdade.

Bang. Direto e reto.

O padre piscou, se recostou na cadeira, cruzou as mãos sobre o colo e encarou Joe, com o olhar fixo.

— Não é um campo de energia do hospital nem nada do tipo — Joe disse. — Não são raios X mágicos ou algo assim, como esses repórteres andam dizendo. Não tinha nenhum campo de energia na funerária, tinha? Como tinha no hospital? E foi lá que aconteceu com Marion, então não pode ser esse lance de tecnologia misteriosa. Qualquer um sabe disso, se parar para pensar um minuto. Mas nós sabemos o que aconteceu, juro por Deus.

— Não temos certeza — Lynn protestou, se contorcendo e cruzando os braços.

— Nós sabemos porque armamos a segunda e a terceira — Joe disse rapidamente, sem tirar os olhos do padre. — Então Lynn quis vir e contar a você o que aconteceu, e eu quis vir junto, apenas para lhe contar e ver se você tem alguma sugestão sobre o que devemos fazer a respeito disso.

Ele estendeu as mãos e acrescentou, quase como se o pensamento lhe ocorresse após ter terminado de falar:

— Claro, se não quiser se envolver, tudo bem.

Então parou. Ele queria dar ao padre, que agora o fitava de olhos arregalados, um minuto para assimilar o que acabara de dizer, e para responder, se ele quisesse. Também queria saber se estava sendo levado a sério, se seria recebido com risadas ou o quê.

— Não temos nem certeza *do que* sabemos — Lynn disse. E então sua voz sumiu, como se o que havia começado como firme determinação subitamente estivesse tentando encontrar um lugar para se esconder. Seu rosto estava corado. — Só achamos que sabemos algo a respeito de tudo isso, mas não compreendemos.

Mark se ajeitou na cadeira, as mãos se estendendo lentamente, pousando nos braços de madeira. Ele disse baixinho:

— Estou ouvindo, Lynn.

Ela meneou a cabeça e pigarreou. Depois descruzou os braços, as mãos apertadas sobre o colo.

— Bem — ela disse —, tudo começou quando C.J. e eu voltamos do velório de Marion.

Joe se ajeitou no sofá. *Então o padre anda tranquilo ultimamente*, ele pensou, *achando que tem dois loucos diante dele, mas mantendo a calma*. E isso significava que tudo que Joe podia fazer era esperar. Deixar Lynn fazer do jeito dela. Ver como ia rolar, mas pronto para responder com o que fosse preciso para se manter no controle da situação, e não o padre.

— C.J. não estava muito animado por estar lá — Lynn continuou, e seu olhar se desviou por um momento do tapete, mas depois voltou. — Porém ele não estava assustado, acho que não. Tenho certeza que não.

Ela esfregava a unha do polegar esquerdo com o direito, com toques suaves e compassados.

— C.J. já esteve em funerais antes — Lynn disse. — Mas eu achei que, como ele conhecia Marion da igreja, e conhecia os filhos dela da escola...

Joe estudava o padre como a um gato, esperando para ver se ele esboçaria alguma reação, qualquer coisa que lhe mostrasse se o sacerdote estava sacando que o segredo sobre os milagre era na verdade um segredo sobre C.J.

Até ali, nada.

Lynn contou como ela e C.J. voltaram para casa depois do velório, como ela viu o menino sentado no sofá com um olhar estranho, como se estivesse com medo. Foi aí que a mente de Joe começou a vagar. Ele começou a pensar em outras coisas mais importantes enquanto a voz de Lynn se esvanecia ao fundo.

Ele começou a pensar em como C.J. era, na verdade, a pessoa mais poderosa do mundo. E a mais valiosa também, pois quanto as pessoas por aí estariam dispostas a dar para acordar seus mortos? Que tal governantes e reis, ou presidentes de multinacionais? Quanto pagariam para trazer suas esposas de volta, seus amigos ou seus bebês falecidos? Quanto pagariam para ressuscitar a *si mesmos*? Será que dez milhões de dólares por semana seria muito, ele imaginou, só para começar? Ou talvez dez milhões de dólares por dia?

Lynn contou coisas sobre a escola, como C.J. andava calado, sem interagir com os professores, e Joe se recompôs por um segundo, medindo a reação do padre mais uma vez. Ele já devia ter somado dois mais dois naquele momento, com Lynn dizendo C.J. isso, C.J. aquilo, mas, ainda assim, não havia nenhuma mudança na expressão do cara.

Padre tranquilão ou padre bobão, ele pensou; *qual dos dois?*

E, nessa hora, Joe se deu conta: a mais incrível possibilidade de todas surgiu do nada e o atingiu com tanta força que ele quase soltou um "Ah, meu Deus!" bem ali. Ele pensou: *Se Marion Klein voltou depois de três dias, como seria trazer de volta alguém que morreu há dez dias? Ou há trinta? Que tal trazer de volta alguém que morreu há mais de um ano?*

Então subitamente ele se levantou e começou a andar de um lado para o outro. Fez sinal para que Lynn continuasse falando, que ele estava bem, só queria esticar as pernas e se mexer um pouco.

Que tal trazer Einstein de volta? Quanto isso valeria? Ou Marilyn Monroe, Elvis ou John Wayne? Escolha sua estrela. Que tal a princesa Di ou JFK? Deixe JFK para lá, que tal Abraham Lincoln?

— Joe, qual é o problema? — Lynn perguntou, soando preocupada.

— Hã?

— Aconteceu alguma coisa?

— Tem certeza que não quer beber algo? — Mark perguntou. — Tenho suco gelado também, não só café.

Joe balançou a cabeça com força, apenas dois rápidos movimentos, e acenou para que o padre ficasse ali mesmo.

— Estou bem — ele insistiu.

Depois se sentou, para mostrar que estava bem, e disse novamente, com uma pesada inflexão:

— Estou bem, de verdade. Não quis parecer estranho. Estou realmente bem.

Lynn o analisou, mas Joe apenas sorriu, meneou a cabeça e esperou.

— Então... — Lynn continuou, lançando mais um olhar para o lado, observando Joe — quando o Joe falou sobre levar C.J. para ver a sra. Welz...

Aquilo pegou Joe de surpresa. Ela já estava na parte da visita ao hospital, e ele nem havia notado.

— ... eu sabia que parecia loucura — Lynn falou —, e certamente fui contra no começo.

Ela parecia séria, concentrada, tentando não deixar de lado nada que pudesse ser importante.

— Mas depois eu pensei... Se a mulher não ia saber o que estávamos fazendo, e se pudéssemos apenas fazer e tirar aquela ideia maluca da cabeça de C.J. de uma vez por todas...

A imaginação de Joe, que já corria solta, começou a trabalhar novamente. Outra ideia inesperada, novíssima, só que dessa vez não muito promissora. Dessa vez, uma ameaça.

E se aquilo fosse algo que Deus estivesse fazendo — não um Deus todo-poderoso, sentado lá planejando tudo, mas um Deus que estivesse ali e realmente se importasse, só deixando as coisas acontecerem, como pedras que caem ou a grama que cresce? Ele pensou uns dez milhões de "e se". A primeira coisa que lhe veio à mente, com tanta gente chamando aquilo de "milagre", e ele também, foi que talvez houvesse um plano gigantesco por trás de tudo, que só foi possível porque C.J. fora capaz de acessar algum tipo de energia ou algo assim, e tudo não passasse de um acidente. Mas e se houvesse uma certa quantidade de poder nessa energia, e então ele acabasse? Ou se uma pessoa morta, como Marion, que estava realmente morta, usasse um montão de energia ou o que quer que fosse, e um paciente de câncer que estava apenas doente usasse bem menos, mas ainda bastante, e a cada vez que C.J. a usasse, ela fosse drenada e diminuísse?

Ele cruzou os braços e então as pernas. Em seguida olhou fixamente para Lynn, mas seu pensamento estava muito longe dali. E se a energia estivesse sendo drenada de C.J. por conta própria, naquele momento, enquanto o menino estava em casa sem fazer nada, apenas comendo salgadinhos ou jogando videogame, esperando sua mãe voltar? Ou pior, e se houvesse um tempo limite para aquilo, como se o garoto de algum modo tivesse iniciado a coisa, mas ela terminasse em algum momento específico, dali a dois ou três dias, uma semana, dez dias, e então tudo acabasse para sempre? Como Joe poderia saber? A maior coisa na vida de qualquer um deles em anos-luz, mas como alguém poderia saber?

E ali estavam eles, apenas falando, sem fazer nada, apenas esperando a manhã inteira.

Lynn terminou de contar sobre como recebeu a notícia da sra. Welz e ficou sentada em silêncio, com as mãos dobradas sobre o colo, olhando fixo, esperando um conselho.

Joe também esperou — esperou a oportunidade de terminar logo aquilo e sair dali.

Mark olhava para o chão. Ele se inclinou para frente na cadeira, a ponta dos dedos pousada sobre os lábios. Finalmente ergueu o olhar, primeiro para Joe, em seguida para Lynn. Quando falou, sua voz transmitia ao mesmo tempo simpatia e confiança.

— Só posso lhes dizer uma coisa — ele afirmou. — Esta é a quarta vez que um paroquiano vem até mim com a convicção de que de alguma forma ele foi o responsável pelo que aconteceu. Desde uma mulher que achou ter tido uma visão, até um casal que jejuou durante muito tempo e orou para que Marion saísse dessa. Absolutamente sinceros, todos eles; sinceros e convictos. Porque queriam estar convictos. — Ele sorriu. — Quero confessar uma coisa para vocês. Eu mesmo cheguei a imaginar que fui o responsável, especialmente na outra noite. Quer dizer, eu pensei que talvez tivesse algo a ver com isso, porque eu fiz as orações e tudo o mais, sabe? De repente aquilo está na sua cabeça e você pensa: *Uau, será que é possível?* Mas a resposta é "não". A resposta é "não", meus amigos. Mas parece natural que as pessoas deixem a imaginação vagar. Isso acontece. E é mais natural, eu aposto, para um garoto se deixar levar. Tantos de nós estivemos lá, de verdade. Mas juro por Deus...

— Todas as três mulheres, padre — Joe disse bruscamente, fazendo menção de se levantar e recomeçar a andar de um lado para o outro. Ele queria sair dali. — Logo depois que C.J. as tocou. Todas essas outras pessoas que vieram aqui tocaram as três mulheres, como C.J. fez?

O padre pensou por um momento, então perguntou:

— O C.J. alguma vez já imaginou algo parecido com isso?

Joe cerrou o maxilar.

— Ele tem nove anos — Lynn disse. — Tem muita imaginação, mas nunca fez nada do tipo.

Mark assentiu, fazendo uma longa pausa.

— Não lhes ocorreu que toda essa ideia da parte de C.J. fez vocês dois se reaproximarem, e que é isso o que ele quer, talvez mais do que tudo neste mundo? Ter os pais juntos de novo. Pelos menos por um tempo? Ter a atenção dos dois novamente? Vocês não percebem que pode estar acontecendo alguma outra coisa com ele? Alguma outra intenção, bem mais pessoal para ele, e bem mais importante do que o que aconteceu ou deixou de acontecer com Marion Klein?

— Você não acha que isso é possível, né? — Joe perguntou.

— Eu sei que ele é um garotinho, e quer você e a Lynn juntos novamente, Joe.

— Então você acha que não há maneira, modo ou jeito de ele fazer isso, certo?

— Eu não acho que essas coisas aconteceram por causa do C.J. E não acho que você está surpreso de ouvir isso. Mas ficaria feliz de conversar com C.J. se vocês quiserem.

— Porque ele é só uma criança? — Joe retrucou.

Lynn pigarreou e olhou fixo para Joe.

Mark o observou com igual interesse, como se não estivesse certo da pergunta que ouvira.

— Só estou imaginando — Joe continuou — se fosse um padre, um cardeal, o papa ou outra pessoa que tivesse um alto cargo na Igreja, se eles tocassem essas três mulheres e rezassem para que elas ficassem bem, independentemente das palavras que usassem, e se todas elas se levantassem milagrosamente curadas, cinco ou dez minutos depois... Só estou imaginando se você descartaria tudo isso como se fosse uma coisa totalmente impossível...

Lynn olhou feio para ele.

— Calma, Joe — ela murmurou.

— Eu disse que ficaria feliz em conversar com C.J. E então talvez você, Lynn e eu possamos nos reunir e conversar novamente. Acho que essa é a coisa certa a fazer. Mas, se vocês não quiserem...

Lynn estava de pé.

— Obrigada. Parece uma ótima ideia — ela disse rápido, mas delicadamente. E foi até a porta. — Acho que C.J. ficaria contente de falar com você. Ele gosta muito de você.

Joe também se levantou, lentamente, a mente acelerada, tentando imaginar um meio de cortar mais conversas inúteis. Eles falariam sobre aquilo durante um mês e meio, com certeza; um ano e meio, pelo que ele sabia. Depois jogariam fora todas aquelas conversas, e então olhariam para trás e ignorariam todos os fatos, achando que tudo não passara da maior alucinação de toda a história. Era isso ou, se aquele poder realmente não acabasse por ali, o padre ficaria tão próximo de Lynn e C.J. que certamente tomaria o controle. Ele queria Joe fora do assunto para que ele próprio se transformasse no mentor de tudo, a fim de que ele ou alguém do alto escalão da Igreja ficasse com o crédito. Ele tinha certeza de que o caminho seria esse.

Joe seguiu Lynn até a porta, deixando que ela e o padre marcassem a data em que iam desperdiçar mais tempo trazendo C.J. para conversar.

Só o que ele sabia era que precisava agilizar as coisas de novo. Ele tinha de se atirar naquilo com C.J. Tinha de arriscar desperdiçar um pouco do poder para fazer acontecer novamente, só que dessa vez com uma pessoa morta, e dessa vez com Lynn assistindo a tudo do começo ao fim, porque ela ainda não se convencera.

Decidiu que ele era a pessoa certa para fazer isso, então ele faria. E faria imediatamente, antes que aquele poder pudesse acabar.

* * *

Era uma manhã de sol no estado de Nova York — céu claro e limpo, temperatura por volta de vinte e poucos graus. A.W. Cross havia acabado de se despedir de vários colegas de Long Island que passaram por lá para uma visita rápida logo de manhã. Nada relacionado a negócios — apenas alguns minutos de uma conversa a portas fechadas e um momento juntos aos pés da cama do jovem Tony, uma afetuosa demonstração de apoio e camaradagem a um velho companheiro de batalha que estava prestes a perder o único filho.

O velho observou o carro das visitas se afastar e se virou na direção da casa em silêncio, as mãos soltas ao lado do corpo. Torrie Kruger estava com ele. Seus passos estalavam no chão de cascalho da entrada circular enquanto se aproximavam dos seis degraus que levavam até a porta da frente.

Cross parou e se virou para Torrie, a testa enrugada sob o peso de muitas perguntas sem resposta. O que ele realmente queria saber era por que outras pessoas com câncer estavam melhorando enquanto seu filho ainda estava morrendo, mas a pergunta que saiu foi:

— Aquelas mulheres em Michigan, Torrie, três delas até agora, todas com câncer. Você viu as notícias; todas do mesmo hospital. O que você acha que está acontecendo lá?

Torrie olhou para seu chefe e deu de ombros.

— Algo naquele prédio, alguns dizem — respondeu. — Mas é só uma hipótese. Na verdade eles não sabem o que está acontecendo, é o que me parece. Ou com a mulher que estava morta; como é possível que aquilo seja legítimo?

Cross olhava fixamente para além do lago que havia em sua propriedade, na direção da linha de bordos que se erguia no horizonte. Seus olhos se estreitaram, como se quisessem alcançar a cidade de Michigan. Ele disse:

— Morta ou não, a mulher se levantou... totalmente curada. E mais duas mulheres que estavam à beira da morte também se levantaram... também totalmente curadas. A primeira estava no quarto ao lado de onde as outras duas estavam. O que isso significa?

Torrie trocou o peso de perna, parecendo desconfortável. Ele disse:

— Eles não falam da outra centena de pessoas que provavelmente morreram lá ontem. Entende o que quero dizer?

Uma longa pausa.

Dois pássaros negros passaram voando perto da entrada, um deles grasnando alto.

— Não — Cross sussurrou, ainda olhando ao longe. Ele ergueu o polegar direito e esfregou o olho direito, depois o esquerdo. — Todos esses outros que morreram, talvez tenha sido uma centena deles, mas não estavam nos mesmos dois quartos, estavam? Não estiveram ao lado uns dos outros naqueles mesmos quartos.

— Acho que não.

Quando abaixou a mão, Cross falou com um tom comedido e suave que Kruger conhecia bem.

— Quero que você vá até lá para mim, Torrie. Você faria isso? Quero que leve quem for preciso com você. Parta amanhã de manhã. Seria bom. — E fez uma pausa. — Se for o padre das notícias que está fazendo isso, eu quero o padre. Se for o quarto do hospital, quero Tony naquele quarto. Ou os dois, quarto e padre, não me importa.

Seus olhos estavam sombrios e pesados, e subitamente se tornaram úmidos.

— O que eu quero, Torrie, é que a próxima pessoa a melhorar seja o meu menino.

7

Joe nunca havia encontrado Giles MacInnes, apenas o vira na tevê nos últimos dias. Mas, a julgar pelos ombros estreitos e caídos e pelos olhos cansados e cercados de profundas olheiras do homem que se aproximou da porta de vidro da funerária para deixá-lo entrar, Joe sabia que MacInnes não apenas havia sido fragilmente jogado no meio daquela tempestade como parecia estar derretendo no meio dela. Muitas conversas sobre acusações criminais, ele pensou; muitas conversas a respeito da incompetência do sujeito; muito embaraço para sua família; muito poucas provas para limpar o nome do cara.

— Sr. Walker? — MacInnes disse, abrindo a porta. Até sua voz parecia fina.

— Pode me chamar de Joe, por favor. Obrigado por me receber, sr. MacInnes.

Joe havia deixado uma mensagem na Casa Funerária MacInnes havia menos de vinte minutos. A mensagem dizia que Joe era um bom amigo do padre Mark Cleary, da Igreja de St. Veronica, e que ele sabia com certeza o que havia acontecido com Marion Klein. Não apenas isso, mas que seria uma boa notícia para Giles e seu negócio, e Joe estava pronto para provar aquilo sem sombra de dúvida.

Giles demorou um minuto para retornar a ligação e convidá-lo para um encontro.

O agente funerário o levou até seu escritório nos fundos com tanta cautela que Joe realmente sentiu pena dele. O pobre homem olhava repetidamente por sobre os ombros para Joe, como se temesse que a qualquer momento Joe pudesse atacá-lo por trás.

Na relativa segurança de seu escritório, Giles se ajeitou nervosamente atrás de sua mesa e gesticulou para que Joe se sentasse de frente para ele. Um "por favor" incerto parecia embutido em seu gesto.

Joe analisou a mesa de relance — folhetos, canetas, quatro balinhas de menta verdes em uma tigela de vidro transparente perto do telefone, brindes de um tempo mais feliz; fotos emolduradas, dez por doze, todas da família, meia dúzia delas. Meia dúzia de razões, Joe pensou, para MacInnes estar ansioso para ver de que tipo de prova ele estava falando.

— Acho que não tenho café pronto, nem muito o que oferecer — Giles disse.

Joe sorriu.

— Na verdade, temos algo a oferecer um ao outro, sr. MacInnes. — E então se inclinou para frente. Ele amava aquilo, se inclinar para frente para oferecer um acordo. — Posso lhe oferecer algo — ele disse — porque, como o sistema legal deste país não aceita a realidade do milagre num tribunal, as pessoas estão considerando o senhor culpado de algumas acusações bem sérias. Todas elas irreais, eu sei. Mas elas vão fechar seu negócio, com certeza. Arruinar uma boa reputação de família.

— Eles emitiram uma ordem de restrição — Giles admitiu. Parecia prestes a chorar.

Joe ergueu a mão, em protesto.

— Eu não preciso lhe dizer que o verdadeiro crime aqui é termos um sistema legal que se desdobra para legislar a inexistência de Deus. Entende o que quero dizer? Então como vão deixar o senhor se defender dizendo que aconteceu um milagre aqui, estou certo?

A cor sumiu do rosto de Giles, o pouco de cor que havia ali.

— Você diz que tem provas — ele suspirou.

Joe sorriu e se inclinou ainda mais para frente, pousando agora a mão na mesa de Giles, como se a mesa fosse sua Bíblia e tudo que ele dissesse dali em diante estivesse sob juramento.

— Tempos desesperados exigem medidas desesperadas, sr. MacInnes — Joe disse solenemente. — Sabe, o senhor é o único que pode oferecer a prova, ou que pode possibilitar que eu a ofereça. E quando fizer isso, eu juro, vou salvar seu negócio, sua reputação e devolver a paz de espírito à sua família. E, do jeito que as coisas vão, senhor, posso até salvar a sua vida.

* * *

Joe não sabia ao certo. Se era Deus ou o destino, ou talvez fosse apenas o pensamento positivo ou pura sorte, mas o telefone tocou na mesa de MacInnes assim que ele terminou de explicar a proposta, e assim que MacInnes prometeu pensar no assunto, inclinado a ajudar, embora tenha ficado momentaneamente paralisado por causa das complicações legais de tudo aquilo.

E então o telefone tocou.

Ele pôde ver nos olhos de MacInnes, enquanto este atendia a ligação, um misto de surpresa, animação e medo. Joe notou que o homem se digladiava com o que devia ou não fazer — sem mencionar a ordem de restrição. Alguém tinha um corpo pronto para ser levado, isso era óbvio, a julgar pelas perguntas e respostas de MacInnes ao telefone. Havia um cadáver na casa de alguém. Os paramédicos e a polícia haviam acabado de deixar o local. MacInnes deveria quebrar a ordem de restrição e dar o maior salto de sua vida ou não? Joe sabia o que passava pela sua cabeça. Será um momento verdadeiramente assustador para o sr. Magrelo se ele aproveitar a oportunidade, quebrar as regras daquela maneira e colocar seu pescoço em risco para embalsamar um cara depois que lhe mandaram fechar as portas. Mas seria um desastre do mesmo jeito para ele, pois, de outro modo, ele nunca seria capaz de provar que um milagre realmente havia acontecido.

Joe sabia que, no fim, aproveitar a chance de se salvar, apesar dos riscos envolvidos, sempre seria melhor do que ficar nos trilhos e se deixar atropelar pelo trem.

Ele assentiu para Giles e sussurrou:

— Tempos desesperados, medidas desesperadas, sr. MacInnes.

Em menos de quinze segundos viu o maxilar de MacInnes relaxar e seus olhos se tornarem finos e duros. Então ele soube que o plano estava em andamento.

* * *

Na volta para a casa paroquial na Igreja de St. Veronica, com a intenção de incluir o padre no plano, Joe pensava como tudo era apenas uma questão de botões. Botões e timing. Aperte os botões certos no momento certo e você pode fazer as coisas acontecerem.

E todo mundo tem seus botões.

O de MacInnes era salvar o negócio da família e sua reputação. Três gerações, todas no mesmo lugar, toda sua família envolvida. Aperte esse botão e ele o seguirá para qualquer lugar.

Para Lynn, era C.J. Sem dúvida. O que era melhor para C.J., e ponto-final.

Para o padre, Joe tinha certeza, era sua responsabilidade para com a Igreja. Não deixar a Igreja de fora. Ou talvez sua responsabilidade para com Deus se misturasse ali, como se Deus esperasse dele uma atitude de notificar tudo a seus chefes, porque, afinal, todo o treinamento de um padre consistia nisso. Como nos fuzileiros, a corporação vem em primeiro lugar.

Mas ele tinha de estar certo a respeito do padre, porque o padre tinha de ser o primeiro. Se ele conseguisse convencer o padre a acompanhá-lo, então conseguiria que Lynn aderisse ao plano, e Lynn ainda era a única maneira de ganhar C.J. Simples assim. Sem padre, sem Lynn, sem chance. Sem Lynn, sem C.J. Sem C.J., ou sem C.J. bem rápido, Lynn teria o sr. Clérigo tentando entrar na mente do garoto com conversinhas francas regadas a leite e biscoitos na casa do padre, e a chance da vida de Joe iria por água abaixo de uma vez por todas.

Ele estacionou a duas casas da casa do padre, a fim de evitar a multidão ali reunida, e sorriu ao se lembrar de como a conversa com MacInnes havia se desdobrado. Tudo estava tomando seu rumo. MacInnes, o padre, Lynn, C.J.: venham para o papai.

E depois, que tal uma festa para celebrar a próxima ressurreição? Que tal trazer Elvis de volta, talvez com Jimi Hendrix para agitar as coisas?

* * *

Eram quase três da tarde quando padre Mark voltou para casa.

Joe o chamou na cerca dos fundos assim que o padre atravessou o pátio. Ele sabia que era só mais um rosto na multidão naquele ponto, mas era o único dizendo ao padre que algo "culminante", foi a palavra que ele usou, estava se desenvolvendo. Algo "culminante" a respeito de C.J. Ele imaginou que aquilo bastaria. Pelo menos lhe daria cinco minutos de conversa.

De fato, o padre foi bem cordial. Não apenas convidou Joe para entrar, como até perguntou se ele queria se sentar na sala de estar, como antes. E novamente lhe ofereceu café ou algo para beber.

Deve ter sido boa a conversa com Marion, Joe pensou. *A mulher deve ter visto anjos e santos e falado com Deus. Ou dito que fez isso.*

Ele fez uma nota mental para lhe perguntar sobre o assunto, mas não naquele momento.

Na verdade, declinou a oferta de se sentar e ficar à vontade. Ele queria ir direto ao ponto, em pé ali mesmo no corredor.

— Padre, Lynn e eu queremos muito que C.J. converse com você — ele começou. — E obrigado novamente por isso. Mas, ao mesmo tempo, decidimos que realmente temos que confirmar, para nós mesmos e para C.J., se ele pode ou não fazer o que dissemos. E isso é, tipo, a maior prioridade, sabe? Não achamos que podemos esperar, porque isso vai guiar todas as nossas conversas e todo o rumo das nossas vidas, se ele provar que realmente pode fazer isso.

O padre assentia, mas parecia preocupado.

Joe respirou fundo.

— Então, fizemos outros planos, levando em consideração que queremos que você e C.J. tenham uma conversa. Achamos que você pode se sentir meio hesitante no começo, mas me escute, ok? Com a cabeça aberta. Pois bem, nós fomos conversar com Giles MacInnes, na casa dele em Crooks.

Suas palavras saíam desajeitadas, até mais rápidas que antes.

— O negócio é que MacInnes está sob certas restrições, embora o limite legal de tudo esteja meio embaçado no momento. Mas, de qualquer modo, ele está sob acusação pública, e isso está acabando com ele. E, é claro, estamos falando de fazer algo legal. Ele sabe disso. Hoje o criticam, amanhã vão atacar o cara que trabalha para ele, que supostamente fez o embalsamamento, e vão pregá-lo de cabeça para baixo no muro. E no dia seguinte, ou seja lá quando, mas logo, vão atrás de MacInnes e do negócio de toda a família dele. Vão atrás dele como caçadores de patos. Ele sabe disso, também. Todos sabem.

Ele se aproximou. Perto o bastante para que o padre recuasse, mantendo a distância.

— Mas veja, padre. MacInnes também sabe o que *você* sabe: que Marion Klein estava mortinha da silva e cem por cento embalsamada naquele dia. Então o que estou dizendo é: quais são as opções dele? Nenhuma. E então um cara chega, e esse cara sou eu, eu sento ali quietinho e digo: "Eu sei quem fez aquilo com Marion Klein. E com a outra mulher também". — Joe sorriu.

E era o único sorrindo.

— Você acha que isso não ia chamar a atenção dele? — Joe disse, perdendo o sorriso. — Lembre-se, ele sabia que foi um milagre o que aconteceu com Marion, porque sabia que ela estava embalsamada. E então eu digo: "Eu sei quem fez isso". Bem, os olhos do sujeito se iluminaram. Eu afirmo: "Você tem um milagre nas mãos, e eu sei quem fez". Então me diga, padre? O que ele falou?

Não houve resposta.

Joe deu de ombros.

— O homem falou: "Bem, como podemos *provar* que essa pessoa, seja lá de quem você está falando, realmente tem esse poder de acordar os mortos?" E você sabe qual foi a resposta para isso? — Seus olhos se arregalaram de um modo inocente. — A resposta foi: às onze e meia da manhã de amanhã...

— Não diga isso, Joe.

— ... às onze e meia, C.J., eu, Lynn e MacInnes vamos ficar ao lado de um cara embalsamado na funerária, uma reunião particular, só nós e Deus, sem tevê nem nada do tipo, e vamos ver com nossos próprios olhos o que vai ou não acontecer com o nosso filho. E todos nós esperamos que você também esteja lá.

— Não!

— Pelo menos, queremos te convidar.

Ele disse novamente:

— Não! Não faça isso com seu filho, Joe. Ele não é capaz de acordar os mortos. Você sabe como isso parece maluquice? Não faça isso com ele!

— Não com ele, padre. Com um homem de setenta e cinco anos. Vamos trazê-lo de volta à vida.

— Pelo amor de Deus, não faça isso com C.J.!

— Talvez você deva dar mais crédito a Deus. Deus já decidiu "fazer isso com C.J.", conforme você observou. O nosso objetivo é esse, meu e de Lynn. Deus já se decidiu; nós não, e C.J. também não. Então a única questão que você deve responder é, em respeito à sua posição, você quer que a Igreja esteja ao lado disso ou não? Porque você é o único capaz de fazer com que isso aconteça. É você ou ninguém mais, até onde eu sei.

Mark balançava a cabeça. Ele se afastou como se estivesse indo para a cozinha, mas então girou de novo e encarou Joe.

— Isso é doentio, Joe. É obsceno, você não pode fazer isso.

— Por que você não encara isso como uma cura, só que um pouco além? Porque é isso que é, uma cura milagrosa. Ou você não acredita em milagres?

Se estivesse observando com cuidado, Joe teria notado um leve estremecimento, apresentando-se de forma muito sutil.

— Isso vai além da cura. Você sabe disso.

— Cura é quando células mortas voltam à vida, certo? Então é isso. Um número suficiente de células volta à vida e todo o corpo desperta. Talvez se C.J. mudasse as cores das coisas, ou se o dedo dele brilhasse como o do E.T., ou talvez se ele levitasse alguns centímetros do chão, seria mais fácil para você acreditar?

— Você está se excedendo, Joe. Você não pode falar desse jeito por aí.

— Ninguém vai se machucar — Joe disse. — Pense nisso. E, se nada acontecer, nós vamos para casa. Sem perigo, sem danos. C.J. vai ficar envergonhado, mas e daí? Ele vai ficar bem. Mas se algo acontecer, então, escuta só, a Igreja estará lá. O que parece o certo para nós. Não que seja necessário, mas para nós parece o certo. Porém o que estou dizendo é... depende de você.

— E você não quer que eu converse com C.J. antes?

— Depois. Vamos fazer isso amanhã de manhã, como eu disse.

— E Lynn quer isso também?

Joe mentiu com um menear de cabeça.

— Nós dois sabemos que tem de ser assim, padre. Ela não *quer* de verdade, admito, mas concordamos que essa é a coisa certa a fazer. E ela gostaria que você estivesse lá. Certamente você sabe disso.

— E a família do falecido?

— Nem sabe a respeito. — Ele exibiu um largo sorriso. — A não ser que o homem volte à vida, é claro, e então eles vão agradecer a Deus no céu. Só temos a ganhar, nada a perder; essa é a melhor parte.

— E você está falando de um corpo que foi embalsamado?

— Como eu disse. Do mesmo modo que Marion Klein estava.

— Bem, eu não posso e não vou estar lá. Só estou tentando decidir se devo ligar para a polícia ou para MacInnes para impedir tudo isso imediatamente.

— Se não for feito lá amanhã de manhã, padre, será feito em outro lugar no dia seguinte — Joe disse calmamente. — A única diferença é que a Igreja não será convidada da próxima vez. — Ele encarou o padre e sorriu.

Mark deixou uns bons dez segundos se passarem, e então respondeu com certa tranquilidade deliberada:

— Você tem uma chance aqui, Joe. Você está dando duro para me levar até lá, dizendo "a Igreja isso" e a "Igreja aquilo", mas nós dois sabemos que você não se importa de verdade com o que vai acontecer com a Igreja. Se eu estiver errado, sinto muito. Mas acho que você me quer lá por sua causa, por suas próprias razões, e estou pedindo que me diga quais são essas razões. Sem tentar me iludir.

Joe o encarou e então concordou.

— Sim, nós queremos você lá — ele disse. — E a razão, para falar a verdade, é porque nós, e talvez MacInnes especialmente, vamos precisar de credibilidade dessa vez. E você é a testemunha mais confiável que podemos pensar. Simples assim.

— Um homem morto que sai andando deveria passar credibilidade suficiente.

— Marion Klein não é crível para a maioria das pessoas, é? Mesma coisa. Elas perguntam: "Ela estava embalsamada?" MacInnes diz: "Sim". Elas dizem: "Ah, bem, quer sabe? Você vai falir, provavelmente vai para a cadeia". Se as pessoas não acreditam nele a respeito de Marion, vão cortar a garganta dele se tentar reivindicar o crédito por uma segunda pessoa. A não ser que tenham uma razão melhor para acreditar nele dessa vez. Então, se você estiver lá, será capaz de dizer a todos com a mais absoluta certeza: "Foi exatamente o que eu vi". É isso. É tudo que ele quer que você faça, mas para ele isso significa muito. Ele certamente não lhe pediria para mentir.

Mark balançou a cabeça em negativa, mas dessa vez mais devagar e com menos convicção.

— A decisão é sua, obviamente — Joe afirmou, indo na direção da porta. — Como eu disse, de qualquer maneira vamos ver o que vai acontecer, amanhã às onze e meia na funerária. Precisamos saber, e amanhã é o dia. Nesse meio-tempo, esperamos que você pense longa e profundamente em Marion Klein e em como sabia que ela estava realmente embalsamada. E lembre-se também que você não tem nada a perder indo até lá. Por outro lado, se você *não* aparecer e C.J. *for* capaz de trazer o cara de volta, bem... — Ele deu de ombros e abriu a porta. — Pense nisso. E nem precisa ligar; amanhã estaremos lá.

Depois foi para a varanda, então se virou e enfiou a cabeça pela porta.

— Aproveitando. Marion Klein... Ela viu anjos ou algo do tipo?

Mark teve de pensar.

— Não — disse com a voz fraca. — Nenhum anjo.

— Nada?

— Estava claro. Ela estava feliz. Podem ter sido apenas impressões enquanto ela começava a despertar. Difícil dizer.

Ele parou aí.

— Não é o que você esperava, hein? — Joe disse.

— Muitas coisas que estão acontecendo hoje não são o que eu esperava.

8

Lynn desejou que ela mesma tivesse ligado para o padre Mark, logo depois que Joe lhe contou que o padre queria encontrá-los na funerária às onze e meia. Ela desejou ter argumentado com o padre, dito a ele que se algo de ruim acontecesse com C.J. por causa daquilo ela processaria a diocese ou algo do tipo, e a paróquia também. Mas, quanto mais perto chegava de fazer aquilo, mais a loucura com C.J. se sobressaía em sua própria mente: a coisa havia ganhado vida própria e precisava terminar rapidamente. Ela não podia deixar que crescesse livremente na cabeça do garoto como uma planta. Já havia crescido forte, não apenas em C.J., mas agora também em Joe, e talvez até, em algum grau, nela mesma. E naquele ponto, com C.J. e Joe acreditando que o garoto realmente tinha poderes sobrenaturais, e para ela, que se sentia totalmente incapaz de saber se acreditava naquilo ou não, ir à funerária, mesmo que lhe parecesse muito doentio, era exatamente o que era preciso fazer.

E se era preciso fazer, ela finalmente decidiu que iria até o fim.

Agora ela esperava. Joe os pegaria em breve. Chegariam lá cinco ou dez minutos depois das onze e meia, o horário que combinaram, para ter certeza de que tudo já estaria pronto. Eles podiam apenas entrar, fazer C.J. dizer as palavras e sair. Ou pelo menos sair de perto do corpo.

Lynn ouviu C.J. dar descarga no banheiro do andar de cima. Enquanto ele descia as escadas, ela estremeceu e se apoiou no batente da porta da frente.

* * *

Enquanto acordava e se vestia, Mark disse a si mesmo que, se aparecesse na funerária, seria pelo bem de C.J. Walker. O garoto certamente precisaria de apoio quando tentasse acordar o cadáver. Seu pai tinha uma fome e uma ambição muito grandes, e não ficaria muito feliz quando nada acontecesse.

Ele também admitiu a si mesmo que iria até lá pelo bem de Lynn — ela estava numa posição difícil, sem querer acreditar no que estava sendo dito, mas se sentindo sugada pelo vórtice das expectativas de Joe. Ele gostava e sentia pena dela.

Finalmente, ele se convencera de que seria bom estar lá, pois assim também poderia deixar o cardeal mais bem informado. Na verdade, aquilo não seria uma ressurreição, mas seria um exemplo, pelo menos, do que os extremos mais fervorosos podiam fazer em resposta ao mistério de Marion Klein, tanto ali quanto em outros lugares. Isso foi o que ele disse a si mesmo.

Ele não era capaz de admitir que queria ir, quando tudo estivesse dito e feito, porque Marion Klein estava viva novamente, e perfeitamente bem, e porque havia mais duas mulheres no Hospital Fremont que haviam sido instantaneamente curadas do câncer, e porque, por mais irracional que parecesse, ele queria ver com os próprios olhos se o menino de nove anos chamado C.J. Walker realmente tinha o poder de quebrar o domínio da morte com apenas quatro palavras e o simples toque da mão.

Ele sentiu calor, como se a temperatura na sala estivesse alta demais e o ar, já rançoso pelo fluido de embalsamamento que tinha um cheiro tão forte quanto melaço, grosso demais para respirar.

Ele se aproximou, relutante. Uma luz suave se projetava sobre o sr. Galvin Turner, que parecia e passava a sensação de estar, de fato, embalsamado.

O corpo, vestido com aquele que havia sido seu terno azul favorito, parecia que havia passado com facilidade pela velhice e ficado mais saudável ao longo do caminho. Sua pele era clara, o cabelo grosso, levemente recuado na testa e grisalho; ele tinha uma magreza de aparência saudável, mesmo na morte. Seus lábios, especialmente, eram finos, o modo como foram colados e pressionados, assim como as pálpebras.

Mark sentiu as costas da mão do homem. Estava gelada, uma fina cobertura de pele, solta sob o forte frio. Ele imaginou se havia pinos de metal nas gengivas daquele homem e se havia um corte sob a camisa branca recém-passada, costurado de qualquer jeito com barbante, como acontecera com Marion. Mas os olhos e os lábios de Galvin Turner estavam bem fechados, a camisa abotoada até a altura da gravata vermelha lisa, de modo que ele não conseguia ver as cicatrizes. Além do mais, não precisava vê-las. Ele sabia.

Subitamente, quis se afastar daquela loucura, mas não o fez. Sentiu a pele nas costas da mão do velho novamente, pressionou com a ponta dos dedos, então tocou as bochechas frias e duras. Uma fina capa gelada em toda a sua volta, cheirando totalmente a fluido de embalsamamento. Ele colocou os dedos perto das narinas abertas do cadáver. Não havia necessidade de o homem respirar.

Galvin Turner estava morto. Ele estava morto e, sim, estava embalsamado. E era isso.

Giles estava parado ao lado do padre, sem dizer nada. Apenas seus olhos se moviam, ainda assustados.

— Como ele morreu? — o padre perguntou em voz baixa.

— Assistindo televisão. A esposa só notou depois que ele esfriou. Achou que ele estava dormindo. Teve um ataque cardíaco. Dois ataques cardíacos nos últimos seis meses, e então esse último.

— A morte dele foi confirmada?

— Eles confirmaram no hospital. — Ele pegou a certidão e entregou ao padre, que a olhou e devolveu.

— A esposa dele ligou para você?

— Sim — Giles respondeu.

— Você foi buscar o corpo na casa?

— A esposa dele me pediu.

— Então o trouxe direto para cá?

— Da poltrona em frente à tevê para cá.

— Quem o embalsamou?

— Eu mesmo. Ninguém mais esteve aqui.

Padre Mark não tirava os olhos do corpo. Agora ele pressionava a ponta dos dedos novamente na bochecha do morto.

— Preciso dos registros — ele disse. — Cópias dos registros. De tudo. A ambulância. Quem participou. Hora da morte. Quem assinou o atestado. Os registros sobre o embalsamamento e tudo o mais.

Ao ouvir isso, Giles sorriu palidamente, pegou um envelope pardo da mesa atrás deles e o entregou ao padre, dizendo:

— Todos os registros. Todas as verificações. Todas as assinaturas, e mais. Dezesseis fotos do processo de embalsamamento, e um registro em vídeo, para que não haja nenhuma dúvida.

Padre Mark sussurrou um "Meu bom Deus!", sem fôlego, e abriu o pacote.

— Posso abri-lo novamente se você quiser. Se for necessário.

— Por favor, fique em silêncio, está bem?

Depois de uma rápida olhada no relatório, ele continuou:

— Vou levar tudo isso comigo. — E colocou o envelope na mesa.

Então ele se deu conta de que nunca na vida quisera tanto sair de um lugar e nunca mais voltar. Mas não saiu. Ele estava encurralado.

Ele tocou a pele do homem mais uma vez, a camada fina, gelada. Por um segundo imaginou o que aconteceria se tentasse por conta própria trazer o sr. Turner de volta à vida, sem C.J. Mas não tentou. Ele sabia perfeitamente o que aconteceria, assim como sabia perfeitamente o que estava prestes a acontecer se e quando os Walker trouxessem seu filho até ali e o colocassem naquele palco macabro para que o pai, que queria que o filho ficasse famoso, arrastasse o garoto para as luzes e falasse: "Diga ao morto para melhorar, C.J., como o papai te ensinou".

Ele não só imaginava a terrível performance; podia senti-la chegando.

Ele respirou profundamente e se virou. Estava transpirando. Podia sentir o cheiro do fluido de embalsamar, o que deixava o ato de respirar fundo ainda mais difícil. Ele estava de costas para o caixão, com o olhar afastado do corpo, que era o marido de alguém. Então visualizou as fileiras de cadeiras com assentos vermelhos e o carpete escuro da nave lateral no andar de cima, e imaginou C.J. e seus pais atravessando a onda de luz que entraria pela porta da frente. Ele os viu com o olho de sua mente, passando pelo vestíbulo, movendo-se sem fazer nenhum ruído para testemunhar aquele impensável experimento — um homem, uma mulher e um garoto muito, muito jovem.

* * *

O piloto e o copiloto viram o familiar Mercedes sedã cinza-escuro virando a esquina do hangar da Rockwell International e seguindo na direção leste. Eles haviam sido avisados quase seis horas atrás, e o Learjet 31A já estava pronto para decolar com os três passageiros, com destino ao Aeroporto de Detroit City.

No banco do passageiro do Mercedes que se aproximava, um homem magro de meia-idade, sentado rígido, observava, indiferente, o jatinho que o esperava. Atrás dele, um advogado corpulento de olhar duro parecia à vontade. Nada com que se preocupar. Ao lado dele, atrás do motorista, havia um homem mais jovem, loiro e não muito à vontade. Parecia um homem endurecido fisicamente, que ainda não se acostumara com os perigos da profissão.

O sedã parou suavemente. O motorista saltou, seguiu rapidamente até o porta-malas aberto, entregou duas maletas de mão para o copiloto e então levou ele mesmo a terceira até o avião. O jovem loiro saiu do carro e entregou ao piloto uma pasta de couro. O ex-agente do FBI saiu e ficou ao lado do loiro, esperando.

O homem magro do banco da frente esperou até que o piloto se unisse ao copiloto e ao motorista no avião, então saiu pela porta lentamente e se juntou aos outros.

— Tudo bem, cavalheiros — Torrie Kruger disse calmamente. — Vamos lá buscar um milagre.

* * *

Por incrível que pareça, ninguém disse nada quando C.J. e seus pais apareceram. Nenhuma apresentação. Nenhuma instrução.

Padre Mark se afastou, de olhos fixos no garoto. Um bom garoto. Uma criança de quem ele realmente gostava. Ele o batizara e o vira muitas vezes desde então; no pátio da escola, na festa de Natal, na igreja ao lado de sua mãe, sempre do lado esquerdo, sempre nos dez bancos do fundo. Ele o vira na noite passada também, no mesmo salão, aquele jovem garoto de cabelos castanhos, olhos escuros e sérios, e traços ainda jovens, mas fortes. Contudo não se lembrava de tê-lo visto perto do corpo de Marion.

Ele pensou que muita coisa devia ter acontecido enquanto ele olhava na outra direção.

Giles havia se afastado do caixão, que estava no local de sempre e aberto, exibindo o defunto — sua pele plástica em um terno azul bonito e limpo. Ele caminhou até o vestíbulo para cumprimentar os Walker no meio do caminho. Fez um meneio de cabeça para Lynn e, para C.J., disse:

— Oi, C.J.

Enquanto o garoto olhava para o chão sem responder, ele estendeu a mão na direção de Joe, que a apertou com força e perguntou:

— Tudo pronto?

— Acho que sim — Giles disse.

Lynn e C.J. passaram pelos dois homens, ignorando o sorriso forçado de Giles e sua recepção murmurada, e se aproximaram do corpo no caixão. Apenas o corpo no caixão. Todo o resto era fachada. Naquele momento só havia C.J. e o corpo daquele velho, morto em um caixão.

C.J. parecia sério e preocupado. Muito sério e muito preocupado.

Lynn olhou para o rosto do homem, com o próprio rosto desprovido de cor e também de expressão, sentindo raiva e se dando conta de que nunca deveria ter concordado com aquilo. Mas ela sabia que aquele assunto precisava ser resolvido.

— Vamos logo com isso — disse, sem tirar os olhos do morto sem nome.

Mark estava parado aos pés do caixão e notou que havia lágrimas nos olhos de Lynn. Ele sentiu que não eram lágrimas de ansiedade ou de medo, mas, na verdade, de tristeza. Uma tristeza por C.J., ele achava. Uma dor por antecipação. Era como assistir a uma *Pietà*.

E foi então, enquanto ele observava Lynn e tentava imaginar o que estava acontecendo dentro dela, que ele imaginou pela primeira vez o que as pessoas que comandam o mundo fariam com C.J. Walker se aquele velho realmente despertasse.

Mas Lynn e C.J. já estavam em posição. Todos os outros movimentos cessaram.

Giles estava um metro à esquerda e um passo atrás, onde ainda podia ver os lábios do garoto, porque queria vê-lo pronunciar as palavras e observá-lo tocando o corpo. Joe ficou parado ao lado de Lynn e de seu filho.

O silêncio era estonteante.

A mão de Lynn lentamente se soltou dos dedos de C.J. e se moveu para o meio das costas do garoto. Ela o acariciou duas vezes, suavemente. E então chegou a hora.

C.J. se aproximou do corpo, os lábios apertados, os olhos abertos, em preparação.

Mark se perguntou: Se ele realmente tinha certeza de que nada ia acontecer, por que seu coração batia tão violentamente? Ele lançou um rápido olhar para Giles, apenas um rápido olhar, pois não queria perder nada, e viu uma expressão tão profundamente amedrontada que o fazia parecer grotesco.

Mas as pontas dos dedos de C.J. já haviam alcançado a mão do velho. Seus dedos já estavam na pele do homem — um garoto de nove anos tocando a pele de um velho, olhando fixamente para os olhos fechados do velho.

Joe havia se aproximado, prendendo a respiração.

A mão de Lynn se moveu lentamente para cobrir a boca, pronta para deixar um grito escapar, ou um pedido de ajuda, ou talvez até seu último suspiro.

Giles se balançava de um lado para o outro. Sua expressão agora parecia tão vaga quanto em um transe.

E então lá estava. Apenas um sussurro, mas que parecia encher o lugar. C.J. moveu os lábios, os dedos ainda tocando as costas da mão do sr. Turner, e exalou um suave:

— Fique bem, sr. Turner.

Quatro palavras. Nada mais. E retirou a mão.

Mark piscou e olhou de novo para os outros, rapidamente. Os olhos de Lynn estavam fechados. Joe encarava de olhos arregalados o cadáver, prendendo a respiração. Giles parecia pálido, esgotado e chocado, como um homem que havia morrido com os olhos bem abertos, olhando para seu assassino. Os olhos do morto permaneciam fechados.

C.J. se virou, imaginando o que deveria fazer em seguida, mas um sorriso vazava de seus olhos escuros e abria caminho através de seus lábios.

— Ah, meu Deus — Lynn sussurrou. Ela lançou um olhar duro para Mark, ainda parecendo triste, mas agora mais desesperada. Então ela segurou a mão de C.J., se virou e começou a caminhar rapidamente na direção da porta, puxando o garoto ao seu lado.

— Mãe, espera — C.J. insistiu suavemente, puxando a mão dela e tentando se soltar.

— Não vamos embora, querido, tudo bem? — ela disse. — Vamos esperar lá fora, mas não aqui. — Sua voz estava trêmula.

— Não, mãe. Você tem que ver!

Ela parou e fechou os olhos com força, então se abaixou na frente de C.J., de costas para o caixão. Ela segurava os braços do filho com as duas mãos e olhava no fundo de seus olhos.

— C.J. — ela disse. — Estou pedindo que espere comigo lá fora, querido. Faça isso por mim! — Lágrimas novamente, agora mais óbvias, desciam por seu rosto. — Eu não vou esperar aqui. Eu posso esperar, mas terá de ser lá fora. Por favor, faça isso por mim, querido; por favor, por favor, por favor!

C.J. se virou e olhou para além de seu pai e do padre Mark. Ele olhou novamente para o homem chamado sr. Turner.

— Mas ele está vivo, mãe — ele disse suavemente. E então olhou novamente para sua mãe, viu as lágrimas, viu seus lábios tremendo e a força que ela estava fazendo para não chorar ainda mais, e, segurando-a pela mão, começou a guiá-la de volta ao lobby, sem olhar para trás.

Mark estava exausto. Ele olhava para o rosto do idoso que ainda estava morto, e se dirigiu a uma das cadeiras da primeira fila. Ele desejou não estar ali. Não ia acontecer nada, e ele se sentia um idiota.

Joe se sentou no meio da primeira fila, olhando sem expressão para o caixão.

Giles ainda olhava fixamente para o corpo no caixão, sem desviar o olhar.

Cinco minutos se passaram.

O velho, Joe, padre Mark e Giles — ninguém estava perto o suficiente para tocar ou ser tocado por outro. Ninguém falava. Ninguém sabia o que o outro estava pensando. O velho ainda estava morto.

Dez minutos.

E então, como uma silenciosa cisão da terra, o sr. Galvin Turner não estava mais morto.

Padre Mark foi o primeiro a notar. Ele achou que tinha sido sua imaginação, então se levantou lentamente, com o coração trovejando. Ele olhou fixamente para o velho. Era loucura, mas não estava vendo? Apenas um dedo, se movendo a olhos vistos, apenas um centímetro, dois talvez, mas se movendo, visível da primeira fileira.

Giles e Joe viram o padre se levantar e subitamente fizeram o mesmo, sem saber o que estava acontecendo, mas vendo o olhar de surpresa no rosto do padre e sabendo que ele achava ter visto algo.

Joe praticamente gritou para Lynn, fazendo seu nome soar como uma pergunta:

— Lynn?

Os três homens se aproximaram do velho que poderia não estar morto, afinal, os olhos fixos em seu rosto, sem fazer nada além de imaginar, parados perto o suficiente para tocá-lo, perto o suficiente para serem tocados.

Lynn e C.J. se aproximavam da porta no fundo do salão. Ficaram ali, sem chegar perto.

E então lá estava de novo. A mão se torceu, só que dessa vez todos viram. Giles respirou fundo e soltou um grito agudo, como um "ai".

— Jesus — Joe sussurrou, tão rápido que o nome mal foi pronunciado.

Padre Mark se afastou da mão que parecia tremer e olhou em volta, desesperado por alguma orientação, querendo se certificar de que ainda estava em um lugar real e de que estava mesmo acordado. Ele viu Lynn. Ele viu C.J. E então olhou de novo para o velho, e lá estava de novo, era pequeno, mas estava lá. Um estremecimento. O dedo do homem estava se movendo. O indicador estava se erguendo do lugar em seu peito, meio centímetro no ar, e então um centímetro no ar, e então a mão inteira se ergueu, com Giles exalando um som como um "ai" novamente e se sacudindo para frente e para trás, e Joe dizendo "Jesus", sem parar, imóvel.

O padre cambaleou, com as pernas trêmulas. A mão de Turner se ergueu mais, agora para a direita, se afastando da outra.

Meu Deus, ele pensou, *está acontecendo mesmo!* Ele sentiu os olhos se encherem de lágrimas e toda a sala se encher de profetas de eras antigas — profetas, anjos e santos. O que estava acontecendo naquele lugar? Um homem fora despertado dos mortos!

Profetas, anjos e santos — com seus velhos cantos e preces se erguendo ao alto, todos eles presenciando aquele momento e aquele lugar, e aquele grupo reunido no poder de Deus para fazer daquele salão um tabernáculo, para transformar aquele edifício em uma catedral. *Um homem está despertando dos mortos!*

A mão de Turner estava prostrada no ar, como se esperasse, enquanto todos ouviam a voz do padre sussurrando alto e com uma certeza desesperada, repetidas vezes:

— Está acontecendo mesmo! Está acontecendo mesmo! Está acontecendo mesmo!

* * *

Eles concordaram que Giles ligaria para a emergência assim que os Walker saíssem. Também concordaram que padre Mark ficaria para corroborar o relato de Giles a respeito do que havia acontecido com o sr. Galvin Turner. Finalmente, concordaram que c.j., Lynn e Joe permaneceriam anônimos até que Lynn liberasse a divulgação da informação, dando-lhes tempo para planejar sigilosamente o próximo passo. Aquele processo, Joe estimou, levaria no máximo alguns dias. Então a história completa poderia vir à tona. Mas não até que estivessem prontos; a emergência médica foi chamada às 12h15.

— Se ele morrer novamente antes de chegarem aqui, o que vamos fazer? — Giles perguntou ao padre Mark.

Mais uma coisa que o sacerdote admitiu não saber.

A equipe de paramédicos chegou às 12h23, mais rápido do que na terça-feira à noite. O sr. Turner ainda estava inconsciente, mas respirando normalmente. Sua condição era semelhante à condição imediata de Marion Klein.

Às 12h40, catorze repórteres chegaram ao local, representando não apenas as notícias locais e nacionais, mas também diversos tabloides. A maioria chegara em caravana, direto do Hospital Fremont, onde a combinação de duas curas, Marion Klein recobrando a consciência e o novo burburinho a respeito dos campos magnéticos ainda gerava grande interesse. Outros vieram de seus escritórios locais na área, alertados pelas frequências médicas e policiais de rádio, que agora tinha o monitoramento reforçado, e também pelas ligações apressadas do crescente exército de informantes da mídia dentro e fora do Hospital Fremont e na área de Royal Oak.

Dessa vez, padre Mark teve de esperar e falar com eles.

* * *

Eram nove horas da noite, mas Joe já estava em casa, se sentindo exausto. Fora muita tensão, mesmo para ele, assistir a um homem morto voltar à vida. Mas ele não ligava para o extremo cansaço ou por quanto tempo ficara acordado; estava se divertindo ao ver todo mundo pirando nos noticiários.

Ele acompanhou os noticiários durante a tarde e a noite inteiras, a maior parte pela Rádio Notícias 970, que fornecia a música de fundo do rádio-relógio de seu quarto. Ele vira Giles MacInnes se sacudindo e se debatendo em quatro canais diferentes como um pássaro capturado, contando aos jornalistas tudo a não ser "quem". Ele assistiu ao padre atravessando na ponta do pé seu campo minado clericalmente correto, falando sobre o que ele viu sem tirar conclusões que pudessem se voltar contra ele ou contra qualquer pessoa hierarquicamente superior a ele.

E não se surpreendeu com a performance de nenhum dos dois. O que o deixou ao mesmo tempo surpreso e contente foi a febre que dominou o público quando todos ficaram sabendo da notícia.

Ele esperava mais cinismo. Então um padre disse: "Eu vi isso e aquilo". E daí? Mas a dúvida do público nem de perto era tão forte quanto a que Joe esperava. Era como se as pessoas entrevistadas em bares, shoppings, restaurantes e hospitais passassem batido por seu cinismo habitual para se agarrar a algo em que queriam tanto acreditar que escolheram assim fazer, sem se importar com o que os "peritos" dissessem.

Então, a cobertura crescia cada vez mais. Um dos gerentes de uma das afiliadas da rede de emissoras de tevê fez um comentário sobre os perigos de a mídia estabelecer uma "fogueira da ressurreição".

Joe amava aquela ideia: uma cobertura completa da fogueira da ressurreição.

Ele abriu outra cerveja e imaginou o que outras pessoas fariam em seu lugar. Outras maneiras de olhar para o caminho que ele tencionava seguir. Ele ainda tinha alguns dias para planejar, pelo menos, então o que os caras mais espertos que ele conhecia fariam com tudo aquilo?

Ele pensou em uma reviravolta completamente nova. E se, ele pensou, o toque realmente não fosse necessário? E se fosse só a voz? E se você pudesse encher uma sala de pessoas e C.J. pudesse apenas gritar ou usar um alto-falante, como em um estádio? Ou, vendo por outro lado, e se C.J. não precisasse falar? Se bastasse colocar todos esses corpos em filas, em camas ou macas, pessoas mortas, doentes e tudo o mais, e C.J. apenas caminhasse entre eles, tocando cada um? Ou, melhor ainda, se você dirigisse por entre eles e ele apenas tocasse os dedos pela janela, a trinta quilômetros por hora: *bam, bam, bam*.

Isso se o garoto não usasse o poder até o fim ou acabasse o prazo de validade dele. Esse era o problema. Assustador.

Ele voltou seus pensamentos para coisas melhores. Pensou: *Imagine o que aconteceria se C.J. me tocasse agora, se tem energia saindo dele o tempo todo, se tem algo acontecendo capaz de ajudar todas as pessoas, mesmo que ainda estejam vivas. Nesse caso*, ele pensou, *mesmo que eu morra, não será por muito tempo — não enquanto C.J. estiver saudável.*

E o garoto pode curar a si mesmo também. Apenas dizendo: "Fique bem, C.J." Ele pode viver para sempre desse jeito, Joe pensou, sorrindo. Contanto que ele não morresse dormindo, ou alguém lhe desse um tiro na cabeça ou algo do tipo. Mas por que alguém faria algo assim, atirar em um garoto que pode fazer o que C.J. faz?

Ele riu alto e decidiu dar a vez à Rádio Notícias — apenas para ouvir a voz do padre e a do agente funerário, só por diversão. Aquilo era completa e espetacularmente incrível, ele sentia como se nunca mais precisasse dormir.

Se eles achavam que tinham uma fogueira nas mãos, pensou, *que esperem até trazermos de volta à vida uma grande estrela de cinema morta e enterrada há dez anos.*

* * *

Lynn perguntou a C.J. se ele queria dormir na cama dela — os dois juntos. Ele balançou a cabeça em negativa. O que a surpreendeu.

Ela se perguntou, só por um segundo, se aquele seria o dia em que ela perderia seu garotinho. Ela se perguntou, só por mais um assustador segundo, se o poder dele significava que ela o perderia de uma vez por todas.

Às dez e meia da noite, C.J. deitou na própria cama, Lynn se sentou ao seu lado e eles conversaram por um longo tempo e, de certo modo, pela primeira vez. Ele contou a ela novamente, falando lentamente no começo, no escuro, quão aterrorizante havia sido escutar a notícia sobre a sra. Klein, e depois estar bem ali e ver o sr. Turner se movendo, embora ele soubesse o que estava para acontecer. Ele disse que não sentia calor ou nenhuma sensação física em especial. E que não falava com Deus a respeito daquilo, mas que chegou à conclusão de que Deus certamente estava fazendo aquilo acontecer. E que seu pai dissera que ninguém ficaria com raiva dele ou acharia que ele devia ir para a cadeira elétrica ou qualquer coisa do tipo por ter feito o que fez. Mas como, até aquele ponto, ele estivera assustado.

E sim, disse, ele poderia fazer de novo. Tinha certeza.

Então sussurrou:

— Você está com medo, mãe? Você parece assustada.

— Não, não estou com medo — ela disse, tentando ao máximo desempenhar seu papel. — Por que você diz isso?

— Parece que você está.

— Não, querido. Só estou pensando... acho que prefiro que você não faça mais isso. Tudo bem, querido? Não estou com medo, mas acho que isso é realmente importante. Tudo bem?

Ele pensou naquilo, sem saber ao certo se queria a restrição.

— Por quê?

— Nem com pessoas mortas, nem com pessoas doentes — Lynn insistiu suavemente. — Mesmo se estiverem no hospital ou em qualquer outro lugar. Me promete?

— Mas por quê?

Lynn não lhe disse que, se ele fizesse de novo, as pessoas descobririam que era ele, e que, se isso acontecesse, eles não seriam capazes de conter a multidão que viria bater na porta deles, invadindo sua casa e o obrigando a fazer de novo, e de novo, e de novo. Ela apenas disse:

— Porque não é algo que você pode simplesmente fazer para ver o que acontece. Você sabe disso, não sabe?

Ele pensou naquilo. De qualquer modo, não havia ninguém que ele quisesse trazer de volta, e ele nem sequer conhecia alguém que estivesse doente de verdade. Finalmente, disse:

— Se eu quiser fazer de novo, eu peço para você antes. Assim está bom?

— Mas nós não sabemos. Talvez a pessoa precise morrer, se encontrar com Deus, ficar feliz e não voltar, entendeu?

— Acho que sim.

Ela assentiu, sorriu e esperou que ele aceitasse aquelas razões, que mesmo ela não achava tão convincentes. Ela acariciou seu cabelo no escuro, e eles ficaram quietos por vários minutos. Então ela perguntou com um sussurro:

— Se as pessoas descobrirem o que você é capaz de fazer, C.J., o que você acha que vai acontecer?

Ele ficou imóvel por um momento, pensando, e então deu de ombros.

— Não sei — sussurrou também. — Acho que vão querer que eu traga de volta pessoas importantes.

— Que tipo de pessoas importantes? Pessoas que são importantes para você, ou apenas para elas?

— Tipo, se o presidente morrer ou algo assim, eles vão querer que eu pegue um avião até Washington e traga ele de volta. Pessoas desse tipo, eu acho.

— E você acha que ainda vamos morar aqui, ou vamos ter que nos mudar?

— Eu não quero mudar. Eles podem me pegar e depois me trazer de volta, não podem? E você iria comigo, não iria?

— Claro que iria — ela disse. — Aconteça o que acontecer. Você sabe disso.

No silêncio que se seguiu, ela pensou em como a visão daquele poder era radicalmente diferente para ele que olhava de dentro, da visão dela que olhava de fora.

— Eles vão nos pagar também, não vão? — C.J. perguntou. E com isso se aninhou na direção dela.

Ela podia ouvir o sorriso na voz dele, surpreso e deleitado com aquela nova descoberta, enquanto acrescentava:

— Você não vai mais precisar trabalhar, mãe.
— Isso seria bom, querido. — Ela o apertou. Estava morno como pão fresco. — Mas eu não me importo de trabalhar.
— Mas você não vai mais precisar — ele insistiu, sussurrando novamente.
Lynn se inclinou, lhe deu um beijo na testa e o ajeitou no travesseiro.
— E você sabe como eu te amo, não sabe?
O garoto disse:
— Tudo bem. — Ele não disse "Eu também te amo", Lynn notou, mas apenas um "Tudo bem", como se dissesse: "Tudo está como deveria estar".
Mas nada estava como deveria estar.
Havia uma coisa chamada poder excessivo. E haveria um preço terrível a pagar se as pessoas descobrissem que ele o possuía.
Lynn nunca teve tanta certeza de algo na vida.

9

Era algo parecido com um jogo de tabuleiro que ele se lembrava de quando era um garotinho, aquele em que você usa pinças de metal e deve tentar pegar ossinhos brancos de plástico num buraco manchado de sangue falso dentro de um homem de desenho. Mas se as pinças encostassem nas bordas de metal do buraco, então uma campainha tocava e uma luz vermelha no nariz do homem se acendia. Você saberia que tinha se dado mal e perdido. Só que dessa vez padre Mark não tinha pinças. Ele tinha grossos arames de metal. Dourados como cobre. E, dessa vez, o corpo do homem com os pequenos ossos brancos nos buracos manchados de sangue não era desenhado em um papelão com uma lâmpada vermelha no lugar do nariz. Era o sr. Turner, cujo dedo ainda tremia, os olhos ainda estavam fechados, e os pequenos buracos com os pequenos ossos estavam por todo seu corpo.

No entanto, ele decidiu parar de brincar, porque toda vez que tentava pegar um osso com os arames de metal retorcido a campainha tocava e Turner erguia a cabeça e olhava feio para ele, completamente desperto e furioso, como se quisesse gritar: "Por que não me deixam em paz?" Só que ele não conseguia dizer tais palavras, porque sua boca estava presa pelos arames e colada. Ele havia sido embalsamado.

O problema era que a campainha do jogo nunca parava de tocar, mesmo depois que ele atirou os arames de cobre nas pilhas de lençóis que se amontoavam nos cantos do quarto. A campainha tocava, e Turner continuava erguendo a cabeça e olhando feio. Mark tentava lhe dizer que não faria aquilo, que não jogaria mais, quando notou que a campainha soava cada vez mais distante, e de alguma forma aquilo lhe pareceu familiar. Ele se forçou a pensar no assunto. Até tentou virar a cabeça, apesar de não querer tirá-la do lugar quentinho no travesseiro.

E então ele se deu conta.

A campainha da porta tocou novamente lá embaixo. Ele abriu os olhos, na esperança de não precisar se mexer para ver o mostrador digital do despertador. E não precisou. Eram 3h50 da manhã. Ele acendeu o abajur e se levantou. Tentou colocar as calças apressadamente. Seu coração batia rápido. Ele se deu conta de como odiava ouvir uma campainha tocando no meio da noite, embora o telefone estivesse desligado e não fosse possível ouvir a secretária eletrônica do quarto, mas a campainha da porta era ainda pior, porque era sinal de que alguém estava fisicamente ali, parado do lado de fora no meio da noite, e não era possível que estivesse feliz. Ninguém aparece na sua casa às 3h50 da manhã a não ser que esteja sofrendo.

A campainha tocou novamente enquanto ele tropeçava pelo corredor. Senhor, ele odiava aquilo.

Padre Steve saiu de seu quarto de roupão no exato momento em que Mark começou a descer as escadas.

— Ainda temos a placa de "Não perturbe" pendurada na porta, não temos? — ele perguntou.

— Pessoas tocando a campainha por quinze minutos às quatro da manhã significa que algo está acontecendo. — Mark balançou a cabeça. — Não sei se aguento mais isso.

Seu jovem colega o seguiu, curioso demais para ficar para trás.

Mark acendeu a luz da varanda e espiou pela fina janela perto da porta. Viu um homem e uma mulher — o homem tinha uns sessenta anos, vestia uma camisa esporte e calças casuais, tinha a barba por fazer, mas parecia limpo; a mulher, ele reconheceu, era Ruth Cosgrove, do Canal 3.

— Não acredito nisso — ele disse amargamente. — São jornalistas.

Pior ainda, havia outras pessoas que correram para ficar atrás dos dois jornalistas quando a luz da varanda fora acesa — as "tietes da ressurreição", como padre Steve as nomeou, e outros repórteres, fiéis e caçadores de curiosidades, que claramente haviam decidido, principalmente depois da ressurreição de Turner, que padre Mark mais uma vez merecia vigílias de varar a noite. Aparentemente, já havia uns trinta deles ali.

Ele abriu um pouco a porta, apenas o suficiente para ver que a placa de "Não perturbe", de fato, ainda estava no lugar. O homem se enfiou no espaço oferecido pela porta entreaberta, e Mark disse rapidamente:

— O senhor não consegue ler a placa nem ver as horas? O que quer?

Ele disse isso em voz alta, primeiro porque queria que todos o ouvissem por sobre os murmúrios da multidão, que, encorajada pela abertura da porta, agora se movia para a varanda. Segundo, porque queria que todos soubessem que eles não iam lidar com alguém feliz em vê-los. A placa dizia: "Por favor, não perturbe em hipótese alguma", e ele e Steven estavam sendo muito perturbados. Era melhor que aqueles dois tivessem uma razão muito boa.

O rosto na brecha não falou nada. Em vez disso, o homem esticou a mão direita através da pequena abertura, oferecendo aos padres um cartão de visita. A multidão fazia pressão na varanda, a maior parte falando, alguns gritando cada vez mais alto. Ruth Cosgrove colidiu nas costas do homem, como se alguém a houvesse empurrado com força. Mark pegou o cartão e bateu a porta.

O cartão dizia: "WGRV-TV Canal 3. Kenneth V. Stoddard, diretor de Jornalismo", com endereço, número de telefone, número de fax e e-mail. Ele virou o cartão para ler o que havia sido escrito à mão do outro lado.

— O que é? — Steve perguntou.

A boca de Mark se abriu, fraca. Ele balançou a cabeça em negativa. Seu corpo fraquejou visivelmente. Ele piscou, leu o cartão uma segunda vez, então uma terceira. Depois deu um passo distraído para trás e parou, ainda olhando fixamente para o cartão.

— Que diabos é isso, Mark?

Ele leu o cartão mais uma vez, em silêncio. E então, sem olhar para cima e sem falar nada, o entregou a padre Steve.

As palavras escritas à mão diziam:

"A ressurreição de Turner foi gravada em vídeo. Temos a identidade do garoto e dos pais. O vídeo irá ao ar às cinco horas da manhã. Quer ter a chance de vê-lo primeiro e fazer seus comentários?"

* * *

Eles se acomodaram no pequeno escritório que abrigava a tevê e o DVD da casa paroquial — Mark e padre Steve com Ken Stoddard e Ruth Cosgrove.

Ruth contou aos dois padres que Giles MacInnes apareceu na emissora com um vídeo de duas horas às 23h45. Giles disse ao produtor do jornal das onze, que ainda estava lá, que tinha o original guardado. O produtor ligou pedindo que Ruth fosse até lá, uma vez que, desde o incidente com Marion Klein, ela vinha cobrindo a história. Todos assistiram com bastante atenção ao vídeo inteiro, julgaram ser "possivelmente autêntico" e ligaram para a casa de Stoddard às 2h15 da madrugada.

E isso foi tudo. O vídeo foi inserido e eles aguardaram. Tela preta. E então ruído. Em seguida surgiu Giles MacInnes. E o que se seguiu foi pior do que qualquer coisa que o padre pudesse imaginar.

Giles não estava na capela de visitação da funerária. Ele estava na sala de embalsamamento. Usava uma roupa de proteção de náilon cinza coberta por um avental de borracha amarelo. Também usava grossas luvas amarelas. A expressão era desafiadora, os olhos arregalados, repletos dos segredos que ele estava prestes a revelar. A visão da câmera começou a se aproximar, focalizando-o da cabeça até a cintura enquanto ele dizia seu nome e onde estava. Ele disse:

— Acredito que algo tão notável quanto o que tenho fé que vai acontecer aqui na Casa Funerária MacInnes amanhã, sexta-feira, dia 9 de maio, merece ser revelado ao público da forma mais inquestionável.

Mark deslizou para a ponta da cadeira, horrorizado. Ele sussurrou:

— Ah, Giles, não faça isso!

As lentes se ampliaram para revelar o corpo de um velho deitado em uma mesa de porcelana branca que se inclinava levemente aos pés do homem.

— É o sr. Turner! — padre Steve engasgou. — Ah, Deus.

A cabeça do velho estava apoiada em um bloco de borracha vermelha, colocado atrás do pescoço. Seus cotovelos, joelhos e tornozelos também estavam apoiados sobre blocos semelhantes. Ele estava nu. Uma pequena toalha branca cobria sua virilha, no intuito de proteger tanto a ele quanto a sua família de um tipo de exposição que poderia ser considerada indecente.

Giles pegou um frasco de spray antisséptico de uma mesa coberta de ferramentas cirúrgicas, barbantes e arames, bolas de algodão e embalagens de linho branco, e falou mais alto que o necessário:

— Eu respeito o direito à privacidade da família Turner, mas tenho certeza de que o dom da ressurreição de uma nova vida para seu marido e pai lhes dará motivo para celebrar, na companhia de todos nós e dos coros celestiais...

O jovem Steve murmurava "Ah, Deus" sem parar, em uma aturdida sequência de sussurros de sua cadeira próxima à parede sul.

A tela ficou preta momentaneamente no meio da frase de MacInnes, então ele voltou e enfiou bolas de algodão no nariz de Turner, ainda falando. Os dois padres queriam que ele parasse, mas ele não parou.

— A versão de duas horas é a completa — Stoddard murmurou. — Esta é apenas uma edição para lhes mostrar o conteúdo básico.

As cenas de trinta segundos foram apresentadas como um show de horrores. Eram fascinantes e terríveis.

O procedimento de embalsamamento, na cabeça de Mark, refletia uma traição de tirar o fôlego. Muito além de um procedimento clínico, representava algo intrusivo e violento — uma vergonhosa exposição dos segredos finais, um desfile de rituais antigos que não foram criados para exibição pública, um crime contra Turner e sua família, contra C.J. e sua família, até mesmo contra Deus.

A boca de Turner foi umedecida e limpa.

Mark estava suando.

Os olhos de Turner estavam tampados com semicírculos de plástico.

Ao fundo, padre Steve continuava dizendo:

— Ah, Deus...

Era voyeurismo. Era anestesiante.

— Ele disse que dessa vez precisava ter certeza que as pessoas iriam acreditar nele — Ruth comentou em voz baixa. — E que lamenta por isso, mas ninguém acreditaria se fosse apenas sua palavra e a dele. Algumas pessoas acreditariam em você, ele disse, mas não o médico que examinaria o corpo ou o procurador.

Stoddard acrescentou:

— Devo dizer que faz sentido.

As críticas de Mark cambalearam. Provavelmente era verdade. Ele era capaz de admitir. E nem era "provável"; é claro que era verdade. Então o vídeo era uma maneira desesperada de autopreservação — nem mais, nem menos. Ele voltou as críticas a si mesmo. Por que não imaginou que algo assim iria acontecer?

Seguiu-se uma série de trinta segundos das incisões que haviam sido feitas. Os procedimentos finais.

— A maioria vai ser editada para a tevê — Stoddard afirmou. — Algumas dessas passagens vão ficar na versão final, mas visualmente distorcidas. Vocês sabem como funciona.

Eles sabiam.

A sonda. A mangueira de metal. O trocarte.

— A filha dele gravou isso — Ruth disse solenemente. — Disse que a esposa não veria o embalsamamento.

— Então ele resolveu mostrar para o país inteiro — padre Steve sussurrou, com a boca seca e a voz rouca.

— Ele o veste e tudo o mais — Ruth continuou. — Mas está chegando a parte em que você está presente, padre.

Mark afundou na cadeira.

O corpo de Turner subitamente apareceu numa maca com rodas, já vestido em seu terno azul. Giles estava penteando o cabelo dele. A tela ficou preta novamente. Mark prendeu o fôlego e percebeu que estava enjoado.

E lá estava ele — padre Mark Cleary, sacerdote da paróquia de St. Veronica, de Royal Oak, parado ao lado do corpo de Galvin Turner, agora pressionando os dedos contra as mãos do homem morto na capela de visitação.

— Ah, Deus.

Stoddard disse:

— Aparentemente ela está no alto, atrás de uma cortina à esquerda de onde vocês estavam, padre; bem no alto, dá para ver. Em uma cadeira ou algo assim. A cortina está em volta dela. Com exceção da câmera.

Ruth acrescentou:

— Vocês vão ver que a câmera começa a tremer quando aquilo acontece. Ela respira muito alto, como se estivesse prestes a gritar.

Quando *aquilo* acontece. O coração de Mark acelera enquanto todos o veem pressionar os dedos no rosto de Turner. Eles o veem pressionar a carne entre o queixo e o lábio inferior do homem, e em seguida se afastar da visão da câmera.

Outro momento de tela preta.

O caixão novamente. A câmera se movimenta para a direita. Mãos aparecem e desaparecem rapidamente no canto direito do monitor, e sons — um movimento confuso.

— O garoto e a mãe — Ruth disse. — Ela nunca entra totalmente em cena. Mas o pai entra, mais tarde.

Mark soltou um súbito e profundo suspiro. C.J. estava vindo à frente. Ele era facilmente identificável. Não haveria como errar.

— Quem é ele? — Steve sussurrou.

Era C.J. Walker, que estava no quarto ano do St. Veronica, mas Mark não respondeu, nem Stoddard, que se curvou para frente e aumentou manualmente o volume até o máximo.

— As vozes estão bem baixas — disse. — O cara da funerária nos deu o nome dele.

Eles viram C.J. mover os lábios. Ouviram os contornos das palavras suavemente ditas, mas difíceis de ser compreendidas.

— Fique bem, sr. Turner — Ruth disse.

— Fique bem, sr. Turner — Mark repetiu, em anestesiada concordância. Ele olhou para Steve. Havia lágrimas em seus olhos. Então continuou: — O sr. Turner acabou de voltar à vida, Steve. Foi isso.

Stoddard concordou e abaixou o volume. A tela ficou preta. E então eles viram os dedos do velho, de perto, e o dedo indicador se contorcendo.

— Eu vi isso — Mark sussurrou.

A câmera tremeu com força. A filha de MacInnes também tinha visto. Eles a ouviram engasgar perto da câmera e soltar um súbito grito alarmado, abafado a tempo. A câmera tremeu novamente e então se estabilizou. Padre Mark, Giles e Joe entraram em cena juntos, todos pairando sobre o corpo, todos de olhos arregalados, esperando, incertos...

E então a mão de Turner se moveu novamente e a câmera balançou mais uma vez. Os três homens disseram coisas, e a mão deslizou lentamente para o lado. Giles soltou um ruído forte, como um "ai", Joe disse "Jesus", e um minuto depois Mark exclamou, como se fosse um mantra: "Está acontecendo mesmo. Está acontecendo mesmo. Está acontecendo mesmo".

Padre Steve sentiu lágrimas invadirem seus olhos. Ver aquilo, mesmo numa tela, era impactante.

— O nome dele é C.J. Walker — Mark ofertou suavemente. — Ele tem nove anos.

* * *

Dirigindo trinta quilômetros acima do limite de velocidade, padre Mark chegaria à casa de Lynn em menos de cinco minutos, se não fosse parado. Aquilo lhe daria uns quinze minutos antes de o vídeo ir ao ar para contar o que acontecera, tentar oferecer algum tipo de ajuda, talvez até tirar Lynn e C.J. dali.

Eram quase 4h45.

Ele não tinha ilusões a respeito daquilo. Toda a atenção voltada para o Hospital Fremont e para a Casa Funerária MacInnes era uma energia que buscava desesperadamente por uma válvula de escape, especialmente após a história de Turner ter estourado naquela tarde. Quando o vídeo de Giles fosse ao ar, às cinco da manhã, toda aquela atenção e energia iriam crescer, encontrar essa nova perspectiva e recair sobre C.J. Walker como nada que o garoto, Lynn ou nenhum deles jamais vivenciara. O assunto ganharia vida própria, e seria um frenesi por informações. A notícia seria avassaladora, caótica e implacável.

Padre Mark atravessou uma Ten Mile Road vazia, passou pela Main e pela Rochester e tentou pensar na melhor forma que a Igreja teria de oferecer ajuda. Segurança contra as multidões? Esconderijo em um monastério ou convento em algum lugar? Mas ele sentia como se tentasse raciocinar em meio a uma queda livre. Era bastante difícil tentar ser coerente depois de apenas algumas horas de sono, mas pensar em territórios inexplorados, em carros em alta velocidade e a cinco minutos do prazo final, sem tempo para revisar o plano e sem espaço para errar tentando salvar a vida de alguém, também não era nada fácil.

Stoddard e sua apresentadora haviam lhe dado a chance de ver primeiro. Disseram que estavam esperando para mostrar o vídeo a Lynn Walker e a Joe, apesar de já terem colocado equipes na frente da casa de Lynn e do apartamento de Joe, porque Stoddard esperava que o padre concordasse em "cooperar completa e abertamente com os dois lados". Ele não apenas queria manter acesso prioritário ao padre durante qualquer curso que o caso tomasse, mas perguntou se podiam contar com a primeira entrevista ao vivo, exclusiva para o Canal 3, mesmo que fosse de apenas cinco minutos. Talvez aquela pudesse até ser a primeira entrevista com C.J. e sua mãe, já que o sacerdote era uma parte importante da coisa toda, e uma pessoa que a sra. Walker procuraria para buscar conselhos.

Da parte do canal, tanto Stoddard quanto Ruth Cosgrove asseguraram ao padre Mark que continuariam tentando cooperar com ele e com a Igreja conforme a história se desenrolava. Eles o manteriam a par de todas as informações importantes e garantiriam "ênfase positiva" para o garoto e sua família em qualquer história futura relacionada a ressurreições que viesse a se desenvolver em longo prazo.

Mark concordou em cooperar no que fosse razoável, então disse a eles que gostaria de ter a oportunidade de conversar pessoalmente com Lynn Walker primeiro e de lhe mostrar o vídeo pessoalmente. Ele queria fazer isso, explicou, porque se sentia responsável pelo que viesse a acontecer. Ele devia ter imaginado que Giles faria um vídeo. Pelo menos queria suavizar o golpe. Além disso, queria oferecer alguma ajuda através dos canais da diocese. Eles teriam de se esconder em algum lugar, certamente.

Antes de sair, ele também pediu a Ruth Cosgrove uma cópia da versão editada do vídeo para mostrar ao monsenhor John Tennett, do Seminário de São Marcos, a qual ele lhe entregaria pessoal e imediatamente. Nesse meio-tempo, padre Steve ligaria para o monsenhor, mesmo se precisasse acordá-lo, para lhe informar sobre o que estava por vir e os motivos.

Agora ele imaginava as centenas de ofertas e arranjos que logo seriam discutidas entre pessoas a quem interessava obter o controle do garoto que havia rompido a barreira final.

E se perguntava quem mais seria ressuscitado. E a vida de quem mais seria destruída.

* * *

A Westlane Avenue estava escura. Um poste de luz iluminava cada esquina, mas quase todas as luzes das varandas estavam apagadas. Padre Mark desacelerou, e então notou o furgão da estação de tevê estacionado na escuridão do lado direito da rua, quase no fim do primeiro quarteirão. Aquela seria a casa de Lynn.

Ele estacionou atrás do furgão. Dois homens saíram e vieram ao seu encontro. Eles se identificaram falando baixo e disseram que Stoddard havia ligado e os inteirado do assunto. Deram ao padre Mark uma cópia do vídeo editado para Lynn e lhe pediram uma entrevista de três minutos às 5h10, "antes que a rua fique lotada".

— Não vou falar com ninguém antes de falar com vocês — ele disse. Era tudo que ele podia prometer.

A casa era uma construção antiga, com cinco quartos, branca, com uma longa varanda de madeira. As laterais há muito haviam sido mascaradas com alumínio, e agora já aparentavam a idade que tinham. Era uma das casas de fazenda originais que permaneceram da década de 40, depois da Segunda Guerra Mundial, apenas para ver um subúrbio brotar ao redor. Agora sem dúvida ela parecia grande demais e precisando de muito mais reparos do que uma jovem mãe e seu filho considerariam ideal, mas, espremida naquela que agora era considerada a mais velha e mais industrializada parte da cidade, provavelmente era barata e eles já estavam habituados demais ali para a deixarem tão facilmente.

Havia uma garagem branca do lado direito da casa, terminando no quintal dos fundos, fechado por uma cerca alta de madeira. Um Volvo escuro estava estacionado na entrada. Tinha pelo menos uns quatro ou cinco anos de uso. Ele se perguntou se Lynn estava dormindo ou se havia sido acordada no meio da noite, como ele e provavelmente Joe haviam sido. Ele sentiu os nervos tensionarem.

Assim que chegou à varanda, padre Mark percebeu um brilho que vinha da sala de estar, um monitor de tevê tremulando como uma vela. Aquilo significava que Lynn estava acordada. Ou talvez adormecera no sofá. Ele achou que ela não havia notado o furgão do noticiário ou já estaria na porta, ou pelo menos na janela, e já o teria visto e acendido a luz da varanda.

Respirou fundo e tentou se acalmar. Uma batida na porta no meio da noite escura, ele pensou, é pior que uma ligação telefônica. Haveria alguém ali, esperando. E então bateu três vezes, mas não muito alto. Se ela estivesse na sala de estar, ouviria a batida. A campainha poderia acordar C.J.

Mark esperou. Nenhuma resposta. Ouviu. Nada de passos. Olhou pela janela. Nenhuma luz se acentuou. Nenhum ruído de alguém se movendo.

A luz de freio do furgão de notícias piscou atrás dele, e o brilho vermelho iluminou momentaneamente a fachada da casa; o motorista estava descansando os pés. E então as luzes se apagaram, e a casa, como a rua, ficou escura novamente.

Padre Mark bateu uma segunda vez, mais alto. Ele esperava que ela se apressasse e desejou saber exatamente que horas eram, mas não conseguiu ver o relógio no escuro. Também desejou que estivesse usando seu traje sacerdotal, assim seria mais fácil ser reconhecido, mas estava com uma camisa azul-escura sob uma jaqueta bege e calça jeans. Cedo demais para pensar no que vestir.

A luz da varanda se acendeu, assustando-o e cegando-o parcialmente. Ele deu um passo para trás e esperou, de frente para a porta, tentando parecer calmo, ciente de que ela estaria espiando de algum lugar, olhando para ver quem era, imaginando o motivo de ele estar ali.

Tentou relaxar. Respirou fundo novamente, e então viu uma luz brilhando forte na sala de estar. A porta da frente se abriu lentamente e ali estava ela, a luz da sala brilhando atrás dela. Ela olhava para Mark através da porta de tela que continuava fechada. Parecia assustada.

— O que aconteceu?

Do clarão na varanda, ele pôde ver que ela estava dormindo. Tinha uma marca de travesseiro na bochecha, e os cabelos castanhos curtos haviam sido penteados para trás e ajeitados com os dedos. Ela usava um short verde de verão e uma camiseta cinza com uma camisa jeans por cima, abotoada na cintura em um único botão — colocada rapidamente, pelo que aparentava, pouco antes de abrir a porta.

Ela notou o furgão da emissora na rua atrás dele e perguntou novamente, os olhos insistindo por uma resposta rápida e clara:

— O que aconteceu?

— Não foi como queríamos — ele disse. Mais uma vez, desejou saber o que queria dizer antes de começar a falar. — Mas é importante. Posso entrar?

Ela não respondeu. Abaixou o olhar. Estava olhando para o vídeo na mão dele, a expressão ganhando uma nova preocupação, os ombros subitamente aparentando tanto cansaço quanto os olhos. Então disse num sussurro baixo:

— O que é isso?

Ele queria explicar a coisa toda, mas tudo que saiu foi:

— É um vídeo.

A expressão dela ganhou um novo e desesperado olhar de medo, mas seus olhos não se desviaram do vídeo.

Ela sussurrou:

— Gravaram o C.J.!

Mark assentiu, sentindo-se irremediavelmente inadequado.

— Sinto muito.

Ela ficou ali parada, olhando para ele através da tela. Ele não sabia o que esperar, mas ela só olhou para ele, e então para o furgão do noticiário na rua, e depois de volta para ele. Ela o encarou por um longo tempo, sem dizer nada. E então, lentamente, respirou fundo e empurrou a porta de tela.

Ele a seguiu até a sala de estar. Uma única lâmpada brilhava na ampla sala, mobiliada com simplicidade — nada chamativo, nada novo. Tinha um carpete que tomava todo o espaço e parecia gasto; um sofá marrom na frente da tevê; poltronas pequenas, uma marrom-clara e a outra escura, as duas bem estofadas; duas mesinhas com luminárias modestas; uma mesa de centro com tampo de vidro na frente do sofá; meia dúzia de plantas nos cantos da sala e entre as poltronas e o sofá; algumas pinturas emolduradas nas paredes, uma dos Alpes, duas paisagens marítimas, todos lugares além do mundo de Lynn e C.J. Walker. Em uma parede, à direita da tevê, havia umas doze fotos em preto e branco emolduradas, dispostas em um elegante padrão vertical, ainda que um pouco torto. C.J. estava em cada uma delas.

Lynn se sentou no extremo oposto do sofá, perto do telefone e da única lâmpada acesa, com os joelhos dobrados. O vídeo estava em suas mãos. Ela olhou fixamente para Mark, parecendo bem mais cansada do que quando abrira a porta.

— MacInnes? — ela sussurrou.

Ele confirmou.

— Eu sinto muito, Lynn.

— Quando vão mostrar na tevê? Eles estão aqui para nos entrevistar, suponho.

Ele confirmou novamente, se sentou na outra ponta do sofá e disse:

— Daqui a alguns minutos. Vai ao ar às cinco.

— Meu Deus Todo-Poderoso! — As lágrimas lhe encheram os olhos. — O primeiro de quantos...? — ela falava lentamente, como se estivesse em transe. — Meu Deus! — disse novamente. — Não posso nem imaginar...

Seu olhar cruzou com o de padre Mark e se voltou para a porta da frente, e então para as duas janelas frontais, o tapete, o vídeo em seu colo, o tapete novamente; olhares rápidos, decididos, que pareciam acompanhar seus pensamentos, em um esforço para encontrar um lugar onde pousar, sem conseguir.

— Não acredito que isso está acontecendo — ela sussurrou. — Ele não vai poder nem sair de casa. E nem eu.

— Isso não devia ter acontecido — ele disse. — Me sinto mal por isso.

— Vai ser uma loucura.

— Sinto muito.

— Ele é só uma criança, pelo amor de Deus! Por que ele, entre tanta gente no mundo? — Seus olhos estavam fixos nos de Mark. Estavam cheios de lágrimas. — Ele joga futebol. Ele não tem visões. Ele não é um pequeno monge.

Apenas anda por aí, vai para a escola, se mete em confusão, faz piadas com Burr sobre os peitos das meninas. Ele só tem nove anos! — Ela fez uma pausa, alarmada com uma nova percepção. — Ele não vai poder sequer voltar para a escola! Nunca mais.

Em seguida se levantou e foi rapidamente até a janela da frente. O céu noturno estava se dissolvendo; a luz de uma nova manhã já se infiltrava como uma aquarela por sobre as árvores. Seus braços estavam cruzados com força sobre a cintura. Subitamente, ela olhou na direção da tevê desligada.

— Eu não vou ver isso — anunciou, tentando lutar contra as lágrimas.

— Eu vou me encontrar com o cardeal amanhã, na parte da tarde. Você iria comigo? — Ele se levantou do sofá e caminhou na direção dela. — Ele gostaria de te ver também, tenho certeza, se você quiser ir. Ele pode ajudar.

— O que ele pode fazer?

— Talvez explicar as coisas. Eu não sei. É um bom começo.

Ela se virou para ele, com a raiva estampada no olhar.

— Você acha que isso já aconteceu antes, então eles têm um arquivo cheio de respostas para me dar? — Ela se virou na direção da janela. — Pode ser, não pode? Eles simplesmente devem colocar as pessoas capazes de fazer isso em uma cela em algum lugar. E estudar essas pessoas. Mantê-las fora de circulação. — Alarmada pelas próprias especulações, ela se virou rapidamente para encarar Mark. — O que ele vai querer fazer com C.J., sério?

— O que você quer dizer com "fazer"?

— Aqueles garotos no passado que tiveram visões... — Lynn disse. — Aquelas que o Vaticano decidiu que eram visões reais, como em Fátima e Lourdes... Aqueles garotos acabaram enfiados em monastérios ou conventos pelo resto da vida, não é? Eu vi fotos deles. Sempre em hábitos religiosos. Sempre escondidos de todos. Sem falar com o mundo. Sem ser vistos e sem ver nada. Você já viu fotos da garota de Fátima ou das crianças de Lourdes saindo para ir à praia ou jogar futebol com os amigos na escola ou algo parecido?

— Aquilo foi muito diferente — Mark balançou a cabeça. — Você não vai para Roma. Vamos só conversar com o cardeal.

Lynn estava inflexível e, agora, enérgica. Suas mãos se ergueram e despencaram.

— Mas o C.J. sendo capaz de fazer algo assim, o cardeal será como todos os outros. Talvez pior, porque ele é a Igreja, e isso é como um poder bíblico. Ele quer dar opinião sobre isso, não quer? Todos vão querer colocar as mãos no meu filho, mas, meu Deus, a Igreja... Quando um garoto fez algo como despertar os mortos? — Ela mordeu os lábios e o estudou com uma dor visível. — O que eu me pergunto é: o que o cardeal vai querer fazer com ele?

Ele respirou fundo, ergueu a mão e sussurrou:

— Lynn, honestamente. Por favor, não exagere. Só estou falando sobre visitar alguém que pode ajudar. É só isso, de verdade. Eu simplesmente não sei o que mais sugerir, assim, de surpresa.

Lynn balançou a cabeça e olhou novamente para a tela negra da tevê.

— Que horas são?

Ele verificou o relógio de pulso.

— Ainda faltam alguns minutos. Para as cinco.

Ela disse muito suavemente:

— Me desculpe. Sinto que a minha cabeça vai pirar.

— Me diga o que posso fazer para ajudar.

— Isso pode nem ter vindo de Deus, sabia? Pode nem ter sido um grande plano de Deus para o mundo. — As lágrimas estavam de volta, agora mais fortes, enchendo seus olhos e escorrendo pelo rosto. — Por que não pode ser só uma esquisitice da natureza ou algo do tipo, sem nenhum plano por trás?

— Eu ainda não sei o que fazer para te ajudar, além de lidar com os jornalistas. Eles vão estar na sua porta daqui a poucos minutos. Eu os manterei longe, mas temos que pensar em algum tipo de plano.

— Não quero jornalistas na minha propriedade.

— Vou falar isso para eles.

— Que horas são?

— Cinco. Vai ao ar agora.

— Ele nunca mais vai poder sair e brincar com alguém, Mark! Nunca mais vai poder andar de bicicleta de novo!

— Vou fazer tudo o que eu puder, prometo.

— Todos vão dizer que é um dom tão grande... — Ela parou por um momento, então se levantou e andou rapidamente até a janela. Ainda não havia movimento no furgão ligado ao satélite lá fora. Ela se voltou para ele, os olhos arregalados e com medo, e disse com uma voz baixa e urgente, como se fosse uma questão de vida ou morte e fosse imprescindível que ninguém a ouvisse: — Você vai ficar do nosso lado?

Ele pareceu intrigado. Não disse nada.

Ela continuou:

— Se acabar ficando todo mundo de um lado, e eu e o C.J. do outro, mesmo que a Igreja esteja de um lado e nós do outro, você ainda vai ficar do nosso lado?

Mark mal conseguia respirar. E então ele assentiu. Sem palavras, apenas com um meneio de cabeça.

— Promete? — ela disse, sussurrando.

Outro meneio, dessa vez mais firme.

— Prometo — ele disse. — Me diga como posso ajudar, e farei tudo que puder. Eu prometo.

A porta do furgão bateu com força lá fora, depois novamente. Lynn virou a cabeça na direção da porta, então olhou de volta para ele, os lábios apertados. Ela parecia uma garotinha a seus olhos, alguém doce com os olhos arregalados de medo, mas ergueu a voz e falou, com lágrimas nos olhos e a voz afiada como uma estaca:

— Pode começar dizendo a Deus que nós não queremos essa coisa.

Barulho na varanda. Três batidas soaram na porta.

Lynn acrescentou, falando rápido e com firmeza:

— E pode lembrar a Deus que C.J. é apenas um garoto normal. Ele não vai ser transformado em algum tipo de aberração. Ele não é Jesus, e eu com certeza não sou a Virgem Maria!

10

Joe não olhou para a câmera do Canal 3 que o encontrou na entrada do prédio quando ele desceu correndo as escadas em direção ao estacionamento. Ele não tomou conhecimento do jornalista. Em vez disso, caminhou com os olhos vítreos direto até seu carro. O repórter pediu uma entrevista, mas ele não respondeu. O repórter correu ao lado dele, pedindo por favor. Ele não respondeu.

Ele havia recebido a ligação às 4h50 da manhã. Eles estavam do lado de fora de seu prédio, tinham um vídeo e imaginaram se ele gostaria de vê-lo.

Joe viu o vídeo e as notícias, viu tudo aquilo explodindo em sua cara — todo o tempo que ele teve para planejar, todo o tempo que teve para se preparar e fazer tudo da maneira certa com a maior coisa que já acontecera em toda sua vida, e tudo aquilo explodira, como sempre, bem no último minuto. O embalsamamento no vídeo: santo Cristo! E na televisão, embaralhando a imagem das partes nojentas, mas C.J. na tela, claro como o dia, e então Turner se movendo e Joe e os outros arfando como macacos e parecendo uns idiotas, fazendo ruídos idiotas.

Todas as vezes, ele pensou, *bem no último minuto; tudo que tento fazer explode a um passo do fim, e nunca é minha culpa!*

Ele tentou ligar para Lynn umas quinze vezes enquanto a notícia estava no ar. Ocupado todas as vezes. O fone estava fora do gancho, com certeza. Então ele teria de ir até lá.

O repórter do Canal 3 que lhe deu o vídeo queria saber se o que ele vira era verdade. Joe não respondeu. Aquele era realmente seu filho, Christopher? Joe não respondeu. Mas o cara estava esperando por ele no estacionamento. As mesmas perguntas, a mesma reação de Joe: não responder.

Ele entrou no carro. Vai ver seu filho?, eles quiseram saber. Joe bateu a porta e saiu pisando fundo do estacionamento, afastando-se pela escuridão que já começava a se iluminar com os primeiros raios de sol da manhã.

O motorista do furgão do noticiário já estava com o motor ligado. Ele pegou o repórter e eles seguiram Joe, mesmo quando ele chegou a cento e dez quilômetros por hora a quatro quarteirões de seu apartamento na Farnum Boulevard, onde ele derrapou fazendo a curva e seguiu rumo ao norte.

Joe não estava pensando em C.J.; estava pensando em Giles MacInnes. Ele odiava aquele magricelo. Ele o odiava por mentir para eles, e por ter feito Joe cair na mentira. Ele o odiava por roubar o tempo que Joe teria para pensar em um plano e tomar o controle da situação. Ele o odiava por estar vivo. Queria bater nele, socar seu rosto e deixá-lo sangrando na rua, até que alguém aparecesse e o atropelasse; Joe então diria a C.J.: "Ei, C.J., traga o mentiroso de volta à vida". E então poderia bater na cara dele novamente.

Se não é uma enfermeira de cento e cinquenta quilos, é um agente funerário de cinquenta. No entanto, sempre é alguém. Sempre no último minuto.

Ele estava a pouco mais de um quilômetro da casa de Lynn, ainda na mesma velocidade, passando voando pelos trabalhadores que saíam cedo em direção à Eleven Mile, com suas garrafas térmicas e suas xícaras embutidas. Mas nenhum policial. Ele viu o furgão da tevê atrás dele na escuridão do começo da manhã, agora a um quarteirão de distância. Então ele se deu conta de que eles também estavam colocando seus planos em ação, e sabia que eles estariam ao telefone, dizendo aos outros que ele estava chegando. Ficariam em cima de C.J. e de Lynn, esperando para cair em cima dele assim que chegasse lá, tudo por causa daquele agente funerário covarde que mentira e não deixara as coisas como estavam.

Joe atravessou um sinal vermelho e fez a curva na Eleven Mile, descontando sua raiva no volante. Observou pelo retrovisor enquanto os repórteres desaceleravam e viravam atrás dele. Eles nem precisavam se apressar, Joe pensou, pois tinham pessoas à frente dele, esperando na casa de Lynn.

Todos tinham ajuda, a não ser ele.

Então ele respirou profunda e lentamente, tentando se acalmar, forçando-se a pensar. *Bem, está feito. Não há mais segredo. É hora de lidar com isso. Descobrir como tirar o melhor da situação e transformar isso em vantagem.*

Joe pensou em fugir com C.J. e Lynn, mas, quando a mídia está em cima de você, como se faz isso, fisicamente falando? Ele não podia apenas ser mais rápido que eles. Não podia fazer isso, apenas entrar no carro e acelerar. Não podia se disfarçar de entregador e tirar o menino de lá escondido em uma caixa ou algo assim.

Mais quatro quarteirões até Westlane, e então virar a esquina. Hora de desacelerar. Pensar. Qual era o plano B?

Não havia um plano B, mas deveria haver. Ele teria de bolar um, e respirou fundo mais uma vez. Meu Deus, ele não queria perder o controle da situação!

Westlane estava próxima. O carro na frente dele deu seta para virar. Ele se perguntou se o motorista daquele carro estava indo para a casa de Lynn também. E então notou mais um furgão de tevê se aproximando da outra direção, vindo rápido, com a seta para virar à esquerda piscando. Alguém de outra estação, correndo para a casa de Lynn, com certeza.

Assim que ele fez a curva, viu que uma multidão começava a se formar na frente da casa — já havia muitos carros, algumas picapes e furgões de transmissão; cinquenta ou sessenta pessoas já estavam por ali, e eram só 5h20. As pessoas passavam na frente da casa e apontavam, até paravam no gramado, todos se aproximando, conversando como se estivessem em um piquenique.

No entanto, nenhum sinal da polícia. Apenas mais carros chegando atrás dele, e agora na frente também.

Joe pensou em passar pela casa e estacionar no próximo quarteirão para manter o carro longe da multidão, mas sem chance. Como ele sairia dali depois? Em vez disso, decidiu parar na entrada da garagem, atrás do Volvo azul de Lynn, perto da porta lateral.

Quando ele virou sem tocar a buzina, meia dúzia de mulheres paradas atrás do carro de Lynn se dispersou e começou a mover as mãos, falar e apontar na direção de Joe, excitadas. Elas o reconheceram por tê-lo visto na tevê, parado ao lado do caixão antes do garoto surgir. Agora elas gritavam quem ele era e corriam para cercar seu carro. Outras pessoas rapidamente fizeram a mesma coisa, incluindo os repórteres que já saltavam pelo gramado arrastando cabos, luzes, microfones e câmeras.

A multidão se apertou.

— É verdade o que passou na tevê?

— Seu filho está aí dentro?

— Ele vai sair logo para que possamos vê-lo?

— Esse vídeo é falso?

— Ele curou as outras mulheres também?

Joe continuou respondendo "não" rapidamente, sem se importar com as perguntas. Ele odiava aquela multidão, mas, naqueles poucos segundos, se deu conta, mesmo enquanto ouvia os passos de Lynn se aproximando da cozinha para deixá-lo entrar, de que aquilo não seria de todo mau — a multidão e toda aquela febre de acordar os mortos. Aquelas pessoas sabiam o que ele tinha, só isso. Sabiam que Joe tinha a pessoa mais poderosa do mundo dentro daquela casa. Queriam ver seu filho, Christopher Joseph Walker, o garoto com o mesmo nome que o dele. Todos no país ficariam assim, querendo ver seu filho. O mundo inteiro ficaria assim. *E alguns deles*, ele pensou, *vão nos dar cada dólar que tiverem.*

* * *

Lynn gritou para os curiosos que saíssem do gramado. Eles haviam reconhecido C.J. e se aproximaram depressa quando Joe entrou na casa, agindo como se esperassem ser convidados para entrar também.

Joe estava ruborizado.

— Você não chamou a polícia?

Lynn hesitou, com um olhar assustado.

— Meu Deus, Lynn! Ligue para eles agora! — Joe ordenou, subindo rapidamente os dois degraus e entrando na cozinha. — Ou eu ligo por você, tudo bem.

Ele se virou e por alguma razão notou que os dois vestiam calça jeans e camisa azul de abotoar, como "os gêmeos do subúrbio fazem aos sábados". Não significava nada, na verdade, mas ele notou, e aquilo o fez se sentir bem por algum motivo, como se estivessem juntos naquilo.

— Vamos sentar e decidir o que fazer — ele disse, falando com suavidade, soando confiante e natural. — Não se preocupe. Nós vamos lidar com isso.

Ele não era mais apenas o pai divorciado de C.J., não mais o lixo jogado fora e vivendo em outro lugar. Era Joe Walker, que voltava para comandar aquela família. Estavam até de uniforme.

E então ele ergueu o olhar e viu Mark.

Pego de surpresa, a decepção e depois a raiva brilharam em seus olhos, mas apenas por um milésimo de segundo. Não era só pelo padre estar na casa de Lynn, mas por ter chegado ali primeiro, antes de Joe, e já estar ali parado com o café na mão, sem nem usar seu traje sacerdotal, mas, em vez disso, uma camisa esporte, como se fosse só mais um cara, como se estivesse em casa. Foi isso que pesou para Joe.

Mark disse:

— Olá, Joe. — Ele parecia apologético. Ele soava apologético.

Joe assentiu e disse:

— É. Você viu o vídeo?

Lynn respondeu:

— Ele viu, mas eu não vou ver.

Joe já estava pensando que o padre ia querer C.J. para ele. Como se conversar com ele antes não fosse nada, e agora ele fosse ficar atrás do garoto. E a pior parte era que Joe o havia colocado no meio de tudo aquilo sozinho, quando tentara fazer com que ele fosse até a funerária, fazendo parecer que era uma grande coisa se a Igreja se envolvesse.

Então agora não era apenas o padre de St. Veronica parado ali e se sentindo em casa; eram milhares de padres, uma centena de bispos, até mesmo o papa. Os figurões da Igreja viriam na esperança de levar C.J. agora, assim como os figurões do governo e todos os outros tipos de figurões, e Joe teria de lidar com aquilo.

— C.J. ainda está dormindo — Lynn disse. — Padre Mark está aqui para ajudar. Ele perguntou se podemos ir ver o cardeal com ele amanhã. Quer café?

Joe parou. Já estava ali: o cardeal. Mas as pessoas gritavam lá fora, e ele não podia parar para conversar com Lynn ainda.

— Eu quero evitar que duzentas pessoas entrem pela sua porta, Lynn — ele disse, olhando feio para ela. E continuou: — Você não ligou para a polícia, mas decidiu ligar para o cardeal? — Sua voz era ferrenha e sarcástica.

Lynn balançou a cabeça em negativa, mas parou subitamente quando notou um movimento atrás de Joe, no corredor.

C.J. estava parado na passagem e os observava, parecendo muito pequeno e vulnerável, ainda grogue de sono. Ele não parecia surpreso que padre Mark ou seu pai estivessem ali. Olhava fixamente para Lynn, o canto esquerdo do lábio inferior enfiado no meio dos dentes, os olhos cheios de preocupação. Quando falou, foi pouco mais que um sussurro, apenas um garoto pensando alto. Ele suspirou:

— Quando toda essa gente vai embora?

* * *

Nos três anos desde que o cardeal David Schaenner fora nomeado para a Igreja Católica de Detroit, fora acordado antes de seu horário habitual, 5h45 da manhã, pela visita do diretor da cúria, monsenhor John Tennett, somente uma vez: quando um dos mais bem-sucedidos sacerdotes da diocese fora encontrado morto após um roubo sete meses atrás, o corpo jogado em uma rua lateral do distrito sul de Detroit, com dois buracos calibre vinte e dois atrás da orelha esquerda.

Esta seria a segunda vez.

Às cinco e meia, apenas cinco horas depois de o cardeal ter chegado em casa de sua cansativa visita a Roma, sua governanta encontrou o monsenhor Tennett diante da porta com um pedido urgente que deveria ser transmitido imediatamente.

Passaram-se apenas quatro minutos até que o clérigo de sessenta anos com a barba por fazer descesse e se juntasse a ele. Era um homem alto e claramente acima do peso. De fala mansa e ombros arredondados, vestido com um pulôver bege e calças pretas, o monsenhor Tennett achou que ele parecia um professor aposentado, um sr. Rogers envelhecido com extremidades mais arredondadas. Mas, apesar da aparência roliça e de um sorriso que parecia tão acalentador quanto uma lareira, ele também era, e monsenhor Tennett sabia, um homem capaz de avaliar situações rapidamente, definir objetivos, tomar decisões e agir, um executivo que se mostrava impaciente com os mecanismos organizacionais lentos, especialmente aqueles dentro de sua própria igreja.

— O que aconteceu, John? — ele perguntou quando desceu o último degrau. — Imagino que seja algo muito sério. — Sem esperar por uma resposta, ele caminhou até seu escritório e se sentou em sua cadeira vermelho-escura, fazendo sinal para que o monsenhor se sentasse diante dele.

Monsenhor Tennett ergueu um disco.

— Um vídeo — disse. — O original tem a duração de algumas horas. Este tem apenas os nove minutos que interessam. Eu já assisti, e tenho certeza de que vai querer assistir imediatamente, porque estão exibindo trechos desse vídeo na tevê neste momento. A cidade acordou para ver isso.

O cardeal respondeu com um simples:

— Vamos ver — e então inspirou e aguardou o disco ser colocado no aparelho de DVD e a tevê ser ligada.

O monsenhor apertou play. Um homem com luvas e avental amarelos de borracha surgiu na tela para dizer ao cardeal:

— Meu nome é Giles MacInnes.

— É a respeito da sra. Klein? — o cardeal perguntou, inclinando-se para frente na direção da tevê.

— Não, outra pessoa — o monsenhor disse. — O nome dele é Turner.

— Uma segunda pessoa? Mãe de Deus!

— Com o mesmo agente funerário, e aquele é o padre Mark Cleary novamente. Os outros são seus paroquianos. E esse é o filho deles, C.J., e a comoção toda é sobre ele.

— O Garoto Lázaro... — o cardeal disse. E então ficou em silêncio enquanto assistiam aos nove minutos do vídeo, silêncio com exceção de mais dois sussurros: — Mãe de Deus!

Quando a gravação acabou, ele olhou fixamente para a tela por quase dez segundos sem dizer nada, em seguida se virou para o monsenhor, desprovido de expressão, e disse:

— A declaração que fizemos a respeito da sra. Klein permanece. Não haverá resposta da diocese até que todas as investigações tenham sido concluídas. Você cuida disso. Nada mais. E certifique-se de que o padre Mark tome conhecimento disso. E faça com que o bispo Ryan inclua esse caso na investigação da diocese sobre a tal Klein.

Ele deslizou de volta aos pensamentos, e seus olhos se estreitaram.

— A equipe do Hospital Fremont e o padre Mark — monsenhor Tennett continuou — não são pessoas facilmente enganadas. O hospital não tem respostas, e padre Mark parece convencido de que isso realmente aconteceu.

— Mesmo a possibilidade de que isso seja verdade já faz nosso coração parar — o cardeal disse lentamente, com os olhos travados na tela escura da tevê. E acrescentou: — Deus sabe o que podem fazer agora com vídeos gerados por computador. Mas este... eu não sei. Em apenas algumas horas? Eu não sei. Esse homem, Turner, teria que estar envolvido. E a família dele também. E os médicos.

O cardeal ficou em silêncio por vários minutos, e o monsenhor o deixou pensar sem interromper.

Finalmente o cardeal se endireitou, olhou para o monsenhor e disse:

— Traga-os aqui, conforme planejamos. Padre Mark, o garoto e os pais dele. Vou acrescentar algumas pessoas quando tiver mais tempo para pensar. Eu te aviso.

— Tenho certeza de que todos virão — monsenhor Tennett disse.

— Aí vamos ver se temos uma mãe atriz aqui, forçando o garoto a aparecer. E vai ajudar ver o garoto de perto também. — O cardeal esfregou o queixo levemente com a ponta dos dedos e soltou mais um: — Mãe de Deus! — e dessa vez acrescentou: — Debaixo do meu nariz! — Ele pensou por mais um momento, então se levantou e disse, suavemente agora: — Quero isso sob controle, John, da maneira que pudermos. Quero que isso seja mantido com firmeza nas mãos da Igreja. Quero que diga isso ao padre Mark. Faça dele nossos olhos e ouvidos. Mantenha-o perto da família e perto de nós.

— Nós já conversamos. Ele ficará perto.

— Diga a ele o que eu disse. Para ficar perto do garoto e da família dele. Isso é fundamental.

O cardeal da arquidiocese de Detroit se pegou imaginando, enquanto monsenhor Tennett saía, qual seria o maior desastre: acordar com as notícias de meia dúzia de mortes inesperadas entre seus cada vez mais raros padres diocesanos, ou ter ressurreições autênticas acontecendo em sua diocese apenas para que a fonte desse poder milagroso escapasse para um lugar fora do alcance de sua pastoral.

* * *

A.W. Cross se sentou na beira da cama para ver as notícias na tevê a cabo, com um pequeno bloco de papel ao lado e uma caneta na mão. Ele havia visto às 6h15 o vídeo do garoto que supostamente despertava os mortos, e já havia ligado para Torrie Kruger, que assistiu às reprises e acompanhou as reportagens em seu próprio quarto, em Detroit. Os dois tomaram notas.

Ele não se sentia mais um velho dominado pela dor — não naquele momento. Sabia que já acontecera com quatro pessoas. Sabia que o vídeo havia sido apregoado como uma evidência incrivelmente forte de uma ressurreição de verdade, se não como prova cabal. Ele sabia que os médicos entrevistados ao vivo no hospital tinham o rosto inexpressivo como o de crianças — sem atitude, sem argumentos, sem nada em seu repertório médico para colocar na mesa. E ele sabia agora que, no fim das contas, não fora o padre, nem campos magnéticos no quarto do hospital, nem sorte, nem mágica, nem acaso. Supostamente fora um garoto. E supostamente um garoto de nove anos chamado C.J. Walker.

Ele se obrigou a lembrar, certamente, quando viu o vídeo pela primeira vez e ligou para Torrie, que aquele vídeo poderia ser falso; esses vídeos podiam ser feitos para mostrar literalmente qualquer coisa. Mas, por outro lado, havia um padre ali dessa vez, bem no vídeo, e seu olhar quando ele se aproximou do corpo e os dedos do morto se mexeram, o modo como deu a impressão de que ele mesmo ia morrer de ataque cardíaco, e o som de sua voz quando disse repetidas vezes: "Isso está acontecendo mesmo", tudo isso... Cross teve certeza, não poderia ser falso.

E então, quando o próximo bloco da CNN que cobria o "vídeo Lázaro" foi ao ar, o sr. A.W. Cross apertou o botão de gravar em seu aparelho de DVD e verificou novamente as anotações que havia feito: "Giles MacInnes, Funerária. Galvin Turner. Hosp. Fremont. Padre Cleary. St. Veronica, Royal Oak. C.J. Walker. Christopher, nove anos. Joe Walker, pai. Lynn, mãe. Divorciados".

No monitor da tevê de trinta e seis polegadas, três metros a sua frente, um jovem engenheiro de vídeo da CNN em Atlanta comentava sobre as capacidades das últimas tecnologias digitais em vídeo, mas o homem havia fechado os olhos. Ele estava pensando em Torrie Kruger, que já estava nos arredores de Royal Oak, a não mais de quinze minutos da casa do garoto e do apartamento de seu pai.

Cinco minutos depois, quando abriu os olhos novamente, desenhou com cuidado um círculo em volta de um dos nomes em seu bloco de anotações: "Joe Walker, pai".

11

Com C.J. acordado, o dia se tornou um exercício em controle de desastres. Segurança, comunicações, suprimentos, viagem — tudo deveria ser reconsiderado enquanto novos planos eram feitos, e tudo na cara de uma multidão que a cada minuto crescia mais.

Mark colocou uma placa nas portas, da frente e da lateral. As letras negras e grossas diziam: "Contamos com sua compreensão. A privacidade é importante para nós. Por favor, não perturbe em hipótese alguma. Sem exceção".

Lynn rabiscou com letra de mão um "Obrigado" em cada uma das placas e assinou "Família Walker".

Coisas como essa deixavam Joe maluco.

Nos primeiros minutos de luz, eles viram apenas dois policiais, um homem e uma mulher, passando lentamente em uma das viaturas cinzentas da polícia de Royal Oak. Joe ligou para a delegacia, perguntou por que não havia outras, explicando para o oficial que o atendera o motivo de precisarem de proteção extra.

O oficial disse que eles já haviam recebido dezenas de ligações de vizinhos aborrecidos e que haviam respondido.

— Provavelmente estão presos no trânsito — Joe murmurou para Lynn.
— Ou tomando um McCafé. Quem sabe?

Às sete e meia da manhã, duas viaturas policiais estacionaram na frente da casa e quatro oficiais ficaram a pé, tentando manter o tráfego fluindo. A multidão continuava crescendo e se aproximando. Eram cerca de cento e cinquenta pessoas, todas se esticando como um cobertor, invadindo o gramado e se estendendo para a rua, pressionando a polícia a desacelerar o tráfego até o limite.

A cada poucos minutos, um pequeno agrupamento se aproximava da varanda para se inclinar e ler o aviso de "Por favor, obrigado". Eles liam o recado, davam de ombros, assentiam, liam em voz alta uma ou duas vezes para seus amigos ou não demonstravam reação alguma antes de retroceder até a multidão, que tremia de perguntas e que a qualquer momento, Joe tinha certeza, começaria a ficar mais agressiva.

Ele observava aquelas pessoas todas e se perguntava quem seria a primeira que viria bater na porta exigindo que C.J. saísse e se tornasse seu salvador pessoal, imediatamente.

* * *

Lynn tentou ligar para Marion Klein. Seu quarto no hospital não estava recebendo ligações. Ela deixou uma mensagem de encorajamento com a telefonista, explicando que também não estava recebendo ligações em sua casa, e que tentaria ligar novamente; e então tentou a casa de Marion. Não obteve resposta, e a secretária eletrônica de Marion estava cheia. Em seguida, ligou para sua amiga Nancy Gould. Perguntou se Nancy e seu filho, Burr, poderiam vir passar o dia com eles, já que, de qualquer forma, era sábado. Não tinha trabalho, não tinha escola. Nancy agarrou a oportunidade. Ela levaria algumas compras também, muitas. Quem sabe quanto tempo ficariam presos lá?

Joe disse a Lynn que pensou em mudar a velha tevê, o videocassete, o videogame e alguns filmes para o andar de cima, para as crianças, e comprar uma tevê nova para o andar de baixo.

— Precisamos que C.J. e Burr se distraiam e fiquem fora do caminho — ele disse. — Então podemos fazer nossos planos aqui embaixo, e ver na tevê nova as coisas que não queremos que as crianças vejam. Eu pago, não se preocupe com isso.

Joe estava pensando que nunca mais ficaria sem dinheiro.

Quando ela concordou, ele ligou para um amigo que trabalhava na Discount City e pediu para que ele levasse uma tevê de quarenta polegadas e um DVD player, assim que possível. O rapaz estava a par das notícias. Ele perguntou se C.J. estava com Joe e se ainda estaria lá quando ele chegasse. Então disse para não deixar o garoto sair, que ele iria para lá o mais rápido possível. Joe disse a ele que C.J. não tinha planos de viajar.

— Você devia pedir um número de telefone para a casa que não esteja na lista — Joe disse a Lynn. Ela disse que estava pensando nisso. — Quase ninguém tem o seu número, eu sei — ele disse. — E isso é bom. Mas a correspondência ainda pode passar.

Na verdade, Joe se deu conta de que a correspondência começaria a chegar às toneladas, e logo. Se o velho itinerário ainda fosse o mesmo, a primeira remessa chegaria por volta das dez da manhã. E na correspondência, ele tinha certeza, haveria inúmeras propostas. Ele achou que o carteiro provavelmente faria quatrocentos ou quinhentos dólares à parte, só por fazer chegar propostas seladas entregues a ele na rua. Por que não? Joe aceitaria, se tivesse acesso à porta da frente da casa de Lynn.

Fazer uma triagem dessas propostas escritas fazia parte do plano A pessoal de Joe. E depois mostrar a Lynn as ofertas recebidas, ele decidiu. Encontrar o maior lance e reservar um montante para contratar os guarda-costas necessários, transferir Lynn e C.J. para um lugar mais seguro, e então fazer planos de longa duração para quando eles tivessem dinheiro para fazer grandes coisas acontecerem. Mas eles tinham de fazer algo acontecer rápido, antes que padre Mark, a Igreja, os tiras ou alguém ainda pior se mudasse para lá e chutasse Joe para escanteio, porque era isso que eles tentariam fazer.

Qualquer um que viesse atrás de C.J. com sorrisos e ofertas tentaria quebrar as pernas de Joe. Ele nunca mais veria seu próprio filho; nunca veria um centavo de tudo aquilo. Como ele poderia saber?

Nesse meio-tempo, todos haviam esquecido como Nancy Gould se parecia com Lynn, e como C.J. se parecia com Burr, embora o cabelo desse último fosse mais comprido. Ainda mais para alguém que só vira as imagens de mãe e filho na tevê. E, como resultado, quando Nancy e Burr chegaram à casa de Lynn pouco antes do meio-dia, o carro foi cercado pela multidão; as pessoas os confundiram com o garoto milagroso e sua mãe. A polícia teve de cercar o carro por três quarteirões e escoltá-los até a entrada da casa.

O amigo de Joe da Discount City finalmente chegou com a nova tevê e o DVD player. Ele demorou duas horas para chegar ali, conforme dissera, mais de trinta minutos só para conseguir passar pelo tráfego, pela polícia e pela multidão, entre a casa e a Eleven Mile Road. E a polícia havia sido avisada de que ele estava a caminho.

— Pelo menos você não tem um filho que se parece com o C.J. — Nancy lhe disse. — Senão você ainda estaria lá, no meio daquela multidão, tentando afastar todo mundo com uma vareta.

* * *

Enquanto os adultos descansavam depois do jantar servido mais cedo, com sopa e sanduíches, e conversavam sobre a multidão, a polícia, Marion, Turner, as notícias televisivas e as coisas que iriam ou não fazer em seguida, C.J. levou Burr de volta para o segundo andar para espiar através da janela do quarto dele e ver aquele pessoal esquisito, e até para acenar da janela do quarto de Lynn, enquanto o povo acenava de volta e berrava para que C.J. saísse lá fora.

Lynn ouviu a gritaria e baixou uma ordem: todas as cortinas deveriam ficar fechadas, e era proibido ficar perto de janelas abertas!

Enquanto os garotos se ajeitavam, suas espiadas cuidadosas para a multidão lá fora diminuíram para alguns olhares intermitentes espaçados por vários minutos e roubados dos cantos das cortinas que agora ficavam fechadas. Quando se cansaram daquilo, deslizaram para o chão na frente da janela, as costas contra a parede, e olharam um para o outro, sorrindo.

Um momento de silêncio se passou. Dois garotos pisando em um terreno novo e excitante, dois bons amigos, sem saber ao certo o que fazer em seguida.

Burr finalmente sussurrou:

— Caramba, Ceej. Isso é muito legal. — Como o pai de C.J., ele sempre chamava seu melhor amigo de Ceej, juntando as duas iniciais em uma única palavra, do mesmo jeito que C.J. e todo mundo espremiam o nome "Brendan", transformando-o em "Burr".

C.J. concordou sem sorrir.

— É — ele disse. Sim, ele sentia que era legal, e sim, ele era legal porque era capaz de fazer aquilo. Ele sentia aquilo naquele momento, com Burr ao seu lado.

Burr riu.

— Provavelmente vão dar o seu nome a uma igreja.

C.J. riu de volta.

— Igreja de São C.J.

Os dois riram alto.

Burr disse:

— Você colocou a polícia em todos os lugares.

C.J. disse calmamente:

— Teria gente por todo o jardim se os policiais não estivessem aqui.

Ele dobrou os joelhos, apoiou o queixo sobre eles e abraçou as pernas. Depois mordeu os lábios, pensativo.

— Eles estariam batendo na sua porta, cara.

— É.

Burr também dobrou os joelhos. Ele olhava fixamente para C.J., do mesmo jeito que encararia um astro do rock se ele surgisse de repente. E disse novamente:

— Isso é muito legal.

C.J. concordou de novo.

— É.

Burr ficou mais sério e perguntou em voz baixa, já mantendo segredo:

— Mas você sabe o que aconteceu com você? Para fazer isso acontecer? Tipo, o que você sentiu quando aconteceu? Como você conseguiu fazer aquilo, ou quando isso surgiu em você, sei lá.

C.J. se virou, com os lábios franzidos e os olhos semicerrados.

— Acho que foi Deus quem fez — ele disse solenemente.

— Mas como? Você ouviu vozes ou coisa parecida? O que aconteceu?

C.J. considerou a pergunta por um momento, e então sussurrou:

— Acho que é algo no meu sangue. Eu não senti nada, mas acho que pode ser isso.

Burr se inclinou para frente, imaginando: algo no sangue de C.J.

C.J. concordou com sua própria sacada e reapresentou a ideia, dessa vez em voz alta, e com os dedos percorrendo lentamente o braço, do cotovelo até o pulso.

— Acho que talvez seja algo aqui dentro, correndo pelas minhas veias. — Seu dedo parou no pulso, e ele olhou para Burr. — Eu não sei, mas pode ser isso.

Burr assentiu novamente, com os olhos arregalados.

— Sim! — ele disse.

Os dois pensaram naquilo.

— Meu Deus, Ceej — Burr sussurrou novamente.

C.J. estava com o pensamento longe. Pensava em seu sangue e tudo o mais. Então disse:

— Se eu me cortar, talvez acabe.

Burr se inclinou para frente, deixando-se levar profundamente por essa nova e vívida possibilidade.

— Ou se outra pessoa te cortar. Alguém poderia te esfaquear.

— É. — C.J. mordiscou o lábio inferior e pensou nessa nova possibilidade também. Mas pensou em uma resposta. — Se eu disser as palavras para mim mesmo, caso eu seja esfaqueado, posso fazer com que eu mesmo melhore, não posso? Porque, se eu disser para mim mesmo, então não ficarei mais cortado.

Ele não tinha certeza, mas parecia fazer sentido.

— Acho que sim — Burr disse. Uma pausa para reflexão, e então outro sorriso.

C.J. sorriu novamente também. Sim, era legal. Ainda assustador, mas legal.

Eles pensaram em cortes, sangue e poder por vários segundos antes de Burr começar a rir novamente, alto e sem parar, com os olhos mais arregalados que antes, mas agora com um quê de nervosismo e animação.

— Você acha que seu sangue brilharia, se pudesse ver?

C.J. começou a rir, mas a graça daquela ideia rapidamente se esgotou. Seus olhos se abriram levemente.

— Eu não sei — ele admitiu. E então: — Não, seu tonto, não brilha.

— E aí? — Burr riu na defensiva. Ele fez outra pausa, esperando, sem saber como perguntar, mas imaginando como eles poderiam descobrir.

Ficaram em silêncio por mais de um minuto, a imaginação dos dois indo a lugares comuns a meninos de nove anos. E então Burr disse:

— Ceej, me mostra como funciona?

Ele se virou para C.J., sorrindo, com o sabor da aventura estampado nos olhos.

C.J. inclinou a cabeça.

— Como assim?

— Me mostra.

— Em quem? Quem está morto?

— Podemos ir atrás de algo.

— Não. Eu não vou atrás algo!

— Por que não?

— Eu não sei. Você não precisa ver isso.

— Podemos ir lá fora e voltar. Está chovendo o tempo todo. E você tem aquelas minhocas no canteiro perto da garagem.

— Você quer que eu faça o teste com uma minhoca?

— Por que não?

— Não vou fazer isso com uma minhoca — ele riu.

— Está com medo? O que pode acontecer?

C.J. pensou, deu de ombros e disse, agora mais pensativo:

— Eu não sei.

Burr se levantou.

— Vamos! Vamos lá!

C.J. balançou a cabeça.

— Não podemos. Não agora, pelo menos. Eu não sei. Talvez quando não estiverem observando a gente... Só sei que não podemos ir lá agora.

Burr considerou os riscos. Ele ainda sorria abertamente, mas finalmente se sentou.

— Tá certo, cara. Talvez mais tarde.

— Talvez amanhã — C.J. disse.

— Mais tarde ou amanhã, com certeza. Ah, cara, eu espero.

C.J. deu de ombros e ficou em silêncio, com o lábio inferior enfiado entre os dentes. Ele o manteve ali enquanto pensava. E então disse, parecendo preocupado:

— Eu estava pensando... Você acha que alguém pode tentar me sequestrar?

Burr não havia pensado naquilo.

— Que sinistro, Ceej.

Ele se ajoelhou e espiou pela janela novamente, começando a procurar os caras malvados.

— Você acha que sim? Com todas essas pessoas aí?

— Eu não estou falando agora — C.J. disse. — Estou falando mais tarde. Porque, se eles me sequestrarem, vão fazer uma transfusão. E então vão misturar o meu sangue com o deles. E aí vão ficar com os poderes para eles.

Burr olhou fixamente para o chão por dez segundos, refletindo profundamente. Quando ergueu o olhar, estava sorrindo de novo.

— Ei, Ceej. Isso é incrível!

* * *

C.J. e Burr riram tão alto no quarto da frente do andar de cima que Joe, parado diante da janela coberta com uma cortina branca da sala de estar e observando a multidão, virou os olhos para as escadas. Não pôde evitar de sorrir. Ele realmente amava aquele som. C.J. tinha aquele coice esquisito que o fazia se sacudir enquanto ria, era realmente divertido de escutar, e por um segundo lá estava aquela risada, completamente afiada e com toda a energia de um menino de nove anos que havia dormido pouco, então o coice foi ainda mais alto e persistente. Era ótimo ouvir — o filho de Joe e sua pequena, afiada e divertida risada.

Joe sorriu e se virou para observar a multidão mais uma vez.

Lynn e Nancy estavam no andar de cima com os meninos e o padre. *Estão todos vendo um filme*, ele pensou. Lynn havia dito que não queria que C.J. se sentisse perdido dentro da própria casa. Joe dissera:

— Não. Acho que isso não vai acontecer.

Mas ele preferia ficar sozinho.

O som da tevê nova estava baixo. Não havia nenhuma reportagem sobre o assunto no momento. Só os programas locais que pagavam as contas das estações de tevê.

Ele esperava o correio. Observava a multidão e a polícia. Viu tevê por mais quinze minutos, trocando de canal e parando para ouvir qualquer coisa relacionada ao cerco à casa, ao seu filho, a Marion ou ao tal Turner.

E então, algo novo. Um novo furo, com novas imagens e uma nova chamada, muito de repente, com o âncora surgindo na tela e gráficos computadorizados que ele não vira antes — imagens de pulmões, coração e estômago dentro de um corpo aberto, mas com muitas setas e círculos surgindo e desaparecendo aqui e ali, por todos os lugares, e palavras acima da imagem que diziam: "Traços metálicos".

Ele agarrou o controle remoto e aumentou o som.

Metal em Marion Klein, eles estavam dizendo — traços microscópicos foram encontrados em todos os lugares, nela e no outro cara também. Os repórteres estavam dizendo que quando os cirurgiões se debruçassem sobre o assunto conseguiriam analisar aquilo e saber se eram traços das ferramentas de metal do agente funerário. Eles ainda não o haviam feito, disseram, mas o fariam assim que recebessem a autorização de Marion ou Turner, qualquer um dos dois, quem aceitasse primeiro, na verdade, e então eles saberiam, foi o que disseram. Ou pelo menos teriam a primeira evidência forte de que um embalsamamento realmente fora feito, o que mudaria tudo de figura.

Joe mordeu o lábio e se largou no sofá. Tudo estava acontecendo rápido demais. Ele assistiu à reportagem inteira, vendo as animações computadorizadas de como tudo seria feito, ouvindo tudo até que prometeram continuar em cima daquele assunto e cortaram para a previsão do tempo. Ele se sentiu encurralado. O cerco estava se fechando, as coisas tomariam um rumo alucinante a qualquer instante, e trezentas pessoas já estavam prontas lá fora, mantendo-os presos na casa. Primeiro dia, ele pensou, e a maioria das pessoas ainda está imaginando se aquelas coisas aconteceram de verdade, mas, ainda assim, havia quatrocentas, quinhentas pessoas do lado de fora, e outras que não paravam de chegar, pressionando-os o tempo todo, enchendo os dois lados da rua.

Ele voltou para a janela, a mente agitada, pensando que era sábado. Todo mundo que não estava trabalhando tinha ido até lá em vez de ir ao shopping, a um show, ou ver um jogo na tevê. Muitos deles já haviam se ajeitado em cadeiras dobráveis no gramado após a calçada, como se C.J. fosse sair e dar um espetáculo. Cadeiras dobráveis, pelo amor de Deus.

Ele murmurou:

— Isso vai dar errado.

Do outro lado da sala, o homem do tempo anunciou que as chuvas estavam chegando, com possíveis tempestades nos próximos dois dias.

— Um cenário ameaçador — o homem anunciou.

Soou certo para ele: um cenário ameaçador, que não podia fazer outra coisa a não ser dar errado.

E então, quando olhou novamente para a multidão, ele notou uma nova faixa subindo na fachada da casa do outro lado da rua. Com letras mal desenhadas de um metro de altura, pintadas num lençol branco, tremulando sobre o muro baixo da lateral direita da varanda, bem atrás de uma senhora de cabelos crespos, sentada com cerca de quinze pessoas apertadas em volta dela. Ela observava Joe através de um par de binóculos, e agora apontava para ele, e todos em volta riam e lançavam os punhos para o alto.

A placa dizia: "Cristo Jesus: A Segunda Vinda!"

Todas as letras eram pretas, com exceção de duas: o "C" e o "J" foram pintados de vermelho.

Aquilo o atingiu como um soco. Um soco tão claro e poderoso que o deixou tonto. Ele tinha um grande plano. Certo. Ele sempre tinha um grande plano. Dessa vez, fazer poucas ressuscitações de parentes de milionários, presidentes, ditadores, chefões do mercado financeiro, tanto faz. Viver em um lugar seguro, totalmente vigiado. Bastaria apenas meia dúzia de ressuscitações para viver ridiculamente rico para sempre.

Ele viu o grande plano, mas tudo o que tinha naquele momento, enquanto os fanáticos o observavam com seus binóculos, pelo amor de Deus, eram duzentos dólares no bolso, nenhum amigo de verdade, nenhuma conexão de verdade, nenhum lugar aonde os três pudessem ir para ficar a salvo.

E estavam cercados por uma multidão que erguia uma placa dizendo "Cristo Jesus Walker", pelo amor de Deus, e apontava, cobiçando e fazendo o diabo para entrar em contato com C.J., e por centenas de milhões de pessoas que já conheciam o rosto do menino pela televisão ou pela internet em todo o mundo, o que significava que seriam bilhões antes mesmo de a história chegar a todos os cantos, e a maioria determinada a ter seus mortos de volta, ou talvez arrancar um pedaço da camiseta de C.J., ou um tufo de seu cabelo, ou cortar uma tira de sua pele, como se fossem relíquias. "Cristo Jesus Walker: A Segunda Vinda." Ele imaginou pequenas caixas de plástico com os dizeres: "Cortes verdadeiros da unha de C.J. Walker", sendo vendidas em uma mesa de montar na esquina da casa deles, e as multidões bloqueando as estradas de um jeito que nem a polícia conseguisse chegar até eles.

E haveria outro tipo de pessoas com binóculos, ele subitamente se deu conta. Todos os fanáticos que provavelmente viam C.J. como um adversário direto do próprio Jesus. Vendo-o como o maior rival que Jesus já teve na história, um garoto demoníaco ou algo assim. Aquilo também certamente iria acontecer, ele pensou. Provavelmente já estava acontecendo. Gente pensando que ele era um garoto demoníaco usado pelo mal para destruir o cristianismo. Mas dessa vez não haveria fogueiras para acabar com a blasfêmia, e sim rifles de longo alcance e escopetas, adquiridos de modo fácil e rápido.

Então como ele manteria C.J. a salvo, por um dia e meio que fosse, até que começassem a vir atrás dele? Como ele faria aquilo?

Ele respirou fundo, fechou os olhos, soltou o ar com uma lufada suave, recobrou os pensamentos e, pela primeira vez desde a escola, ele rezou. Fez uma oração de verdade — Joe Walker, precisando de ajuda e pedindo a Deus.

Ele pensou, falando o mais sinceramente que podia para Deus, que de qualquer forma já sabia de tudo mesmo: *Eu não agi certo até agora, agi?* Então respirou fundo novamente e exalou. Mais um momento de concentração. *Não fui esperto. Eu sei disso. Não estou cuidando do que temos por aqui, não é? Mas eu lhe peço: neste momento, me mostre o que fazer. Abra uma porta. Me dê uma resposta, por favor. Deve haver uma maneira de lidar com isso de forma inteligente.*

Com os olhos ainda fechados, ele mordeu o lábio inferior e baixou o queixo, pensando profundamente por quase dois minutos. E então, resignado, disse em voz alta, num sussurro suave conforme levantava a cabeça e olhava pela janela novamente:

— Ou, se não fizer isso... pelo menos me mostre como posso manter C.J. a salvo. De todos eles. Pelo menos isso...

A risada de C.J. subitamente ressoou do quarto lá em cima. Joe abriu os olhos, escutou por um segundo e sorriu levemente de novo, do mesmo modo que sorrira tantas vezes ao ouvir aquele coice que a risada do menino causava. Era impossível não sorrir. No meio de tudo aquilo, com seu grande plano prestes a escapar completamente de seu controle, a risada de C.J. ainda era seu som favorito.

Instintivamente ele olhou para o outro lado da rua, para a faixa e as pessoas reunidas na varanda, esperando, e o sorriso sumiu.

Ele observava os binóculos.

E os binóculos ainda o observavam.

***

Lynn e Nancy estavam sentadas à mesa da cozinha, seus cafés esfriando. Elas fizeram um lanche, foram ver como os garotos estavam, assistiram a um filme com eles, pelo menos metade de um, na verdade, desceram novamente para observar a multidão e pensar. Tentaram sem sucesso falar com Marion Klein ou alguém de sua família e fizeram uma garrafa de café fresco. Durante todo esse tempo evitaram ficar sozinhas, olhar uma nos olhos da outra e conversar seriamente, como boas amigas conversariam, sobre "aquilo".

Lynn bebericou seu café que esfriava, aninhando a xícara com as duas mãos e a mantendo perto dos lábios.

— Nance? — ela perguntou suavemente.

— Sim, querida?

— O que você faria? — Uma longa pausa. — Se fosse com Burr?

Nancy soltou a respiração lentamente e tentou pensar, ganhando tempo com uma resposta encorajadora, já que não tinha uma verdadeira.

— Ah, meu Deus, Lynn — ela disse. — Você vai saber o que fazer. Vai sim.

Ela estendeu a mão e tocou a de Lynn, que retribuiu o gesto levemente. Nancy prosseguiu, com cautela:

— Certamente eu tentaria evitar que ele se ferisse, mais do que qualquer outra coisa. Mas não tenho certeza de como faria isso, entende?

Lynn assentiu duas vezes.

— Eu entendo.

— Eu rezaria como uma louca. É um milagre tão grande, sabe? Deve haver um plano.

— Você acha?

— É claro. O que você acha?

Lynn respondeu:

— Sinto como se o plano estivesse dando errado. Como se Deus tivesse escolhido a pessoa errada. Se esse for o plano. Eu não sei.

Nancy franziu os lábios e concordou.

— Certamente é um plano — ela disse. — Você vai ficar mais do que bem, Lynn. E C.J. também. Você vai ver.

— Estou fazendo orações rápidas — Lynn disse. — Primeiro foi "socorro". Agora é "por quê?".

— Sinto muito. Acho que entendo o que você está sentindo. Realmente entendo.

— Eu não quero isso — Lynn disse, olhando fixamente para seu café. — Você consegue entender? Sinceramente, quero que tudo isso acabe, Nance.

As lágrimas bordejaram os olhos de Nancy, e ela esperou quase meio minuto antes de sussurrar:

— É, querida, eu sei. Eu entendo. E farei qualquer coisa para te ajudar. Você sabe disso.

Lynn respondeu muito suavemente:

— Eu só não quero que ninguém pegue o C.J. e use o meu menino... Que o levem embora, que o controlem...

— Então não vamos deixar.

— Mas é isso que está para acontecer. Sinto isso com tanta força que às vezes nem consigo respirar.

— Não vamos deixar que eles façam isso, Lynn.

Uma sirene de polícia soou uma única vez na frente da casa, e então, ao longe, como um pulso no começo, mas aumentando de volume e intensidade à medida que se aproximava, uma novidade: um helicóptero vinha estrondosamente na direção deles. Em questão de segundos sobrevoava a casa.

Lynn ergueu os olhos até o teto brevemente, e em seguida os abaixou. Depois, com a voz sumida e sem mudar a expressão, disse:

— Ah, que bom. Algo novo para nos incomodar. Esse barulhão, bem em cima da nossa cabeça. — Ela soltou a mão de Nancy e tomou outro gole de café. — Você vai ficar, não vai? Presumi que você ficaria, mas não perguntei.

— Você quer dizer passar a noite?

— O que você conseguir.

— Não vamos a lugar nenhum, Lynn.

Seus olhos se encontraram, então as duas sorriram levemente, como se um contrato estivesse sendo assinado.

— Eu disse ao padre que levaria C.J. para ver o cardeal com ele amanhã — Lynn disse, olhando para a xícara novamente. — Para ver o que ele tem a dizer.

Nancy a observou em silêncio por um momento, e então perguntou:

— O que você acha que ele vai querer fazer?

Elas escutaram passos se aproximando da cozinha, então parando perto da porta fechada. Joe ou padre Mark, um dos dois.

Lynn olhou fixamente para Nancy e deu de ombros. Então colocou a xícara na mesa e aninhou o rosto nas duas mãos abertas.

***

Enquanto dezenas de milhões de pessoas ao redor do mundo se perguntavam se um garoto chamado C.J. Walker podia realmente acordar os mortos, padre Mark se sentia preso a uma questão diferente. Ele também queria saber o porquê. Não o porquê de aquilo estar acontecendo, mas por que C.J. Walker, entre todas as pessoas no mundo? Por que não algum santo que trabalhava com necessitados vinte e quatro horas por dia nos últimos vinte anos? Ou alguém que abdica de uma parte significativa de sua vida todos os dias para ajudar pessoas em alguma favela esquecida por Deus, ou em missões no deserto ou na selva? Ou alguma doce velhinha que se colocou de joelhos e rezou todos os dias da sua vida, durante todos os seus noventa anos nesta terra?

E assim, conforme o primeiro dia deles juntos se transformava em noite, ele se encontrou sozinho pela primeira vez com esse extraordinário ser humano, um garoto prodígio de nove anos que ele batizara, que sempre brincava no parquinho da igreja, que sempre conversava com ele, e que, entre todas as pessoas do planeta, agora ressuscitava os mortos.

Eles estavam no quarto de C.J., sentados um ao lado do outro na cama do garoto, padre Mark aos pés de um lençol laranja e azul cheio de desenhos de jogadores de futebol fazendo gols. C.J. estava encostado na cabeceira da cama, os joelhos afastados e puxados na direção dos ombros, as mãos entre as pernas, a expressão dizendo claramente que ele preferia estar em outro lugar.

— Nós não tivemos a chance de conversar sobre o que aconteceu, não é, C.J.? — ele começou. Estava feliz por vestir uma camisa normal, e não o colarinho romano. Ele sabia que garotos que estudam em escolas católicas podem congelar facilmente diante de uma batina.

C.J. balançou a cabeça e disse:

— Árrã.

— Estou contente por podermos conversar agora.

O menino respondeu suavemente:

— Tá bom — e começou, muito levemente, a se balançar de um lado para o outro.

— Mas devo confessar, C.J., não sei ao certo o que dizer... O que aconteceu foi tão incrível.

C.J. parou de se balançar.

— É — disse em voz baixa.

Mark olhou ao redor. Havia quatro pôsteres, dois deles do Detroit Red Wings, mostrando colisões violentas, e os outros dois ilustrações de futebol — uma mostrando alguém da seleção americana saltando ao lado de um jogador de camisa verde para acertar a bola no meio do ar, a outra um jogador de uniforme azul e amarelo pulando por sobre outro, de uniforme vermelho e branco, que deslizava no campo. Muita ação, duras colisões. Nenhum anjo. Nenhum santo. Nenhum crucifixo. Nenhuma imagem bíblica.

— O que você mais gosta de fazer, C.J. Para se divertir?

Ele franziu os lábios, pensativo.

— Nada — disse. — Não sei. Jogar futebol.

Em uma caixa de feira vermelha e azul no canto do quarto, bonecos se amontoavam com carrinhos de metal, várias bolas e um velho boné de beisebol. Mark se perguntou se C.J. sabia quem havia sido são Cristóvão, cujo nome em inglês era o mesmo que o seu.

— Eu notei que você coleciona bonecos de ação naquela caixa. Você gosta de super-heróis?

C.J. deu um sorriso hesitante e fez um pequeno meneio de cabeça. Memórias frescas escondidas atrás dos jovens olhos.

— Eu tenho videogames deles — C.J. disse.
— A maioria das crianças gosta mais disso, não é? Dos videogames?
O garoto assentiu.
— Acho que sim. — Ele parou de se balançar, mas seus dedos não. Então começou a cutucar a ponta dos dedos distraidamente, com a cabeça baixa.
— Você já fingiu ser um super-herói que fazia coisas que ninguém mais podia fazer?
C.J. pensou, fungou e assentiu. Ele ergueu o olhar, mas não o queixo.
— Quando eu era pequeno, gostava de ser um que é invisível — ele disse cuidadosamente. — Matt Bunger.
— Matt Bunger?
— É um que eu inventei quando era pequeno — C.J. disse. — Ele é uma pessoa, tipo um detetive. E é forte. Mas o principal é que ele pode ficar invisível.
— Que legal. — O sorriso do padre era genuíno. — Matt Bunger.
C.J. concordou.
— Eu inventei alguns quando era criança, também — disse Mark.
— Super-heróis?
— Mão de Fogo fechava os punhos e soltava chamas deles.
— Você chamou de Mão de Fogo?
O padre concordou, lembrando das brincadeiras que ele inventava na estação de trens perto do rio em Monroe, tantos anos atrás.
— Ele erguia o punho fechado, desse jeito, e quando endireitava os dedos... — Ele fez igual. — Shiiiiuuu! Lançava fogo.
C.J. sorriu. Sua mão se fechou lentamente, e então se abriu de repente. Um meneio de aprovação.
— Mão de Fogo.
O sorriso do padre persistia. C.J. o fez se sentir daquele jeito, com vontade de sorrir. Ele se perguntou quanto de si mesmo estava vendo em C.J. Walker. Era como uma repetição de seus próprios nove anos, de muitas maneiras. Ele não era exteriormente espiritual, no sentido habitual da palavra, ao menos não até onde podia ver. E de algum modo era solitário, com algum tipo de raiva oculta, como as brigas de C.J. na escola demonstravam. Provavelmente por sentir falta do pai em casa, do mesmo modo que Mark havia sentido falta de seu próprio pai, que morrera em um acidente de carro quando Mark tinha doze anos.
Ele também achou que C.J. era daquele tipo de criança que pensa coisas que adultos nunca achariam que elas seriam capazes de pensar.

— Algum dos heróis que você inventou tem o poder de trazer os mortos de volta? — ele perguntou, tentando sorrir ao fazer a pergunta, mas não conseguindo. Ele não era bom em fingir.

C.J. se contorceu e deslizou para o lado na cama, as pernas se movendo lentamente para se pendurarem pelo lado. Ele balançou a cabeça de um lado para o outro casualmente e disse:

— Ninguém faz isso.

— Nem Matt Bunger?

— Ninguém faz isso.

Estava claro. Ninguém fazia aquilo. Nem mesmo na imaginação de C.J.

— Se eles voltassem da morte — o menino disse —, não se esforçariam para não morrer, porque não ficariam mortos, e saberiam disso.

— É, acho que sim.

— Então eles deixariam os vilões matarem eles, porque não ligariam se fossem mortos ou sei lá. Tirando a dor. Mas você saberia que eles sempre voltariam.

— Então não seria muito divertido.

— Todos eles podem morrer — C.J. disse, deslizando para fora da cama e então saltando novamente para ela e se sentando de lado. — Até os E.T.s podem morrer — ele acrescentou.

— Se tivesse um personagem assim, C.J., um que corresse o risco de morrer, para a história ser boa, mas que ainda tivesse o poder de despertar outras pessoas da morte, como você acha que ele se chamaria?

C.J. franziu o cenho.

— O nome dele?

— Sim.

C.J. olhou para além do padre e imaginou o lugar onde os super-heróis conseguiam seus nomes. Dez segundos se passaram. Finalmente seu sorriso se alargou e seus olhos se iluminaram, e ele disse sibilando levemente, com um toque de satisfação dramática:

— Contramorte.

— Contramorte?

C.J. assentiu com um largo sorriso.

— Contramorte e Mão de Fogo. E Matt Bunger.

— E Matt Bunger.

Eles olharam um para o outro por um longo e doce momento. Doce para ambos. Ambos aprovando.

— C.J.? Você acha que você é o Contramorte? Porque é isso que você é na verdade, não é?

O garoto franziu a testa e desviou o olhar. E então deu de ombros e abaixou a cabeça, olhando fixamente para a cama e para seus dedos.

— Você alguma outra vez disse aquelas palavras? — Mark perguntou suavemente, mudando de assunto para algo que ele pudesse responder mais facilmente. — Para algum inseto morto ou algo assim?

— Antes da sra. Klein, você quer dizer?

— É, antes da sra. Klein.

C.J. balançou a cabeça. Ele ainda olhava para os próprios dedos, parecendo solene e acuado. Então respondeu:

— Não.

— Então por que você disse para ela, C.J.? — ele perguntou, a voz ganhando um tom de súplica. — O que aconteceu que fez você dizer aquilo para ela?

C.J. deu de ombros e mordeu o lábio novamente, mas dessa vez olhou para cima, encontrando o olhar do padre.

— Você disse que a gente devia rezar para que ela ficasse bem de novo — ele sussurrou —, então eu rezei. Eu só disse aquilo porque você pediu.

Mark se esforçou para lembrar com clareza. Ele fez a mesma oração que normalmente fazia em velórios, tinha certeza. A mesma coisa, de uma forma ou de outra, quase todas as vezes: orando para que a pessoa fosse completamente curada por Deus naquele momento. Mas ele se referia ao paraíso. Ele queria dizer no paraíso, não no aqui e agora. Ele nunca rezou para que aquilo acontecesse no momento presente, não com uma pessoa que já havia morrido e sido embalsamada.

O absurdo daquilo tirou seu fôlego. Ele sorriu palidamente para C.J., sem saber o que dizer. Queria rir e chorar ao mesmo tempo. Então se perguntou se Deus estava sentado com seus amigos, rindo — Deus tinha senso de humor, afinal, deixando esse poder inexplicável cair como uma bola de fliperama no grande plano cósmico, há eras sabendo o que estava por vir e deixando-a cair num piscar de olhos sobre o pequeno C.J. Walker, que preferia estar lá fora brincando com centenas de coisas diferentes, em centenas de lugares diferentes, a estar ali com seu padre naquele momento, ou mesmo na igreja. Talvez o que menos quisesse fosse estar na igreja.

Padre Mark sentiu como se estivesse parado em um trilho de trem observando algum plano galáctico eterno cair sobre todos eles com uma sabedoria, uma profundidade e uma complexidade impensáveis, enquanto ele subitamente só queria erguer os braços e gritar: "Me desculpe, mas C.J. entendeu errado o que eu disse! Foi um mal-entendido!"

* * *

Os últimos raios de sol do dia já estavam quase sumindo. O sol se escondera atrás do topo das árvores a oeste de Royal Oak — a crista inferior das nuvens sobre ele já começava a se tingir de rosa, e as dobras superiores rapidamente ganhavam tons laranja, violeta e de um vermelho-vivo. Havia apenas uma claridade suficiente para permitir que Lynn, parada à janela da sala de jantar, visse as expressões das pessoas se amontoando diante de sua casa, em frente à casa dos vizinhos e do outro lado da rua. Eram tantos agora. Parecia que havia muito mais pessoas que antes, e muito mais cartazes. Mas agora até os cartazes haviam mudado; ela também podia ver aquilo. Agora, junto a palavras como "fim dos tempos" e "Garoto Lázaro", ela via outras que pareciam tremer de dor, circulando sobre a cabeça das pessoas como pássaros em câmera lenta. Palavras como "leucemia", "câncer de pulmão", "câncer de garganta" e "Pelo amor de Deus, faça alguma coisa!".

Ela se pegou olhando fixamente para uma única e enorme faixa erguida perto do fim da rua — letras negras num fundo amarelo erguidas estoicamente por alguém que parecia uma adolescente com uma blusa vermelha e que, aparentemente, olhava direto para ela, dando a impressão de estar tão triste, quase beirando a loucura.

O cartaz dizia: "Filha de dois anos, dois meses de vida. POR FAVOR!" O coração de Lynn se condoeu por ela. Ela mordeu o lábio, mas não se afastou.

Joe se aproximou silenciosamente por trás, olhando por sobre seu ombro direito para a multidão. E então ela o ouviu murmurar, quase como se estivesse falando consigo mesmo:

— Eu me pergunto se ainda não encontraram ninguém que esteja procurando encrenca. Alguém armado ou coisa parecida...

— Não diga isso, Joe.

Ela ainda olhava fixamente para o cartaz e para a garota que o segurava. Observava os olhos escurecidos da garota, que se esvaneciam com o pôr do sol. Então disse suave e firmemente, sem se virar:

— Não quero ouvir nada disso.

12

A polícia escoltou Joe até a Hilton Avenue; a partir dali ele estaria por conta própria. Joe viu que fizeram o mesmo com padre Mark, que havia estacionado na rua, em frente à casa vizinha, e que foi embora antes dele. Nenhum dos dois teve nenhum incidente com a multidão, até onde era possível perceber — um bando de pessoas gritando, apontando, acenando ao longo da rua e tentando ver alguma coisa.

Eles só querem ter certeza que eu não estou tirando C.J. escondido daqui, ele pensou. Estavam guardando as atitudes mais sérias para o menino.

Alguns veículos o seguiram, e ele soube que os repórteres estariam à sua espera quando ele chegasse em casa. Por um minuto, considerou a possibilidade de não ir para casa — apenas dirigir sem destino por um tempo, talvez até despistar os carros que o seguiam e entrar em um motel, para evitar aborrecimentos. Mas ele deveria estar em seu apartamento, caso Lynn ligasse. As coisas poderiam tomar proporções malucas bem rápido na casa dela, e ele se deu conta de que não conseguiria falar com ela se estivesse em um motel, não com o telefone dela fora do gancho.

Na verdade, ele devia ter percebido isso antes, pensou. Devia ter pedido para seu amigo levar um celular com a tevê, ajeitado algo do tipo.

Ele ligou o rádio para ver o que mais as estações estavam noticiando. WXYZ. *Papo noturno com Wixie*, era como se chamava o programa. Dois apresentadores, Bri e Di, preenchiam a noite de Detroit com fofocas.

— Mas quantas pessoas você acha que já disseram essas palavras para alguém que morreu? — Brian sei-lá-o-quê estava dizendo. — Você não acha que tem outras pessoas tentando fazer isso?

Di, a mulher, respondeu:

— Ah, nós vamos entrar nesse assunto? — e riu.

Cérebros de galinha, Joe pensou. *Os dois. E são pagos para isso.*

Ele desligou logo o rádio e pisou no acelerador. Tudo estava se movendo rápido agora, inclusive ele.

Chegando a seu apartamento, ele parou na vaga de deficientes. *Podem me multar*, pensou. Em seguida saltou do carro e correu até a porta sem olhar para os repórteres, sem responder a nenhuma pergunta nem tomar conhecimento dos pedidos de "Somente algumas palavras, por favor". E com apenas um empurrãozinho, lá estava ele, seguro dentro do prédio.

O edifício estava silencioso. Ninguém parado nas portas para fisgá-lo enquanto subia até o apartamento. Ao galgar as escadas em direção ao 215, percebeu que estava incrivelmente cansado. Ele não havia sentido tanto antes. Talvez seu corpo agora soubesse que estava próximo da cama.

Conforme passou pela porta da escadaria no segundo andar, ele se deteve subitamente. Um homem estava parado de braços cruzados, apoiado na parede, se endireitando à medida que Joe passava pela porta, os braços caindo lentamente para os lados. Alto, musculoso, de terno preto, cabelo preto, trinta e poucos anos, uma expressão fria e uma voz tão fria quanto.

— Sr. Walker — ele disse num tom neutro.

— Quem é você? — Joe perguntou. E passou por ele sem esperar pela resposta, quando notou outro cara na ponta oposta do corredor, que parecia irmão gêmeo do primeiro. Ele não veio na direção deles, apenas observava de perto da porta que dava para a escadaria do outro lado.

— Segurança — o homem disse. — Está tudo bem.

Joe não se incomodou em responder, e eles o deixaram em paz.

Ele enfiou a chave na fechadura, olhou novamente para se certificar de que os dois homens não estavam se movendo, começou a abrir a porta e congelou.

Ele não havia notado: as luzes estavam acesas.

Olhou inquieto para o homem perto da escadaria, ainda imóvel, apenas observando, então empurrou a porta e entrou.

A primeira coisa que ele viu quando entrou no apartamento foi a mesa de jantar. Havia dinheiro espalhado em cima dela. Muito dinheiro. Notas altas, aparentemente; de cinquenta, espalhadas em semicírculos abertos da esquerda para a direita, como um maço de cartas de baralho.

E então movimento.

Joe se virou para a esquerda. Um homem estava na sala de estar e se levantou do sofá — um homem magro num terno preto, muito à vontade ali, olhou diretamente para Joe, sem dar a impressão de que havia arrombado a porta para entrar. Não parecia um jornalista. Parecia mais um advogado, com aquele cabelo cheio de gel penteado para trás. Nariz afilado, queixo afilado. Olhos afiados e não muito felizes. Mas um homem com dinheiro, ele pôde ver, e uma soma já estava espalhada direitinho sobre a mesa. Um homem com dois amigos no corredor também. Talvez não fossem amigos. Talvez fossem apenas armas.

Joe não pôde evitar. Queria parecer durão, mas, em vez disso, sorriu. Aquele era um homem que não precisava enviar uma proposta escondida pelo carteiro, e Joe estava pronto para ouvir.

Torrie Kruger disse:

— São mil dólares, sr. Walker, por três minutos do seu tempo.

Ele ficou em pé diante do sofá como se aquele fosse seu próprio apartamento, e Joe fosse a visita. Sua voz era tão afiada quanto as extremidades de seu rosto, e era bem baixa.

— Vinte notas de cinquenta. Você pode ficar com elas se me der três minutos do seu tempo, começando agora.

Até aquele momento, tudo ia bem. Joe fechou a porta atrás de si.

— Quem é você? — perguntou, tentando soar casual.

— Isso dá vinte mil dólares por hora, apenas para me ouvir falar. Meu nome é Torrie Kruger.

Joe apontou para o dinheiro.

— Isso é muito bom. Como você entrou?

— Como tenho pouco menos de dois minutos e meio, deixe-me dizer que represento um homem cujo filho está à beira da morte. Talvez até já esteja morto. O garoto está muito doente.

— Tenho ouvido falar de muita gente com filhos doentes nos últimos dias — Joe disse. Ele tinha todas as cartas e sabia disso. Assim como o sr. Ardiloso ali.

— O garoto tem quinze anos. Meu chefe está lhe oferecendo cem mil dólares em dinheiro para que seu filho ore pelo filho dele, seja lá como ele faz isso. Pessoalmente, é claro. E esses cem mil dólares são seus, ou do seu filho, apelas pela prece, independentemente do resultado. E aí a coisa melhora ainda mais.

Joe se sentou. Quase sorriu novamente, mas se conteve dessa vez.

— Se o filho do meu cliente recobrar a saúde totalmente, sem nenhum sinal de leucemia, que é o motivo do seu sofrimento, e se a recuperação dele for comprovada pelos médicos, dentro de setenta e duas horas depois da sua visita, meu cliente depositará cinco milhões de dólares, além dos cem mil iniciais, e além dos mil dólares que você já ganhou por me ouvir. Cinco milhões de dólares em qualquer conta que você ou a sra. Walker escolherem, juntos ou separados, em qualquer lugar do mundo. No mesmo dia. Sem delongas.

Joe se sentiu entorpecido; aquilo era muito bom.

— Isso dá um total de cinco milhões, cento e um mil dólares, em dinheiro vivo — o homem disse. — Para uma visita de cinco minutos à casa do meu chefe.

Joe ainda estava imóvel e respirava lenta e profundamente. Teve de se esforçar para não começar a pular e apertar a mão do homem. Ele lembrou como passara o dia tentando encontrar aquela oportunidade, imaginando como o faria com toda aquela multidão, com o telefone fora do gancho na casa de Lynn e sem ter que esperar uma eternidade pelas correspondências, e então, de repente, quando ele já temia que nada disso viesse a acontecer antes que o padre e o cardeal, ou quem quer que fosse, escondessem C.J. no Vaticano ou em algum outro lugar, *bum*: a oportunidade cai em seu colo. Cinco milhões de dólares e muito mais. "Em dinheiro vivo", o homem disse. Ele gostava daquilo. Dois milhões e meio para ele e dois milhões e meio para Lynn. Um cinco e seis zeros, todos juntos. E ele ficaria com os cento e um mil, como comissão.

E depois daquilo ainda haveria muito mais.

Torrie cruzou a sala com dois envelopes na mão, envelopes grandes.

— Aqui — ele disse, oferecendo a Joe o primeiro dos dois envelopes — tem uma carta lacrada do sr. Cross para você e sua esposa... e para seu filho também.

— Cross, hum? — Joe murmurou. Era bom demais para ser verdade? Ele teria que procurar a pegadinha.

— Ele pede que seu filho tente salvar o dele, simples assim. Ele não está exigindo que isso aconteça. Apenas pedindo que você tente. Ele é um bom homem.

Joe pegou o envelope endereçado à "Família Walker" e olhou fixamente para ele, sem abrir. Depois disse:

— Quer uma cerveja?

Torrie balançou a cabeça, recusando.

— Mas vá em frente, tome uma — ele disse. — Você teve um dia difícil, pelo que fiquei sabendo. O sr. Cross pode resolver isso para que você não tenha mais nenhum dia assim. Nem você nem sua esposa. Nem seu filho.

Joe disse:

— É mesmo?

Agora era Torrie quem sorria. Ele não precisou responder, apenas deu um sorriso de satisfação. E, assim, ergueu o segundo envelope.

— Aqui está o contrato. Com todos os termos que acabei de mencionar. Duas cópias, já assinadas pelo sr. Cross. Você e a mãe do garoto assinam, você devolve uma cópia para nós, e o trato está feito.

— Então recebemos os cem mil adiantados — Joe disse, tentando manter a expressão neutra. — Já que vamos receber mesmo que nada aconteça, devíamos receber adiantado, assim que assinarmos o contrato.

Torrie sorriu novamente, apenas com os lábios.

— Já passei dos três minutos, não passei?

— Não se preocupe com isso. Vamos receber adiantado?

— Você vai receber cem mil em dinheiro, no local, assim que você e sua mulher assinarem e estivermos com a cópia em mãos. Depois disso, você e seu filho vêm comigo a Nova York no nosso jatinho particular. Leva apenas algumas horas para chegar lá de avião, mais uns trinta minutos para chegar na casa. Você faz o seu filho tentar ajudar o Tony; é o nome do garoto: Anthony Junior. Se ele se recuperar, você ganha mais cinco milhões de dólares. Não declarados, pelo menos da nossa parte. Menos de nove horas do seu tempo, no total.

Joe respirou o mais fundo que pôde sem ser óbvio. Ele pegou o envelope com a mão esquerda e esticou a direita para apertar rapidamente a mão de Torrie.

— Trato feito — disse.

— E quanto à assinatura da sra. Walker?

— Trato feito. Vou providenciar amanhã cedo.

Torrie foi até a lateral do sofá e pegou sua valise. Ele a levou até a mesa de jantar, teclou uma combinação de quatro números e a abriu. O que Joe viu foram seis pilhas bem altas de notas de cinquenta dólares. Ele também viu um celular.

— Duas mil notas de cinquenta — Torrie disse. — Assim que recebermos o contrato, são suas. Você e seu filho embarcam no avião logo em seguida.

Joe disse:

— Trato feito, com certeza. — E então acrescentou: — Esse celular é para mim?

— Provavelmente é mais seguro que o seu. É para você. Ligue para nós deste celular e de nenhum outro.

Joe assentiu e pegou o telefone. Ele o abriu e o analisou.

— Meu número já está programado — Kruger disse. — É o número um. Se você vir essa luz piscando, quer dizer que tentei ligar para você. Retorne a ligação imediatamente.

— Por que você não vem comigo amanhã? Para ver a Lynn pessoalmente? Essa seria a melhor maneira.

— Pelo que entendi, há uma pequena multidão lá — Torrie disse, fechando a valise novamente. — Qualquer um que vá até a casa da sua esposa pode aparecer na tevê.

— Ah — Joe disse. — Acho que sim. — E sorriu novamente. — De qualquer maneira, como você conseguiu entrar aqui? Você pagou o zelador? Abe deixou você entrar, certo?

Torrie se virou e foi em direção à porta.

— Espero notícias suas esta noite ou amanhã. Amanhã de manhã, no máximo.

— Você não me contou o que esse sr. Cross faz — Joe disse. — Eu gostaria de saber com quem estou fazendo negócios.

— O que ele faz é... — Torrie disse lentamente — amar o próprio filho. Sentir saudade da esposa falecida. Administrar muito dinheiro. E manter sua palavra. Como um pacto de sangue. Ele é de um outro mundo, você precisa entender, um mundo em que a palavra de um homem é como um pacto de sangue.

— Que mundo?

— Tenha um bom dia. Agora você é um homem rico.

* * *

Lynn adormecera dez minutos depois de se deitar, mas não dormiu bem. Ouviu uma batida na porta, mais parecida com um soco, e estava sozinha na sala de estar, então abriu e o papa estava ali. Ele havia vindo de Roma porque ouvira a respeito de C.J. Só que não era ele. Ele segurava um corpo nos braços, apenas ossos, e morto, a face já era só o crânio. Lembrava a Lynn um daqueles corpos das fotos antigas da Segunda Guerra Mundial, apenas ossos, a pele esticada, os olhos grandes, sem roupas, apenas ossos. E o papa insistia que ela trouxesse C.J. lá de cima, mas ela não queria que o menino se misturasse àquele horror, àqueles ossos e olhos, e especialmente não com todas aquelas pessoas atrás do papa, porque ela via que a multidão forçava a entrada novamente, apenas esperando, sorrindo e observando, todos inclinados sobre ela. Ela sabia que eles roubariam C.J. se ele aparecesse. Mas aquele era o papa.

E então Joe estava lá, parado atrás dela, gritando, mandando todos irem embora, mas então ela viu que o papa também estava morrendo. Ele apenas caiu de joelhos, com o corpo em seus braços; ele também estava morrendo, e continuava implorando a Lynn que fosse buscar C.J.

Havia muito movimento no gramado, e ela viu o que deviam ser mais duzentas ou trezentas daquelas pessoas, como se tivessem saído de campos de concentração, aproximando-se da varanda. Talvez toda a multidão fosse formada por aquelas pessoas e ela não soubesse; mas eram só esqueletos e grandes olhos, e agora havia centenas e centenas deles, como se fosse a marcha dos mortos-vivos se arrastando em sua direção, suplicando pela vinda de C.J.

Ela se virou e correu, mal conseguindo respirar. Correu pela casa, tentando encontrar C.J., porque não sabia onde ele estava e queria sair com ele pela porta dos fundos, mas nenhuma luz se acendia, e eles a seguiam, e no escuro ela podia ouvi-los arrastando os pés pelo corredor atrás dela e se aproximando, mas ela ainda não conseguia encontrar C.J.

Quando acordou, estava no escuro, suando e tremendo. A casa estava em silêncio, eram 2h15 da manhã.

Continuou deitada, imóvel. Desejou não estar sozinha em meio a tudo aquilo, tentando pensar, tentando fazer as escolhas certas, tentando ser pai e mãe de C.J. Desejou tanto que chegava a doer.

Então ela se virou e chutou lentamente o lençol. Depois deslizou as pernas pela beirada da cama e se sentou.

Ela se lembrou do dia em que sua mãe morrera. Ela também tivera câncer, começando nos seios. C.J. a teria salvado, mas isso tinha sido antes de ele nascer. E a morte de seu pai, o dia em que ela deixou de ser a filhinha de alguém. Aquela foi a primeira vez em que ela se sentiu sozinha. Houve outros dias desde então.

Ela se levantou, ainda trêmula, e andou até a janela, imaginando com um novo surto de dor no coração se C.J. poderia chamar sua mãe e seu pai de volta à vida depois de todos aqueles anos. Mas ela se sentiu enjoada de pensar naquilo e sacudiu o pensamento da mente.

Enquanto se aproximava da janela, percebeu que estava suando frio.

Um grande grupo de curiosos e de gente que apenas esperava ainda estava lá fora. As pessoas estavam na rua e se apertavam no caminho da garagem e ao longo da calçada, como se esperassem para comprar o ingresso de um show, só que havia mais gente do que ela imaginara, talvez umas duzentas pessoas no meio da noite, algumas com velas, mantendo vigília. E cada uma daquelas pessoas queria o poder.

O mundo inteiro o queria, ou ia querer quando todos se dessem conta de que era de verdade. Todos o queriam, menos ela. E ela era a única responsável por tomar conta de C.J.

Ela começou a distinguir indivíduos sob a fraca luz da rua lá embaixo — o homem inclinado em sua cadeira de jardim, cabeça baixa, perto da entrada de carros da casa vizinha; a mulher com um livro, possivelmente a Bíblia, parada perto do furgão do Canal 62, olhando fixamente para a casa, esperando, às duas horas da manhã; o homem do outro lado do mesmo furgão, apenas encarando.

Alguém lá fora, ela tinha certeza, estava pensando que, se a pessoa amada morresse, traria o corpo e procuraria C.J. Walker. É claro que eles pensavam naquilo; quem não pensaria? Naquele momento, alguém tinha um plano em mente para levar um cadáver até ali, até C.J.

E então as perguntas ressurgiram, perguntas sem resposta. Perguntas impossíveis, por exemplo: Uma vez que a fila atrás de cura começasse diante da casa, como poderia ser interrompida? Se C.J. trouxesse de volta uma centena deles, o que faria com o de número cento e um? E, se você acabasse interrompendo a fila em algum ponto, não estaria selecionando quem vive e quem morre? E, se fosse assim, como poderia fazer isso? Com base em que critério? Ou será que ninguém mais poderia morrer? Seria isso?, ela se perguntou.

Sua mente estava acelerada, as perguntas se amontoando cada vez mais. Será que C.J. deveria se sentar ali e deixar que braços carregando seus mortos passassem por ele o dia todo? Deveriam marcar hora com ele? Os mais ricos teriam preferência na fila, ou os americanos, os cientistas, os católicos, pessoas que ganharam algum tipo de sorteio? Ou será que tudo viraria uma enorme bola de neve, com C.J. se mantendo vivo até que tivesse centenas de anos e com milhões ou até bilhões de pessoas chegando aos quatrocentos ou quinhentos anos de idade, e todas aparecendo para ser tocadas por ele inúmeras vezes — restos pequenos, murchos das dezenas de milhões levadas repetidamente até a porta de C.J., e ela, entre todos, sendo mantida viva por seu filho por seiscentos, setecentos, oitocentos anos...

Subitamente ela se sentiu nauseada e, por um breve momento, fraca o bastante para desmaiar. Ela deu um passo para trás e se afastou da janela e de todas aquelas pessoas e suas dores.

Por que Mark, Joe ou alguma dessas pessoas não se deu conta do que ela acabara de perceber sobre o dom e aonde ele os levaria?

Ela segurou a cortina e sussurrou:

— Por que você está fazendo isso? — Mas não sabia ao certo com quem estava falando. Devia ser com aquela pessoa que ela sabia que estava lá fora fazendo planos sombrios. Ou talvez com toda a multidão. Ou talvez com Deus. Ou consigo mesma.

Seja lá com quem fosse, ela não estava obtendo respostas.

* * *

Joe nem tentou dormir. Continuou imaginando os resultados. Primeiro, apenas em sua mente, e depois, quando os números ficaram altos demais para contá-los, ele acendeu a luz e se sentou com o travesseiro e a calculadora no colo. Estava ligado. Do modo como via tudo aquilo, C.J. não levaria nem dez segundos para dizer o que tinha de dizer e tocar o garoto. Ou seja, Tony. Cinco segundos, sendo mais realista. Ele cronometrou: "Fique bem, Tony". Toque. Não, toque ao mesmo tempo. Então não chegava nem a cinco segundos. Mas vamos dizer cinco, só como exemplo. C.J. podia ser muito lento ou algo do tipo. Então. Ele manteria os mil que já tinha. Manteria os cem mil que ganharia só para aparecer. Tudo em espécie. E, no fim de tudo, ganharia mais cinco milhões. Seriam US$ 5.101.000,00 por cinco segundos de trabalho.

Então você calcula o período de uma hora. Quantos cinco segundos existem em uma hora? Certo, setecentos e vinte. Então são setecentas e vinte vezes US$ 5.101.000,00, apenas para imaginar o valor por hora, o que acaba dando... quanto? US$ 3.672.720.000,00! Mais de três bilhões e meio de dólares por hora!

Ele riu, rolou sobre o travesseiro e riu de novo, alto, dessa vez socando o colchão com o punho. Três bilhões e seiscentos milhões em uma hora. E ele havia começado a trabalhar aos treze anos na Food Fair, arrumando as prateleiras de suco por US$ 2,10 a hora.

Então, quanto C.J. faria ganhando em uma hora mais do que Joe ganhava quando tinha treze anos, sendo que C.J. tinha apenas nove anos, quatro anos a menos do que Joe tinha?

De volta à calculadora...

Ele caiu no sono sorrindo.

13

Lynn estava apenas começando a preparar bacon, ovos e torradas, um café da manhã de verdade para variar, quando Joe bateu na porta lateral e entrou apressado e sorridente. Disse que havia ligado para a polícia meia hora antes, de seu apartamento. Disse a eles que apareceria por volta das 7h15 em um Monte Carlo preto, com placa 474-YVJ.

— Eles me vigiaram e me acompanharam até aqui, separando a multidão como se fosse o mar Vermelho.

Ela podia imaginar a cena, e disse:

— É... — mas não sorriu.

— Preciso falar com você, Lynn — ele disse, baixando a voz. — Agora, tudo bem? Peça para a Nancy terminar os ovos e tudo o mais, ou espere uns dez minutos, tudo bem? É realmente importante. Por favor. Talvez seja melhor conversarmos lá em cima, no seu quarto, pode ser?

No passado, aquele olhar louco e brilhante de Joe significava que ele havia encontrado mais um jeito fácil de ficar rico, um jeito que tinha contornos obscuros e que sempre dava errado. Sempre. Então Lynn começou não só a desconfiar daquilo, mas a ficar ressentida com aquilo. Ela sempre desejava que ele sentisse aquela mesma excitação com outras coisas, coisas mais importantes.

— É melhor na varanda de trás — ela disse, colocando no balcão ao lado da pia a embalagem de ovos. — Os meninos estão lá em cima com a Nancy. Não tem mais ninguém aqui.

— Nenhum sacerdote da ordem sagrada?

— É domingo. — Ela se dirigiu para a porta de trás. — Ele vai chegar mais tarde — completou.

Na varanda, completamente cercada por tela, o lugar favorito deles nos bons tempos, Lynn se sentou no velho banco de igreja que ela e Joe compraram logo depois que se casaram. Nada religioso, só pareceu artístico para eles no momento; vinhas e uvas de ferro numa pintura imitando ferrugem nas duas extremidades de um banco de carvalho de quase dois metros.

Joe se sentou ao lado dela e se inclinou para ficar mais perto.

— Quero lhe mostrar isso — ele sussurrou. — É fantástico! — Enfiou a mão no bolso de trás e tirou a carta dobrada de Cross.

— O que é isso?

— Antes de lermos isso, deixe-me dizer, Lynn. Deus realmente está vindo cuidar de você e de C.J.

— Recebemos uma carta de Deus? — ela perguntou friamente, sabendo que, quando Joe falava sobre Deus, significava que estava querendo convencê-la, querendo dizer: "Não sou eu quem está prestes a lhe pedir algo; na verdade é Deus, então é melhor você aceitar".

Joe abriu um sorriso largo, como uma criança.

— Temos uma oportunidade vinda de Deus, é isso mesmo.

Ele segurava o envelope diante dela, sacudindo-o rapidamente, com rompantes intermitentes. Seu sorriso se alargou, seu sussurro se tornou mais tenso, com uma nova convicção.

— Já que, a partir de agora, você terá todo o dinheiro de que precisar para levar C.J. aonde quiser.

Lynn achava que o "você" realmente significava "eu também". Joe estava tentando convencê-la, certo, mas obviamente estava orgulhoso de algo que havia feito.

Ela também já tinha visto aquilo.

— Como o policial disse na noite passada: você tem que se mudar daqui, certo? Bem, agora você pode; ficar a salvo, sozinha e confortável. Se mudar para onde quiser, depois levar o tempo que precisar para pensar nisso, pedir conselhos para as pessoas, sei lá. E você pode ter tudo isso sem que pessoas que não se importam realmente com C.J. apareçam e o levem embora, usando você, como o cardeal vai fazer. Tornar a vida de vocês dois um horror, juro por Deus.

Ela pegou o envelope. Estava endereçado à "Família Walker" e ainda selado. Lynn viu o nome "A.W. Cross" no canto superior esquerdo.

— Você ainda não leu? — ela perguntou.

— Nem uma palavra — Joe disse, parecendo surpreso. — É para a família. Eu não queria abrir sem você.

As antenas dela se ergueram, os instintos que Joe certa vez chamou de detectores de merda. Parte dos estragos do casamento deles foi porque ela nunca realmente lhe dera ouvidos sem suspeitar de alguma coisa.

Ela tirou a carta do envelope e começou a ler em voz alta, falando baixo:

— *Sr. e sra. Walker, é com muita aflição que escrevo esta carta. Como vocês, tenho um único filho, Anthony.*

Ela suspirou, vendo seu pesadelo novamente: carne, ossos, dor e olhos fundos, cheios de pânico. O portador da morte.

— Qual é o problema? — Joe perguntou.

— Nada. *A mãe de Tony morreu faz muito tempo. Ele agora tem quinze anos, mas os médicos me disseram que ele não viverá para completar dezesseis.*

Ela se encolheu. Não era o papa que os trazia pelo gramado. Era Joe.

— Ele tem leucemia — Joe disse.

Ela fez outra pausa, imaginando como ele sabia disso, mas não perguntou.

— *Tony está morrendo de leucemia. Ele já poderá estar morto no momento em que vocês estiverem lendo esta carta. Sr. e sra. Walker, eu só tenho duas coisas neste mundo: minha saúde e meu filho. E só me importo com uma delas. Suplico a vocês, que também são pais de um garoto, que tenham piedade de mim e de meu filho. Por favor, deixem Christopher vir até nós para orar por ele. Se Deus conceder a Tony esse milagre, será meu juramento eterno garantir a segurança financeira de vocês para o resto da vida. O sr. Kruger tem os detalhes dessa minha garantia no contrato que acompanha esta carta.* Quem é Kruger? — Lynn perguntou em voz baixa.

— O advogado do cara. Torrie é o primeiro nome. Eu o vi na noite passada.

— Na noite passada?

— Ele veio me ver no meu apartamento, o advogado e outros dois caras. Termine a carta, depois eu conto o resto.

Ela baixou o olhar novamente.

— *Rogo por sua generosidade. Sinto não ter palavras para expressar nossa gratidão. Deus os abençoe. Anthony W. Cross.*

Lynn colocou a carta de volta no envelope e a entregou para Joe.

— Ele fez um contrato?

— É uma graça de Deus, eu lhe digo. — E tirou o contrato do outro bolso. Joe estava resplandecente. — Quer saber o que significa "segurança financeira"? Significa cinco milhões de dólares, juro por Deus! — Ele esticou o contrato para que Lynn pegasse, mas ela não o pegou imediatamente, então ele continuou falando, agora mais rápido que antes, ainda segurando os papéis na frente dela. — Nós vamos até lá com C.J. Ele vive em Nova York, mas tem seu próprio jatinho. *Zum!* Direto até a casa dele, conforto total. Cinco segundos, entramos e saímos. E isso é tudo. Aí, se o menino se recuperar, e ele *vai* se recuperar, nós ganhamos cinco milhões de dólares! Um cinco e seis zeros, Lynn, em dinheiro!

Ele parou.

Nenhuma reação de Lynn.

Joe inclinou a cabeça.

— Estávamos rezando por isso, Lynn; você entende isso, não é? Não é uma pegadinha da tevê ou coisa do tipo. Ninguém mais sabe disso. E então, com cinco milhões de dólares, você pode ir para qualquer lugar. Você vai ter controle total do próprio futuro. *Você* vai ter, não esses outros palhaços. Você pode proteger C.J. de todo mundo, viver do jeito que quiser e não ficar presa como uma refém.

Lynn o encarava.

— Escuta — ele disse, falando mais alto agora, suplicando para que ela parasse de pensar no quer que a fizesse hesitar, parecendo confuso e um pouco desesperado. — Eu pensei em quanto isso valeria por hora, tipo um salário por hora. Estamos falando de mais de três bilhões e meio de dólares por hora! Quer dizer... por Deus, Lynn! Qual é o problema?

Ela olhou para ele, assustada por aquela explosão, e subitamente sentiu pena dele. Então disse:

— Joe, eu sei que isso parece bom, sei o que parece para você. Mas eu realmente não quero esse tipo de coisa.

— Lynn! — ele exclamou, parecendo que havia sido chutado. Ele deixou cair o contrato no colo e pegou a mão dela, apertando-a com força. — Esse garoto, Cross, tem leucemia — ele disse. — Pelo amor de Deus, querida. Eu entendo o que você está dizendo, é como se fizéssemos de C.J. um espetáculo ou algo do tipo, mas por favor! Meu Deus, Lynn! Não é nada disso. É um homem que quer o filho de volta, e um menino que não merece morrer vai ter sua vida de volta, e por acaso vamos poder endireitar nossa vida por ter feito esse bem, essa coisa boa! — Ele balançou a cabeça e abriu a boca. — E isso não é algo que você quer fazer? Você prefere correr com ele para o cardeal hoje à tarde e ver seu filho ser enviado para Roma, para que um monte de velhos o escondam e o estudem para sempre, ou o tranquem porque ele está competindo com Jesus Cristo? Porque é assim que eu vejo.

Ele soltou a mão dela e se levantou, agitado demais para permanecer sentado.

— Você acha que eles querem que alguém fique andando por aí despertando os mortos, as pessoas seguindo C.J. como se ele fosse a segunda vinda de Jesus? Você acha que eles não vão apostar que tudo isso é coisa do demônio e fazer o menino passar por cinquenta exorcismos, esconder e calar o C.J. se não conseguirem retirar o poder dele, mantê-lo trancado por cinquenta anos enquanto trazem vinte comissões para estudá-lo... para sempre? Não seja ingênua, Lynn! Não consigo acreditar no que estou ouvindo!

— Joe — ela disse, realmente querendo que ele entendesse, querendo, acima de tudo, sentir uma espécie de aliado nele, ter algum sinal de que Joe entendia que, uma vez que eles seguissem por esse caminho, nunca mais seriam capazes de parar. — Me dê algum crédito aqui, está bem? Eu entendo o que você está dizendo. De verdade. Mas se você seguir por esse caminho... Joe, você não vê o que vai fazer com ele? Eu tenho pensado muito sobre isso, sobre todo mundo tentando viver para sempre, e sobre C.J., e você precisa ver para onde tudo isso vai nos levar. Pense em cada pessoa do mundo tentando chegar perto do seu filho, todo mundo gritando por ele, todos fazendo fila com seus mortos diante dele. Pense no que tudo isso fará com ele, Joe, meu Deus!

— Mas isso é secreto! Não é algo que vai se transformar numa porcaria de especial de tevê!

— Joe! — ela interrompeu, já nervosa, porque ele ainda não tinha entendido nada. E, mais que isso, porque ele não parecia capaz de pensar em C.J. em primeiro lugar, assim como nunca havia sido capaz de colocá-la em primeiro lugar, ou o casamento deles. Questões antigas voltavam à tona, velhas discussões e velhas mágoas ganhavam vida novamente, tal qual Marion Klein e Galvin Turner haviam ganhado. — Você realmente acha que fazer esse trato com seja lá quem for esse tal de Cross será algo secreto? — ela gritou, liberando toda a tensão dos últimos dias. — Qual é o seu problema? Você vai fazer o quê? Levar o C.J. escondido até um aeroporto para pegar um voo para Nova York, e vai fazer isso em segredo, pelo amor de Deus? Você é louco? E o que vai acontecer quando ele pegar o avião? Você sabe para onde realmente vão estar levando ele? Agora você é o "Joe piloto", vai pilotar o avião sozinho?

Ela se colocou de pé em um salto e ficou de frente para ele, deixando cair o contrato a seus pés, sem se importar com o documento, com Joe ou com o garoto Cross, se é que ele existia mesmo, ou com qualquer um naquele momento — apenas com C.J., porque sabia que ninguém mais o faria.

— Como você sabe onde o avião vai pousar realmente? Como sabe que esse homem está falando a verdade?

Joe falou rápido, tentando compensar com velocidade o que sentia que estava perdendo em terreno:

— Ele é do Velho Mundo. Italiano. Manter a palavra é como um pacto de sangue para esses caras. Você vai salvar o filho dele, pelo amor de Deus. Um cara como esse lhe daria as próprias pernas se você pedisse.

— Ah, que ótimo! E ele envia um suposto advogado alemão, e sabe-se lá quem mais, para fazer você assinar o contrato? Você disse que "eles" vieram. Quantos eram?

— Eu não acredito nisso — Joe protestou. — Três deles. E daí? Você vai subir pelas paredes porque o cara é da Itália ou sei lá o quê?

— Quem eram os outros dois? Eles se sentaram e sorriram e te mostraram fotos de seus filhos, Joe, ou ficaram no corredor, de terno preto e óculos escuros, com os braços cruzados? Qual das duas opções chegou mais perto?

— Eram caras! — Seu rosto ficou vermelho, e ele estava ficando tão nervoso quanto ela.

Mas ela podia sentir Joe na defensiva. E, ao sentir isso, ficou ainda mais nervosa, porque se deu conta de que ele estava apostando a vida de C.J. com o único argumento dos cinco milhões de dólares. Era tudo que ele sabia. Ele não sabia nada!

Ela balançou a cabeça com força e disse:

— Eram guarda-costas, não eram? Esse cara vem com dois capangas e quer levar o C.J. num avião particular, pelo amor de Deus, e você é tão inacreditavelmente iludido pelo dinheiro fácil que acredita neles. O supercérebro Joe Walker.

— Ele não é da máfia nem nada do tipo, se é isso que você está pensando — Joe disse quase gritando.

— Como você sabe? Você ligou para o FBI em Nova York? Tentou descobrir em que cidade ele supostamente vive para ligar para a polícia de lá? Alguma vez ocorreu a seu intelecto galacticamente superior que isso pode ser um golpe? Que na verdade pode ser um jeito de alguém mais esperto que você colocar seu filho em um avião e sequestrá-lo? E nesse ponto, se eles puderem escapar do radar ou sei lá o quê, podem decidir jogar eu e você no lago St. Clair? Você ficou ganancioso, Joe, e é isso que acontece com pessoas gananciosas: elas se tornam descuidadas!

Ela respirou fundo e tentou se acalmar enquanto via as narinas dele soltarem fogo e os olhos queimarem. Pensou que ele se atracaria com ela naquele momento se achasse que isso lhe traria algum benefício. Mas ela não ligava para aquilo. Tudo era demais — havia gente demais lá fora, coisas demais para temer, coisas demais das quais não sabia nada, e ela estava sozinha demais, tudo demais. E Joe nunca colocaria o interesse de outra pessoa na frente do dele. Nem mesmo o de C.J.

— Eu não vou vender o meu filho, Joe — ela disse com a voz dura como pedra depois de um longo e silencioso momento. — Vou fazer o que for preciso para protegê-lo, e leiloá-lo não vai ajudar. Eu vou proteger C.J. Eu sou a mãe dele. Essa é a minha função.

Joe esfregou o rosto. Seus olhos estavam negros de frustração, os lábios apertados. Ele olhou furiosamente para o chão por apenas um segundo, então ergueu o olhar e a confrontou.

— Você já ficou sabendo sobre os traços de metal? — perguntou, lançando aquilo como uma ameaça.

A surpresa nos olhos dela e o modo como inclinou a cabeça para o lado deram a entender que não.

— Você deveria acompanhar as notícias. — Ele cuspiu as novidades como se estivessem presas em seus dentes. — As ferramentas que MacInnes usou para fazer todo o embalsamamento deixaram traços metálicos dentro de Marion e de Turner. Em centenas de pontos diferentes, tudo de quando foram embalsamados. Os médicos só estão esperando que um deles dê permissão, então vão enfiar uma sonda ou algo do tipo lá e raspar uma quantidade de metal suficiente para que possa ser analisada. E vai ser isso, Lynn. Escute o que estou lhe dizendo. — Ele se aproximou ainda mais. — Isso significa que a qualquer minuto eles vão ter a prova de que os metais são da ferramenta que MacInnes usou. Vão comparar os dois, o metal e a ferramenta, e vão matar a charada. Fim da história. Fim da sua ideia de manter C.J. a salvo em seu quartinho. Fim da chance de escapar. Porque, quando chegar a esse ponto, querida, alguém vai vir e arrancar C.J. daqui. Pode acontecer hoje. Pode acontecer amanhã. Mas com toda certeza vai acontecer!

Ela o encarou, a boca ligeiramente aberta, os olhos arregalados e escuros de medo. Um olhar assombrado.

Joe balançou a cabeça.

— Então você não vai ter tempo de ser nobre, querida, ou seja lá o que está pensando ser. Você não vai ter tempo de desejar que tudo isso acabe, como se tivesse doze anos de idade e dissesse: "Ah, vamos simplesmente não fazer nada e esperar a parte difícil passar". Você vai entregar C.J. a uma Igreja que tem dois mil anos de prática em esconder pessoas, onde ele será visto como o garoto que está competindo diretamente com Jesus Cristo, e que é um governo, Lynn. Não se esqueça disso. É um país, o Vaticano. Então ou você faz isso, ou pega o dinheiro de Cross imediatamente, antes que eles tenham certeza sobre o metal e você tenha que correr. Aproveite as oportunidades. Porque não existe nenhuma outra possibilidade real, e você sabe o que é isso?

Ela esperou.

— Quando eles conseguirem a prova, o próximo país que vai entrar na jogada é o bom e velho Estados Unidos. O governo vai tomar C.J. de você, e vai fazer isso num piscar de olhos. Um garoto que acorda os mortos? Ah, sim. Os mesmos bons cidadãos que cometeram o cerco de Waco, Ruby Ridge e o caso Little Havana, e nos deram o imposto de renda e as armas de fogo e outros sucessos inesquecíveis. — Ele ergueu o dedo indicador como uma bandeira. — Quando eles chegarem? Fim da história. Então decida o que você quer. Imediatamente. O que você quer?

Ela o encarou, virou a cabeça e olhou fixa e silenciosamente para o quintal. Olhou para a garagem por um longo tempo, para a mesa de piquenique e o olmo perto da cerca dos fundos com um balanço pendurado, para a casa dos vizinhos dos fundos, que naquele momento tinham como única preocupação escolher o que iam comer no jantar e de que cor pintariam o quarto.

Quando ela se virou e olhou novamente para Joe, a raiva havia deixado seus olhos e a tristeza havia voltado. Os braços flácidos se largaram junto ao corpo.

— Se você quer nos ajudar, Joe, me ajude a descobrir como dar a C.J. uma vida normal novamente. Isso é tudo que ele realmente quer, você sabe disso. E é tudo que eu quero também. — Ela pressionou os lábios com força, então disse: — Eu quero vê-lo formado no colégio. Quero vê-lo sorrindo quando conseguir a carteira de motorista, e me preocupar quando ele pegar o carro e sair com as meninas. Eu quero ver o C.J. na faculdade, Joe. E quero que ele esteja em segurança. Quero que ele não seja caçado, que não seja mantido em cativeiro, que não tenha ninguém mandando nele, nem que seja usado, analisado ou transformado em cobaia.

Ela o encarou, ainda na esperança de que ele entendesse e de algum modo se juntasse a ela.

Joe balançou a cabeça e se sentou, depois baixou a testa até os joelhos e largou os ombros.

Ela disse:

— Quero que você me diga o que acha. É a pessoa com poder absoluto que pode ser absolutamente corrompida, como diz o ditado? Ou é a pessoa que vem correndo atrás dela porque quer o poder para si?

Quando ele ergueu a cabeça para olhar novamente nos olhos dela, tudo o que disse foi:

— Talvez seja melhor o C.J. falar aquelas palavras para você, Lynn. Porque parece que você já teve morte cerebral, juro por Deus.

* * *

Foi uma longa manhã para Joe. Ele tentava compensar sua raiva de Lynn sorrindo muito e falando alto demais, não apenas com ela, mas com C.J. e até mesmo com Nancy e Burr Gould.

E então ele notou, quando padre Mark apareceu logo depois das dez, que Lynn recebeu seu padre amigo com os braços abertos e lhe agradeceu por vir, segurando suas mãos.

Uma linda dancinha com as mãos, ele pensou. Era tudo que eles precisavam. Nenhum plano bom disponível, apenas uma pequena dancinha com as mãos após jogar cinco milhões de dólares na privada porque ela tinha medo de tomar uma atitude. Não havia outra razão.

Ele parou de sorrir. Segurar a mão do padre e beijar o anel do cardeal no mesmo dia. Maravilha.

Padre Mark estava explicando a Lynn e Nancy que naquele domingo as missas ficaram lotadas, mas com uma plateia mais silenciosa. Todos estavam bem mais "reverentes", essa foi a palavra que ele usou. Ele também disse que poderia fazer a missa para eles ali na casa, se quisessem, já que sabia que eles não podiam sair.

Joe pediu licença. Uma das razões pelas quais ele não era um vendedor perfeito: não conseguia fingir que estava feliz quando sua vontade era quebrar tudo, talvez quebrar todos também.

— Vou lá para cima ver como estão os meninos — ele disse.

Lynn nem se virou para olhar para ele. Ele notou aquilo também.

Lá em cima, ele enfiou a cabeça no quarto de C.J.; viu que eles estavam gostando do DVD, que reproduzia algo cheio de coisas explodindo por quase quinze minutos; e então passou para o outro quarto, o de Lynn.

A bolsa estava onde ela sempre deixava, pendurada na maçaneta do armário. Ele a abriu, tirou a carteira de motorista dela e uma das canetas que ela sempre levava consigo. Foi até a mesa de cabeceira, onde se sentou e pegou o contrato.

Ele sabia que teria tempo. Conseguia ouvir C.J., Burr e o rosnado dos tanques de guerra na tevê atravessando as paredes, e o padre ainda mantinha as garotas ocupadas lá embaixo. *Provavelmente segurando as mãos de Nancy dessa vez*, ele pensou.

Escutou a campainha tocando, fraca mas insistente, um toque depois do outro. Aquilo o assustou. Provavelmente era a polícia ou alguém que ele não queria ver. Mas ainda estaria bem, pelo menos por mais um ou dois minutos, que era tudo que ele precisava. Manter Lynn bem ocupada.

Agora Lynn poderia segurar a mão de alguns policiais também.

Ele percebeu que seu coração estava acelerado. Com cinco milhões de dólares em jogo, você acaba ficando nervoso.

Ele já havia lido o contrato inteiro e sabia que não só era "legal" como "irrevogável". Dizia que, se ele e Lynn recebessem os cem mil dólares, garantiriam que C.J. estaria em um avião em direção à casa dos Cross dentro de setenta e duas horas da data e hora da assinatura. Seria o pacto de sangue deles, mas não nessas palavras, para A.W. Cross. *"A" de Anthony*, Joe pensou; Anthony pai, porque era Anthony Jr. que estava morrendo de leucemia. Ele se perguntou o que significava o "W".

Ninguém foi até o andar de cima.

Estudando a assinatura de Lynn na carteira de motorista, ele assinou o nome dela nas duas cópias do contrato, tentando ser cuidadoso. Duvidava de que Cross tivesse algo com que compará-la, mas nunca se sabia ao certo; um cara esperto, com cinco milhões de dólares em jogo. Então ele assinou o próprio nome e enfiou a carteira de motorista e a caneta de volta na bolsa de Lynn.

— Você pode deixar o cardeal e seus amigos fazerem estudos com C.J. pelos próximos dez anos — ele sussurrou, fechando a bolsa com um estalo.

— Eu só preciso dele por oito horas.

Ele colocou a bolsa de volta na maçaneta e o contrato no bolso, e em seguida voltou para o corredor. Ninguém havia notado. Todos estavam ocupados lá embaixo com seja lá quem tenha tocado a campainha. Algo finalmente começava a dar certo.

Enquanto fechava a porta atrás de si, ele se perguntou como faria aquilo. Pensou em sair no meio da noite com C.J., passando pela cerca dos fundos, ou mesmo direto até o carro; como alguém saberia que Lynn não tinha deixado que ele levasse o garoto? Pensou em dar a ela um ou dois dias para se convencer, o que podia acontecer; as coisas poderiam ficar mais difíceis na casa com a multidão e tudo o mais.

Mas ia acontecer. Ele faria acontecer de um jeito ou de outro, tinha certeza. Ele também se perguntou, enquanto descia as escadas, sobre os pactos de sangue com A.W. Cross, que tinha cinco milhões de dólares para dar, aviões particulares, advogados alemães e — Lynn tinha razão — um par de capangas cascas-grossas, que era o que eles eram. Ele se perguntou se o nome original do cara seria Crossetti ou Crossano, algo que ele, ou o pai, ou o avô mudou quando chegou do Velho Mundo. Provavelmente tinha um apelido também, ele pensou. Provavelmente o nome de uma cidade. "Tony Chicago" ou "Cincinnati Tony". Ou talvez o nome de uma arma ou de uma ferramenta. Tony "Chave de Fenda" Crossetti. Ou, melhor ainda, "Tony Martelo".

Ele até podia ouvir.

— Ei, algum de vocês já ouviu falar de A.W. Cross?

— Ah, sim, você quer dizer Tony Martelo. Um dos magnatas do concreto. Tem uma casa nas Catskills.

Ele sorriu ao descer o último degrau.

Por três bilhões e meio de dólares por hora, ele podia correr alguns riscos.

14

Dois homens se levantaram e vieram apertar a mão de Joe quando ele entrou na cozinha. Lynn falou enquanto eles o cumprimentavam:

— Joe, esses homens são do governo. — Ela parecia bastante desesperada.

Joe quase recuou. Será que já haviam feito a cirurgia em Turner?

O mais alto dos dois, em seu terno azul-escuro e gravata vermelha, estendeu a mão para Joe e sorriu. Era um homem de quarenta e poucos anos, alto e com traços italianos fortes, dentes perfeitos, cabelos escuros bem cortados e um olhar duro que se fazia notar por sobre o sorriso fino ensaiado.

Joe conseguiu forçar algumas palavras:

— Qual governo? — perguntou, tentando parecer calmo e confiante, mas se sentindo abalado.

— Sou Paul Curry — o homem respondeu, apertando a mão de Joe. Uma identificação surgiu em sua mão esquerda. Nela se podia ler: "Agente federal dos Estados Unidos".

Joe lançou um olhar para Lynn e viu que ela já se preparava para brigar.

O agente fez um meneio de cabeça na direção do homem de meia-idade com ombros quadrados, cabelo grisalho bem curto e olhos preguiçosos, que estava parado ao seu lado, e disse:

— Este é o capitão Michael Shuler, da Força Aérea americana.

Com isso, Joe deu um sorriso forçado, tentando manter o controle.

— Você está brincando? — ele perguntou. — Força Aérea?

A expressão deles respondeu por si só: "Não, Joe, definitivamente não estamos brincando".

— Fui designado pelo Departamento de Defesa — o capitão disse. E voltou a se sentar. E então sorriu também. Por ora, muitos sorrisos. — Estávamos conversando sobre o seu filho.

— Como é que eu já sabia disso? — Joe disse, tentando soar despreocupado, até mesmo engraçado, mas pensando no que havia dito, sobre todos os poderosos do mundo, do Vaticano à Casa Branca, apontando suas munições para C.J. naquele momento, e ele com um bilhete no valor de cinco milhões de dólares parado no bolso traseiro.

Ele puxou a sexta cadeira.

— Vocês querem que C.J. seja piloto ou o quê?

O capitão parou de sorrir.

— Estávamos dizendo aos outros que iniciamos um processo para estabelecer a autenticidade de seu vídeo — continuou o agente Curry.

— Não é nosso vídeo — Joe disse, relaxando pela primeira vez.

Eles ainda não sabem, ele pensou. *Não têm certeza. Estão pensando e especulando, mas ainda não iniciaram nenhuma operação.*

— Também passamos um tempo no hospital — o capitão acrescentou.

— Revisando os relatórios médicos das duas pessoas com atestado de óbito e das duas mulheres em remissão. E passamos várias horas com os médicos presentes.

— E com a sra. Klein e o sr. Turner — Curry disse. — E a família deles.

— Vocês falaram com os Klein? — padre Mark perguntou, soando protetor.

— Os Klein. Os Turner. A sra. Welz. A sra. Koyievski. E a família deles.

— Vocês devem estar cansados — Joe emendou, sorrindo com sinceridade pela primeira vez. Eles estavam perto, mas ainda jogando iscas.

— Gostamos do nosso trabalho — Curry disse, sorrindo de volta para ele.

— O vídeo — Joe disse. — Vão precisar do original. Vocês pegaram o original com o MacInnes?

— Estamos com o original, sim, senhor.

— Vocês o confiscaram — Joe disse, desistindo da pretensão de soar cordial. O que lhe importava? — Ele não ofereceu o vídeo a vocês para ser um bom cidadão, não é?

Lynn se ajeitou na cadeira, olhando para Joe.

— A polícia estadual o requisitou — o capitão Shuler respondeu. — Há uma investigação criminal em curso, como você sabe.

— Eu disse que estamos com o vídeo — Curry acrescentou —, mas estamos trabalhando com as autoridades locais.

— E a que conclusão chegaram até agora? — Joe perguntou.

Curry respondeu depois de uma rápida pausa:

— Bem, estamos impressionados, ou não estaríamos aqui.

— O que seus chefes disseram? — Joe se inclinou para frente. Essa resposta significaria muito.

— Eles sabem que estamos aqui — Curry se limitou a dizer.

Mais alívio. Os caras definitivamente estavam apenas rodeando. Tentando obter informações para convencer seus chefes, que provavelmente pensavam o mesmo que os médicos disseram às câmeras: não é possível que essa coisa de ressurreição seja real. O que significava que Joe ainda tinha tempo. Talvez não muito, mas ainda tinha tempo.

* * *

A maior minhoca que morrera afogada pela chuva estava no concreto do lado de fora da porta da garagem. Burr a encontrou, acenou para C.J. e sussurrou:

— Aqui!

Os pais de Burr e de C.J. estavam na cozinha com dois caras que apareceram na casa. Os meninos haviam visto o pai de C.J. descer as escadas e se juntar aos outros; e então foram escondidos até o quintal dos fundos em busca de minhocas mortas e de um tipo totalmente novo de ressurreição.

— É perfeita! — Burr anunciou, tomando cuidado para não falar alto demais.

Ele mostrou a minhoca como se fosse um fio perdido de macarrão e riu. Então correu para colocá-la sobre a mesa de piquenique e falou com uma voz fina, chorosa e sorridente:

— Ele tem uma pequena família de minhocas e tudo o mais. Tem minhoquinhas que agora estão chorando por ele: "Ah, papai, papai, será que o garoto traria você de volta, por favor?"

C.J. riu e olhou de relance para a casa. Então olhou novamente para a minhoca e seu sorriso sumiu. O de Burr também.

Ela estava morta. E esperando.

C.J. a tocou para se certificar. Agora ele parecia ainda mais sério. Lambeu o lábio e olhou fixamente para ela por vários segundos.

— Você quer que eu esmague? — Burr perguntou. — Está morta, cara.

C.J. não tirou os olhos da minhoca e balançou a cabeça.

— Não — sussurrou. — Fica quieto.

— Então vai logo, C.J.! Ficar olhando para ela faz parte da coisa? Como você faz?

C.J. esperou mais alguns segundos. Então tocou a minhoca com o dedo indicador.

— Você diz: "Fique bem, minhoca" — ele sussurrou.

Burr riu.

— Só isso? Cara, até eu posso fazer isso.

C.J. estava parado com as mãos ao lado do corpo e uma expressão calma e sombria.

— Vai, faz logo! — Burr suplicou.

— Acabei de fazer — C.J. sussurrou.

Burr olhava fixamente para a minhoca. Ele soltou um "Ah, cara", e sua voz sumiu. Eles ficaram olhando, feito estátuas. Um minuto. Dois minutos. A minhoca estava imóvel. Mas não completamente. De súbito, a cauda começou a tremer levemente, com a vontade de viver.

Os garotos se aproximaram, com o rosto a pouco mais de um palmo da mesa. Prenderam a respiração.

A cauda estremeceu, definitivamente.

Burr arfou.

— Ah, merda!

C.J. ficou parado com a boca aberta, sem respirar.

A minhoca se moveu lentamente no começo, como se tivesse medo de quebrar. Sua cauda se arrastava lentamente de um lado para o outro, fazendo desenhos com a água da chuva que molhava a mesa devagar. E então seu corpo inteiro se retorceu com força e se arrastou de volta à vida, enquanto a cabeça se erguia da mesa e se curvava em um arco da direita para a esquerda, voltando em seguida para o lugar.

Burr observava a minhoca erguer a cabeça e começar a deslizar pela mesa, e sussurrou:

— Uau, C.J.! — E subitamente começou a rir alto, parecendo mais assustado que impressionado. Ele se virou, convidando o amigo a participar de seu deleite, mas C.J. não estava rindo.

Ele tinha lágrimas nos olhos.

* * *

— Se o vídeo foi gerado por computador — o capitão Shuler disse —, nós vamos descobrir. Por enquanto, o mais impressionante são os históricos médicos, porque documentam um longo período de tempo.

— Uma parte importante da história — Curry concordou. — Vamos ver.

— Acho que sim — Joe disse em voz baixa.

Ele se perguntou por que Lynn, padre Mark e Nancy não estavam dizendo nada, e achou que eles estavam intimidados. Nove de cada dez americanos tinham medo de caras como esses, e por um bom motivo, Joe pensou.

— Você deve estar imaginando como pode descobrir mais sobre o que está acontecendo com seu filho — Curry disse para Lynn, soando particularmente preocupado.

Padre Mark o interrompeu:

— Mas qual o motivo do seu envolvimento, agente? Por que o interesse federal?

Joe quis agarrar o padre pelo colarinho e gritar: "Será que você começou a entender que C.J. pega pessoas mortas de verdade e as traz de volta à vida, e quem quer que o controle, controla quem vive para sempre, pelo amor de Deus?!"

O capitão se inclinou para frente.

— O governo está muito interessado nas possibilidades do que se chamaria de "experiências paranormais". Clarividência. Projeção astral. Levitação. Esse tipo de coisa.

— Discos voadores? — Joe perguntou.

— Vida extraterrestre inteligente, sim, senhor.

— Milagres? — padre Mark perguntou.

O capitão hesitou.

— Essa palavra carece de definição em nossos círculos, padre. Estamos principalmente interessados em atividades paranormais que possam ser de alguma forma controladas. A palavra "milagre", como presumimos que esteja sendo usada, não se encaixa nessa definição. Mas se esse jovem está passando por experiências autênticas, obviamente é do interesse dele que se descubra tudo a respeito disso. E o fato é que ninguém pode ajudá-lo melhor do que nós, com as instalações que já desenvolvemos.

— No Departamento de Defesa? — Lynn perguntou.

Foi a vez de Curry falar. Ele pousou as mãos na mesa.

— Sra. Walker, a senhora acha que realmente compreende tudo o que o seu garoto é capaz de fazer?

— Eu vi o que ele fez — padre Mark disse.

Joe olhou feio para ele.

— Nós vimos — disse.

— Então me permitam perguntar — Curry disse, olhando agora para o padre, como se o desafiasse a segui-lo. — O garoto pode dizer as palavras que quiser, ou as palavras que ele usa são as únicas que lhe dão o poder? Ele precisa mesmo das palavras? Ou realmente precisa tocar as pessoas? Ele pode ressuscitar mais de uma pessoa de cada vez?

Joe estava sorrindo novamente, mas não falou nada, só pensou: *Talvez ele possa trazer alguém de volta à vida depois de muito tempo morto, depois de um ano, ou dez, ou sabe-se lá quantos?* Ele se perguntou se já haviam pensado nisso.

— Você pode chamar isso de milagre, padre, mas nós podemos ajudá-lo a descobrir que forma esse milagre tem. É um campo de energia? É psíquico?

Magnético? Elétrico? Que níveis de consciência estão envolvidos? O que acontece fisicamente com o garoto quando ele exerce esse poder?

Lynn ergueu a sobrancelha. O que aquilo significava? O que acontece fisicamente com ele?

— Nós não temos todas as perguntas ainda — Curry disse —, que dirá todas as respostas. Mas e se por acaso o poder dele envolver algum tipo de energia que pode se tornar objeto de análise e até mesmo de duplicação?

Eles o olhavam fixamente, confrontando cenários totalmente novos.

— Você está falando sobre a possibilidade de clonar essa energia? — Lynn perguntou.

Nancy Gould pensou e quase disse: *É por isso que você é do Departamento de Defesa*. Mas apenas mudou de posição na cadeira.

Shuler disse:

— Se uma experiência é mensurável, sim, pode estar sujeita a duplicação. Pelo menos é possível.

— Então vocês querem que o governo o leve e descubra se o poder pode ser clonado — Lynn disse. Ela se levantou e começou a andar de um lado para o outro, com o rosto corado e o maxilar travado.

— Todo mundo sendo ressuscitado em todos os lugares? — Nancy sussurrou para ninguém em especial.

— A questão não é essa — afirmou Curry, colocando as mãos sobre a mesa novamente. — A questão é: ninguém mais no mundo pode ajudar vocês a descobrir o que está acontecendo como nós podemos. Vocês devem considerar o lado positivo disso tudo. Mas é preciso saber que existe um lado negativo também, se não nos deixarem ajudar.

Lynn parou e esperou, prendendo a respiração.

Joe empurrou a cadeira para trás e cruzou os braços.

— Na nossa opinião, senhora, se a comunidade médica confirmar que os traços metálicos no corpo da sra. Klein e do sr. Turner são idênticos aos encontrados no trocarte do agente funerário, e não consistentes com nada mais que puderem encontrar...

Os olhos de Nancy se arregalaram. Como Lynn, ela evitava ver as notícias na tevê.

— ... nesse ponto seu filho poderá estar em sério risco. Porque alguém pode tentar tirá-lo de você. E eu me refiro a tirar fisicamente.

— Você quer dizer sequestrar — Joe disse, imaginando quantas pessoas o governo havia sequestrado ao longo dos anos.

— Imagine alguém com grande poder — Curry disse, ignorando Joe. — Um ditador, por exemplo. Do Oriente Médio, talvez, mas pode ser de qualquer outro lugar. Ele está morrendo, ou tem alguém muito importante para ele morrendo. Então se pergunte... O que essa pessoa estaria disposta a arriscar para que o seu filho fosse sequestrado e levado ao país dele? Quantos agentes essa pessoa, ou esse governo, colocaria na linha de fogo por esse tipo de prêmio? — Ele se inclinou na mesa na direção de Lynn e começou a falar mais devagar. — Deixe-me dizer claramente. Se o seu filho pode realmente fazer o que a senhora alega que pode, então, sim, caras maus de *qualquer lugar* vão querer botar as mãos nele.

Lynn começou a andar de um lado para o outro novamente, dessa vez mais devagar. Ninguém disse nada. Ela foi até a pia e encheu um copo com água até a metade. Uma sirene soou lá fora. Ela se virou lentamente, cruzou os braços, se encostou à pia e olhou para o agente com olhos inexpressivos.

Como ela não disse nada, Curry o fez.

— E não precisa ser uma ameaça de um governo estrangeiro, sra. Walker. Pode ser qualquer um que esteja vendo isso na tevê neste momento, aqui no nosso país. Bem aqui em Detroit. Imaginando, bem agora, enquanto conversamos, o que custaria fazer isso... Ou já decidindo como conseguir o que quer, até onde sabemos.

Quando Joe levantou a cabeça, Lynn olhava fixamente para ele, e ele soube exatamente em quem ela estava pensando. Ele desviou o olhar.

— Então o que você está sugerindo? — Lynn perguntou ao agente federal.

— Gostaríamos de tirar a senhora, seu filho e o pai dele daqui, se vocês quiserem, e levá-los para um local seguro, antes que alguma coisa aconteça. Podemos fazer isso esta noite. Deixá-los confortáveis e seguros. Não queremos nenhum risco desnecessário para o bem-estar de seu filho. Sabemos que a senhora também não quer.

Lynn respirou fundo novamente e se dirigiu para o corredor, com os braços ainda apertados em volta da cintura.

— Vou subir para ficar com C.J. — ela disse.

O capitão e o agente se levantaram, nem um pouco satisfeitos, mas não disseram nada.

Lynn se virou e os encarou.

— Deixem algum modo de entrarmos em contato com vocês, tudo bem? Nós vamos ver o cardeal hoje à tarde. Não estou certa se podemos tomar alguma decisão antes disso.

Curry assentiu. Ele sacou cartões de visita e entregou um para cada um deles.

— Podem ligar a qualquer hora — disse. — Vamos estar bem aí fora, e próximos quando estiverem indo ver o cardeal e na volta.

Lynn agradeceu delicadamente, guardou o cartão na gaveta em frente à cafeteira e saiu da cozinha, sem se despedir.

* * *

— Preciso que você fale comigo novamente sobre o encontro com o cardeal — Lynn disse. Era quase uma da tarde. Ela estava sentada de frente para padre Mark à mesa da cozinha, conversando enquanto segurava uma caneca de café com as duas mãos. Sua voz parecia abafada, como tudo o mais nela. Simples, de camiseta cinza, jeans desbotado, mocassins velhos — uma mulher que não queria ser notada.

Mark também segurava um café, mas não estava bebendo. Sua cadeira estalou quando ele se ajeitou.

— Joe diz que o governo vai tomar C.J. à força assim que os resquícios metálicos forem analisados — Lynn disse. — Ou seja, assim que eles conseguirem fazer a cirurgia em Marion ou em Turner. — Ela se inclinou levemente para frente. — Você sabia sobre os traços de metal antes de os agentes mencionarem?

— Sim. Ouvi sobre isso na tevê.

— Joe me falou a respeito — Lynn disse. — Eu devia ver mais televisão.

— Não, não devia.

— Pode estar acontecendo neste momento.

Ele assentiu, esperando por mais.

— O problema é que Joe pode ser cínico e inteligente ao mesmo tempo, não pode? — ela disse. — É como aquela piada: só porque você é paranoico, não quer dizer que eles não estejam realmente atrás de você.

— Eu acho que nesse ponto Joe está certo. Acho que neste momento existe muita coisa com que se preocupar. Vai ser difícil o governo só assistir de longe assim que tiverem certeza.

— Não é preciso ser paranoico para perceber isso.

— Mais uma razão para conversar com o cardeal, Lynn. Eu ainda acho que ele pode ser a melhor saída. Deixe-o levar vocês para um lugar seguro.

— Não é com o cardeal que estou preocupada. É com quem vai ficar com C.J. depois que o cardeal sair de cena. Como eles vão se sentir em relação a C.J. e como vão tratá-lo.

O sorriso de Mark parecia forçado.

— Eu não acho que estou sendo ingênuo, Lynn, mas estou lhe dizendo, pelo que sei de Roma, que eles vão tratar C.J. como alguém muito especial. Ele não vai ser tratado como um prisioneiro.

— Joe não é mais generoso com o Vaticano do que com o governo. Se ele está certo sobre um, talvez esteja sobre o outro também. Ele diz que vão receber C.J. muito bem em Roma, mas a única razão para isso é o enfiarem em algum mosteiro, para que ninguém fale com ele novamente, porque eles vão ver o que ele pode fazer e vão se dar conta de que ele está competindo com Jesus...

— *Competindo* com Jesus?

— Sei lá. Vão ver C.J. fazendo o que Jesus fez, e isso vai fazer as pessoas questionarem Jesus, e a Bíblia, e tudo isso. Ele falou que não o deixariam solto por aí com esse tipo de poder, já que ele não é um santo ou algo parecido. E C.J. não disse nem que Deus fez isso através dele. E eles vão ficar sabendo e cair em cima do meu filho.

A cadeira estalou. Mark se encostou, balançando a cabeça.

— Ele não vai competir com Jesus até que ele mesmo ressuscite — disse.

— E isso não vai acontecer.

Ela concentrou o olhar na beirada da caneca.

— Eu nunca tinha pensado nisso: alguém tendo a ideia de matar C.J. para ver se ele consegue despertar a si mesmo da morte. — Ela pensou naquilo por mais alguns segundos, e então respirou fundo. — A coisa só melhora.

Mark a observou.

— Não sei ao certo aonde você quer chegar, Lynn. Sinto muito.

Ela suspirou e o olhou nos olhos.

— Acho que só preciso conversar. — Deu de ombros. — O problema é que eu quero voltar para o começo da semana passada, mas não posso.

O padre pegou sua mão, e ela deixou que ele a segurasse. Ela olhou fixamente para a mesa, então disse calmamente:

— Todo mundo vai querer tirar o meu filho de mim, Mark. — Lágrimas se formaram em seus olhos. Ela as secou quando começaram a escorrer pelo rosto. Ele apertou a mão dela com mais força. — Pessoas com dinheiro — ela disse. — Qualquer um com dinheiro suficiente. Qualquer um com poder suficiente. O governo. Outros governos, pelo amor de Deus. Os loucos vão começar a aparecer. Potentados miseráveis de sabe-se Deus onde, com um bilhão de dólares e um exército particular: "Peguem aquele garoto que pode trazer meu filho de volta à vida", sabe? "Vinte milhões de dólares para quem o entregar a mim!" Você acha que existe alguma chance de essas coisas não passarem pela cabeça de alguém? É um pesadelo.

— Joe pode ajudar? — Mark perguntou, e em seguida se sentiu estúpido por falar isso.

Lynn saltou na cadeira.

— Joe vai querer botar as mãos nele também.

— Sinto muito.

— Joe vai querer levar C.J. e fazer um leilão, eu garanto. Vai aceitar o lance mais alto. Ganhar um bilhão de dólares. Ter seu próprio exército. Proteger sua propriedade. — Ela parou, balançando a cabeça e olhando fixamente para a mesa, com lágrimas nos olhos. — Não... existe... uma maneira... — ela disse — de eu proteger C.J. de todo mundo que vai vir atrás dele a qualquer custo. Com exceção talvez de fugir e me esconder com ele, e nunca parar de fugir, e nunca ser pega.

Mark se esforçou para pensar em algo que lhe desse apoio e fosse ao mesmo tempo realista, algo que a fizesse dizer: "Ah, meu Deus! Essa é a solução perfeita!" Mas não havia nada. Ele só podia ouvir e, por mais que sentisse muito por ela e por C.J., sabia que o que Lynn estava dizendo tinha muito mais de verdade que de fantasia.

— Então me diga, padre Mark — ela disse num sussurro. — Que tipo de dom é esse que não podemos devolver?

Eles ficaram sentados em silêncio por longos minutos. E então Mark fez o melhor que pôde.

— Talvez isso apenas mostre como é importante — ele disse. — A maioria das pessoas mataria para ter algo assim, sabia? Talvez C.J. tenha recebido esse dom porque não seria capaz de matar por isso. E porque você também não. Talvez, se você desejasse esse dom, nunca descobriria que bem ele pode fazer. Eu não sei. — Ele suspirou. Como ela não respondeu, continuou: — Eu não sei nada, me desculpe. Eu não sei como os animais se comunicam, ou como as abelhas sabem o caminho de casa, nem mesmo para que servem todos os botões do meu controle remoto, pelo amor de Deus. Eu não sei nem como a vida começou da primeira vez, que dirá como começa uma segunda vez, além de simplesmente dizer: "Bem, foi Deus quem fez isso". — Outra pausa. Ainda nenhuma reação de Lynn, além de enxugar as lágrimas.

Ele continuou:

— O que eu sei é que acredito em Deus, acredito na bondade de Deus, e que isso não é um erro; só isso. Nisso eu acredito. E acredito que o cardeal é um homem bom, e que será inteligente da sua parte conversar com ele.

A buzina de um carro soou na rua, e Lynn se deu conta de que não estava mais ouvindo C.J. Ou Joe. Ou Nancy. Não estava ouvindo mais nada.

Ela olhou para a caneca novamente, segurando-a imóvel. Finalmente disse:

— Eu estive pensando em C.J. e no meu pai. Em como ele também nunca se sentiu confortável em ficar dentro de casa. Comigo ou com minha mãe.

Simplesmente nunca estava confortável. Era como se vivesse no ar. E por muito tempo eu não descobri se ele agia assim porque estava bravo comigo ou com minha mãe por algo que fizemos de errado. Sempre achei isso, por muito tempo. O que estamos fazendo de errado? Porque ele saía muito. Mas não brigava. Nunca pediu o divórcio. Só... não tinha interesse na gente. Era desses caras que sempre estão em outro lugar, têm outros planos, outros esquemas, outras pessoas, sei lá... Ele apenas estava em outro lugar, mesmo quando estava em casa.

Ela manteve o olhar triste por mais alguns instantes, então puxou a mão, afastando-a dele. Sorriu um sorriso fraco e disse:

— Obrigada por me ouvir. E por estar aqui ao nosso lado. Isso realmente ajuda. Eu agradeço.

— Desculpe por estar atirando no escuro até agora — Mark disse. — Sem saber dizer o que você deve fazer.

— Não. Você não está — ela disse. — Eu vou falar com o cardeal. Eu e C.J., se você acha que isso pode ajudar. E Joe, tenho certeza. E vou considerar tudo o que ele puder oferecer. Mas quero que vocês saibam que C.J. não vai passar um dia da vida dele sem saber que eu vou fazer tudo que estiver ao meu alcance para estar ao lado dele se precisar de mim. *Se* ele precisar de mim, *como* ele precisar de mim e *quando* ele precisar de mim. Porque ele vale esse esforço para mim.

* * *

Era estranho, mas parecia que Joe realmente sentia o ar pesado dentro da casa o esmagando com força, como se houvesse entrado pela parede e enchido a casa, feito água. Os federais queriam C.J., não havia dúvida, só estavam esperando que o chefe lhes desse permissão. E agora esperavam pelos resultados da cirurgia em Marion e Turner. Isso o deixava louco. Era só o que eles estavam esperando, mas o pessoal da tevê andava em círculos, repetindo sempre as mesmas notícias e fazendo perguntas sensacionalistas, como: Por que Marion e Turner não tiveram a mesma experiência em seu "estado inferior", ou seja lá como o Adônis de meia-tigela do Canal 62 chamava aquilo, com Marion sem abrir a boca e Turner falando sobre túneis de luz. Quem se importava? Algum dos dois ia aparecer para a cirurgia hoje ou não? Era isso que os repórteres deveriam informar ao público.

Com toda aquela pressão e sem planos reais preparados, com Lynn ainda deixando Joe maluco por não parecer capaz de decidir o que queria fazer com C.J., com suas incansáveis perguntas sobre o que as outras pessoas fariam e ainda falando sobre ver o cardeal; com Kruger e seus mafiosos lá fora se perguntando o que estava acontecendo; e ainda com ele mesmo pulando do plano J para o plano K ou quaisquer outros em que pensava, mas ainda sem fazer a menor ideia de como tiraria C.J. dali sem o sinal verde de Lynn, caso fosse obrigado, Joe sentia que estava pirando.

Ele respirou o mais fundo que pôde e deu outra olhada lá fora. Uma turba agora. Muita cobertura da tevê, muita publicidade.

Sua língua percorria os lábios de um lado para o outro, em golpes rápidos e nervosos. Rostos, câmeras, sinais, fitas amarelas e mais rostos, por toda a extensão da rua, todos aguardavam o "Garoto Lázaro", como o chamavam agora. O Garoto Lázaro. E C.J. nem era um dos ressuscitados.

A multidão definitivamente estava maior agora, e crescia. Algumas pessoas começavam a ficar furiosas. Joe sabia, pelas faixas e pelo olhar em seus rostos, que as que estavam ali havia mais tempo começavam a se cansar de esperar. Talvez os moribundos fossem os que estavam mais perto da fita da polícia e da casa. Ou talvez toda aquela turba estivesse ficando mais furiosa agora que percebera que ia chover e as nuvens negras já se instalavam sobre suas cabeças. Estava bem mais fresco, com o vento começando a ficar mais forte para lembrá-los de que ninguém dentro da casa prestava a menor atenção neles. O clima estava louco porque... o que todas aquelas pessoas deveriam fazer agora?

Ele chegou até a imaginar por um segundo o que elas fariam se estivessem esperando debaixo de uma tempestade quando C.J. e o resto deles saíssem correndo da casa dentro de uma hora, saltassem para dentro do Chrysler da Igreja e passassem direto por elas, talvez buzinando para abrir passagem, mas passando sem parar, a caminho da visita que fariam ao chefão da Igreja. Como aquelas pessoas iam se sentir então?

Só o que se sentia era tensão.

E foi nesse momento, enquanto a tarde o empurrava na direção do encontro com o cardeal, enquanto a multidão começava a se contorcer sob as primeiras gotas de chuva e o megafone da polícia latia palavras que ele não conseguia entender, que aquilo o atingiu com mais força do que em qualquer outra hora. Ele pensou: *Meu filho pode despertar os mortos.*

Estava atordoado, como se nunca houvesse pensado naquilo antes. E se pegou repetindo aquilo na mente, com cuidado, como um homem andando na ponta dos pés na beira de um penhasco: *Meu filho pode despertar os mortos!*

Seu coração batia acelerado. Ele queria dizer as palavras impronunciáveis em voz alta, e assim o fez, mas com um sussurro fraco, como se sussurrasse um segredo pelas costas de Deus. Emoldurou a frase cuidadosamente e a pronunciou com força suficiente apenas para que pudesse ouvir aquelas palavras terríveis com seus próprios ouvidos enquanto olhava fixamente, pela janela, para a multidão que agora se dispersava por causa da forte e negra chuva.

— *Meu filho pode despertar os mortos!*

* * *

Lynn estava atrás de C.J. enquanto os dois olhavam pela janela do quarto dela. A tempestade deixara a tarde mais feia cerca de meia hora atrás, quando eram quase duas da tarde. Os trovões e relâmpagos afugentaram boa parte da multidão. Apenas umas cento e cinquenta pessoas permaneceram, juntas e paradas, imóveis, como sobreviventes em um campo minado. Ficaram sob guarda-chuvas, capas impermeáveis ou sem nada que as protegesse, demonstrando a necessidade que tinham. Elas haviam conquistado seu lugar apesar da fita policial, e sabiam disso. Haviam conquistado o direito ao milagre, e queriam que C.J. Walker soubesse também.

Lynn notou que a jovem com a faixa amarela e preta que dizia "Filha de dois anos, dois meses de vida. POR FAVOR!" estava bem na frente da casa agora. Usava um saco preto de lixo como capa de chuva. Lynn se perguntou se era assim que aquela garota se sentia esperando debaixo da chuva sem obter nenhuma resposta, um tipo de lixo. E então pensou em si mesma, que tipo de pessoa faz uma garota com uma filha de dois anos que está morrendo esperar debaixo de chuva com um cartaz amarelo e preto suplicando por ajuda e mesmo assim não faz nada para ajudá-la.

Sentiu o corpo estremecer. As mãos estavam sobre os ombros de C.J., contra seu peito. Ela o apertou com força contra a barriga e se perguntou em que ele estava pensando, olhando fixamente para a multidão, tão calado e imóvel.

Uma sirene tocou ao longe e C.J. enrijeceu.

— São eles? — Ele se contorceu para olhar o rosto da mãe.

Lynn se inclinou para perto da janela e olhou para a rua. Viu as luzes vermelhas e azuis iluminando as árvores, a rua e as casas ao sul, se aproximando. Ela sabia que o Chrysler preto do cardeal estaria bem atrás dos veículos da escolta policial, com um seminarista ao volante e o amigo de padre Mark, monsenhor Tennett, no banco do passageiro. Ela se inclinou e sussurrou:

— Você vai se sair bem, C.J. Estamos todos juntos nisso, está bem?

C.J. olhou para cima sem responder.

Lynn pressionou os lábios nos cabelos do filho. Ela o conhecia bem demais para saber quando ele estava verdadeiramente assustado.

— Vamos pegar uma jaqueta, por causa da chuva — ela sussurrou.

Mas C.J. ainda não se mexia. Em vez disso, perguntou suavemente:

— E se eu fizesse não com uma pessoa, mas com outras coisas, mãe?

Ela parou ao seu lado e se abaixou lentamente, apoiando-se sobre um joelho, olhando para cima agora, para os olhos dele, sem dizer nada.

C.J. disse, ainda muito suavemente:

— Eu prometi que não faria com mais ninguém, mas e se...?

— Que outras coisas? — Lynn perguntou, interrompendo-o.

C.J. mordeu o lábio, deu de ombros e desviou o olhar. Em seguida soltou o lábio, e Lynn viu que ele estremeceu.

— Quer dizer, se tivesse... tipo, se funcionasse com cães ou gatos. Ou minhocas e tal... — Ele deu de ombros novamente, com o corpo mole, enquanto lágrimas se formavam em seus olhos. — Eu não sei.

O coração de Lynn se partiu. Ela o abraçou e o puxou para perto. C.J. olhou em seus olhos, se esforçando para esconder seus sentimentos, mas se mostrando muito envergonhado por ela o ver chorar. Ele engoliu o choro e disse, como se subitamente lhe implorasse:

— E se funcionasse com árvores e essas coisas? Grama e árvores?

Lynn se sentiu sobrecarregada e percebeu que lágrimas se formavam em seus olhos também. Tentou pensar em algo para dizer, algo sábio e maravilhoso, mas tudo que saiu foi:

— Ah, querido...

— O que está acontecendo comigo, mãe? — C.J. suplicou, então colocou os braços em volta do pescoço dela e se apertou contra o seu ombro.

15

A residência do cardeal era de uma clássica arquitetura inglesa estilo Tudor, uma mansão posicionada no meio de um dos gramados perfeitamente cuidados de Madeline Boulevard, em meio a Palmer Park, ao norte da fronteira do distrito residencial mais elegante de Detroit.

C.J. soltou um suave "uau" ao ver a casa, e então, enquanto subiam a entrada de carros, emitiu outro "uau" ao ver a piscina, que borbulhava sob a chuva através da cerca de ferro que guardava o quintal dos fundos.

Joe olhou para a casa e para o terreno e calculou que valiam uns seiscentos mil, mas, se estivessem localizados em Bloomfield Hills, poderiam chegar a um milhão e meio, fácil.

— Ele não está sozinho, está? — Lynn perguntou, analisando os quatro carros vazios na frente da casa.

— Raramente ele está sozinho — monsenhor Tennett respondeu. — Ele convidou mais quatro pessoas hoje. Mas vocês vão gostar delas. Uma freira, dois padres e um leigo.

Um relâmpago iluminou as nuvens a oeste e um trovão retumbou.

Monsenhor Tennett abriu a porta em meio à chuva que ainda caía e disse novamente, dessa vez um pouco mais alto:

— Vocês vão gostar deles!

A porta da frente foi aberta por um seminarista muito jovem que, com seu colarinho romano e terno clerical preto, teria passado facilmente por um colegial forçado a interpretar um padre em uma peça da escola. Ele sorriu e lhes deu boas-vindas, apontando para a sala e sussurrando para o monsenhor.

Enquanto Joe entrava no vestíbulo revestido de azulejos marrons, revisava o rico interior da casa e o valor estimado a que chegou: novecentos mil aqui, dois milhões e uns trocados se a casa estivesse num terreno grande de Bloomfield Hills.

Uma mesa de mogno grossa e polida, muito antiga, dominava a sala de reuniões onde o cardeal Schaenner e seus amigos aguardavam ansiosos por c.j. Walker e seus pais. Dos dois longos lados da mesa, várias cadeiras de couro vermelho e encosto alto estavam alinhadas, dez ao todo. Seis vitrais se sacudiam sob a incansável chuva do lado oeste da sala. Os lustres estavam acesos. Três patronos da Igreja olhavam para baixo, dos quadros com molduras douradas na parede norte: são Tomás Becket, santo Agostinho e um monge identificado por uma placa como são Columbano.

Todos os três estavam mortos, mas estavam ali, observando, c.j. notou. Era como se estivessem esperando para ser chamados de volta.

O cardeal usava um terno clerical preto, clássico, com colarinho romano normal — sem beirada vermelha e sem os vermelhos vivos da alta hierarquia. Apenas o anel se destacava: a cruz erguida e os cachos de uva estampados ali, sinal rebuscado de uma autoridade além da sua própria.

Alto, corpulento e de ombros levemente arredondados, com seus poucos cabelos negros muito bem penteados para trás, ele sorriu para c.j. com seu próprio toque de simpática surpresa e se apressou em segurar a pequena mão que tanta gente insistia ser forte o suficiente para trazer os mortos de volta à vida.

Irmã Melonie, vestida com um tailleur cinza liso e uma blusa branca abotoada até o colarinho, era uma mulher sorridente por volta de sessenta anos, que carregava sua figura roliça e caricatural de pessoa bondosa: irmã do Bom Coração, envelhecendo graciosamente.

Monsenhor Nesbitt era o reitor do Seminário de São Marcos. Ele também tinha uma aparência caricatural: homem correto, cerimonioso, acadêmico empertigado, com cabelos brancos curtos acima da larga testa, um par de olhos fundos e óculos de moldura fina muito limpos, perfeitamente adequados ao seu rosto. Ele tinha um tipo de sorriso esforçado que o fazia parecer frágil para aproveitar algo, ou nervoso demais para ficar confortável na companhia dos que o cercavam.

Um segundo clérigo, padre Killian, era alto, jovem e amigável, com cabelos castanho-claros, curtos e escovados para trás. Era secretário do cardeal, um jovem em ascensão.

O leigo, que padre Mark já conhecia e que cumprimentou com cordialidade, era Bennington Reed. Com quase dois metros, era quase tão alto quanto seu bom amigo, o cardeal, mas, diferentemente deste, Reed era um homem imenso, roliço e muito imponente. Parecia ter uns quarenta e poucos anos. Estava vestido elegantemente, com um terno transpassado marrom-escuro que aparentava nunca ter conhecido um amassado, nem nunca iria conhecer. Os cabelos eram castanho-claros, brilhantes e bem tratados, bem cortados e um pouco ralos perto das têmporas. O sorriso era radiante e largo, e as bochechas rosadas fizeram Lynn pensar em um despertador infantil. Só a intensidade de seu olhar quebrava o encanto.

Ele foi apresentado como amigo próximo do cardeal e da Igreja na arquidiocese, algo que, tanto Joe como Lynn perceberam, tinha a ver com contribuições financeiras e camaradagem pessoal. Presidente e diretor da Companhia de Exportação Bruce e dono de um dos centros de retiro espiritual preferidos pela hierarquia local, no lago Bruce, a norte de Michigan, Reed era, de acordo com o cardeal, "um amigo extremamente experiente, engenhoso e cheio de energia", que, em diversas circunstâncias especiais, prestara assistência à Igreja com muito sucesso, principalmente coordenando o transporte e questões de segurança relativas à última visita do papa a Detroit. Ele também possuía, o cardeal observou, "uma mente inquiridora e metafísica bastante correta".

O enorme homem cumprimentou Joe e Lynn com um aperto de mão tão forte que sacudiu o corpo inteiro deles, mas, quando se aproximou de C.J., foi gentil e reverente como uma criança.

Enquanto se preparavam para se sentar, a tempestade se acercou da casa com uma insistência tão sombria que o cardeal Schaenner pediu ao monsenhor Tennett para acender as luzes. Em seguida, o cardeal tomou seu lugar no meio da mesa, de costas para a janela. A irmã Melonie e o sr. Reed se sentaram à sua esquerda; o reitor do seminário e o jovem secretário do cardeal, à sua direita.

Como localização é tudo, Joe agarrou a cadeira do meio na outra extremidade da mesa, de frente para o cardeal, deixando Lynn e C.J. se sentarem à sua esquerda, e padre Mark e monsenhor Tennett, à sua direita.

O cardeal começou com uma oração curta e dita de maneira suave. E então, com a ponta dos dedos formando uma tenda sob o queixo, sorriu para Joe, Lynn e C.J., nessa ordem, e demonstrou que estava preparado para dar às novas histórias, ao vídeo, aos registros do hospital, aos médicos que ele conhecia pessoalmente, a Joe, Lynn e ao padre Mark Cleary o benefício de quaisquer dúvidas a respeito da autenticidade dos espantosos poderes de C.J.

— Sendo esse o caso — ele lhes assegurou —, o propósito desta reunião, hoje, é simplesmente explorar a vontade de Deus para com vocês, e oferecer a minha ajuda neste momento extraordinário.

Com isso, ele perguntou a C.J. e aos outros se gostariam de compartilhar seus próprios relatos sobre os eventos dos últimos dias, o que eles fizeram, cada um contando o que havia feito, visto e ouvido, sem nenhum tipo de exagero.

Quando terminaram, os olhos do cardeal sorriram novamente. A ponta dos dedos se uniu sob o queixo, e ele agradeceu, acrescentando em voz baixa, após um longo tempo:

— Poderemos fazer algumas perguntas a vocês agora? Sugiro começarmos pela irmã Melonie.

* * *

Durante os minutos que se seguiram, Joe avaliou os inquisidores de seu filho e seus questionamentos, deste modo: irmã Melonie queria conversar com C.J. a respeito de sentimentos. *Ela provavelmente é psicóloga infantil*, pensou, mas com certeza uma filha dos anos 60. Toda certinha naquela época, com seu habitozinho preto abotoado até o pescoço, e um dia, de repente — *bam!* —, a Igreja embaralha as cartas e subitamente ela só pensa em tecidos risca de giz e *sentimentos*, e desde então está parada ali. Ela guiou C.J. por toda sua descrição da ressurreição, perguntando coisas como: "E o que você sentiu na hora, C.J.?", "Como acha que Jesus se sente a respeito de tudo isso; você acha que consegue adivinhar?" C.J. mordiscou o lábio o tempo todo. Joe podia imaginar a freira irrompendo num "Dó, um dia, um lindo dia" a qualquer minuto.

Um a menos. Sem problemas.

Outro trovão ressoou, mas dessa vez não foi possível ver o relâmpago, agora mais distante que antes.

O reitor do seminário era todo Igreja. *Obcecado pelos livros da Igreja*, Joe concluiu. Nenhuma visão que fosse além do limite das capas. Teve o garoto prodígio sentado diante de si o tempo todo, mas fez todas as perguntas para padre Mark, não para Joe nem para C.J., apenas de um padre a outro. Ficou se perguntando em voz alta qual era a teologia da cura de padre Mark, e sua teologia da vida após a morte, coisas desse tipo. Esqueceu-se completamente de C.J. O garoto não fazia a menor ideia do que o cara estava falando.

Mas quem fazia?, Joe se perguntou. Dois a menos.

Para a surpresa de Joe, o mais jovem do grupo, o padre-secretário do cardeal, seguiu pela rota mais sombria e falou exclusivamente com C.J. Começou com as coisas inofensivas; quis saber com que frequência ele rezava e ia à igreja. Mas logo passou para coisas como se C.J. acreditava ou não no diabo, se tinha medo dele, se conhecia algum garoto que já havia conversado com Satanás, esse tipo de coisa. Não eram coisas divertidas de ouvir e, Joe percebeu, aquilo afastou muito C.J., e Lynn também.

O garoto respondia ao padre com "Árrã" e "Humm", do jeito que respondia quando queria muito escapar de alguém.

Em seguida, o jovem padre direcionou as perguntas para Lynn e Joe, parecendo amigável, mas lançando questões à queima-roupa sobre atividades ocultas nos antecedentes familiares — sessões espíritas, poderes espirituais incomuns, visões, feitiços, tudo isso. Lynn nem se incomodou em responder com sons, muito menos com palavras. Ela lidou com as reações negativas apenas sacudindo a cabeça, sem expressão no rosto, de modo rápido. Seu maxilar estava tenso, e os olhos pareciam duros e sombrios.

Toda essa linha de questionamento alertou Joe para algo que teria de conversar com Lynn quando caíssem fora dali. Se os mandachuvas da Igreja decidirem que o diabo é o responsável pelo que C.J. fez, podem obrigá-lo a passar por um exorcismo. Joe não sabia como aquilo funcionava, mas Lynn ia pirar, e ele sabia disso. Ele precisava lembrá-la desse pormenor e se certificar de que ela pensasse sobre esse assunto antes de se entregar mais nas mãos da Igreja.

Nesse ponto, o cardeal agradeceu a todos e sugeriu um minuto ou dois de descanso para esticar as pernas e C.J. tomar mais um copo de Pepsi.

Outra coisa que Joe percebeu, e isso lhe pareceu importante, foi que Bennington Reed era conspícuo em seu silêncio. O homem-montanha havia apenas se sentado ali, com os olhos fixos em C.J., olhos que por vezes queimavam e em seguida dançavam, iniciando um sorriso, torcendo os lábios sem razão aparente, e então o fazendo sumir de novo. Tudo isso levava Joe a imaginar no que ele estaria pensando, seus pensamentos indo e vindo daquela maneira, seu sorriso e seu não sorriso, mas sempre encarando C.J.

E se ele não estava ali para fazer perguntas, para que estava então?

O cardeal se virou para ver a chuva enquanto todos se sentavam novamente. Viu que ela estava minguando, assentiu em aprovação e convidou o restante do grupo a pareceres imediatos.

— Acho que o senhor precisa saber que o governo esteve na casa deles hoje — padre Mark disse de repente.

Os olhos do cardeal subitamente brilharam e se estreitaram. A ponta dos dedos se uniu sob o queixo. Ele esperou vários segundos antes de perguntar:

— O governo federal?

— O Departamento de Defesa — Lynn respondeu, assentindo.

C.J. se endireitou na cadeira.

Os olhos de Reed brilharam e voaram para o cardeal.

Padre Mark prosseguiu:

— Um agente federal e alguém da Força Aérea.

C.J. cutucou com força o braço da mãe.

— A Força Aérea? — sussurrou. — Na nossa casa?

Lynn assentiu, mas ergueu a mão, sinalizando para que ele não fizesse mais perguntas, não naquele momento.

— Eles disseram que existem questões de segurança envolvidas — Joe disse.

C.J. cutucou Lynn novamente; o lábio inferior dele se projetou para frente, protestando contra o silêncio da mãe, mas ele não disse nada.

— Essas pessoas dizem e fazem tudo o que querem — Joe falou novamente, não se dirigindo a ninguém em particular, soando amargo.

Lynn então disse de modo apologético, como se já tivesse dito aquilo centenas de vezes para centenas de pessoas diferentes:

— Joe não é um grande fã do governo.

O cardeal se virou para Reed sem dizer nada, as sobrancelhas se ergueram, pedindo um comentário.

E então, pela primeira vez, Bennington Reed falou. Ele se inclinou para frente, com os enormes punhos fechados sobre a mesa, próximos ao peito. Os olhos se estreitaram e a cabeça assentiu muito levemente, como se ele estivesse, a cada minuto que se passava, descobrindo algo novo e importante que pudesse mudar a situação deles dramaticamente.

— Eles devem ser de algum tipo de unidade de atividades paranormais — ele disse, com outro aceno de cabeça. — O governo investiga todo o universo de experiências paranormais. O orçamento negro, outros orçamentos especiais e ocultos, instalações secretas, tudo o que precisarem. Procuram óvnis. Poderes psíquicos. Qualquer atividade paranormal que possa afetar o campo político.

— E o poder de despertar os mortos pode afetar o campo político — o cardeal Schaenner sussurrou.

— Ah, sim. De fato. Por exemplo, o primeiro e mais óbvio pensamento: E se eles identificassem uma aberração genética por trás do poder? Se descobrissem como ela funciona? Ah, por Deus, sim.

Enquanto o grupo se perguntava para onde a visão de Reed os levava, com seu "ah, por Deus", ouviu-se uma leve batida na porta da sala de reuniões. Foi um ruído apologético: três toques leves.

Monsenhor Tennett abriu a porta para o seminarista, que parecia tão hesitante quanto suas batidas. Ele ergueu uma folha de papel e falou, como se estivesse perguntando:

— Disseram para trazer isso o mais rápido possível?

O monsenhor pegou o bilhete, agradeceu baixinho e o passou pela mesa até o cardeal, sem ler. Depois de um segundo, com mais um "obrigado" quase inaudível, monsenhor Tennett fechou a porta.

Enquanto o cardeal lia a mensagem em silêncio, seus olhos perderam aquele pouco brilho de surpresa agradável e se estreitaram. Era como se o papel fosse brilhante demais para seus olhos nus. Ele o leu uma segunda vez, assentiu levemente, então ergueu o olhar e o depositou, preocupado, sobre C.J. Em seguida, olhou para Lynn e disse calmamente:

— As coisas estão mudando depressa.

Lynn começou a se levantar.

— O que aconteceu?

Mas o cardeal estava sorrindo novamente, dessa vez falando com C.J., com a voz normal, até mais alegre.

— O que você me diz, C.J.? — ele perguntou. — Podemos pedir para nosso seminarista lhe trazer um pouco de sorvete e mostrar os videogames que compramos para você. Ideia do sr. Reed. Estão no gabinete no fim do corredor. — Seu sorriso se alargou. — Aposto que você não esperava encontrar videogames na casa do cardeal, não é?

* * *

Apenas o cardeal Schaenner e o sr. Reed estavam do lado da mesa que ficava diante da janela quando eles se reuniram novamente, sem C.J., dez minutos depois. A freira e os outros dois padres tiveram de ir embora, o cardeal explicou, por conta de compromissos urgentes, mas deixaram seus agradecimentos, preces e votos de felicidades. O sr. Reed, o cardeal lhes assegurou, ainda estaria disponível e, como eles poderiam ver, era excepcionalmente bem qualificado para contribuir para quaisquer discussões e decisões que pudessem se seguir a elas.

Lynn interpretou a saída dos dois padres e da freira de forma diferente. Ela achou que eles estavam ali para fazer as perguntas mais pesadas no lugar do cardeal, para descobrir se C.J. estava delirando ou enlouquecendo, e para perguntar se o menino conversava com o diabo e coisas do tipo. Foi por isso que o padre mais jovem assumiu o lado negro, ela pensou. Pediram que ele fizesse isso. E então restaria ao cardeal o papel de bonzinho.

Mas agora os negócios de verdade estavam prestes a começar. E começariam com o bilhete que o cardeal havia lido, mas ainda não compartilhara.

Ele rapidamente entrou no assunto.

— Temo — disse, deslizando o papel pela mesa até Lynn — que tenhamos uma janela de oportunidade muito estreita, pelo menos na questão de oferecermos ajuda sem o envolvimento do governo. Ou interferência, melhor dizendo, na maneira como toda essa situação vai se desenrolar.

Lynn leu o bilhete e suas sobrancelhas se arquearam.

Joe se inclinou para dar uma olhada.

Olhando nos olhos dos outros, a começar por seu amigo, sr. Reed, o cardeal disse:

— O bilhete é do nosso Departamento de Comunicações, na Chancelaria. O sr. Galvin Turner, sujeito do vídeo que todos nós vimos, acabou de aceitar sete milhões e meio de dólares para passar por uma cirurgia exploratória na Filadélfia na próxima sexta. Às dez da manhã. O objetivo da cirurgia será raspar suas feridas internas em busca de traços de metal e determinar de uma vez por todas se o metal encontrado é idêntico ao das ferramentas do agente funerário, o que não deve levar mais de uma hora após o início da cirurgia.

O anúncio pairou no ar por quase dez segundos.

O cardeal continuou:

— Vocês todos entendem o que isso significa. Se a cirurgia confirmar o que todos acreditamos que vai confirmar, a comunidade científica terá fortes evidências de um embalsamamento genuíno. O que, por sua vez, apontará a morte genuína e, é claro, uma ressurreição genuína. Por si só, o vídeo é interessante, mas vídeos digitais deixam muito espaço para enganação. Dessa vez a evidência será forte demais para ignorar, e suas implicações serão difíceis de negar para qualquer um.

Ele novamente encarou Lynn, parecendo triste.

— E isso significa, sra. Walker, que a senhora terá de decidir logo a quem exatamente vai se voltar em busca de ajuda, se é que vai aceitar a ajuda de alguém. Tenho certeza absoluta, se é que ela vale de algo, que o governo estará preparado para levar C.J. sob custódia federal na tarde de sexta. E Deus sabe quem mais estará pronto para se aproximar da senhora e do garoto ao mesmo tempo.

— Eles não podem fazer isso — Lynn protestou. — Nós não vamos com eles. — Mas o tom de sua voz e o medo profundo em seus olhos diziam que ela sabia com a mesma certeza o que qualquer um ali naquela mesa sabia: é claro que levariam C.J. contra a sua vontade. Um garoto que poderia revelar o segredo do poder da vida sobre a morte? É claro que eles poderiam levar C.J., e é claro que fariam exatamente isso.

— O cardeal está certo — Bennington Reed disse, mergulhando novamente na conversa. Sua voz agora estava mais alta, sua expressão bem distante do sorriso de despertador de brinquedo. — A correspondência do metal na cirurgia será o tipo de evidência que estão esperando. Sólida. Irrefutável.

Lynn protestou novamente, com um ar de calmo desespero na voz:

— Mas vocês estão falando de sequestro. Quer dizer, se eu disser publicamente que não queremos que ele vá...

Reed começou a responder, mas o cardeal Schaenner se inclinou para frente, e sua mão se ergueu, silenciando Reed abruptamente.

Ele encarava Lynn novamente, sem sorrir. Falou devagar, mas com firmeza:

— Suplico que entenda uma coisa, sra. Walker. Honestamente não acredito que a senhora foi capaz de fazer isso ainda. — Suas mãos pousaram espalmadas sobre a mesa, os dedos se movendo como se estivessem espalhando água. Ele continuou: — Se seu filho realmente tem o poder de despertar os mortos à vontade, apenas com o som de sua voz...! — Ele lentamente se endireitou na cadeira. — Bem... Isso fará com que as pessoas cometam atos extraordinários. Atos possivelmente terríveis. E nada as fará parar. A senhora precisa aceitar isso. Nada as fará parar. Nem sequestro, nem assassinato, nem traição, absolutamente nada. — Ele balançou a cabeça, olhando seriamente para ela e ainda falando devagar: — Como a senhora pode pensar, por um minuto sequer, que haverá algum limite para o que o governo, nosso ou de outro país, é capaz de fazer na tentativa de controlar seu filho? Se, de fato, eles se convencerem de que ele pode fazer isso? Não, senhora. Para o bem ou para o mal, isso está prestes a gerar reações sem limites. Não duvide disso.

Ele recolheu as mãos da mesa, olhou para Joe, para padre Mark, então mais uma vez para Lynn. E disse:

— A senhora tem um tempo desesperadoramente curto para encontrar seu porto seguro, sra. Walker. Não duvide disso.

Lynn estava olhando fixamente para o cardeal há quase dois minutos. Ela estava imóvel. Os olhos escuros estreitados, os lábios com vincos secos, bem apertados.

Joe se contorceu na cadeira, observando-a.

Ela podia sentir o cardeal, Reed e o monsenhor Tennett, todos olhando, esperando sua resposta.

Ela queria fugir. Lágrimas surgiam em seus olhos, e ela disse, em palavras quase sussurradas:

— Por que isso está acontecendo?

A expressão do cardeal se suavizou. Ele assentiu e lentamente repetiu a pergunta:

— Por que isso está acontecendo? — Outro meneio de cabeça. Tempo para pensar, depois continuou: — Certa vez, quando eu era garoto, estava na floresta com o meu pai. Eu tinha mais ou menos a mesma idade de C.J.

Meu pai era caçador. Era outono, estava frio, e tivemos que armar um tipo de telheiro entre um par de árvores, lá em William's Bay, em Wisconsin, enquanto esperávamos pelo cervo. E eu não sabia, até que a água começou a entrar pelos cadarços das minhas botas, que o riacho próximo dali havia inundado, e meu pai e eu estávamos afundados em dez centímetros de água. Há correntezas que podem nos arrastar, vindas sabe-se Deus de onde. Simplesmente surgem. Como esta coisa. Repentinamente, e não sabemos por quê. Não sabemos quão grande vai ficar. Nem quando vai secar, ou se chegará a secar. São simplesmente coisas que não sabemos. Ouvi falar da história de um traficante de drogas. A mãe dele estava morrendo de câncer na garganta, e Ele também estava doente, com enfisema. Ele a levou até um culto de cura. Mas não para ele, pois disse que não acreditava. Eles estavam no santuário, porém, todos rezando pela cura, e sua mãe voltou para casa ainda doente, mas ele estava curado do enfisema. Totalmente curado. Então eu pergunto: Ele era um santo? Deus estava recompensando-o por ele ser tão sagrado? Não podia ser isso. Mas, de alguma forma, a correnteza subiu dentro dele onde Deus cura, como o rio Jordão. Aconteceu quando ele não acreditava ser possível. E geralmente acontece desse jeito. Pessoas normais surpreendidas pelo extraordinário, pela corrente inexplicável. O Espírito Santo soprando como o vento. Não sabemos onde, não sabemos por quê. Provavelmente para que não possamos ser capazes de controlar as coisas, que é o que fazemos com tudo. Mas não com isso. Não com algo como isso. Essa corrente Lázaro, isso é segredo de Deus.

Ele balançava a cabeça, lenta e persistentemente. E sussurrou:

— Eu gostaria de ser um homem mais sábio para ajudá-la. Realmente gostaria.

Lynn suspirou. Recolheu o lábio inferior e o manteve assim, entre os dentes, a língua se movendo sobre ele, para frente e para trás. Em seguida suspirou novamente, olhou para Joe, novamente para o cardeal, e disse:

— Então me diga o que o senhor sabe, tudo bem? Me diga o que acontece se formos para Roma. Ou seja lá para onde for, um lugar que o senhor ache que seja seguro. Se é que existe esse lugar.

O sorriso do cardeal voltou a seus olhos.

— Eu realmente acredito que Roma será o melhor lugar possível para vocês. Certamente vocês terão de sair do país, na minha opinião. E a Cidade do Vaticano seria perfeita. Penso que seria o único lugar.

Joe disse com a voz baixa e com um toque de tensão:

— Pense nisso com muito cuidado, Lynn.

Ela levantou o queixo. Seus olhos estavam no cardeal, mas sua mente se movia como um sintonizador de rádio, já seguindo adiante em busca de outras opções de última hora. Ela tinha quatro dias até a operação de Turner e sabia que aquela porta se fecharia para ela, porque sabia o que encontrariam. Quatro dias, com todos no mundo olhando para ela e ninguém a quem pudesse pedir ajuda, ninguém que realmente se importasse pessoalmente com ela e com C.J. Seus pais estavam mortos. Nenhum parente com o qual mantivesse contato. Até seus amigos eram poucos. Nancy Gould era próxima, e havia mais uns seis ou oito menos próximos espalhados no trabalho, na igreja e na vizinhança. Mas eram mais conhecidos que amigos de verdade. Mesmo os poucos caras com quem ela havia saído foram apenas companhia para jantares casuais, sem nenhum futuro.

Como a maioria das mães solteiras, ela estava mais sozinha do que gostaria de admitir.

Bennington Reed fungou levemente, observando Lynn.

Monsenhor Tennett moveu lentamente a caneca de café de um ponto da mesa a outro, observando Lynn.

Joe tamborilava os dedos, observando Lynn.

Padre Mark e o cardeal estavam em silêncio, observando Lynn.

Quatro dias. Sem tempo para planejar. Sabendo que seu filho nunca estaria seguro se ela apenas contratasse seguranças particulares para protegê-lo. Como confiar que os guarda-costas não tentariam levá-lo, se estavam ali apenas de aluguel? Não importava a quantia que ela pagasse, como poderia protegê-lo de seus próprios protetores, das pessoas dispostas a pagar mais?

Ideias aleatórias começaram a surgir repentinamente em sua mente. Ideias impossíveis, como ir embora de casa com C.J. escondido no meio da noite, no escuro. Ideias absurdas, como tirá-lo dali disfarçado de seminarista. Ideias sem esperança, como tirá-lo dali imediatamente, no calor do momento, sem planejamento, apenas tirá-lo de frente do videogame na outra sala e pular a cerca dos fundos da casa do cardeal e bater na porta ao lado para suplicar por um milagre e um lugar para se esconder.

— Posso pedir que considere um plano que pareça fazer sentido? — o cardeal perguntou, quebrando o encanto.

Joe sussurrou seu nome como se estivesse lhe fazendo uma pergunta e mudou de posição na cadeira.

Mais silêncio.

— Se precisa de tempo para pensar nisso, ou se acha que precisa fazer C.J. se acostumar com a ideia antes de subitamente se levantar e mudar para a Itália, eu entendo. Desejaria que fosse diferente, mas entendo. Mas ainda podemos afastar C.J. e a senhora do caos que está em sua casa pelos próximos dois dias. E da clara insegurança que há ali. Podemos hospedá-los no Seminário de São Marcos. Ou no de São Mateus, em Plymouth. É novo e seria totalmente seguro. Ou o nosso Ben aqui tem um terreno da família no lago Bruce, uma casa de descanso, bem no meio de uma propriedade privada. Seria mais como umas férias.

Reed estava resplandecente.

— E então, na sexta, antes da cirurgia de Turner, todos nós pegamos um voo para Roma. Simples assim. Estaremos ao lado de vocês o tempo todo. Vocês podem descansar e se organizar; tenho alguns dias para fazer os arranjos; é uma bênção de Deus. O que acham?

Reed se ergueu como um muro, os olhos dançando de um lado para o outro.

— Meu local é perfeito — disse, puxando uma dúzia de fotos do bolso do paletó e exibindo-as no meio da mesa.

Joe sussurrou novamente:

— Lynn?

Ela se virou rápido e respondeu bruscamente:

— Eu sei, Joe! — E então respirou fundo, ergueu a palma da mão para acalmar Reed e disse para o cardeal: — Por favor. Eu agradeço tudo isso, mas me mudar por três dias seria mais confuso para C.J. Ele está na própria casa, seguro em sua própria cama, os policiais estão por todo o lugar como moscas, está tudo bem lá. É barulhento, mas não tenho medo. Então... se formos para Roma com vocês, vamos sair de lá.

Reed parecia constrangido, como uma criança. Ele olhou para o cardeal, esperando instruções.

— Está tudo certo, Ben — o cardeal disse em voz baixa. — Obrigado.

Joe estava sorrindo.

— Sinto muito — Lynn disse. — Mas é melhor para nós. Estou certa disso.

Reed reuniu as fotos.

— Bem — ele disse, forçando um sorriso —, talvez um dia... — Sua voz sumiu enquanto ele voltava a se sentar.

— Foram só sugestões — o cardeal disse para Lynn. — Mas este é um pedido. Que vem com um enorme "por favor" na frente.

Lynn cruzou os braços.

— Já que temos três dias, e enquanto eu sigo, com sua permissão, fazendo os arranjos necessários para a viagem a Roma, ficando em aberto sua decisão final, é claro, por favor, sra. Walker, deixe que os melhores médicos da cidade façam um exame físico em C.J. Com todas as melhores tecnologias e procedimentos possíveis. Deixe-nos marcar o exame para amanhã, aqui na cidade, em nosso Hospital São Paulo.

Lynn o encarou, momentaneamente estupefata.

Joe perguntou alto:

— Por quê? Não há nada de errado com ele.

Padre Mark e monsenhor Tennett ergueram as sobrancelhas e esperaram. Apenas Reed sorriu. Até mesmo assentiu em aprovação.

— Por que o senhor acha que ele precisa de um exame? — Lynn perguntou ao cardeal.

— Só pensei que vocês certamente vão querer que ele faça um exame completo de qualquer maneira, aqui ou lá fora. E, com todo o respeito à medicina romana, é melhor que seja aqui, acredite em mim.

— Mas por que isso? Qual a razão de um exame físico?

— Porque, sempre que surgem experiências físicas extraordinárias, sra. Walker, é inteligente verificar as influências físicas e psicológicas em primeiro lugar. Tenho certeza que vocês ainda não pensaram nisso, mas vou lhes pedir, por favor, que pensem.

— O senhor realmente acha que a sua "corrente Lázaro" pode ser algo físico? — A voz de Lynn estava abalada. — Quer dizer, algo que está crescendo no cérebro dele? Alguma coisa assim?

O cardeal pensou um pouco, em seguida disse:

— E se houver algo para descartarmos? E se exercitar esse tipo de poder impensável... estiver alterando algo em C.J.?

A boca de Lynn se abriu. Ela o encarou, imóvel.

— O que o senhor quer dizer com "alterando algo"? — Joe respondeu rapidamente.

— Estou simplesmente dizendo que um exame físico é a primeira, mais segura e mais responsável atitude que vocês podem pôr em prática enquanto esperam a operação de Turner. O que mais o senhor faria, sr. Walker, nos próximos três dias?

Joe estreitou os olhos, sem se incomodar em esconder a raiva.

O cardeal pressionou:

— Vocês se dão conta do risco de não fazer um exame físico? Vocês acham que um médico com um termômetro vai ser capaz de ler os sinais fisiológicos num caso como esse? Vocês têm alguma ideia de como vai ser levar o garoto a um hospital na Itália, pelo amor de Deus, depois que a operação de Turner provar que o metal no corpo do homem é do tubo de embalsamamento, de como vai ser para ele? Num hospital italiano? Depois que algo assim vier a público?

Reed se levantou subitamente, parecendo insatisfeito e impaciente. Ele lançou o queixo arredondado para frente e murmurou:

— Com licença. Apenas alguns minutos, por favor. — E começou a andar desajeitadamente em volta da mesa. — Preciso fazer algumas ligações. — Seu rosto estava corado. — Volto logo.

A expressão assustada do cardeal lhe informou que ele não precisava de permissão.

E também disse: "Mas por que é que você precisa fazer ligações numa hora dessas?"

16

Reed seguiu pelo corredor como um caçador. Ouvindo para descobrir onde C.J. estava jogando o fliperama digital que os garotos agora chamavam de videogame. Passou pela escada e entrou no quartinho tão silenciosamente que nem C.J. nem o seminarista o notaram.

Ficou parado atrás deles por quase dois minutos, não apenas vendo-os jogar, mas ensaiando seu plano. Então ele os assustou ao dizer, com sua voz mais tranquila:

— C.J., você pode vir comigo por um minuto, por favor? — Ele sorriu para o jovem seminarista e acrescentou: — Espere por nós aqui, tudo bem, Brian? Já voltamos. São só alguns minutos.

Seu rosto estava corado.

O seminarista disse:

— Claro — e ficou em silêncio.

C.J. deu de ombros e se colocou de pé. Em seguida, acompanhou lentamente o amigo do cardeal, com seu corpo imenso e suas mãos imensas, para fora do quartinho e pelo longo e ladrilhado corredor até a cozinha, na parte mais distante da casa.

* * *

Na sala de reuniões, Joe abriu com um estalo uma lata de 7Up e olhou fixamente para o pequeno copo. Não era sequer um bom copo, apenas uma porcariazinha de plástico.

Ele não acreditava na rapidez com que a situação estava lhe escapando. Tinha vontade de lhes dizer: "Vocês nem saberiam sobre C.J. se não fosse por mim!" Tinha vontade de dizer ao cardeal: "Para que você nos deu esses copinhos de plástico?" Sentia-se péssimo.

E então ele não se sentiu tão mal afinal. Pensou: toda essa nova pressão, e o cardeal e todo mundo dizendo apenas o que ele já havia dito a Lynn sobre o governo — talvez fosse só o que precisava ser dito para fazê-la mudar de ideia a respeito das coisas. Fazê-la reconsiderar e ir com Cross. Ela não só estava sentindo a urgência do prazo final na sexta-feira, como agora sentia a pressão daquela gente querendo levar C.J. ao hospital. Lynn sentia aquela pressão nas entranhas agora, não apenas em sua mente, vendo como toda aquela gente ao seu redor falava sério sobre tudo aquilo e como agora estavam todos cada vez mais em cima dela. Pessoas que queriam fazer coisas com C.J. no nível físico, imediatamente.

E então ele decidiu, parado ali com um 7Up na mão e a voz do cardeal pairando atrás dele, que, sim, aquilo seria bom para ele. Ele iria em frente e fecharia o negócio com Kruger. E começaria a conversar com Lynn para fazê-la aderir ao plano e convencê-la de que o filho de Cross seria a melhor saída. Falaria com ela sobre aquilo naquela noite ou na manhã seguinte, antes da visita ao hospital, coisa que ela já parecia preocupada demais e inclinada a aceitar. Ele podia ver, depois que o cardeal tentou plantar aquela besteira em sua cabeça, como uma semente podre, sobre as coisas terríveis que o poder poderia estar fazendo com C.J.

Ele despejou sua soda e pegou o copo de plástico barato, pensando em qual seria o momento ideal para conversar com ela, e sobre o hospital e tudo o mais, quando uma ideia completamente nova lhe veio à mente, todo um novo mundo de possibilidades que se abriam. Ele pensou: *E se C.J. puder fazer aquilo por causa de algo que veio de mim? E se for genético, algo na minha família, que talvez remonte a dez gerações? O que significa: e se eu puder fazer a mesma coisa também, mas nunca fiz porque nunca pensei em tentar? Meu Deus do céu!*

Ele bebeu o copo de soda sem respirar e se serviu de outro.

Talvez C.J. fosse capaz de fazer aquilo em qualquer momento de sua vida se tivesse tentado. Mas nunca tentou antes. É claro que nunca tentou. Por que tentaria? Então por que a mesma coisa não poderia acontecer com Joe? Era uma chance em dez bilhões, mas uma chance mesmo assim.

Enquanto ele voltava para sua cadeira, passando pelos dois padres, decidiu que precisava descobrir. Ele aceitaria a ideia do hospital. Diria a Lynn: "Por que não? Deixe que eles examinem C.J. à vontade", ele diria. "Vamos ao hospital juntos, vamos fazer com que a polícia nos escolte até lá amanhã, na primeira hora, como o bom cardeal estava dizendo." Chegando lá, haveria todas aquelas pessoas doentes. Todas esperando para ver se alguém as curaria.

Na verdade não era nem uma chance em dez bilhões. Provavelmente um milhão de vezes melhor que isso. Ele era o pai biológico de C.J. Walker!

* * *

Bennington Reed fechou a porta da cozinha atrás de C.J. e acendeu a luz.

— O cardeal tem uma cozinheira que vem preparar as refeições — ele disse para C.J. Ele se movia tão suavemente quanto falava. Estava muito perto do garoto agora, diminuindo seu tamanho ainda mais, os dois entrando no cômodo vazio. — Ela deve chegar daqui a uns quinze minutos, vai fazer sanduíches para quando os Klein chegarem, então pensei que, se viéssemos agora, ainda teríamos alguns minutos sozinhos.

C.J. mudou o peso da perna e se afastou na direção do balcão, perto do refrigerador, com as mãos enfiadas nos bolsos da calça cáqui social bem passada, colocada especialmente para a visita ao cardeal.

— C.J.? — Reed perguntou, se movendo novamente, dessa vez na direção do refrigerador. — Eu trouxe os videogames para você hoje, quando soube que viria — ele disse, sorrindo novamente. — O cardeal lhe contou isso, né?

O menino assentiu e ergueu a mão direita para coçar o braço esquerdo, um pouco abaixo do ombro. Ele esperava por mais.

Reed abriu a porta do refrigerador.

— Bem, eu trouxe para o cardeal algo que ele gosta também. Um pouco de vinho, porque ele gosta de vinho.

Enquanto ele falava, pegou um pacote comprido, algo embrulhado em papel branco e liso. Sua voz se tornou um sussurro:

— E eu trouxe isso para ele.

C.J. se aproximou, os olhos no pacote.

Reed se virou e o colocou sobre o balcão, entre o refrigerador e a pia, então começou a desembrulhar. Seu sorriso não ia embora.

— Eu fiquei tão animado quando ouvi na televisão o que você fez por aquelas mulheres — ele disse, falando mais rápido — e pelo sr. Turner, sabe? Todo mundo ficou animado, não é? — Ele soava como se acabasse de subir uma escadaria.

E parecia que havia acabado de fazer isso, porque de repente seu rosto ficou corado novamente, enquanto seu sorriso finalmente desaparecia.

— Eu tenho amigos que ficaram ainda mais animados que o cardeal — ele disse —, porque alguns de nós sabemos algo a respeito disso que nem o cardeal sabe ainda. Sobre você, e sobre evolução, C.J.

Ele parou de repente e olhou fixo para o garoto, com os olhos bem abertos, sombrios e reverentes.

C.J. desviou o olhar de Reed, de volta ao pacote.

— O que é isso? — perguntou suavemente.

— Eu só estava imaginando, C.J... — Ele ergueu o último pedaço de papel e o desdobrou. — Você me faria um grande favor, filho?

E, dizendo isso, abriu a última dobra.

C.J. pôde ver a truta.

Era bem grande, e ele ficou fascinado. Nunca tinha visto um peixe inteiro de perto. Sua mãe nunca tinha comprado um, e ninguém nunca o levara para pescar.

— Você me mostraria como o poder funciona, por favor? — Reed sussurrou. — Bem aqui, só nós dois?

O peixe fedia, C.J. notou. E seus olhos estavam abertos, embora estivesse morto.

Reed alcançou o armário no alto e lentamente retirou um prato de lá. Ele o colocou sobre o balcão e deslizou o peixe para dentro. Seus olhos deixavam C.J. apenas para lançar rápidas e afiadas olhadelas na direção do prato e do longo e brilhante peixe morto.

C.J. olhava fixamente, e seus olhos se estreitaram. Ele mordiscou o canto do lábio, as mãos ainda enfiadas nos bolsos.

Reed empurrou o prato para mais perto do garoto. Sua voz era suave e calorosa, desdobrando-se sobre ele como um cobertor.

— Apenas diga as palavras e toque o peixe, e você poderá me mostrar como funciona. Por favor, C.J.

O garoto se contorceu, virando um pouco para a esquerda, tomando distância do peixe.

— Minha mãe pediu que eu não fizesse mais ressurreições — ele sussurrou.

— Mas isso só vale para pessoas, tenho certeza, não é? Ela disse "peixes"?

C.J. balançou a cabeça lentamente e deu de ombros.

— Então não fará mal nenhum se você fizer com o peixe, não é? Tenho certeza que não.

— Eu nunca fiz com um peixe.

— Mas não faria mal se você tentasse, não é?

O garoto olhou fixamente por mais alguns segundos. Finalmente assentiu e sussurrou, hesitante:

— Acho que não.

Reed respirou fundo.

C.J. olhou para ele com as sobrancelhas erguidas, esperando a palavra final.

O homem assentiu.

— Tudo bem. Agora.

C.J. sorriu e estendeu a mão cuidadosamente. Tocou as escamas geladas, pousando a ponta dos dedos na lateral do peixe. Ele sentiu que estava duro e seco. Esperou — quatro, cinco segundos, como se não tivesse certeza do que dizer. E então sussurrou do modo que lhe parecia certo, do único modo de dizer aquilo. Ele sussurrou:

— Fique bem, peixe.

Não demorou muito — não mais que um minuto e meio. A cauda se moveu primeiro, uma leve retorcida, e então a barbatana.

Os olhos de Reed se encheram de lágrimas. Seu rosto ficou muito vermelho. Ele não piscava. Quase não respirava.

— Está vivo — C.J. anunciou com a voz baixa, soando como se estivesse hipnotizado também, mas estava sorrindo.

A cauda da criatura se contorceu lentamente e então se estendeu. Quando ergueu a cauda pela segunda vez, sua boca se abriu lentamente, e então todo o corpo se debateu com força, uma vez, repentinamente, e o peixe irrompeu em sua nova vida, saltando do prato para o balcão, freneticamente buscando por água.

C.J. deu um salto para trás, e Reed soltou um ruído de susto e se apressou para colocar o peixe na pia e enchê-la de água enquanto o garoto esticava a mão novamente para tocá-lo. Seus olhos estavam arregalados, e seu sorriso era largo. Reed riu com força, mas sem aumentar o volume da voz, para não ser ouvido por Brian ou pelos outros. Em questão de segundos, o peixe tinha água o bastante para submergir e espirrar pingos frescos no imenso homem e no pequeno garoto que parecia muito orgulhoso do que acabara de fazer.

— Meu Deus! — Reed ria, estendendo as mãos para se proteger da água. Em seguida estendeu um pano de prato por sobre a pia. — Meu Deus! Ah, C.J.! Muito obrigado por fazer isso por mim! Ah, Deus!

Ele virou o rosto radiante para o garoto e em seguida estendeu a enorme mão sobre o ombro de C.J., deixando o pano de prato deslizar para a água.

— Ah, meu Deus! Obrigado, filho! — Ele colocou o pano do outro lado da pia e em seguida pressionou a mão contra o peito, como se tentasse normalizar seu coração, mas o peixe se debateu com força novamente, e Reed rapidamente ergueu o pano diante da pia, como um escudo.

C.J. riu ao ver a cena.

Reed deixou o pano se ajeitar sobre a água e a truta viva, e então se ajoelhou diante do garoto. Sua mão grande e redonda repousava no ombro esquerdo de C.J. Um toque muito leve para uma mão tão grande.

— C.J.? — ele perguntou, olhando nos olhos miraculosos do garoto. Agora suas palavras eram meras lufadas de ar.

C.J. olhava para ele, ainda sorrindo.

— Você sabe algumas perguntas que as pessoas estão fazendo na tevê, e eu sei que a sua mãe e o seu pai também estão fazendo, provavelmente... Como:

Será que o poder funciona sem você tocar a pessoa? Você já ouviu sua mãe e seu pai se perguntarem a respeito disso? Ou você mesmo alguma vez se perguntou? Porque eu sei que todos nós fazemos essa pergunta.

C.J. coçou a orelha e disse:

— Meu pai disse alguma coisa sobre isso.

— Ah, sim, todos estamos nos perguntando.

— Ou se só o toque funcionaria — C.J. refletiu —, ou se eu não disser nada, apenas pensar e tocar alguém. Ou algo assim. — Havia uma pitada de renovado interesse em sua voz.

— Sim — Reed disse, esticando a palavra lentamente, assentindo e se aproximando. — É isso mesmo, filho.

— Mas eu não acho que ia funcionar — C.J. disse. — A parte em que eu não digo nada. Mas não sei. Dizer só as palavras pode funcionar, sem o toque.

— C.J.? — Reed disse, da mesma maneira que fez a introdução antes, quando estava prestes a pedir que ele ressuscitasse o peixe. — Vamos tentar só com as palavras no peixe, está bem? Vamos fazer isso para podermos contar para sua mãe, seu pai e para o cardeal, tudo bem?

O menino ficou em silêncio, pensando novamente. Mas então concordou, com um olhar de determinação novo em seu jovem rosto.

— Está bem — ele disse. E em seguida adicionou, como se quisesse rever as instruções: — Então eu só digo, mas não toco. Certo?

— Ah! — Reed disse em voz baixa, soando subitamente surpreso. Suas sobrancelhas se ergueram. — É claro, para fazermos isso, o peixe tem que estar morto de novo, não é? — Ele prendeu a respiração e observou C.J. atentamente. — Por que não pensei nisso antes?

C.J. concordou lentamente. Era verdade: você não consegue trazer de volta à vida algo que não está morto.

Os olhos de Reed permaneceram no garoto.

O olhar de C.J. deslizou até o pano. Ele ainda sibilava sobre o peixe, ficando no caminho do animal e sendo puxado cada vez mais para dentro da água. Reed se ergueu o máximo que pôde e, respirando fundo, puxou o pano da pia. Com suas mãos enormes, envolveu a truta e a tirou lentamente da água.

Ele a segurou na frente de C.J., quase a encostando no peito do garoto. A truta estava tentando se libertar, mas apenas a cauda tinha espaço para se debater. Gotas de água molhavam novamente a camisa de C.J., e suas calças, a calça social passada, a sua melhor, usada para visitar o cardeal, e o chão.

Reed se inclinou com sua vítima na mão e sussurrou de novo, muito baixo:

— Apenas diga: "Fique morto, peixe". Desse jeito. Diga, C.J. "Fique morto, peixe."

Seu rosto estava em chamas.

C.J. recuou. Ele olhou para o peixe. Olhou para seus olhos, ainda muito abertos. Olhou novamente para Reed, e seus próprios olhos se encheram de perguntas. Ele olhou fixamente para o peixe de novo, sem dizer nada, pensando com toda força possível, sem saber o que fazer.

— Não foi sobre isso que meu pai falou — ele disse suavemente.

Reed se aproximou. O peixe debateu a cauda novamente, espirrando mais um pouco de água nos dois. Dificilmente um protesto digno de nota, mas Reed fingiu surpresa momentânea diante do pequeno rompante do peixe e sorriu.

— Mas nós vamos matá-lo de qualquer jeito, não vamos? — Ele se inclinou mais, ainda sorrindo, com a voz densa e gentil. — Quer dizer, alguém precisa fazer isso. E é melhor você fazer do que a cozinheira com a faca. Além do mais — disse —, ele não vai ficar morto por mais de um minuto, certo? Então qual é o mal, filho?

C.J. mordeu o lábio e o torceu para o lado, recuando mais.

— Os olhos dele estão muito abertos — ele disse cuidadosamente.

— Até Jesus comia peixe — Reed sorriu. — E ele certamente não comia sem matar antes, não é?

C.J. parou de se mover.

Reed parou de se mover.

O garoto observou o peixe tentando se curvar e se debater no ar mais uma vez. Estava novamente olhando para os olhos do peixe, e como estavam tão abertos, sem poder se fechar. Ele recuou ainda mais, com uma cautela excruciante. Apenas um passo. E então outro, agora se virando lentamente na direção da porta.

— C.J.! — Reed gritou rapidamente, então se controlou e o chamou de novo com a voz suavemente melodiosa, como se fosse um convite, um convite sorridente de um amigo que se movia para ficar com o peixe entre o garoto e a porta. — C.J.?

O menino deu outro passo, dessa vez para a esquerda e dessa vez determinado, e então, de repente, dois, três, quatro passos a mais na direção da porta.

Reed se ergueu, e seu sorriso desapareceu.

— Está certo, C.J. — ele disse. — Mas esse vai ser o nosso segredo, não vai, filho? O que acabamos de fazer aqui?

Ele deu um único passo na direção do menino e parou. O peixe mal se movia em suas enormes mãos.

— Estou pedindo um favor especial. Você pode voltar para os videogames que eu comprei para você, como um presente, e pode levar todos para casa e ficar com eles, se quiser, porque é o que são, um presente para você. Gostaria disso? Mas o que fizemos aqui será o nosso segredo, está certo, filho?

C.J. olhou para o peixe mais uma vez antes de abrir a porta e sair. O peixe ainda não conseguia fechar os olhos.

17

O cardeal estava muito satisfeito com a maneira como as coisas estavam indo, de verdade. Os exames físicos de C.J. foram aprovados, ainda que de modo relutante, pela sra. Walker, e aconteceriam na manhã seguinte. Bennington Reed já havia começado a agir e preparar os arranjos necessários. O transporte de C.J. para Roma parecia seguro, embora esse ponto ainda não houvesse sido acordado. E chegara o momento do "presente", que ele esteve esperando durante todo o dia, como uma criança, para apresentar aos outros, especialmente para Lynn e C.J.

— Uma surpresa que, acredito, vai deixá-los muito animados — ele anunciou, levantando-se triunfantemente da cadeira diante da mesa de reuniões.

A atenção de todos estava voltada para ele.

— A sra. Marion Klein foi liberada do hospital. Não, ela não vai permitir a cirurgia, nem que explorem mais nada, incluindo os traços metálicos. E, sim, ela está sendo escoltada pela polícia de Royal Oak neste exato momento para que venha jantar aqui conosco, hoje. Ela deve chegar daqui a uns quinze minutos!

Lynn se levantou, arfando de prazer.

O cardeal sorria como se fosse o Papai Noel.

* * *

As duas primeiras coisas que Lynn pensou enquanto via Marion e Ryan saírem lentamente atrás de dois policiais da viatura parada diante da porta principal foi que Marion havia perdido muito peso e que parecia radiante — mais cheia de vida do que em qualquer outro momento. Ela viu que a chuva havia parado e que uma enorme multidão começava a se formar na frente da casa do cardeal. A notícia devia ter se espalhado, de que não só C.J. Walker estava na casa, mas que a primeira mulher ressuscitada também estava lá. Marion estava usando peruca, e Lynn notou que a amiga estava maravilhosa — muito diferente daquela mulher a qual vira da última vez, com o rosto inchado, macilento e duro sob a maquiagem pesada, quando Marion em si, a pessoa viva, havia desaparecido.

Vê-la naquele momento, observá-la viva e se aproximando da porta da casa do cardeal, andando, vendo, rindo e chorando, dizendo o nome de Lynn com lágrimas nos olhos vívidos, e vê-la erguendo os braços para abraçá-la como a uma irmã, a atingiu com tanta força que ela sentiu os joelhos se dobrarem como se fossem de borracha.

Sim, ela acreditara nas notícias, e sim, ela vira Marion viva novamente na televisão. Mas vê-la pessoalmente, vindo em sua direção com uma blusa branca lisa, saia cinza e sapatos de salto alto pretos, com uma peruca castanho-escura, e ouvir sua voz novamente e saber que aquela era a verdadeira Marion Klein...

Lynn cambaleou e começou a chorar muito enquanto Marion se aproximava amorosamente e com um abraço firme, beijando-a nas bochechas cinco vezes, rapidamente, com força, o riso ribombando como sinos.

O marido de Marion, Ryan, observava alguns passos atrás da esposa, rindo e também com os olhos cheios de lágrimas. Padre Mark assistia e lutava contra a vontade de chorar, em silêncio. O cardeal sorria, paralisado, como se fosse incapaz de se mover. Reed também estava paralisado, os braços soltos, os olhos arregalados, a boca semiaberta. Monsenhor Tennett estava mais atrás, perto da entrada, com a expressão travada em um sorriso largo, imutável. Joe estava parado ao lado do monsenhor, com os braços em volta de C.J., os olhos estreitados e sorrindo, balançando a cabeça, vendo novamente aquilo que já sabia: era tudo real.

C.J. observava e esperava. Ele não estava com pressa. Era o único dentre eles que parecia nervoso.

Marion abraçou a todos, um de cada vez, e Ryan fez o mesmo logo em seguida. E, quando ela chegou a C.J., tomou delicadamente seu jovem rosto nas mãos e olhou fixamente em seus olhos por quase meio minuto. E então sussurrou suavemente:

— Obrigada, C.J. — Lágrimas frescas tomavam-lhe o rosto, e ela o beijou quase sem tocá-lo, uma única e lenta vez, na testa.

Ele deixou que ela o beijasse. Não tentou se afastar. Apenas sussurrou:
— De nada.

Na sala de estar, eles ignoraram os sanduíches e as bebidas geladas e se portaram como uma família faminta por outras coisas. Sentaram-se próximos e conversaram sobre milagres, o de Marion e o dos outros, e os outros além desses — sobre a escola de C.J., as multidões, a polícia, a cirurgia de Turner e suas possibilidades, e até sobre a probabilidade de Lynn, C.J. e talvez mesmo Joe irem para Roma com o cardeal. E então conversaram sobre a decisão de Marion de não fazer a cirurgia. Ela, Ryan e as crianças agora queriam simplesmente conviver com os familiares, bem longe dali, para, como Marion disse, "ter uma vida que não esteja apenas em pleno funcionamento, mas seja pacífica e normal, ou pelo menos tão normal quanto possível".

Lynn sabia exatamente o que ela queria dizer.

Foi nesse ponto que Marion fez uma pausa, olhou para C.J. e calmamente perguntou:

— C.J., tudo bem se conversarmos? Só nós dois?

* * *

— E quanto aos dentes de Marion, vocês pensaram nisso? — Era Joe, tentando preencher um vazio na conversa. — Talvez, antes de ela ir embora, eu pergunte se ela tinha alguma obturação, e se agora os dentes estão consertados.

Em um lugar e uma época diferentes, Joe, padre Mark e Bennington Reed teriam sido sócios de um clube para homens e se reuniriam para beber conhaque, fumar charutos e discutir a economia do dia ou outros eventos de modo sério. Hoje, eram três homens com passados muito distintos e intenções muito distintas reunidos em uma tarde de domingo extraordinária na sala de estar de um cardeal católico romano. Eles esperavam que C.J. e Marion Klein terminassem sua conversa particular e que o cardeal e o monsenhor Tennett finalizassem seja lá qual assunto exigiu que entrassem com urgência numa salinha para uma série de conferências por telefone. Lynn também os havia deixado, decidida a passar alguns minutos sozinha, sentada no quintal dos fundos da casa, perdida em pensamentos.

— Por "consertados" eu quero dizer se os dentes de Marion voltaram a ser inteiros de verdade, sem os buracos que os dentistas fazem — Joe disse. Ele se recostou em sua poltrona escura de couro e deu outra golada na latinha de 7Up, a qual, pela décima vez, ele desejou ser uma cerveja gelada. Mas manteve o dedo indicador erguido para garantir seu lugar no palco da conversa.

— Devíamos saber esses detalhes também. Assim como as coisas principais, com certeza. Por exemplo, se funciona com pessoas que estão mortas há muito tempo, ou se C.J. pode apenas gritar para uma multidão através de um alto-falante, sem tocar. Ou mesmo fazer pelo telefone, o que seria, me parece, um deus nos acuda. Pensem nisso.

Padre Mark passou a ponta dos dedos sobre os olhos cansados.

Sentado no longo e bege sofá da sala de estar, Reed se inclinou para frente em um tipo de colapso controlado que o fez se aproximar dos outros dois homens até ficar a poucos centímetros deles. Seus olhos estavam sombrios e brilhantes.

— Eu gostaria de saber, entre outras coisas, se funciona para os vegetais como para os animais. — Ele deixou a questão no ar por alguns segundos e então acrescentou: — Mas, principalmente, eu gostaria de saber se é de fato um "dom", como a maioria de nós vem falando, o que significaria que Deus deu esse dom para esse garotinho de um modo muito seletivo, com um propósito muito seletivo. Ou será que poderia ser o começo de um novo estágio da evolução humana? Não apenas um dom dado a uma pessoa, mas um processo que vai envolver, nas próximas três, quatro gerações, todas as pessoas do planeta.

Os outros ergueram as sobrancelhas.

Joe ainda estava concentrado nas coisas mais imediatas.

— Bem, vamos analisar as ideias uma de cada vez — ele disse. — O que acham de verificar os dentes de Marion?

Reed se contorceu, a voz beirando a irritação. Ele disse:

— Eu não acho que saúde bucal seja a questão mais importante no momento, sr. Walker.

Joe sentiu a competição no ar. Ele se aprumou e seus olhos reluziram. Um sorriso duro pressionou seus lábios.

— Ah, me desculpe por pensar se meu filho pode curar o dente de alguém, além do câncer. Isso pode não ser uma questão importante — ele disse. — Além de organizar os exames físicos para o cardeal, o que mais o senhor faz, sr. Reed? Decide qual questão devemos considerar importante o suficiente para conversarmos?

Houve um silêncio desconfortável.

Padre Mark analisou Reed, que analisou Joe, que olhava para ele sem desviar o olhar.

— Eu não quis dizer para descartar outras questões — ele disse com uma voz calma, que não continha um pedido de desculpas —, mas, no pouco tempo de que dispomos, por favor, considere comigo a possibilidade de que o garoto pode realmente ser o primeiro de muitos. Você, e o padre aqui, por favor, pensem no que significaria se ele fosse um molde, em vez de um indivíduo único que recebeu um dom especial. Isso é maior que o dente da sra. Klein, acredite em mim.

Padre Mark havia retirado o pé do descanso da poltrona e se aprumado. Ele se inclinou para frente.

Joe notou o interesse do padre na proposta de Reed e também pensou nela.

— Então, qual é a sua ideia? — ele perguntou. — Você está dizendo que C.J. é apenas um de um bando de pessoas que vão ficar por aí agora, todas elas capazes de trazer os mortos de volta à vida? Como se de repente houvesse uma epidemia de ressurreições?

— Eu esperava que pudéssemos ter uma discussão séria sobre a possibilidade — Reed disse inexpressivamente. — E que você enxergasse um pouco além disso.

Ele encarou Joe, tentando não desgostar dele, mas sem sucesso. O homem era um aproveitador, ele concluiu, um vendedor procurando um golpe, seja ele laterais de alumínio, carros usados, troca de janelas, ou mesmo seu próprio filho. Ele era um pai ruim, Reed suspeitou, razão pela qual a esposa o deixara. E também era vulgar. Modestamente esperto, qualquer um podia ver isso, mas não era inteligente, nem se importava com nada mais profundo que o bolso que carregava seus quinze dólares em dinheiro, e certamente não era digno de ser pai de alguém tão inimaginavelmente significante como C.J.

— Eu suspeito que C.J., sr. Walker, possa ser o início de uma experiência humana completamente nova. É uma possibilidade. É possível que ele seja o ponto de ruptura pelo qual temos esperado, e toda essa nova humanidade pode estar evoluindo neste exato momento, como um novo despertar de Lázaro, todos nós despertando para um nível mais divino que humano. Neste momento, aqui na Terra.

Joe o encarou, tentando entender aquilo, agora em silêncio.

Padre Mark disse:

— É uma teoria. Eu sei que a ideia dessa evolução divina já foi sugerida, mas estou surpreso por ouvir tal sugestão aqui, para dizer a verdade.

Os olhos de Reed dançaram diante dessa visão nada ortodoxa. Ele exibia um sorriso orgulhoso.

O padre continuou:

— Quanto ao que devemos fazer a seguir, você acha que devemos nos sentar e nos preparar para o outro C.J. que será descoberto? Seria esse o seu conselho?

Reed o analisou e seu sorriso desapareceu. Ele assentiu lentamente e disse:

— Eu o aconselharia, se estiver me perguntando seriamente, padre Cleary, e espero aconselhar o cardeal da mesma maneira, que não fiquemos sentados de maneira nenhuma. Pelo contrário, acho que certos membros das elites entre nós deveriam ser convidados a se reunir e instruir o garoto quanto ao uso seletivo de seus poderes.

— Você vem pensando bastante nisso — padre Mark disse.

— Ah, sim, de fato!
Joe colocou a soda na mesa ao lado de sua poltrona e disse:
— E quem são essas "elites", cara? Você e o cardeal provavelmente são "elites", correto?
Reed olhou para ele.
— Talvez não eu, mas esse não é o ponto. O ponto é: devíamos convidar as melhores mentes e os espíritos mais elevados que Deus nos ofereceu. Não apenas líderes religiosos, embora certamente vamos precisar de pessoas espirituais também. Mas devíamos ampliar os estímulos do garoto. Estabelecer um modelo de formação que em seguida possamos aplicar, se e quando outros casos surgirem, para outras pessoas com o mesmo poder. O que espero ver em breve. É preciso que mentes científicas geniais se envolvam. Professores e doutores. Artistas. Poetas. As pessoas certas serão identificadas, eu prometo.
— O que significa "uso seletivo" dos poderes de C.J.? — padre Mark perguntou. — Você quer dizer que esse grupo de especialistas selecionaria quem será ressuscitado e quem não será?
Reed ergueu o queixo.
— Bem, padre, alguém terá de decidir como esse poder será usado, certo? Não é para onde todo esse processo nos levará? Pode ser você, padre. Pode ser a mãe do garoto. Ou o pai dele aqui. Ou pode ser, e acredito que deve ser, um grupo de conselheiros especiais. Mas tem que ser alguém, não é?
— Alguém vai aconselhá-lo, sim.
— Bem, então tudo o que estou sugerindo é que devemos identificar nossas melhores mentes e almas, se preferir assim, e então deixá-las direcionar o poder. E não deixar a decisão sobre quem será ou não ressuscitado com um garoto de nove anos.
— E o critério que eles usariam para decidir essas ressurreições seria...?
Reed parecia incrédulo.
— Selecionaríamos os indivíduos que mais beneficiariam a humanidade, é claro. Quem mais você escolheria?
— Ah, Jesus Cristinho — Joe riu. Ele não estava só surpreso, estava se divertindo. Ele pegou seu refrigerante e esvaziou a lata, subitamente se dando conta de que estava na luta principal. A atmosfera estava carregada. Era palpável. Acontecera de repente, e ele nem fora o responsável por aquilo.
— Você já deu esse conselho ao cardeal? — padre Mark perguntou.
— Não especificamente.
— E as pessoas pobres, indefesas, as que passam despercebidas, os mais fracos, eles seriam deixados à morte, então? Isso é correto? Então as elites aca-

bariam selecionando... como você chamaria essa nova raça humana? Podemos chamar de raça divina? Talvez de raça superior?

Reed inclinou seu peso para frente e se levantou lentamente.

— Você escolhe colocar as coisas em termos bem defensivos, padre, e sinto muito por isso. — Ele fez uma pausa, embora esperasse uma resposta, talvez um pedido de desculpas. Mas o padre apenas o encarou de volta, a testa ainda franzida, os lábios apertados.

Reed continuou com uma voz mais humilde:

— Só para registrar, acho que sua escolha de palavras é desinformada e injusta. Mas o fato é: sim, é claro, é o que vai acontecer, numa visão a longo prazo. Mas você não entende, padre? Estou simplesmente falando sobre os planos de Deus para a evolução. Não são meus planos. Os fracos *vão* desaparecer, sim. E não sou maldoso por reconhecer isso. Os fracos, os destrutivos, os criminosos, os pervertidos, sim. É assim que a humanidade precisa se desenvolver. A sobrevivência do mais apto, a sobrevivência da elite, é tudo a mesma coisa: escolha a palavra que quiser. Mas reconheça, por favor, padre, que neste momento, a começar por esse garoto de valor inestimável, nós poderemos ter de fato a oportunidade de vivenciar não apenas a *sobrevivência* do mais apto, como também a *elevação* do mais apto, dos melhores da nossa espécie, até a verdadeira forma holística. A forma sagrada. Sem mais guerras. Sem mais favelas. Sem mais desabrigados andando pelas sombras. Sem mais doenças. E até, por mais impensável que isso pudesse parecer apenas uma semana atrás, sem a morte física!

Padre Mark o encarava, imóvel.

O sorriso de Joe havia sumido. Seus lábios estavam semiabertos, os olhos arregalados. Um ruído veio dos fundos da casa: Lynn estava voltando, ou talvez fossem o cardeal e o monsenhor.

Reed se apressou em acrescentar, num sussurro baixo, mas ferozmente insistente:

— O que estou descrevendo tem um nome, padre. O que estou descrevendo é o paraíso na Terra!

— O que você está descrevendo não é o paraíso — padre Mark disse. — É o inferno.

* * *

Marion Klein fez uma pausa. Ela e c.j. estavam sentados perto um do outro, no sofá bege no cômodo que o cardeal costumava chamar de gabinete, sentados diante de uma lareira onde havia lenha, mas não havia fogo, não no fim da primavera. Eles conversaram por um bom tempo.

Ela agradeceu a C.J. novamente pelo que ele havia feito por ela, perguntou como ele se sentia a respeito da atenção que estava recebendo e tentou, apesar de achar que não obteve sucesso, responder às perguntas dele. A mais importante, sem dúvida, era como ela descreveria o "lugar de espera", que era como ela se referia ao lugar que não era propriamente o céu, mas algo menos, como se fosse um portal de entrada.

— Se fosse o céu — ela disse, sorrindo —, não acho que eu teria voltado, mesmo com você abrindo a porta. Não se eu tivesse realmente visto a face de Deus, como acredito que ele seja.

C.J. pensou naquilo.

— Você poderia ter simplesmente dito "não" e continuar indo para o céu?

Ela sorriu novamente.

— Eu mesma me pergunto isso, mas estamos lidando com coisas das quais não temos a menor pista — ela disse. — Eu realmente não tenho esse tipo de personalidade, eu não discutiria muito com Deus, sabe? — Ela riu. — Porém estou feliz por ter voltado. Por estar aqui. Mas acho que algum dia vou ficar feliz de voltar para lá também, fazer todo o caminho de volta.

C.J. concordou. A sra. Klein estava sorrindo, mas ele não. Ele queria que ela tivesse visto Jesus e os anjos, e a avó dele principalmente, e lhe disse isso.

— Tenho certeza que eu a teria visto, querido, se eu tivesse ido além. Puxa, eu teria gostado de ver minha avó também, e minha mãe e meu pai. Mas, como eu disse, acho que provavelmente foi onde Lázaro teve de esperar, como diz a Bíblia, antes de voltar, porque Deus queria que ele voltasse para que todos pudessem vê-lo. Você sabe quem é Lázaro, não sabe?

C.J. mordiscou o lábio e assentiu. Ele sabia quem era Lázaro. E também sabia, daquela primeira vez que falaram sobre a sra. Klein na tevê, que a jornalista de roupas vermelhas a havia chamado assim: "Mulher Lázaro".

Ela deslizou o braço ao redor dele e disse:

— Eu sei que tem muita coisa que ainda não sabemos, C.J. Mas tem uma coisa que eu quero que você saiba, com certeza. É por isso que eu quis, acima de tudo, vir aqui hoje te visitar.

Ele se virou e olhou para ela. Parecia a sua mãe, ele pensou. Não pela aparência do cabelo ou do rosto, mas pelo modo como seus olhos o miravam.

— Pessoas que chegam perto de Deus, C.J., e... nossa, pessoas que passam por onde eu estive e realmente veem a face de Deus... Eu quero que você saiba como isso é bom, tudo bem? E quero que saiba, acima de tudo... especialmente agora que todos estão dizendo que você precisa trazer todo mundo de volta... porque eu vi na tevê como está sendo, o que eles estão tentando forçar você a fazer... eu quero que você perceba que, se você não despertar as pessoas como querem que faça, tudo continuará bem. Porque morrer é realmente apenas um passo para outra vida. É como nascer. Você deixa o corpo da sua mãe e vai para um lugar completamente novo. E é maravilhoso ser levado de volta para Deus, C.J. Realmente é.

Ela parou e o analisou, esperando ver seus olhos se iluminando com algum tipo de compreensão. Mas o que viu foi um menino de nove anos mordiscando o lábio sem dizer nada, como se esperasse mais coisas.

— Você entende o que estou tentando dizer, C.J.? Não sei se eu disse do jeito certo, mas você entende o que quero dizer?

Ele olhou fixamente para ela e assentiu uma vez. E então respondeu cuidadosamente:

— Sim. Você quer dizer... que está tudo bem se morrermos.

Marion respirou fundo. Ela não respondeu por vários segundos. Então balançou a cabeça bem lentamente e disse num sussurro, leve como um suspiro:

— Não é exatamente isso. Não. O que estou tentando dizer é: nós *não* morremos de verdade. É isso que eu quero que você saiba. Dizem que morremos, mas não de verdade. E esse é o dom.

* * *

Pela primeira vez, Joe voltou para seu apartamento com escolta policial. Ele teve de voltar. Pegar seu carro na casa de Lynn já foi loucura suficiente, e tentar sair de lá com ele seria impossível. As multidões estavam maiores do que nunca; as notícias sobre a operação de Turner acelerando as coisas loucamente; e a visita de Marion Klein ao cardeal jogou mais lenha na fogueira, dando a certeza de que a Igreja levava muito a sério o caso de C.J. Walker e a recuperação da sra. Klein, a ponto de fazer o cardeal passar uma tarde inteira com o Garoto Lázaro.

Então os policiais o colocaram em seu carro e passaram com ele pela multidão, uma viatura na frente e outra atrás. Disseram que seguiriam até sua casa. E que na manhã seguinte fariam o mesmo. Disseram que seria melhor que ele e a sra. Walker encontrassem logo outro lugar para C.J. morar. *Logo*, eles disseram, acentuando a palavra, dizendo que, com a cirurgia de Turner, os fanáticos seriam capazes de fazer qualquer coisa, e eles não achavam que Royal Oak seria um lugar seguro o bastante, como a família precisava.

No caminho para casa, ele se pegou pensando novamente nas ideias de Reed: algum dia todos poderão despertar os mortos, assim como C.J., por todos os lugares, o paraíso na Terra. Não, ele não gostava daquele cara. Havia algo de imprevisível nele. E ele sabia que o cara também não gostava dele. Era justo.

Ele também imaginou se algum dia o cardeal saberia como seu amigo pensava, do jeito que ele e padre Mark agora sabiam. E se perguntou se o cardeal também piraria, como o padre Mark, que parecera prestes a vomitar.

Ele riu. Talvez algumas rachaduras começassem a aparecer nos velhos muros da Igreja, afinal, o que seria muito bom para ele.

Joe pensou que, no fim das contas, o dia não havia sido totalmente ruim. Pelo menos Lynn não havia assinado no espaço em branco permitindo que levassem C.J. para algum monastério cercado por muros de pedra no meio do mato. Ainda não. Pelo menos ele não havia sido chutado para fora da questão. Ele ainda estaria perto de C.J., ainda iria para o hospital com ele para acompanhar os exames e, quando pensou nisso, ainda era domingo. Ainda tinha quatro dias antes da operação de Turner, tinha tempo para fazer Lynn mudar de ideia e levar o garoto até Cross para receber os cinco milhões.

Mas ele ainda pensava em como aqueles exames físicos haviam sido armados. Ele se perguntava por que o maluco do Reed foi quem os organizou e por que ele não pediu que fossem realizados no meio da noite, quando tem menos gente por perto. Talvez o apetite do grandalhão por estar no centro de tudo e aparecer na tevê tenha sido o fator responsável por isso, de certo modo como uma criança, talvez querendo o máximo de atenção possível, só para se sentir importante. Talvez isso o fizesse parecer ainda mais indispensável aos olhos dos chefões da Igreja, tornando mais fácil que ele convencesse o cardeal a lhe permitir chamar seus amigos da "elite".

Joe queria que os exames se realizassem no Fremont, em Royal Oak, e não no Hospital São Paulo, na zona leste de Detroit, o que dava uns quarenta minutos de viagem, mesmo com a escolta policial. Mas essa parte, pelo menos, ele entendia. O Hospital São Paulo era católico, a melhor instalação que tinham na região de Detroit, e a Igreja tentaria manter tudo sob controle ali dentro, disso ele não tinha dúvida. Ter os exames feitos em seu próprio território seria apenas o primeiro passo.

Agora tem a Igreja e o governo, ele pensou. Os dois iam disputar para tentar chegar primeiro. Sentados em algum lugar, fazendo planos, no mesmo momento em que Joe virava a esquina da rua onde morava, no condomínio apenas meio quilômetro adiante.

Ao chegar ao prédio, ele estacionou na área reservada a deficientes, mesmo com a viatura da polícia bem atrás dele. O que iam fazer, multá-lo? E então correu até a porta, se esforçando para passar pelo muro de jornalistas, câmeras, microfones e perguntas gritadas que o esperava, sem fazer nenhum comentário.

Sem parar. Sem falar. Sem tempo para repórteres. Não naquela noite.

Já seguro dentro do prédio, ele venceu as escadas subindo dois degraus por vez. Os capangas de Kruger não estavam no corredor, e ele se preocupou que algo pudesse ter dado errado. Então notou que a luz em seu apartamento estava acesa, iluminando o chão na soleira da porta. *Ótimo*, pensou, imaginando que ali estavam seus cem mil dólares, iluminando a noite.

Kruger estava no apartamento, como era esperado. E parecia calmo, como também era esperado. Só que dessa vez os outros dois estavam no apartamento com ele. Estavam ali para fazê-lo parecer sério, Joe pensou; para fazer com que Joe pensasse duas vezes antes de querer roubar os cem mil dólares de Cross.

Joe imaginou novamente que o nome Cross poderia ser uma variação de Crossetti, e sobre ele talvez ser chamado de "Tony Martelo".

Kruger não se deu ao trabalho de apresentar os outros homens. Apenas disse:

— Olá, sr. Walker. Já está com o contrato assinado?

Joe sorriu, entregou o contrato com a assinatura forjada de Lynn e lhe contou as novidades: estavam planejando um exame físico para o dia seguinte, muita atenção seria dada a eles, algo do qual não poderiam escapar, mas que, no fim, seria uma oportunidade de ouro. Depois disso, organizariam a viagem do garoto para Nova York.

Kruger olhou fixamente para o contrato. Sem sorriso. Sem olhar de satisfação.

— Talvez amanhã à noite? Você, o garoto e sua esposa?

— Talvez. Mas nós temos setenta e duas horas, como você disse, de agora até a hora em que precisamos estar em Nova York.

Kruger assentiu. Era verdade. Com isso, ele abriu a valise de couro com um estalo e Joe ficou de frente para os cem mil dólares em espécie: duas mil notas de cinquenta dólares, todas num único lugar.

Joe sentia os nervos estalarem. Aquilo era dinheiro demais, e estava acontecendo mesmo.

— Parece bom — ele disse.

— Confiamos que será um dinheiro bem gasto — Kruger disse sem emoção.

Os dois capangas se colocaram ao lado da porta, imóveis e sem expressão, as mãos sobrepostas diante de si, como jogadores de futebol protegendo a virilha.

Joe pensou que aqueles caras não acreditavam que C.J. pudesse fazer nada. Eles achavam que seu chefe estava sendo enganado.

Ele não falou mais nada.

— Tudo bem — Kruger disse, começando a sorrir, deixando de lado a feição preocupada. — Vemos você e sua família em breve. — Ele estendeu a mão e Joe a apertou.

Os outros dois homens não ofereceram a mão em cumprimento, apenas passaram pela porta.

— Mais uma coisa — Kruger disse, erguendo o contrato que Joe havia lhe entregado e o sacudindo uma vez, na altura do peito. — Este pedaço de papel não é feito para apresentação em um tribunal, você sabe disso. Isso aqui envolve coisas muito mais sérias que um julgamento.

Joe esperou por mais. Ele entendera.

— Veja, se o filho do sr. Cross morrer e o seu filho não aparecer, será pior do que se você tivesse quebrado um contrato legal, se entende o que quero dizer.

— Se ele não aparecer e nem ao menos *tentar*, está certo. Mas ele vai estar lá.

— Porque é o que está no contrato, não é?

— Já entendi — Joe disse, soando irritado. — Pacto de sangue. Família italiana. Entendi, acredite em mim. Sem problemas. — Ele não gostou daquilo, mas se sentiu tenso. Sua voz parecia tensa, e seu corpo se enrijeceu; não muito, mas talvez o suficiente para que notassem.

Fique calmo, ele pensou.

Kruger assentiu, então seguiu os outros homens até o corredor.

Nada mais foi dito.

A porta se fechou e Joe ficou imóvel. Olhou fixamente para o dinheiro por um longo minuto, então fechou a valise e a trancou.

— Eu sou o único por aqui que *realmente* entende, amigo — sussurrou amargamente.

* * *

A mãe de C.J. estava no chuveiro do outro lado do corredor. Burr estava com sua mãe em um dos outros quartos. C.J. estava sozinho.

Ele estava em seu quarto com as luzes apagadas, olhando pela janela lateral, por sobre a garagem, para a casa dos Ackerston, ao lado, e para todas as outras casas. As pessoas na rua só eram visíveis daquela janela quando ele se apertava contra a tela olhando para a direita, ou quando erguia a tela e colocava a cabeça para fora, e ele não estava com vontade de fazer isso. Mas ainda podia ouvi-las. Ouvir coisas se mexendo. Conversas. Uma pessoa chamando outra de vez em quando. Como sua mãe havia dito antes de irem para casa: agora havia mais gente do que antes. Por isso ele sabia que eles ainda estavam ali. Sabia que não iriam embora.

Ele observou a lua se escondendo lentamente no meio das nuvens, que pareciam trapos de pano rasgados. Ele observou a lua, e então a mosca que zumbia contra o canto da tela na frente dele, tentando sair para onde havia luzes mais fortes nas outras casas da rua, e ar mais fresco.

Observou a lua e depois a mosca, uma depois da outra, repetidamente. E então se ateve à mosca.

Ele se perguntou por que todo mundo mata as moscas. "Elas carregam germes", sua mãe dissera. *Talvez. Mas não picam, como os mosquitos*, ele pensou. Mesmo assim, todo mundo as mata. Fazem um pouco de barulho que incomoda, só isso. Ele se perguntou se Jesus matava moscas, ou os santos sobre os quais sempre ouvia nas aulas da sra. Sawyer.

Provavelmente, ele pensou, porque todo mundo mata moscas. E ele poderia matar também, decidiu, provavelmente só com suas palavras e seu toque, e talvez apenas com palavras, se quisesse. E imaginou. Ele podia ter matado aquele peixe também, como o sr. Reed queria, só que ele tinha olhos e aquilo o fazia se sentir esquisito, então não o fez. Mas moscas seriam diferentes, não seriam? Elas também tinham olhos, mas você não os via te olhando. E os olhos delas eram diferentes. Ele viu um desenho certa vez, de como uma mosca enxerga. Um milhão de coisas ao mesmo tempo. Uma mosca olha para um lápis e vê um milhão de lápis ao mesmo tempo. Esquisito. E todo mundo mata moscas.

A brisa da noite batia fresca em seu rosto, uma brisa leve e limpa entrando na casa por sobre a incansável vizinhança.

A mosca continuava tentando sair. Zumbindo e colidindo contra a tela, parando, circulando, zumbindo novamente.

C.J. começou a sussurrar distraidamente, quase sem ar, como se pensamentos muito pequenos escapassem acidentalmente:

— Alguém vai te matar de qualquer jeito. A mamãe vai te esmagar ou algo assim. Ou mandar que eu faça isso.

Ele se virou lentamente e olhou para a porta aberta de seu quarto, para o corredor, e ouviu a água correndo no chuveiro, onde sua mãe devia estar acabando de tomar banho. Então se voltou novamente para a mosca.

Ela havia pousado no canto da tela. Devia estar pensando em algo, pois não se movia.

Ele sussurrou de novo, agora murmurando:

— Mesmo que eu deixe você sair, o que você vai fazer? Um pássaro pode te caçar, uma aranha pode te pegar ou qualquer coisa assim.

A mosca se moveu em círculo, andando de um lado para o outro.

C.J. se perguntou se ela estava ouvindo. Se perguntou se os ouvidos das moscas fazem tudo soar engraçado, do mesmo modo que seus olhos fazem tudo parecer engraçado. Se perguntou se elas ouvem um milhão de coisas ao mesmo tempo.

Sussurrou:

— Eu não queria ser uma mosca.

Ele ouviu a água parando de correr no banheiro e o guincho da torneira girando. Em seguida se virou novamente e olhou para a porta aberta, dessa vez mais rápido. Seu coração se acelerou. Ele notou também que estava assustado ou algo do tipo. *Mas eu não me sinto assustado*, pensou.

E depois: *Talvez me sinta.*

Ele se virou para a mosca, ainda atento aos ruídos de sua mãe. Aos barulhos vindos do banheiro. Coisas batendo, sendo guardadas. Sua mãe se preparando para sair.

Seu coração batia acelerado.

Ela vai fazer isso de qualquer jeito, com um papel ou qualquer outra coisa, ele pensou novamente. *Qual é a diferença?*

Prendeu a respiração.

O dedo indicador se esticou, tentando descobrir como tocar a mosca com a mão e dizer as palavras. Tentando descobrir o que realmente queria fazer.

E então um súbito estalo soou no corredor, e ele se virou para ver Lynn entrando pela porta do quarto, refrescada pelo banho, vestida com seu roupão azul, esfregando o cabelo com uma toalha branca.

— O que você está fazendo, querido? — ela perguntou.

— Nada.

18

Durante três anos, quando ainda estava no colégio, Joe trabalhou no posto de gasolina Amoco, na Thirteen Mile com Woodward. Ele trabalhara com Rich Weinert, cujo tio era gerente noturno do Sycamore Motel, na Southfield Road, e agente de apostas. À época, ele também conhecera Amy Conklin, uma mulher de cinquenta e oito anos dona de um puro-sangue medíocre chamado Ebony Hill, e uma maria-ferradura que gostava da ideia de ter garotos adolescentes ao lado para negar seus anos de ocaso, e que era cliente regular do Amoco.

Não demorou muito, e Joe e Rich estavam levando Amy e seus sonhos cansados para as pistas de corrida, fazendo as apostas por ela e, o melhor de tudo, dando uma de bacanas em sua cabine reservada nas competições, onde eles esperavam por aqueles momentos de adrenalina, quando Amy sussurraria as geralmente sólidas informações sobre quais cavalos estavam sendo poupados nos últimos tempos e magicamente prontos para ganhar o grande prêmio.

Certo dia de junho, Amy disse a Joe e Rich:

— Eu vou garantir a faculdade de vocês em agosto — e estava falando sério. Ela disse: — Nas últimas duas semanas de agosto, vamos ter um cavalo que vai nos fazer vencer o limite. — Joe sabia que isso significava que pagariam 32 para 1 através de um agente de apostas. — E ninguém sabe dessa — Amy disse. — Então as chances estarão lá, garantidas.

Joe havia economizado mil e oitocentos dólares do trabalho de entrega de jornais e no posto de gasolina desde que tinha doze anos, e se convenceu na hora a apostar tudo na dica de Amy, o que lhe daria um lucro de mais de cinquenta e sete mil dólares.

E Joe mal tinha dezessete anos.

E então, numa tarde quente do fim de agosto, Amy lhes disse:

— Sábado é o dia. O cavalo é o Kirk's Kiss. Apostem nele, mas façam isso na última hora. E não contem para ninguém, entenderam?

O problema era que começou a chover na quinta à noite e continuou chovendo forte na sexta, até sábado de manhã, o que transformou a pista em pura lama. Disseram que o tempo continuaria assim, com chuva ininterrupta o dia todo. E Joe não sabia se Kirk's Kiss teria um desempenho igualmente bom na lama.

O outro problema era que ele não encontrava Amy para perguntar se o cavalo ainda conseguiria vencer em meio a tanto barro. Ela e sua melhor amiga nas corridas, Sarah Lee, haviam simplesmente sumido.

O tio de Rich, o agente, disse que os garotos não deveriam arriscar.

— Tem outros quatro cavalos naquela corrida que sempre ganham no barro — ele disse. — Kirk's Kiss nunca nem apareceu, não numa pista encharcada como essa. — Ele disse que não correria o risco. E disse mais: — Eu aposto o que vocês quiserem, mas existem cavalos de lama e os outros, e Kiss não é um cavalo de lama.

Então Joe acabou apostando dez dólares na corrida, só por diversão, e Kirk's Kiss acabou ganhando por uma cabeça de vantagem e pagando US$ 48,20. Não era o limite, mas um sólido 24 para 1, que significaria mais de quarenta e três mil dólares se Joe tivesse ido em frente e feito o que havia planejado desde o começo. E, além dos duzentos e quarenta dólares que ganhou com sua aposta de dez pratas, Joe ficou com a dura e enorme lição de que você não tem tantas oportunidades na vida para ganhar uma grana alta, e algumas pessoas não chegam a ter nenhuma. Então, se tivesse outra chance, ele disse a si mesmo naquela época, nunca recuaria, nunca.

Joe Walker nunca mais "faria um Kirk's Kiss".

E ele estava pensando nisso, em Amy toda maquiada e falando alto, usando um perfume forte como calda de bordo, e no cheiro da pista, e em Rich, seu tio e Kirk's Kiss disparando direto enquanto ele pensava: *Não ganhe agora!* Ele pensava naquele sábado em agosto e em seus quarenta mil dólares perdidos, que era como ele ainda encarava aquele acontecimento, durante todo o tempo em que seguia o carro da polícia, passando pela turba da manhã com suas placas, gritos e frustrações, que agora ele podia ver tão facilmente. Ele pensou nisso enquanto se aproximava de Lynn e Nancy na sala de estar às 7h40 da manhã, pedindo que Lynn o seguisse até a varanda dos fundos por cinco minutos — ele e sua bolsa esportiva preta, ela e seu segundo café do dia, parecendo relutante, olhando para ele e para a bolsa com desconfiança. Ele pensou: *Kirk's Kiss.* O dinheiro ia ser apostado, com ou sem chance de vencer. Ele pensou: *Não adianta esperar a pista secar.* A pista, ele agora sabia, nunca ia secar o suficiente.

Enquanto eles passavam em silêncio pela sala até a porta da varanda dos fundos, ele garantiu a si mesmo que era um bom momento para fazer a cabeça de Lynn sobre a alternativa Cross novamente. Ela estava se sentindo particularmente protetora em relação a C.J., ele raciocinou, todos os seus instintos maternos à flor da pele com a proximidade da hora de irem para o hospital.

Dane-se, ele pensou, *é o único momento que eu tenho.*

A camisa jeans de Lynn estava amassada, e seus olhos ainda estavam cansados, mas ela estava linda aos olhos de Joe, se encaminhando lentamente para a varanda, olhando em volta, puxando o cabelo para trás, passando-o com facilidade por sobre a orelha esquerda. Linda. Sempre havia sido, sempre seria. Ele pensou nisso também, enquanto puxava uma cadeira branca para que pudesse ficar de frente para ela enquanto ela bebericava seu café no velho banco de igreja com os braços de metal vermelho nas pontas.

— Só mais algumas horas até o hospital — ele disse, colocando a bolsa no chão entre eles.

— Eu sei.

Ele assentiu, depois sorriu.

— Eles não vão encontrar nada.

Ela balançou a cabeça e tomou outro gole de café.

— Não. Espero que não. — E então, olhando novamente para a bolsa, disse: — Mas isso tem a ver com essa bolsa, Joe. O que tem dentro dela?

— Algo novo que apareceu, Lynn. — Joe começou a abrir o zíper da bolsa, pela parte de cima. Ele ainda sorria. — Só pensei que você tinha o direito de ver isso imediatamente, só isso.

Ela bebericou mais café, esperando, enquanto mudava de posição no banco.

Joe enfiou a mão dentro da bolsa. Quando a tirou, estava cheia de notas de cinquenta dólares.

Lynn piscou enquanto Joe posicionava a mão sobre o banco ao seu lado e abria os dedos. Notas de cinquenta choveram sobre o assento, algumas flutuando até o chão.

Ele estava sorrindo enquanto enfiava a mão novamente e largava mais notas no assento. Cada uma delas era de cinquenta dólares. Ele repetiu o gesto uma terceira vez e depois uma quarta; notas de cinquenta numa pilha de quase dez centímetros enquanto Lynn observava estupefata.

Ela perguntou:

— Onde você conseguiu isso? O que é isso?

— É para você, querida. Para você e C.J. — Ele virou a bolsa na direção dela, mostrando o conteúdo; ainda estava entulhada de dinheiro. — Cem mil dólares em notas limpas de cinquenta, Lynn. Pegue.

Os olhos dela se tornaram ferozes. Sua feição mudou para uma expressão de raiva.

— Me diga de onde isso veio em três segundos ou eu vou embora, Joe, e estou falando sério.

Ele ergueu a mão, agora vazia, tentando congelar o momento, proibindo-a de partir. A bolsa caiu no chão entre eles.

— Já somos donos disso. Você é. E não tem que fazer nada pelo dinheiro.

— Um!

Ela estava se preparando para levantar, ele podia notar. Era hora de fazer acontecer. Ele precisava fazê-la mudar de ideia a respeito de Cross naquele momento. Sua voz aumentou de tom.

— Você pensa que é a única que se importa com C.J., Lynn, mas eu me importo com vocês dois.

— Dois!

Lynn se levantou, movendo-se lentamente, segurando com firmeza sua caneca de café. Joe se levantou com ela, colocando-se a seu lado, falando ainda mais rápido, começando a parecer nervoso. Ou talvez apenas fingindo estar nervoso; como alguém poderia saber?

— O cardeal fala como se você só tivesse duas opções, como se fosse Roma ou Washington, mas é um golpe, Lynn. — Seu dedo indicador apontava para o dinheiro. — A saída está bem aqui! É o que é... é a liberdade para você e para C.J.!

Lynn lançou um olhar furioso para o dinheiro no banco. Cem mil dólares em espécie.

Joe não parou.

— Você não precisa deixar o garoto ser engolido por ninguém, querida. E você não precisa pertencer a ninguém. Você pode voar, Lynn! Você, C.J. e eu também, podemos nos levantar juntos e voar! — Ele se abaixou e ergueu outro punhado de notas. — Toque nisso! Segure! Isso é só o começo, o que você está vendo aqui é só o começo.

Ela o encarou, agora com um fogo próprio. E disse amargamente:

— Eu sei de onde isso veio, não sei, Joe?

Foi quando ele sentiu que tudo estava indo abaixo novamente, naqueles poucos minutos doentios. Ele sentiu tudo desmoronando, como as notas de cinquenta que ele havia soltado, dessa vez direto para o chão. Ele balançou a cabeça e lambeu os lábios.

— Lynn, sou o único que está oferecendo a você um modo de evitar que C.J. seja trancado no cofre totalmente particular de alguém pelo resto da vida. Por que você não consegue enxergar isso?

— É do cara de Nova York — ela sussurrou. — Depois que eu disse para você, nunca mais.

— Vou te confessar uma coisa, Lynn, eu juro — Joe mentiu. — Eu consegui esse dinheiro antes, e não falei sobre ele na primeira vez. Juro por Deus.

Ela inclinou a cabeça, os olhos estreitos. Ela falava com suavidade, mas o fogo ainda estava em seus olhos.

— Você fez um acordo com ele sobre a vida de C.J. sem sequer falar comigo primeiro?

— Querida — ele disse, tentando ganhar tempo para que ela não parasse para pensar, falando cada vez mais alto e rápido e agora gesticulando, movendo as mãos abertas diante dela, a linguagem dos desesperados. — Quando eu conversei com aqueles caras, pensei: *Nossa... O filho adolescente do cara está morrendo*. Você sabe, assim como você e eu temos um único filho, e pensei: *Ei! O C.J. pode salvar a vida daquele garoto e...*

— Seu desgraçado — ela disse de uma maneira tão suave que o assustou.

— E... — ele hesitou, mas só um pouco — e ao mesmo tempo esse cara disse: "Aqui, pegue isso, leve para a sra. Walker". E, Lynn, o cara me deu...

Lynn balançava a cabeça lentamente de um lado para o outro. Uma tristeza profunda crescia dentro dela, mostrando agora onde o fogo estava, erguendo-se até seus olhos como uma onda de lágrimas.

— Ele não vai, Joe — ela disse.

— Apenas ouça! Ele me deu cem mil dólares, Lynn, um único pagamento, direto em minhas mãos, te juro.

Ela falou lenta e moderadamente. Sua voz estava acinzentada, seus olhos cheios de lágrimas.

— Não vou vender C.J. pelo lance mais alto, Joe. Eu não vou colocá-lo nessa posição. Não vou arrastar meu filho até pessoas que enviam sacos cheios de dinheiro para o pai dele, e não vou permitir que eles comecem a exibir seus mortos em minha porta. Não vou contratar mercenários para proteger o meu filho. Não serei eu quem vai decidir quem vive e quem morre. E também não vou decidir a quem deve ser dado esse direito. E certamente não colocarei C.J. em um jatinho particular com estranhos de Nova York, homens que você nem conhece, que eu não conheço, e que talvez ninguém mais conheça a não ser o FBI, que podem nem ter um garoto prestes a morrer, e que na verdade podem estar planejando jogar o seu e o meu corpo em algum lago para que possam desaparecer com o nosso filho. Eu não sei por que você não entende isso! Pelo amor de Deus, Joe!

Ele se moveu rápido e agarrou seu braço, mas ela o torceu com força e se soltou.

Suas lágrimas subitamente irromperam.

— Pare com isso! — ela gritou. — Pense em C.J. pelo menos uma vez na vida, e pare de pensar em si mesmo!

— Eu estou pensando nele. E estou pensando em você. Estou pensando que há um zilhão de dólares prontos para cair nas nossas mãos, e cada centavo será para salvar a vida das pessoas. Isso é uma coisa ruim? É isso que estou ouvindo você dizer? É isso que eu não entendo, você afastando essas pessoas, também. E toda a segurança que o dinheiro pode comprar, e você agindo como se eu fosse um animal, e você um tipo de... "Ah, sou a única mãe brilhante e maravilhosa deste planeta."

Indiferente, Lynn se virou e andou na direção da porta que a levaria de volta para a casa.

Ele a deixou ir. Sentia vontade de chorar.

— Nós fizemos um trato, Joe — ela disse suavemente, parada na frente da porta ainda fechada. — Você e eu. Há muito tempo. Fizemos um trato de sempre estar aqui um pelo outro. Esse era o nosso trato, seu e meu.

Joe sussurrou:
— Ah, meu Deus, Lynn.

Ela disse:
— Por que você sempre quer quebrar o trato comigo em vez de quebrar com os outros, quando fomos você e eu que fizemos o maior trato primeiro?

Ele fechou os olhos. Era inacreditável para ele, de tão estúpido e impossível. Ele se afastou e começou a enfiar as notas de cinquenta de volta na bolsa, em câmera lenta.

Lynn disse:
— Sinto muito por esse outro garoto, se ele existir mesmo. E sinto muito pelo pai dele, se ele realmente for pai de alguém. Mas, quando digo que ninguém vai comprar, manipular ou controlar o meu filho, isso inclui você. Porque eu acho que você é incapaz de colocar C.J. na frente de si mesmo, Joe. Acho que você nunca foi capaz de colocar ninguém na frente de si mesmo, e nunca será. Acho que nesse sentido você é irremediável, e ninguém será capaz de consertar você.

Ela girou a maçaneta da porta.

— Você já deu a eles o controle sobre ele — Joe disse amargamente, simplesmente cuspindo aquilo. Sem olhar para ela, apenas para o dinheiro que ele teria de devolver, com o olhar morto e a voz morta enquanto o enfiava de volta na bolsa. — Você só é burra demais para saber. — Ele continuou enfiando as notas de cinquenta na sacola como um homem atordoado, falando como se Lynn nem estivesse na varanda com ele. — Só não decidiram ainda qual dono vai ficar com ele, só isso. Mas esteja certa de que você não é mais dona dele.

Algumas notas se espalharam pelo chão. Joe se inclinou para pegá-las, notando, enquanto o fazia, que Lynn havia parado. Ele se levantou e se virou na direção dela mais uma vez, com dez notas de cinquenta dólares na mão. Sua voz era afiada como uma faca.

— Se você pensa sinceramente que essas pessoas já não são donas dele, Lynn, tente fugir. Tente. Passe pela porta da frente e fuja. Ou saia andando do hospital. Apenas diga a eles: "Eu vou dar uma volta com C.J., quero ficar sozinha agora". Simples assim. Só você e ele. Tente se afastar como se ninguém o possuísse a não ser você. Veja o que acontece com a mamãe e seu filhinho. O momento da cobrança. O momento da cobrança, querida.

Ele se virou novamente, enfiando o último punhado de notas na sacola. Ela o ouviu murmurar:

— Eles não deixariam você andar vinte metros. Tente e eles vão traçar você no almoço!

* * *

Joe deu um tempo no assunto. Comeu algumas torradas e ficou em silêncio, deixando que Lynn se acalmasse. Deixou a tevê desligada também. Quando padre Mark apareceu, todos estavam pensando no hospital, e tensos por causa disso. Ninguém estava falando a respeito.

Às nove e meia da manhã, Joe decidiu que poderia dar as notícias a Kruger. Dizer adeus ao seu trato. Nada mais lhe vinha à mente. Nada mais viria. Não tinha como voltar atrás.

Pegou o celular na bolsa esportiva com as notas de cinquenta e o levou até o quintal dos fundos.

A luz vermelha estava acesa. Kruger, tentando ligar para ele.

Ele soltou a respiração lentamente e teclou o número um no aparelho, como Kruger havia ensinado. O telefone tocou três vezes. Kruger não atendeu; a secretária eletrônica, sim. Joe disse seu nome e desligou.

Trinta segundos depois, Kruger estava na linha.

— Seu timing é quase perfeito, sr. Walker — ele disse, com a voz abafada. — Anthony Junior está morrendo. O médico está com ele agora, em Nova York. Ele já pode até ter partido enquanto conversamos; está perto assim.

Joe fechou os olhos. Deus, ele odiava aquilo.

— Estou pronto para colocar o plano em ação — Kruger disse. — Aeroporto Pontiac. Não estamos muito longe de você, é ali em Troy, em Big Beaver. É hora de irmos andando.

Joe disse:

— Se você está tão perto da casa, deve ter visto os federais aparecendo aqui, e sabe que estamos sob custódia do governo. Eles disseram que agora é questão de segurança nacional ou alguma besteira do tipo. Mas não vão nos deixar discutir, e não vão nos deixar sair.

Uma pausa.

— O que você está dizendo?

— Estou dizendo que não é culpa minha, mas nosso trato está cancelado. Sinto muito. Infelizmente é assim. — Joe suspirou e balançou a cabeça. Ele nunca dissera adeus a cinco milhões de dólares antes.

Outra pausa. Joe decidiu que Kruger precisava de alguns segundos para se acostumar com a ideia, por isso não tentou preencher o vazio.

Finalmente, Kruger disse:

— Essa opção não é aceitável, sr. Walker. — Sua voz era tensa e dura como arame farpado.

— Bem, me desculpe por ter tanta gente em volta — Joe respondeu —, incluindo nós. Mas não é uma questão de termos um monte de opções, então não vamos fingir que é. Não podemos sair. O acordo está desfeito.

— O garoto pode estar morrendo, mas o contrato não está. Você recebeu nosso dinheiro por ele.

— Estou falando de agentes federais do Departamento de Defesa dos Estados Unidos, Kruger. O acordo está cancelado. Eu devolvo o dinheiro.

— A não ser que você esteja preso, que não é o caso, declinar não é uma opção, sr. Walker. Você entende o que estou dizendo?

O "você entende" foi dito muito devagar, do modo como se faz uma ameaça. Mas Joe sentia que já havia engolido merda demais por um dia, então a questão não o incomodou. De fato, só lhe deu uma desculpa para continuar nervoso, que era o que ele realmente queria.

— Discuta com seu congressista se quiser, mas está fora do meu alcance — ele replicou. — Liguei para comunicar algo, não para pedir sua aprovação. Todos nós sentimos muito, mas o acordo está cancelado. Me dê um endereço e eu envio seu dinheiro de volta. Não o depositei, então não posso fazer uma transferência. Mando seu telefone de volta também. E acabou.

Lá se vão cinco milhões de dólares, ele estava pensando. *Kirk's Kiss, só que um milhão de vezes pior.*

Ele afastou o fone da boca e respirou bem fundo, tentando se acalmar. Devia ter esperado para ligar. Devia ter ligado à tarde, quando estivesse mais calmo.

Ouviu ruídos na casa. Todos estavam se preparando para ir ao hospital. Ele ergueu o celular novamente, respirou fundo e disse:

— Ei, desculpa, cara, tá bom? Eu também não gosto disso, você pode notar. Você acha que eu não iria pegar os cinco milhões de dólares se pudéssemos sair daqui? Ou que não deixaríamos vocês virem até aqui, se pudéssemos, com todas essas porcarias acontecendo? Então o que mais posso dizer? Sinto muito. Minha esposa sente muito. Diga a seu chefe que sentimos muito. Mas me dê seu endereço ou esqueça o dinheiro. É isso.

Houve silêncio. E então houve Kruger:

— Sem endereço. E sem quebra de contrato.

— Sério? — Joe disse, e então perdeu a cabeça. Ele fechou o celular e o bateu com força no banco enquanto ouvia a própria raiva irrompendo em um grito abafado para Lynn, para Kruger, para sua vida e para si mesmo acima de tudo. E também para todos os planos que ele já havia feito e que eram bons, mas que sempre, sempre, sempre eram arruinados por algo ou alguém, e sempre no último minuto.

Ele parou. Soltou o ar com força pelos lábios franzidos. Depois examinou o celular para ver se o havia quebrado. Não parecia quebrado. Talvez por dentro, talvez não. Ele colocou o aparelho no bolso de trás do jeans e olhou no relógio. Eles deviam estar se reunindo para ir ao hospital, talvez prontos para sair.

Mais uma vez: o resto do mundo se aprontando para sair, e Joe Walker tinha de se esforçar para alcançá-los.

19

Eles entraram na rodovia exatamente às 9h50 da manhã, dirigindo devagar ao passar pelos rostos, placas, corpos e gritos da multidão, agora no reluzente Lincoln sedã de Bennington Reed, com ele no volante e padre Mark sentado ao lado. C.J., Lynn e Joe estavam apertados no banco de trás. Estavam dez minutos adiantados.

Duas viaturas da polícia estadual se juntaram a eles na rua, posicionando-se na frente e atrás do Lincoln. Atrás da segunda viatura, encabeçando a caravana de furgões da imprensa e dos particulares que se apressaram em persegui-los, o agente federal Paul Curry e o capitão Shuler se mantiveram colados com seu Ford Taurus cinza com placas do governo.

Reed exibia seu lado bem-humorado novamente, sorrindo, muito entusiasmado e impecavelmente vestido. O azul de seu terno era tão escuro que parecia quase preto, e a camisa azul-clara contrastava com o amarelo brilhante de uma gravata larga de seda, como um homem que esperava posar para muitas fotos.

Os demais estavam vestidos de modo casual, especialmente C.J., com seu jeans e seu boné favorito do Detroit Red Wings, vermelho-sangue, e Lynn, com seu jeans habitual e uma camisa de botões amarela, como uma mãe e um filho que não ligam nem um pouco se vão tirar fotos deles.

Enquanto eles se moviam lentamente pela rua lotada, Lynn percebeu o olhar preocupado de C.J. e decidiu manter positivo o clima no carro. Mas a multidão, que podia ser tão facilmente embaçada a distância, estava mais uma vez a apenas um metro e meio das janelas do carro. Não havia como embaçar agora. Novamente, era uma linha sufocante de dores individuais e apelos agonizantes, fila após fila deles.

Ela tentou olhar para frente e manter C.J. olhando para frente também, mas uma jovem mãe de cabelos escuros chamou sua atenção ao irromper na lateral direita da estrada. Ela correu na direção do carro com angústia nos olhos e segurando firme a mão de uma garotinha, que era puxada enquanto a mulher corria para Lynn e acenava. A menina tinha cabelos escuros e os olhos da mãe, dois ou três anos mais nova que C.J., e usava um vestido branco semelhante àqueles de Primeira Comunhão.

Lynn estremeceu. Tentou desviar o olhar, mas não conseguiu. Então se perguntou se havia sido o marido da mulher que havia morrido. Ou outro filho. Ou talvez fosse sua garotinha em seu vestido especial que ainda estava viva, mas sofria de câncer ou alguma outra doença terrível. E foi então, enquanto o carro continuava em movimento e a mulher com a garotinha de vestido branco de Primeira Comunhão sumiam no vidro traseiro, que a dor de quem ela era e do que estava fazendo subitamente ameaçou dominar Lynn.

Não foi a dor de ver uma mãe com sua angústia. E não foi a garotinha, que parecia tão assustada. Foi a certeza que Lynn teve de que C.J. poderia, muito provavelmente, curar de fato todos eles, e fazer isso em uma única hora e nada mais. Ela sabia disso. Mas, ao mesmo tempo, algo no fundo de seu ser permanecia absolutamente convencido de que, no momento em que parassem para fazer as curas, ela estaria jogando C.J. em tamanho abismo de exigências e responsabilidades que perderia qualquer controle sobre o que aconteceria com ele em seguida, e nunca o obteria de volta. Ela engoliu com dificuldade e fechou os olhos.

— Devíamos ter saído antes do amanhecer — disse. — Devíamos ter ido no meio da noite.

* * *

Na área isolada do estacionamento norte do Hospital São Paulo, uma multidão já havia se formado, estimulada inicialmente pelo vazamento de informação da equipe médica do hospital a respeito da chegada de C.J., e mais recentemente pela cobertura ao vivo dos dois helicópteros e do cordão de veículos que perseguira a comitiva de Royal Oak até Eastpointe, que antes se chamava East Detroit.

Centenas de pessoas se espremiam atrás da frágil fita amarela da barreira policial. Estavam rodeadas por fileiras de operadores de câmera locais e fotógrafos da imprensa. Um único helicóptero da polícia se aproximou e passou a sobrevoá-los; os demais ficaram a uma distância segura.

Mas essa multidão, todos notaram, era diferente daquela em Royal Oak. Essa não estava cansada de longas vigílias ou frustrada por pedir atenção por tanto tempo sem resposta. De fato, eles começaram a aplaudir quando o veículo entrou. Muitos pareciam em êxtase, sorrindo e se equilibrando na ponta dos pés. Alguns se abraçavam. Outros acenavam com os olhos cheios de lágrimas e chamavam ao mesmo tempo, como cidadãos de uma nação ocupada recebendo a liberdade.

Foi quando Lynn percebeu, e ficou horrorizada.

— Meu Deus — ela disse. — Eles pensam que estamos aqui para começar a curar todos os doentes!

Joe se arrastou para a beira do assento e se moveu para perto da janela, tentando medir se o que Lynn havia dito podia ser verdade.

Ao ver os olhos de Lynn e ouvir sua voz, C.J. pareceu alarmado e se endireitou para encarar a mãe, com os olhos arregalados, exigindo saber o que estava acontecendo e por que aquilo seria ruim.

Mas Lynn não percebeu. Ela observava as pessoas aplaudindo e tentava não pensar como aguentaria ficar tão perto dessas pessoas e não liberar a tempestade de fogo ao dizer que C.J. poderia começar a curar todas elas.

Padre Mark observava C.J., com a expressão tensa de preocupação. Reed, com os olhos bem abertos, ainda sorria. Chegou até a dizer:

— Extraordinário — uma única vez, suavemente. E então pareceu constrangido, pigarreou e se recostou, em silêncio, mas sorrindo.

O veículo deles passou devagar por duas viaturas da polícia estadual e mais duas da polícia de Eastpointe, parando perto de um Chrysler sedã preto. O cardeal Schaenner baixou o vidro traseiro e assentiu para eles com um sorriso. Monsenhor Tennett se inclinou para frente ao lado do cardeal com um sorriso e ergueu a mão.

A multidão aumentou. A fita amarela se rompeu, e a polícia se apressou a fechar a passagem com os veículos, gritando para a multidão se manter afastada.

— Devíamos ter vindo no meio da noite — Lynn disse novamente, dessa vez mostrando que estava com raiva.

Dois guardas e seu capitão pararam ao lado da janela deles. O agente Curry e o capitão Shuler se juntaram à polícia, observando perto da limusine, com os olhos fixos na multidão.

Lynn baixou a janela para falar com os oficiais. Os gritos das pessoas mais próximas do carro ficaram mais altos.

— E agora? — ela disse, quase gritando.

Um tenente de meia-idade da polícia estadual se inclinou até a janela aberta, perto o bastante para ser ouvido além dos gritos da multidão, e disse bem alto:

— Os médicos estão bem ali na porta, senhora. — Ele apontou o dedo grosso na direção da entrada do edifício, a apenas dez metros de distância. — Vocês não terão problemas. Eles já estão com tudo preparado.

Quando Lynn assentiu, o guarda abriu a porta do carro. A porta do carro do cardeal se abriu ao mesmo tempo, e ele e o monsenhor rapidamente se juntaram a eles. Foi outro sinal para a multidão forçar mais e para os aplausos aumentarem, só que dessa vez os gritos eram mais altos que os aplausos. Agora eles gritavam números de quarto, números suplicados em gritos curtos, cada um mais alto que o anterior, competindo pela atenção do Garoto Lázaro, e em seguida o nome de pessoas específicas.

Enquanto Lynn corria os poucos metros até a entrada do hospital, os nomes dos pacientes soavam acima de todo o resto: nomes e quartos específicos, pessoas reais que tinham rostos, famílias e doenças, seus nomes gritados todos de uma vez, mais e mais alto.

Lynn sentiu C.J. apertar sua mão com força. Ela apertou de volta e se deu conta novamente, mesmo em meio ao caos — principalmente em meio ao caos —, de como a mão de seu filho era pequena.

* * *

Dentro do hospital, não se via nenhum paciente, nenhum visitante, nenhum jornalista. O que se via era o azul do uniforme dos policiais e o verde-claro e branco do uniforme de médicos, enfermeiras, assistentes e técnicos curiosos, que se espremiam nas portas ou se agrupavam em silêncio atrás dos balcões no fim de cada corredor. Parados na ponta dos pés, eles observavam o grupo que se movia ao lado do diretor do hospital até a entrada do elevador, para então subirem até a sala de reuniões no quinto andar, onde a agenda da manhã seria explicada.

Joe pediu licença. Disse que precisava ir ao banheiro e estaria de volta em cinco minutos, mas que era para seguirem na frente. Ele os alcançaria.

Ninguém se importou, e isso o deixou louco. Eles fizeram uma pequena pausa enquanto Joe se afastava, mas depois continuaram como se não fizesse nenhuma diferença. Ele os ouviu caminhar novamente enquanto passava pela porta.

No corredor, Joe seguiu para a direita, na direção dos elevadores. Tentou fingir que sabia para onde estava indo. Sorriu bastante, mas apenas para as pessoas que pareciam reconhecê-lo.

Notou que não havia jornalistas; os policiais e os seguranças do hospital mantinham todos lá fora.

No fim do corredor, um médico saiu do elevador com seu nome e foto em um enorme crachá preso ao peito e uma prancheta na mão. Ele olhou para Joe, desviou o olhar e voltou a prestar atenção, com uma expressão estranha no rosto, como se quisesse perguntar se ele era o pai de C.J. Walker, porque tinha quase certeza de ter visto sua foto na tevê.

Joe falou primeiro.

— Dr. Peters — disse, lendo o nome no crachá. — Estou procurando a UTI. Pode me ajudar?

O médico assentiu, com a expressão bastante satisfeita, como se soubesse que estava certo. O garoto estava ali, naquele andar, e aquele era seu pai, com certeza.

— Desça um andar, no quarto, bem abaixo de nós — ele disse.

Seus olhos se iluminaram quando ele falou. Algo estava acontecendo. Por que o pai do Garoto Lázaro precisava da UTI?

Joe agradeceu e seguiu rapidamente para as escadas do outro lado do corredor. Ele não precisava de um elevador para ir de um andar a outro, e percebeu que o médico o seguia, um pouco mais atrás.

Sentiu o coração se acelerar. Respirou profundamente e tentou manter a calma.

No corredor do quarto andar, procurou. UTI à direita, vinte metros: duas grandes portas, sem vidros ou janelas, somente uma placa com os dizeres: "Apenas pessoal autorizado". Havia uma plaqueta de metal na parede à direita, bem ao lado das portas. Era o dispositivo para abri-las. Ele o apertou e entrou.

O médico estava no corredor atrás dele. Não para detê-lo, ele tinha certeza. Apenas para observar.

Que observe.

Ele passou pelo corredor, pelos postos das enfermeiras. Quartos à direita. Pessoas presas a tubos e fios. Nenhuma visita. Quem parecia pior? Carlyle, 441; Mitchell, 442. Ele precisava lembrar o nome de todos onde parava, pegar o nome e o número do quarto, e então voltar depois de meia hora e ver o que tinha acontecido.

A enfermeira estava vindo até ele, pronta para fazer perguntas.

Sunderville, 444. Ele se lembraria desse. Uma mulher ofegante, sem cabelos. Câncer. Sem visitas. Monitores apitando. Parecia o inferno.

A enfermeira disse:

— Posso ajudar, senhor?

O médico estava atrás dele, bem próximo. Sentiu o coração saltar no peito.

Ele entrou no quarto, colocou a mão no braço da mulher e disse uma vez, bem alto:

— Fique bem, sra. Sunderville.

***

A apresentação na sala de reuniões se estendeu de uma revisão do histórico médico de C.J. baseada em registros, entregues na tarde anterior pelo consultório de seu pediatra, no Hospital Fremont, até propostas para investigações mais longas e mais invasivas, incluindo ultrassonografia, ressonância magnética e tomografia computadorizada.

Os médicos olhavam para os documentos, para C.J., e sorriam. Nomes de testes foram partilhados. Horários foram discutidos. Mais sorrisos dos médicos. Tudo aquilo seria feito, conforme asseguraram a Lynn, de modo simples, do início ao fim.

Joe voltou, parecendo mal-humorado.

C.J. não sabia exatamente o que eram alguns daqueles testes, especialmente aqueles com iniciais no lugar de nomes, mas depois de quinze minutos de médicos falando com ele, com sua mãe e com seu pai, disseram que estavam prontos para começar.

Ele se levantou quando os outros o fizeram. Ficou perto de Lynn e tentou não demonstrar fraqueza, mas, enquanto olhava para a mãe, seus olhos se encheram de medo e perguntas, cada uma começando com um silencioso "por quê?".

Lynn sabia que a pergunta estava ali. E imaginou se ainda tinha uma resposta.

***

Por mais de quinze minutos, enquanto uma ultrassonografia traçava imagens dos órgãos de C.J., Joe ficou sentado em uma cadeira com o rosto virado para a janela da sala de espera, os pés apoiados no beiral. O cardeal, padre Mark, monsenhor Tennett e Bennington Reed se sentaram juntos perto da porta. Nenhum deles falava, como se fossem pacientes à espera de resultados de exames.

Joe havia ligado para a UTI — duas vezes — perguntando se havia ocorrido alguma mudança na condição da sra. Sunderville.

Todos sabiam quem estava ligando. Todos sabiam o que havia acontecido. Todos sabiam o que não havia acontecido, e disseram a ele. Sentiam muito. Eles também estavam esperançosos.

Ele ligaria novamente, pensou, em uma ou duas horas. Mas não a cada dez minutos.

E então pensou: *Não, não vou ligar novamente.* Ele se sentia um idiota. Nada havia acontecido, e ele sabia. C.J. tinha tudo; não sobrara nada para ele.

Ele relembrou suas discussões com Lynn e com Kruger, passou por cada trecho delas, imaginando o que deveria ter feito de diferente, e, sem ter uma resposta, ficou com raiva de novo, absolutamente, como se sua frustração fosse uma droga ou algo assim.

É hora de pensar em outras coisas, disse a si mesmo. Pensar na única coisa da qual ele sabia ter controle. Traçar um plano, não importava o que acontecesse, de vender a história de C.J. por uma bela fortuna.

Através da janela, ele observou o helicóptero azul e cinza da polícia sobrevoando ao norte do hospital mais uma vez, e repassou o que contaria aos tabloides e a outros órgãos de imprensa quando fizessem suas ofertas. Ele recusaria as primeiras, com certeza. Apenas lhes diria que era o pai de C.J. Walker. O homem que havia descoberto o poder, sozinho. O cara que havia levado o menino ao hospital duas vezes, sozinho, e que organizara todo o lance com Turner na funerária de MacInnes. Ele era a pessoa que havia feito tudo aquilo ser possível. Ele e somente ele.

Seja lá qual fosse o valor que lhe oferecessem, ele merecia mais. Sua história tinha que valer uma baba.

* * *

Após as ultrassonografias, uma mulher de cabelos grisalhos do Departamento de Assistência Social do hospital, usando um blazer cinza-escuro com um crachá que a identificava como freira, levou sorvetes, refrigerantes, biscoitos e café para a sala de reuniões dos médicos.

Todos foram convidados a fazer uma pausa de dez minutos antes de transferir C.J. para o novo Centro de Diagnóstico por Imagem do hospital.

Lynn tocou o braço de C.J. e disse simplesmente:

— Você está indo bem.

Ele parou de tomar sua Pepsi e puxou levemente a manga da blusa de sua mãe, para sussurrar algo em seu ouvido. E, quando ela se inclinou, ele disse:

— O que eles vão fazer agora?

— São aquelas "imagens" que te falamos, tipo raios X — ela também sussurrou. — Eles chamam de ressonância magnética, mas é apenas um raio X.

— Deve ter alguma diferença, ou não teria um nome diferente.

— Não é exatamente a mesma coisa — Lynn admitiu, pousando as mãos no braço dele. — É parecido, mas tira fotos diferentes. Não tem muito o que falar.

Uma pausa. C.J. estava pensando.

— Fotos diferentes do quê?

— De como você é maravilhoso. — Ela sorriu e acariciou seus cabelos. — Só que são coloridas. É um pouquinho diferente.

Joe estava lhe sorrindo quando ela ergueu o olhar, mas era um sorriso sem calor. Uma curva fina sob olhos gelados, querendo passar uma mensagem. Algo como: "Depois dessa dancinha que você fez, mal posso esperar para ver como você vai convencer C.J. de que um bando de pessoas com duas vezes o tamanho dele vai obrigá-lo a deitar e se fingir de morto dentro de um pequeno túnel, sem se mexer por uma hora, como se ele fosse uma bala de canhão".

20

Amarcha que atravessou os corredores ainda lotados em direção ao Centro de Diagnóstico por Imagem no sétimo andar da ala norte foi uma estranha procissão — todos observavam, mas ninguém dizia nada. Passos soavam levemente no vinil cinza do assoalho; monitores apitavam ao fundo, com uma linguagem impessoal aumentando de intensidade e então diminuindo conforme o grupo passava por eles. C.J. olhava para frente, mas não segurava mais a mão de Lynn.

Dentro da sala de ressonância magnética, dois médicos e dois técnicos se ofereceram para mostrar a C.J. o aparelho que faria o exame. Lynn pediu aos outros, com um olhar especialmente gelado para Joe, que aguardassem na sala de espera ao lado.

Já haviam dito a Lynn que, se ela preferisse, poderiam sedar C.J. "Só o suficiente para acalmá-lo." Mas ela achou melhor não. Agora explicavam que, de todo modo, o procedimento seria fácil.

— Você pode até ouvir música — o médico mais jovem disse para C.J. com um sorriso. — E vamos levar só uns quarenta e cinco minutos. Que tal?

C.J. mordeu o lábio. Parecia bravo, mas ficou quieto, olhando fixamente para aquela enorme máquina branca e para o profundo túnel nela embutido, através do qual ele sabia que deveria entrar.

O mais velho dos dois médicos tentou de novo retratar o exame de modo mais leve, dessa vez se ajoelhando e colocando a mão suavemente no braço esquerdo de C.J.

— Não dura mais do que um programa de tevê, quarenta e cinco minutos. Depois você está liberado.

C.J. lançou um olhar surpreso e perturbado para o médico e estendeu a mão para agarrar o pulso de Lynn e levá-la até o outro lado da sala. Ele se sentia em pânico. Puxou-a para perto e sussurrou em seu ouvido com uma determinação afiada:

— Eu não vou deitar dentro daquela coisa, mãe! Não quero entrar lá; isso é besteira!

Lynn se afastou, com a sobrancelha erguida, e o encarou. Ele havia adotado a expressão e a usava de forma desajeitada simplesmente para mostrar que estava falando sério. Lá no fundo, ela tinha entendido, mas não discutiu com ele. Em vez disso, se virou para os médicos e disse de modo agradável:

— Sabem de uma coisa? C.J. e eu vamos ter de conversar sobre isso por um minuto. Podem ver se o vestiário ainda está vazio? Acho que seria melhor se conversássemos lá.

A caminho do corredor, o médico mais jovem sussurrou mais uma vez para ela que uma sedação leve não era algo fora do comum, e que C.J. ficaria bem.

— Estou certa disso — ela respondeu, ainda com um sorriso. — Obrigada.

Eles entraram no vestiário, e Lynn fechou a porta. Estavam a sós. Havia apenas armários à esquerda e bancos à direita, e uma segunda porta que levava a outro corredor na extremidade do cômodo, à direita.

Lynn se sentou em um dos bancos baixos, acolchoados e verdes, e disse:

— Bem, o que você está sentindo, querido? — E deu um sorriso suave e triste.

— Você disse que eu não ia precisar fazer nada que eu não quisesse, mãe — ele respondeu, com lágrimas nos olhos. Seu tom de voz se suavizou, e as palavras eram tão cadenciadas que mais pareciam um apelo que uma exigência. — Por que eu tenho que fazer isso, se você prometeu? — Ele esticou a mão para segurar os antebraços de Lynn. Pequenos dedos, não ainda de um rapaz, mas apenas de uma criança, segurando firme, parecendo magoado. Sua voz era fina, suave e pungente, como seus olhos. — *Você* ia querer? Você entraria naquela coisa, ainda mais sabendo que não tem nada de errado com você? Eles não podem me obrigar a fazer tudo o que eles querem, podem?

A pergunta atingiu Lynn com força. Seu olhar a atingiu com força. Seu medo também a atingiu, e ela tentou exibir um sorriso sem força nenhuma.

C.J. disse novamente, de forma mais suave que antes, a cabeça inclinada levemente para a esquerda, surpreendendo agora sua mãe com mais lágrimas ainda:

— Você *prometeu*, mãe!

Lynn baixou os olhos e olhou fixamente para o chão. Pensou nos motivos pelos quais estava deixando seu filho de nove anos ser cutucado, questionado e perseguido, quando ele não queria nada daquilo. Será que ela queria? Ela pensou sobre aquilo novamente e sobre o que Joe havia dito a respeito de o garoto já ter sido possuído por outras pessoas. *Sob custódia*, ele dissera; ela e C.J. já estavam sob custódia, e ela era burra demais para perceber.

Por que eu estou fazendo C.J. passar por tudo isso?, ela pensou. *Isso é realmente pelo bem de C.J.? Ou na verdade é pelo bem deles?*

— Ah, meu Deus — ela sussurrou, tampando os olhos, com a cabeça baixa.

C.J. observava, sem perguntar o que ela estava pensando.

E então ela ergueu a cabeça confiante, olhou fixamente nos olhos do filho, o segurou pelos ombros e disse com uma voz firme e calma:

— Vamos cair fora daqui, C.J.

Os olhos dele se arregalaram.

— Você quer dizer cair fora do exame naquela coisa branca? Ou cair fora do hospital, como se já tivéssemos acabado e pudéssemos ir embora?

— Quero dizer que isso pode ter sido um erro. Achei que pudesse nos mostrar alguma coisa importante, mas acho que cometi um erro, e peço desculpas. Então quero dizer... vamos embora. Nós dois. Agora mesmo.

C.J. piscou. Ele começou a falar, piscou novamente e disse:

— Só nós dois?

— Só vem comigo — ela disse e nivelou o olhar com o dele, certificando-se de que ele estava ouvindo. — Fique ao meu lado, querido, não importa o que aconteça. E não pare a menos que eu também pare, não importa o que lhe digam. Promete?

C.J. prendeu o lábio com força e assentiu. Então pegou a mão esticada de sua mãe e a puxou subitamente na direção da porta.

— Não por essa porta — ela disse, sentindo o coração bater mais rápido. — A outra, no fundo do vestiário. Ela leva para um corredor diferente.

Eles passaram apressados pelos armários até a porta alternativa e pararam por um momento, prontos, a mão de Lynn pousada sobre a longa e prateada maçaneta. Ela a pressionou silenciosamente e abriu a porta apenas até a metade, ouvindo e observando. Nenhum som. Ninguém ali que ela pudesse ver. Todos estavam reunidos no fim do corredor ou lá fora, esperando que C.J. voltasse para a sala de ressonância magnética.

Ela assentiu para ele, ele assentiu de volta, confirmando o pacto entre os dois.

C.J. sussurrou, agora com um sorrisinho nervoso:

— Isso é tão legal. — E com isso Lynn abriu a porta com tudo e eles saíram rapidamente em silêncio pelo corredor até a parte central do edifício, longe do Centro de Diagnóstico por Imagem. Seguiram por quase vinte metros pelo corredor. Nenhum quarto, não ali. E ainda ninguém à vista.

Ela se sentiu animada; assustada, mas não com medo, o coração acelerado, a sensação de C.J. perto de si, apertando sua mão. Ela se deu conta de que não tinha a mínima intenção de voltar para onde estava. Quase trinta metros. Era hora do almoço, pensou, as pessoas começariam a aparecer, mas o lugar estava quase deserto.

Chegaram a um novo corredor e viraram à direita. Nenhum grito atrás deles. Ninguém os perseguia. Mas havia pessoas naquele corredor, e estavam de olho, de olho nela e em C.J.

Lynn não estava mais sorrindo. Sua respiração subitamente começou a sair em erupções urgentes.

Vários membros da equipe pareceram reconhecê-los e abriram caminho, surpresos e confusos. Ninguém perguntou se precisavam de ajuda, mas Lynn forçou um sorriso falso e continuaram em frente. Quarenta metros. Quase saindo da ala norte. Quase chegando ao corredor principal.

Subitamente ouviram vozes atrás deles, chamando-os de volta à sala de exames, vozes surpresas que subitamente gritavam que eles estavam indo na direção errada.

C.J. olhou para Lynn. Ele ainda estava calmo, ainda estava determinado, sem olhar para trás, mantendo a promessa.

Lynn não olhou para ele. Colocou a mão atrás de seu ombro e o empurrou para frente, sussurrando que eles estavam indo bem. Viraram no próximo corredor, novamente à direita, agora de volta ao que ela acreditava ser o centro do hospital. C.J. começou a correr de leve. Lynn estava andando rápido demais.

Um médico entrou na frente deles e estendeu a mão, querendo desacelerá-los. E então os reconheceu. Antes que pudesse falar, eles passaram rapidamente por ele, e Lynn se apressou em dizer:

— Banheiro? Só seguir em frente?

O médico, surpreso, apenas os encarou. Uma enfermeira passou com expressão alarmada e disse, apontando:

— Tem um banheiro na direção de onde vocês vieram, senhora.

Outra enfermeira gritou:

— Posso ajudar? — E Lynn ouviu uma voz diferente, uma voz de homem vinda da outra extremidade do corredor, dizendo:

— É C.J. Walker, e tem alguma coisa errada!

— Fique comigo — ela disse para C.J., e eles começaram a correr. Passaram por carrinhos que transportavam refeições, por monitores e pacientes que caminhavam arrastando pedestais de soro. Correram porque agora havia outras vozes muito mais atrás, vozes que eles haviam deixado na unidade principal e que agora os perseguiam, virando o corredor e insistindo que alguém os detivesse, por favor! Mas ninguém o fez.

Ambos corriam. Lynn começou a respirar com dificuldade, mas nenhum dos dois diminuiu a velocidade ou olhou para trás. Agora, passos ainda distantes, porém mais rápidos e fortes, começaram a correr, gritando com raiva:

— Por favor, alguém os detenha!

Então C.J. e Lynn chegaram à escadaria. Ela o empurrou pela porta. Eles desceram correndo as escadas enquanto membros da equipe médica se aproximavam acima deles e se agrupavam para ver, observando-os e perguntando novamente o que havia de errado, mas bloqueando a passagem de Curry e do capitão Shuler, da polícia e dos demais, que tiveram de se esforçar para passar pelo amontoado de gente antes de poder persegui-los escada abaixo.

Mãe e filho irromperam pela porta do quinto andar e correram até o centro do edifício, onde ficavam os elevadores, agora com um novo elenco de funcionários preocupados e pacientes surpresos, que olhavam e faziam perguntas em voz alta. As pessoas os reconheciam. Todos gritavam, se aproximavam e os chamavam, perguntando aonde iam, o que havia de errado e o que poderiam fazer para ajudar, mas ninguém ousou impedi-los. Várias enfermeiras ligaram para a segurança, com medo de que o pior acontecesse, seja lá o que fosse. Um jovem médico correu atrás deles e os acompanhou, oferecendo ajuda, mas sem tentar detê-los.

Continuaram correndo. Seguindo pelo corredor branco, Lynn rezando:

— Vamos lá, meu Deus, nos ajude... — Velhos hábitos. Velhas reações.

A polícia e os agentes federais surgiram pela porta da escada atrás deles. Gritos fortes e uma perseguição ferrenha se davam no corredor antisséptico. O médico que os acompanhava parou e se virou para encarar as demais pessoas que vinham atrás, surpreso com a violência que havia em suas vozes.

Lynn viu que um dos elevadores de serviço estava quase se fechando. O elevador ia descer somente com um enfermeiro e uma maca vazia. Ela sussurrou um rápido:

— Vai! — Então ela e C.J. passaram voando pela porta, deixando-a fechar atrás de si.

* * *

Joe ouviu uma voz gritando e desembestou de seu assento, abrindo passagem a cotoveladas pelo cardeal e pelos outros e tomando a dianteira pelo corredor. Alguém estava assustado. Alguém estava gritando onde ninguém deveria gritar. Algo ruim havia acontecido com C.J.

No corredor, as pessoas andavam rápido demais, e dois policiais se apressaram e entraram no vestiário masculino onde C.J. deveria estar. Membros da equipe médica e agentes de segurança se acotovelavam pelo corredor menos de dez metros à direita de Joe, do outro lado do vestiário.

Ele notou uma enfermeira idosa parada no corredor, dura como uma estátua, encostada na parede, as mãos para os lados, a expressão alarmada. Ele gritou para ela:

— Que diabos está acontecendo? — Mas não esperou pela resposta. Correu até a sala enquanto outros quatro gritos soavam no corredor, quase que simultaneamente:

— Para onde eles estão indo?

— A mãe e o garoto!

— O que ela está fazendo?

E mais longe, de outro corredor:

— Eles estão saindo da unidade!

No vestiário, Joe viu dois médicos observando os policiais que haviam entrado na frente dele e se dirigiam à porta dos fundos, para o corredor do outro lado. Nenhum dos médicos se moveu. Nem sequer se viraram para olhar para Joe, que estava paralisado, tentando entender o que tinha acontecido. E então toda aquela cena o atingiu como um raio, ao se dar conta de que ele era o único ali que havia percebido que Lynn estava fugindo do hospital. Ela estava tentando escapar com C.J., algo que eles ainda não sabiam, mas ele sabia.

O modo como ela fazia as coisas o deixava louco. Ela não se sentaria e planejaria aquilo com ele. Ela se conteria e tentaria jogar conforme as regras por tempo demais, e então, quando C.J. dissesse a coisa certa, ou chorasse, ou alguém o empurrasse e ela não gostasse daquilo, apenas diria: "Para o inferno com tudo isso". E aí o agarraria e sairia correndo sem nem parar para pensar.

Mas com certeza ela estava tentando fugir. Apenas correndo, sem nenhum lugar para onde ir. E o ponto para onde ela correria primeiro, Joe não tinha dúvida, seria a saída mais distante de onde eles haviam entrado.

* * *

Lynn tentou recobrar o fôlego e sorrir para o enfermeiro assustado. Ela disse:

— Elevador errado. Desculpe. Não somos funcionários.

Mas o enfermeiro não estava prestando atenção. Ele olhava sem expressão para C.J., imaginando se aquele garoto era realmente *ele*.

As luzes dos andares piscavam sobre a porta. Quatro... três... Subitamente Lynn bateu o dedo no botão marcado como dois, bem a tempo. O elevador parou e a porta se abriu. Ela puxou o braço de C.J., e eles saíram no corredor.

— Eles vão ficar esperando o elevador lá embaixo — ela disse e começou a correr para a direita novamente, para longe da ala norte. — Vamos até o outro lado do prédio e descemos pelas escadas.

Eles correram por um corredor largo e acarpetado e passaram por várias portas de escritórios na área identificada como administração. Passaram por uma recepcionista que não pareceu reconhecê-los e pediu que parassem, pegando o telefone quando não o fizeram. Seguiram por todo o corredor até perto da escadaria, antes que duas secretárias que voltavam do almoço os vissem e os reconhecessem. Uma delas ganiu e gritou:

— Ai, meus Deus! — e apontou, mas Lynn e C.J. já haviam alcançado as escadas e passado pela porta, correndo para o primeiro andar e para a saída sul.

— Para onde vamos quando chegarmos lá embaixo? — C.J. gritou, sua voz quicando nas paredes e soando alto na escadaria.

— Eu já disse — Lynn respondeu em frases curtas e sem fôlego. — Vamos dar uma caminhada. Ver o que acontece.

— Tá bom, mãe! — C.J. riu nervosamente e alto, apenas uma vez. Nada mais.

Andar principal.

— Tudo bem! — Lynn disse rapidamente, estendendo os braços na frente do peito de C.J. para pará-lo. Então ela espiou pela pequena janela de vidro até o saguão sul. Estavam a apenas cinco metros da saída. Ela podia ver gente passando como se nada estivesse acontecendo. Não viu nenhum policial correndo para se posicionar ou agentes montando bloqueios.

Ela se virou e se ajoelhou para segurar o rosto de C.J. nas mãos, aterrorizada ao ouvir a porta da escadaria batendo apenas um ou dois andares acima deles e o retumbar de pés lá em cima. Ela falou apressadamente:

— Ande rápido agora, querido.

— Tudo bem — ele assentiu com força.

— Mas não corra e não olhe para ninguém.

— Tudo bem.

— Só olhe para o chão e continue andando, bem ao meu lado.

— Tá bom.

— Tá bom?

Ele assentiu mais uma vez.

Ela respirou fundo e abriu a porta com um empurrão.

* * *

Joe desceu as escadas o mais rápido que pôde, mãos no corrimão, pés voando, pulando os últimos três degraus de cada nível, tentando se certificar de que estava na direção certa, planejando para qual lado virar assim que chegasse ao térreo, desejando que, quando chegasse ao saguão, pudesse irromper em uma corrida livre, mas sabendo que não seria capaz de fazer isso. *Ande rápido*, disse a si mesmo. *Ande rápido e pareça natural. Olhe muito para o relógio. Pareça um cara que está atrasado para uma operação, um encontro com um parente ou uma ligação importante.* Chegou ao saguão. À direita, passou pelos elevadores, rapidamente. Os policiais estavam no saguão, bem atrás dele, indo na mesma direção, mas, quando Joe olhou para trás, viu que eles pararam nos elevadores. Pararam e esperaram, com os rádios gritando.

Ele perguntou pela entrada sul para a funcionária no balcão, a quarenta metros dos elevadores, sem parar para esperar pela resposta, apenas olhando para ela enquanto passava apressado.

— Vire à direita no saguão principal e siga as placas — ela disse, apontando na direção em que ele estava indo.

Ele correu um pouco, olhou para o relógio e disse em voz alta:

— Ah, cara, olha isso — enquanto passava correndo por três cirurgiões. Chegou ao saguão principal. Um policial estava parado sozinho perto dos elevadores. Não, não era um policial; era um segurança do hospital. Ele vigiava, mas não olhava ao redor. Os policiais ainda não haviam chegado ali. O segurança olhou para Joe, que olhou para o relógio de pulso novamente, pronto para dizer: "Cara, olha a hora", mas então se deu conta de que não era preciso, pois era só um segurança. Ouviu seu coração martelando, depois gritos. E, no último segundo, notou dois policiais, agora sim, entrando rápido no hospital, como se soubessem o que estava acontecendo.

Joe atravessou rapidamente o saguão e seguiu pelo corredor sul, sabendo que Lynn e C.J. estariam ali, seguindo para a mesma saída. Sabendo que, por apenas alguns segundos, talvez até alguns minutos, se ele desse sorte, eles estariam juntos e sozinhos, somente os três.

E então ele a viu, no fim do corredor, irrompendo da porta da escadaria, ousada como o diabo, indo em direção à saída, com C.J. grudado a seu lado.

Finalmente, ele se pôs a correr.

***

O grandalhão de terno marrom-escuro sabia que era Joe assim que o viu atravessando o saguão, olhando para o relógio como se estivesse assustado, como se quisesse andar mais rápido, mas estivesse se contendo, olhando ao redor para ver se estava sendo seguido. Ele o reconheceu da noite em que ele e Carl estiveram com Torrie Kruger no apartamento de Joe. Ele e Carl estavam a menos de dois metros dele quando o cara aceitou o dinheiro de Cross e deu o contrato a Kruger, o mesmo que ele havia dito naquela manhã que ia quebrar. O filho de Cross estava morrendo naquele instante, e, simples assim, o cara achava que podia quebrar o acordo.

O homem se virou para seguir Joe, movendo-se num ritmo fluido e leve, como um urso, o telefone na mão, os dedos largos já digitando os números.

Quando dobrou o corredor sul, ele parou e curvou os ombros, virando-se para abafar a voz enquanto falava ao telefone:

— Kruger, o pai do garoto está seguindo para a saída sul agora mesmo, andando rápido e parecendo assustado. Ele está sozinho, mas a polícia acabou de aparecer no saguão. Está acontecendo alguma coisa. — E parou, observando Joe, a mão esquerda ainda abafando o telefone. Em seguida ergueu a cabeça e gritou: — Leve o carro para a saída sul! Ele está correndo!

* * *

Três metros à frente de Lynn, três pessoas passavam pela porta giratória, uma entrando, duas saindo, mas não havia polícia e ninguém parecia estar procurando por eles, embora Lynn não ousasse olhar para trás, para o corredor, para o centro do edifício, onde os elevadores eram vigiados e agora as escadarias também.

Três metros. Seu coração acelerado. Sua respiração difícil. A mão de C.J. grudada na dela. Estavam quase lá.

E então um súbito e agudo grito, bem atrás deles, a menos de dois metros de distância:

— É ele!

Todos os olhos se viraram para capturá-los.

Ela estava a meio metro da saída. Deixou escapar um pequeno ruído e puxou C.J. com força, os dois correndo para o vão da porta, Lynn empurrando com força a barra de proteção do vidro da porta giratória.

— Mãe! — C.J. gritou.

Lynn não respondeu.

Eles estavam do lado de fora.

Uma mulher na calçada apontou para eles, gritando a novidade para os outros.

A mulher que havia gritado primeiro estava bem atrás deles. Ela passou pela porta giratória e agarrou o braço de Lynn.

— Por favor!

Lynn se soltou, murmurando desculpas.

— Por favor! — a mulher disse novamente, mais alto, soando desesperada. — Meu pai está no setor de oncologia, quarto três!

Lynn sentiu o pânico crescer em seu peito, esmagando sua respiração, martelando tão rápido quanto seus batimentos cardíacos. Ela olhou para a mulher e disse, sem fôlego:

— Sinto muito. — E continuou andando, arrastando C.J. ao longo do prédio. — Sinto muito — disse novamente, ainda mais alto, e então repetiu mais uma vez, enquanto via a multidão se juntando, todos olhando, alguns correndo, muitos gritando.

A mulher que tentara falar sobre seu pai se aproximou novamente, desajeitada e chorosa, e agarrou o braço de Lynn.

— Mãe! — C.J. tentou se colocar entre Lynn e a mulher, querendo proteger a mãe, mas ela o puxou de volta para seu lado e tentou cortar pela rua.

Os olhos da mulher se moviam entre Lynn e C.J., incertos sobre onde pousar, a quem apelar.

— Por favor! — ela disse novamente, dessa vez mais alto e com mais ênfase. — Só vai levar dois minutos, pelo amor de Deus! Ele está morrendo!

C.J. observava a expressão de Lynn, assustada, esperando uma deixa, sem saber o que fazer.

Lynn disse bem alto:

— Sinto muito! Por favor, nos deixe passar! — Mas o barulho da multidão era mais alto que sua voz, e tão desesperado quanto, e as pessoas já haviam se fechado em volta dela num círculo de olhares, mãos e apelos desesperados, num cerco que se apertava cada vez mais.

— É ele!

— Ai, meu Deus!

— Por favor!

— Na unidade pediátrica!

— É o Garoto Lázaro!

— Minha mãe!

— Meu filho!

— Ah, por favor, me ajude!

C.J. estava aterrorizado. Lynn o segurou com força e gritou novamente para que os deixassem passar. Mãos desesperadas tentavam agarrá-la, insistindo que ela prestasse atenção.

Um velho com lágrimas nos olhos tentou segurar C.J., mas Lynn se virou para o lado e afastou a mão murcha do homem com um tapa, gritando:

— Não!

C.J. ouviu o pânico na voz de sua mãe e se apertou mais contra ela, e então começou a gritar também.

E Joe também estava gritando. De repente, ele estava gritando, muito perto deles:

— Lynn! Lynn!

— Joe! — Ela se virou na direção de sua voz e viu as pessoas mais próximas, à sua esquerda, incluindo o velho que havia tentado agarrar C.J., sendo puxadas para trás e empurradas para o lado, e viu Joe pegando C.J. e o erguendo na altura do peito, e o garoto berrando:

— Pai! Tira a gente daqui!

Joe segurou Lynn com a mão livre e a puxou para perto, gritando e apontando com a cabeça para a rua:

— Por aqui, Lynn! Está tudo bem!

E então ele berrou para a multidão, num tom ameaçador:

— O garoto também está doente! Agora saiam do caminho ou eu vou machucar alguém, juro por Deus!

* * *

O agente Curry e o capitão Shuler, assim como a polícia estadual e a de Eastpointe, haviam sido lentos. Eles acharam que algo havia assustado Lynn e C.J. e se apressaram em segui-los, e em vigiar os elevadores e escadarias mais próximos, mas desperdiçaram vários minutos preciosos antes de emitir um alerta para que fechassem todas as saídas do hospital. E, como resultado, quando seus rádios estalaram com alertas a respeito da confusão envolvendo o garoto e sua mãe do lado de fora da saída sul, tiveram de percorrer o hospital todo para chegar até lá.

E o fizeram correndo, com os rádios em mãos, enquanto os policiais, em viaturas com suas luzes vermelhas e azuis piscando e sirenes berrando, aceleravam para circular pelas ruas próximas ao prédio e se aproximar da ala sul.

* * *

Uma caminhonete bege suja se movia lentamente por conta da multidão e do tumulto, e, quando Joe pulou na frente dela com C.J. nos braços, o velho no volante parou subitamente. Ele abriu rápido a janela enquanto via Joe dar a volta, tentando alcançar a porta.

Mas estava trancada.

— Eu te dou vinte mil dólares pelo carro! — Joe gritou, puxando a porta do motorista mais uma vez. — Esse é o Garoto Lázaro, e eu preciso do seu carro!

Com os olhos arregalados e desesperados, quase à beira do pânico, o velho protestou tocando a buzina e tentando abrir caminho através das dezenas de pessoas que subitamente haviam cercado seu carro sem que ele soubesse o motivo. Mas ele não queria machucá-las. Parou novamente, ainda apertando a buzina em toques rápidos enquanto lançava olhares débeis para o louco que agora o ameaçava, aos gritos:

— Ele pode matar você se não abrir essa porta! Você se dá conta disso?

C.J. olhou para cima, assustado com essa nova informação.

A multidão protestou, e aqueles que estavam mais próximos de C.J. se afastaram. Mas mais gente se aproximava para se juntar a eles, vinda do hospital e do estacionamento, e havia pouco espaço para se mexer.

— Joe! — Lynn gritou. Ela viu C.J. espremido no meio deles, chorando e segurando a camiseta de Joe. — Pare com isso!

Subitamente outra buzina berrou, e um Lincoln Continental preto abriu caminho na direção deles, passando pela multidão alarmada, à direita de onde estavam. Sua agressividade fez com que irrompessem gritos de ira enquanto os espectadores se acotovelavam e eram jogados para o lado. Alguns até bateram com as mãos nas portas e janelas do Lincoln, como se estapear o veículo fosse fazê-lo parar. Mas o Lincoln apenas desviou, subindo na calçada do lado esquerdo da pista e fazendo com que mais gente ainda gritasse e se espalhasse, enquanto parava ao lado da caminhonete.

Quando as duas portas do lado do passageiro se abriram, uma voz que Joe reconheceu gritou:

— Nos deixem passar! — E lá estava Torrie Kruger, passando o braço em volta do ombro de Lynn e dizendo: — Por aqui, sra. Walker. Podemos ajudar. Entre no carro, por favor.

Lynn se afastou dele. C.J. também. Agarrando-se ainda mais a ele, o garoto olhou para o pai para saber quão perigoso aquele novo cara poderia ser.

Mas Joe gritou:

— Vamos! — Ele pegou o braço direito de Lynn com a mão livre e, com C.J. ainda agarrado a seu peito, se apressou na direção das portas abertas do Lincoln. — Lynn, vamos! — ele disse bem alto, sorrindo. — Juro por Deus que agora está tudo bem! Vamos! Volte agora e eles vão tirar o C.J. de você, com certeza!

Lynn se moveu lentamente no início, mas olhou para Joe, escutou "tirar o C.J. de você" e se apressou.

A multidão se esforçava para ver melhor. O velho na caminhonete abriu a janela e ficou olhando. Havia dois homens dentro do Lincoln, o motorista e mais um, que havia deslizado para a outra extremidade do banco traseiro, dando espaço para que Lynn, C.J. e Joe entrassem. O homem no banco de trás era grande e usava um terno marrom-escuro. Ele gesticulou para eles com uma mão grande, dizendo:

— Está tudo bem, sra. Walker! Nós conhecemos o Joe!

Uma sirene soou perto do hospital, e Lynn se virou, surpresa.

Subitamente, ouviu-se um ruído alto no céu. Um helicóptero se aproximava velozmente, vindo do outro lado do edifício.

Lynn sussurrou:

— Meu Deus. — E então a primeira sirene da polícia foi acompanhada por outra, as duas berrando enquanto as viaturas começavam a dispersar a multidão na esquina do prédio e se aproximavam.

Uma voz irrompeu subitamente do megafone de uma das viaturas:

— Abram caminho! Abram caminho!

Joe disse:

— Por favor, Lynn, eles estão vindo!

E ela se lançou para dentro do carro, no banco de trás, ao lado do homem que ela nem conhecia, mas que Joe sabia quem era, com C.J. bem atrás dela, ao lado do pai.

O homem que a havia abordado na rua saltou para o banco do passageiro. O carro já estava em movimento antes que as portas se fechassem, forçando passagem pela calçada e se lançando para cima da multidão com a buzina berrando estridente, enquanto as pessoas gritavam, xingavam e voltavam a se amontoar. Então fez uma curva fechada à esquerda, deixando dois semicírculos marcados no gramado bem cuidado do hospital, entre a ala sul e o centro de oncologia. Dali seguiu rapidamente para a extremidade do terreno e entrou na rodovia de oito pistas que os levaria direto para a área leste do movimentado centro de Detroit.

21

C.J. olhava pelo vidro traseiro enquanto o Lincoln balançava por sobre a calçada e acelerava para sul na direção das enormes estruturas das Covington Towers, dois prédios de escritórios gêmeos, com vinte andares cada, unidos por um estacionamento construído sobre a entrada e coberto por cinquenta metros de um grosso toldo.

Eles estavam, o motorista sabia, a apenas sessenta segundos de distância. Àquela velocidade, pelo menos.

Dois carros que se aproximavam pararam bruscamente para evitar uma colisão. Um furgão branco de entrega desviou rapidamente para a direita, saindo do caminho do Lincoln. C.J. se contorceu para o lado, olhando agora pelo vidro da frente enquanto a distância entre eles e os prédios à frente diminuía.

Torrie Kruger falava ao celular, informando sua localização e fazendo exigências.

— Quem são eles, Joe? — Lynn exigiu saber. Havia pânico em sua voz.

Joe não respondeu. Ele encarava Kruger, tentando decifrar o que ele estava dizendo.

Um dos homens gritou:

— Helicóptero vindo do hospital! — Mas eles já sabiam; o ruído típico estava alto o suficiente para que notassem sua presença, mesmo a distância.

Kruger entregou o celular ao motorista e disse:

— Andretti. — O motorista pegou o aparelho e escutou por apenas dois segundos, depois o jogou no colo de Torrie e desviou, subindo na calçada vazia. E disse:

— Podemos ir, mas é uma corrida! — Agora estavam perto do estacionamento das torres.

O ruído do helicóptero ficou mais fraco conforme os prédios se erguiam atrás e à direita deles, forçando a aeronave a subir. Mas uma segunda já estava vindo do hospital.

O carro subitamente desviou de volta para a estrada, desacelerou bruscamente e fez uma curva fechada à esquerda, entrando no estacionamento oeste das torres, onde fez outra curva e parou sob uma longa cobertura. Lynn viu um furgão marrom-escuro sem janelas laterais estacionado sob a lona, a pouco menos de quinze metros de onde estavam. Suas portas se abriram rapidamente enquanto Joe gritava para ela:
— Eles querem tirar o C.J. de você, Lynn! Essa é a melhor coisa que poderia ter acontecido!
Kruger gritou:
— Entrem no furgão! Rápido!
Ela hesitou em sair com C.J. por dois preciosos segundos, mas naquele único momento, no espaço daqueles poucos segundos, veio o reconhecimento de que talvez aquilo fosse mesmo a melhor coisa que poderia ter acontecido: Cross protegendo C.J. pela vida do próprio filho.
Então subitamente ela se moveu, e rápido. Agarrou o que lhe pareceu ser sua única chance. Gritou para que C.J. se apressasse e saltou para fora do carro com ele, ainda segurando sua mão e se lançando na direção do furgão, que acelerou assim que a porta se fechou atrás dela e Kruger pulou para o banco da frente e bateu a porta atrás de si.
Ela se deu conta de que não era o dinheiro. Era o que um pai ou uma mãe estavam dispostos a fazer para manter seu único filho a salvo e ao lado deles.

* * *

O cardeal Schaenner, acompanhado de padre Mark, monsenhor Tennett e do sr. Reed, observou os dois carros de polícia e os agentes federais correrem para o estacionamento norte, se juntando à perseguição a C.J. A multidão atrás deles estava mais escandalosa do que nunca, gritando perguntas para a polícia e para os sacerdotes. Os jornalistas abordavam os policiais, na tentativa de obter informações privilegiadas e de se aproximar do cardeal e dos outros.
O sargento que monitorava as ligações na viatura mais próxima confirmou para o monsenhor que o tenente estaria junto deles em questão de segundos. A polícia estadual ainda estava no comando da operação, segundo ele, e o tenente se encarregaria pessoalmente da perseguição.
O monsenhor agradeceu ao oficial e reportou a informação ao cardeal, que anunciou sua intenção de esperar ali, na porta, pelo tenente.
— Ele ainda está no comando da busca — Tennett disse para os outros —, mas o FBI será chamado para ajudá-los agora. Alguma coisa envolvendo

um possível sequestro que pode atravessar as fronteiras estaduais e até nacionais, e, como estamos a poucos quilômetros da divisa com o Canadá, eles são chamados automaticamente. Se determinarem que não é um sequestro, mesmo assim estarão aqui para ajudar. E nesse caso, sendo a vítima C.J. Walker, eu lhes garanto que eles já estão a caminho.

O cardeal meneou a cabeça mostrando que concordava, mas não disse nada. Estavam diante da porta de vidro do hospital. Ele mexeu no queixo demonstrando impaciência e olhou para o relógio de pulso, olhando novamente pela porta até o saguão, que estava cheio de funcionários e policiais, mas nenhum tenente, e começou a andar de um lado para o outro. Em seguida se dirigiu ao padre Mark, que calhou de ser o mais próximo dele naquele momento.

— Por quanto tempo você acha que eles vão conseguir evitar de ser capturados, em plena luz do dia, com os helicópteros acima deles?

Dois membros da equipe médica abriram a porta, assentiram para os clérigos e olharam para a multidão, disseram algo um ao outro, subitamente sorrindo, e entraram novamente.

— Provavelmente já os pegaram — o monsenhor disse.

— Tenho certeza de que o garoto vai ficar bem — Reed acrescentou, embora não tivesse nem um pouco de certeza.

O cardeal olhou novamente para a porta. Ainda não havia nenhum tenente. Seus olhos, normalmente tão cheios de uma alegria acolhedora, haviam se tornado sombrios como os de um dobermann.

A questão não é se eles serão capturados — disse. — A questão é o que vão fazer com eles quando forem capturados. Se for um sequestro, e acredito que seja, vai dar ao governo o motivo de que precisavam para tomar o garoto sob custódia protetora, ou seja lá como queiram chamar, imediatamente, hoje à tarde, sem mais uma palavra... Essa é a questão.

A ideia o fez ficar enjoado. Ele parou de andar e tentou recobrar os pensamentos. Precisava estar preparado quando o tenente aparecesse.

Ele não sabia se C.J. havia sido sequestrado. Não sabia o que poderia fazer para recuperá-lo, se fosse esse o caso. Tudo o que sabia era que, quando o achassem, ele tinha de estar presente. Tinha de estar lá, para tentar antecipar qualquer ação do governo. Tinha de estar lá, pronto para argumentar com toda a autoridade que sua posição de sacerdote da Arquidiocese Católica Romana de Detroit lhe conferia. Se ele não fizesse bem essa única coisa, ele se deu conta, poderia nunca mais ver C.J. Walker pessoalmente.

Com padre Mark parado ao seu lado, monsenhor Tennett, Bennington Reed, a polícia, os repórteres e a multidão atrás dele, o cardeal pensou que o som dos helicópteros estava fraco agora. Ele considerou que C.J. e Lynn estavam em algum lugar abaixo daquele som. Notou que as sirenes soavam à mesma distância, sabendo que seus berros seriam ouvidos por C.J. ao mesmo tempo. Ele ouviu o barulho do rádio da polícia vindo das viaturas ali perto e continuou a vigiar a saída do hospital. Ele fez tudo isso, mas o que fez principalmente foi rezar sem parar, em sussurros e pensamentos angustiados, para que não perdesse assim tão fácil a mais profunda oportunidade já colocada a seus cuidados, em toda a sua vida, de testemunhar a presença de Deus.

Os riscos eram grandes para ele. A situação era crítica.

Subitamente as portas do hospital bateram com força e o tenente saiu, seguido por dois outros oficiais. Era um homem alto beirando os cinquenta anos. O tórax cilíndrico e os ombros largos eram realçados pelo uniforme azul-escuro de botões dourados e cheio de insígnias. Os cabelos, olhos, sobrancelhas e bigode eram grossos e negros, o que lhe dava uma aparência dura e perigosa, como um guerreiro. Ele olhou de soslaio para os clérigos enquanto passava por eles, mas não fez nenhum gesto de reconhecimento. Então se dirigiu para a viatura, e claramente estava com pressa.

Havia acontecido alguma coisa, o cardeal tinha certeza.

Ele fez um sinal para que padre Mark ficasse com ele e rapidamente sussurrou para que o monsenhor e Reed voltassem para sua residência com o carro e esperassem por ele lá.

Monsenhor Tennett assentiu, mas Reed corou e disse:

— Mas eu posso ajudar. Eu conheço a polícia...

O cardeal o dispensou com um aceno brusco.

— Não dessa vez, Ben. — E se apressou em acompanhar os passos determinados do homem fardado no comando, com padre Mark em seu encalço.

Mais duas sirenes soaram na esquina do hospital.

A multidão se espremia contra as barreiras. As perguntas e outros apelos por atenção se ergueram em um único grito.

— Tenente — o cardeal disse em voz alta, já começando a resfolegar. — Sou o cardeal Schaenner, e este é o padre do garoto.

O tenente se virou e olhou para ele, mas não diminuiu o passo e não respondeu. O cardeal ouviu o rádio de um policial grasnar a suposta localização de C.J.: Covington Towers. As unidades já estavam cercando o lugar.

Seu coração estava acelerado.

— Se precisar de algum intermediário, podemos oferecer inestimável assistência — disse ainda mais alto que antes, andando rápido para acompanhá-lo. — Pode ser que haja reféns, e que as negociações se tornem críticas. Mas nós podemos ajudar.

Ao ouvir a palavra "reféns", o tenente diminuiu o passo e virou a cabeça para mostrar que estava ouvindo.

— Além da família do garoto, ninguém o conhece bem — o cardeal continuou —, mas o padre dele aqui conhece, muito bem. Melhor que qualquer um dos seus. E acredite em mim, é provável que ninguém tenha mais influência sobre os pais dele, e possivelmente sobre outros envolvidos nisso, do que eu mesmo, como cardeal representando não só a diocese como a Igreja.

O tenente já estava à porta de seu carro, os dedos na maçaneta. Seu motorista já se posicionava ao volante. Ele então disse:

— Se entrarmos em negociação, o senhor poderá correr riscos.

— Estamos dispostos a fazer qualquer coisa para ajudar — o cardeal assegurou.

O tenente assentiu com firmeza mais uma vez.

— Agradeço a oferta — respondeu e se virou para um segundo soldado que surgira atrás deles. — Leve o cardeal e o padre com você e o sargento Davis — ele disse. — E fiquem por perto. Não corram riscos, mas fiquem por perto e preparados para entrar em ação, se necessário. — E saltou na viatura, batendo a porta e gritando: — Não me obrigue a procurar por vocês por mais de meio quilômetro.

* * *

O furgão que levava C.J. e seus pais se afastou da cobertura das Covington Towers e entrou na Gratiot Boulevard, em direção à I-94, apenas quarenta segundos antes da chegada do primeiro helicóptero e oitenta segundos antes da primeira viatura policial.

Havia dois novos homens sentados como guardas em grossos assentos acolchoados posicionados nos dois cantos do interior customizado do furgão, vigiando Joe, Lynn e C.J., que se sentaram juntos no lado esquerdo, em um dos dois bancos igualmente bem estofados, posicionados ao longo das laterais do furgão. O banco do lado direito se manteve vazio. Duas pequenas lâmpadas forneciam uma luz suave, bastante útil, uma vez que não havia janelas laterais. Uma mesa de madeira com pequenos furos para apoiar copos estava dobrada no console atrás do banco do motorista. O rádio estava sintonizado na faixa da polícia, com o volume baixo. O motorista monitorava as chamadas, só por precaução.

Kruger se virou em seu assento e se apresentou assim que entraram na I-94 e enquanto as sirenes ainda soavam atrás deles, embora agora mais fracas e cada vez mais distantes. Ele sorriu e agradeceu Lynn por sua disposição em acompanhá-lo. Até esticou o braço para apertar a mão de Lynn e de C.J. Ele não cumprimentou Joe, apenas fez um aceno de cabeça, sorrindo rápida e mecanicamente.

Não disse o nome dos outros homens, e eles não se pronunciaram para fazê-lo. Suas expressões eram profissionalmente compostas. Tinham as mãos juntas entre os joelhos levemente separados, como se fosse a posição que haviam treinado para assumir.

Então os outros não são importantes, Lynn pensou. Kruger era quem era importante. Ela mudou de posição no banco para ficar diretamente de frente para ele, com o braço direito ainda em volta de C.J.

O furgão balançou ao fazer uma curva rápida, e Lynn olhou pelo para-brisa para ver onde estavam. Ela viu uma placa que dizia "I-75, 7 km" e supôs que estavam voltando para o norte de Royal Oak e de sua casa.

Kruger continuou falando, soando cordial — cordialidade de advogado. Ele repetiu sua expectativa de que qualquer "mal-entendido" fosse esclarecido, e disse a Lynn que era o advogado particular do sr. Anthony Cross, de Shandise, Nova York. Até apresentou seu cartão.

— Ou seu marido já lhe contou isso? — ele perguntou, sem olhar para Joe.

Ela pegou o cartão e o enfiou no bolso da calça jeans, sem ler.

— Eu sei sobre o sr. Cross — ela disse — e sobre o problema do filho dele. Ele escreveu uma carta, que eu li. Eu sei que você é o contato dele. Sei sobre os cem mil dólares, e sobre a oferta do que entendi ser cinco milhões a mais se o garoto recuperar a saúde. Se tem mais alguma coisa que Joe não me contou, ou se tem algo que não esteja correto, espero que me diga agora.

— E então, sem parar, ela se virou para C.J. e continuou: — Esses homens conhecem um senhor chamado Cross cujo filho está morrendo, querido. O sr. Cross quer nos pagar para que você faça sua prece por ele e o faça se sentir melhor.

C.J. a olhou fixamente por um momento, mas, quando estava prestes a falar, Lynn ergueu a mão para tranquilizá-lo.

— Nós só vamos conversar sobre isso com esses homens, isso é tudo — ela disse.

O menino assentiu.

— Tudo bem.

Joe observava e escutava, as mãos juntas entre os joelhos separados, exatamente como os outros, só que ele estava mais inclinado para frente e tinha um olhar mais intenso.

— Você não mencionou o contrato — Kruger disse —, mas citou os elementos principais. A única coisa é que... — ele acrescentou, diminuindo levemente o tom da voz — a situação mudou desde hoje de manhã.

As sobrancelhas de Joe se ergueram.

— Como assim, mudou?

Kruger disse de modo direto, sem emoção:

— Anthony Jr. faleceu esta manhã... às 10h10, hora do leste.

Houve um silêncio. Lynn soltou apenas um suave:

— Sinto muito — e em seguida ficou em silêncio novamente. Ela precisava de um tempo para pensar, para avaliar como a morte do garoto impactaria o que quer que acontecesse em seguida. No mais, pensou, aquilo faria com que Cross, e isso significava aqueles homens que ele havia contratado para levá-la a Nova York, ficasse um pouco mais desesperado do que antes. Não, *um pouco mais* não, provavelmente *muito mais* desesperado. — O que significa que é a hora da decisão — ela disse suavemente.

Kruger continuou:

— É hora de honrar o contrato, sim.

— Então me diga... — ela disse. — Sem levar em conta como ele deve estar sentindo o luto, o que eu respeito e lamento, o sr. Cross está no ramo de sequestros?

Kruger não respondeu. Ele a analisou, os olhos se estreitando.

Joe mudou de posição no assento e disse:

— Calma, querida. Vamos apenas conversar. Mal-entendidos, lembra?

Ela acrescentou:

— Você está, Torrie Kruger? E estes seus amigos?

Ela notou que dois dos homens se remexeram; mal se podia notar, mas o fizeram. E imaginou se Kruger se contorceria, nem que fosse só um pouco.

Pareceu que não.

Ele disse:

— Tudo o que o sr. Cross quer é que o seu filho salve o filho dele. Qual é a parte disso que você acha difícil de entender? O homem ofereceu de boa-fé a vocês uma grande quantia em dinheiro, e até colocou cem mil dólares a mais em suas mãos, que vocês aceitaram...

— Que o meu ex-marido aceitou.

— E em dinheiro vivo — Kruger continuou, sem perder o ritmo. — Cem mil dólares entregues e recebidos de boa-fé. Você não pode culpar o sr. Cross porque o Joe aqui foi o primeiro a tocar no seu dinheiro.

C.J. lançou um olhar para o pai, que permaneceu em silêncio.

Lynn fechou os olhos lentamente. Não, ela não podia culpar Cross. O tom da voz de Kruger aumentava.

— E, entendendo que há muito envolvido, o sr. Cross pediu e recebeu um contrato assinado, novamente, tudo de boa-fé. Um contrato, de conhecimento dele e seu, assinado por você e pelo seu ex. Então o que ele espera agora? Ele espera que vocês cumpram o acordo. De boa-fé. Simples assim, sra. Walker. Então não venha falar conosco sobre sequestro, por favor.

— Você está me dizendo que quer levar um menino de nove anos a atravessar o estado contra a vontade dele, e não quer que eu fale em sequestro?

Kruger olhou feio para ela. Lentamente, ele ergueu um dedo, mantendo-o na altura do peito.

— Desde as 10h10 desta manhã, sra. Walker, "não" não é uma opção.

Lynn o deixou olhar feio por um longo momento, então disse:

— Na verdade, não estou certa se estou dizendo "não". — Um quase sussurro, como se fosse algo confidencial entre ela e Kruger.

Joe prendeu o fôlego.

Kruger se recostou. Ele a analisou novamente, assentiu e disse:

— Que bom. — Sua expressão relaxou, e ele disse uma segunda vez: — Que bom.

— Eu só mencionei sequestro para lhe dar uma segunda razão pela qual você deve esquecer a tentativa de nos colocar em seu avião.

— O quê? — Kruger se inclinou para frente novamente, as mãos deslizando para a posição anterior.

Lynn tirou o braço das costas de C.J. e também se inclinou para frente. Juntou as mãos também e olhou fixamente para Kruger.

Então disse:

— A outra razão é: não vamos entrar no seu avião, ponto-final. Não vamos entrar no seu avião porque aviões podem pousar em qualquer lugar. Entramos no seu avião e você pode pousar com a gente na Arábia Saudita, no Sudão ou em qualquer lugar onde quiser nos vender, pelo que eu sei. Eu não sei sequer se existe um sr. Cross ou um garoto morto. Eu vi uma carta. O que é uma carta? Você realmente acha que vou deixar você colocar meu filho em seu avião?

— Isso não cabe a você — Kruger sussurrou friamente. — Isso cabe ao sr. Cross. E você, sra. Walker, terá de conviver com isso.

Lynn levantou o queixo sob os olhos duros e estreitados. Ela falou calmamente, porém mais alto do que antes:

— Não cabe ao sr. Cross. Cabe a mim e ao meu filho. Tudo que fazemos cabe a mim e a C.J. E você, sr. Kruger, terá de conviver com isso.

Kruger balançou a cabeça lentamente. Seus lábios se retorceram com o início de um sorriso.

— O contrato será a nossa proteção contra qualquer merda sobre "sequestro" — ele disse.

Lynn retrucou:

— Veja como fala na frente do meu filho.

Ele olhou fixamente para ela por um momento, então olhou de relance para C.J. e depois voltou para ela.

— O que estamos dispostos a apostar — ele disse — é que, quando você vir que não estaremos na Arábia Saudita ou qualquer coisa do tipo, e você receber os cinco milhões de dólares do sr. Cross, quer dizer, se o seu filho for realmente capaz de fazer o que ele diz ser capaz, você ficará feliz feito pinto no lixo. Nesse momento você não vai sair correndo para a polícia, minha senhora. — E sorriu. — Isso significa que, daqui a uns vinte minutos, você, seu filho e o Joe aqui, se você quiser, não faz diferença para nós, estarão em um avião indo para Nova York.

Houve uma pausa. E então Kruger deixou surgir um sorriso no rosto e disse cada uma das palavras separadamente, como se não houvesse conexão alguma entre elas na frase:

— "Não"... não... é... uma... opção.

Mais silêncio. Lynn e Kruger se encaravam. Joe olhava, sem piscar.

E então outra voz. Baixa. Falando devagar. Era C.J., dizendo:

— Quer que eu mate ele, mãe?

Eles se viraram e olharam fixamente para ele, todos, inclusive Lynn, e suas expressões congelaram. Ninguém disse nada. O furgão começou a desacelerar. O motorista desligou o rádio e inclinou o retrovisor cuidadosamente, tentando encontrar o rosto de C.J.

Ele estava no banco ao lado de Lynn, reclinado até encostar na parede do furgão. As mãos estavam no colo, imóveis. O queixo, baixo quase até a altura do peito. As narinas dilatadas, os lábios contraídos. Os olhos estavam estreitados e fixos em Kruger. Ele não piscava.

— Eu posso tocar alguém e dizer as palavras para que esse alguém volte à vida — ele disse. — Ou posso tocar alguém e dizer as palavras para que esse alguém morra. — Ele começou a se inclinar para frente devagar em seu assento. — Quer que eu mate ele, mãe? — C.J. perguntou novamente. E então, mais baixo ainda: — Quer que eu mate todos eles?

Lynn se sentiu paralisada. Ela queria falar, mas não tinha ideia do que dizer, então apenas o encarou, como todos estavam fazendo, com a expressão congelada na incerteza. Ela, Joe, Kruger, todos eles — ninguém ousava se mexer.

O furgão ainda estava na pista da direita, se movendo muito lentamente agora, pronto para parar no acostamento.

Um sussurro fraco veio do homem mais perto da porta traseira, do outro lado do furgão, oposto a onde C.J. estava:

— Que diabos?

Não foram palavras fortes, mas um sussurro fraco e preocupado.

C.J. deslizou para a ponta do banco, com os olhos ainda fixos em Kruger. E disse muito suavemente:

— Você quer que eu toque esse homem, mãe?

Kruger se afastou em seu assento. Um centímetro. Dois centímetros. Nenhuma resposta de Lynn. A voz de C.J. era apenas um sussurro:

— Você quer que eu diga: "Fique morto, sr. Kruger"?

O furgão subitamente entrou no acostamento e parou, o motor ainda funcionando. O motorista observava C.J. pelo retrovisor. Kruger havia se virado para observá-lo também. Seus olhos continuavam firmes enquanto ele soltava lentamente o cinto de segurança. Então subitamente abriu a porta, saltou para fora, se virou, segurou o batente superior da porta e olhou furioso para C.J.

— Opa — Joe disse para Kruger, uma mão se levantando em sinal de pare. — Pense um pouco. Se o filho do Cross já está morto, ele não vai se importar em viajar, vai? Quer dizer, você me diz. Cross deve ter acesso a outro avião. Você sabe que ele tem. Então por que você simplesmente não nos leva até uma casa em algum lugar e ele nos encontra lá? Podemos fazer isso hoje. Ele está a o quê, uma hora e meia daqui? Um voo rápido de Nova York? Ele não precisa da gente lá, só quer o filho dele de volta. Você não acha que ele viajaria por uma hora e meia para ver isso acontecer? Você quer arriscar tudo agindo com violência, ou seja lá o que você está fazendo?

Todos olharam para Kruger, que ainda olhava fixamente para C.J.

Ele respirou fundo, bateu suavemente duas vezes no teto do carro com os nós dos dedos da mão direita e, virando-se para Lynn, disse:

— Vou fazer a ligação. É tudo que posso fazer.

Ele se afastou do furgão, falando baixo.

Três minutos, foi o que durou.

Ele voltou, entrou novamente, virou-se e disse:

— Ele vai vir até aqui. Temos um lugar mais ao norte. — Então se endireitou no assento e fez um gesto para que o motorista continuasse em frente, antes de acrescentar: — É melhor vocês torcerem para que o garoto realmente possa fazer isso.

22

— Ouçam bem.
Os vinte e quatro agentes da lei locais, estaduais e federais reunidos na sala sem janelas do comando da polícia estadual em Wayne County ficaram em silêncio. Cada um tinha uma pasta contendo notas e fotografias importantes. Todos sabiam da seriedade do trabalho daquela tarde. Todos conheciam e respeitavam a "cara de comando" imposta pelo tenente da polícia estadual de Michigan, Phillip Beneman, comandante da base de Bay City e agora diretor da Operação Cruz Vermelha, a missão de localização e resgate de C.J. Walker. Todos sabiam que seis soldados ali eram membros da Equipe de Reações Especiais (ERE). E todos sabiam que a ERE não se arma nem se prepara a não ser que a operação seja da mais alta prioridade e o comandante espere resultados sem perda de tempo.

Já haviam se passado cinco horas desde que o garoto Walker desaparecera do estacionamento das Covington Towers, e o tenente havia determinado que não se passassem mais cinco antes que o garoto estivesse são e salvo em casa. Ele analisou a pasta de papel pardo na mão esquerda e alisou o bigode negro com o nó do dedão da mão direita. E então analisou o grupo.

Seis soldados à paisana bem diante dele, no meio da sala, dois deles pilotos dos helicópteros que seriam usados na operação. A ERE à sua esquerda, todos juntos. Dois agentes especiais do FBI estavam mais nos fundos, ao centro, com um agente federal e um capitão da Força Aérea atrás. O cardeal católico e um padre estavam sentados ao lado deles, à direita.

— Vou dar uma rápida repassada no caso, começando do início — ele disse, acalmando o grupo. — Todos vocês sabem bem o que está acontecendo, mas temos algumas informações novas e estamos bem perto de avançar. Então tomem notas, façam perguntas; vamos fazer isso direito.

Pastas se abriram. Canetas se ergueram. Cabeças assentiram.

No fundo da sala, o cardeal fez um sinal da cruz rápido e silencioso.

O tenente falava rapidamente enquanto fazia contato visual permanente, movendo o foco de um policial a outro.

— Isso será tratado como sequestro até que seja provado o contrário — ele disse. — Dada a importância do garoto envolvido, C.J. Walker, de nove anos de idade, o "Garoto Lázaro" de quem todo mundo está falando, esta é uma missão da mais alta prioridade. O veículo usado para levar a família do hospital não mostrou sinal de abertura forçada ou ligação direta, então a dúvida em relação ao carro ter sido roubado ainda está no ar. O proprietário tem um escritório nos edifícios onde o carro foi abandonado, e insiste que não tinha conhecimento de que estava em uso, mas vamos ficar em cima dele. Vamos descobrir.

Um rápido olhar para as anotações.

— Importante: mãe e filho fugiram por conta própria, aparentemente por razões desconhecidas, de um exame físico que o garoto ia fazer. Eles fugiram aparentando estar assustados; estavam fugindo desses caras ou de alguma outra coisa e esses caras os pegaram, não sabemos. Não sabemos se foi planejado ou no calor do momento também. Mas temos nove testemunhas que afirmam que a mãe, sra. Walker, Lynn Walker, e o garoto pareciam muito assustados. As mesmas testemunhas disseram, no entanto, que ela entrou no carro por conta própria, e que o marido a incentivou. Ele até chamou um dos sequestradores pelo nome: Torrie. Então, é possível que o pai tenha arranjado isso. Joseph Walker. Divorciado há alguns anos, ainda mora perto do garoto e da mãe, e aparentemente vê o garoto com muita regularidade.

Uma mão se ergueu; era um dos soldados à paisana.

— Ele tem passagem?

O tenente balançou a cabeça.

— Pequenos furtos quando tinha catorze anos, em lojas. Fez serviços comunitários. Uma multa por velocidade desde então e outra por dirigir embriagado quatro anos atrás, mas nada muito sério, pelo que sabemos até agora.

Ele olhou para baixo, verificando novamente, voltando à lista.

— Torrie e seus comparsas não tiveram tempo de limpar bem o veículo e deixaram algumas impressões digitais. Até agora identificamos as do proprietário, as do pai, as do garoto, dado o tamanho das impressões, e as de um Milton Kesner...

Ele olhou para o pessoal do FBI e disse a eles com um sorriso:

— O sistema de identificação de vocês é mais rápido que Deus.

Um dos agentes sorriu, assentindo em aprovação. O outro apenas olhou fixamente.

— Temos as impressões digitais de Milton Kesner — o tenente continuou. — Empreiteiro. De Flint, Michigan. Nenhum registro criminal, e se confirmou que estava em Denver esta tarde, e que está lá desde domingo. E então... — ele pausou, detendo-se para virar lentamente a página em sua pasta de papel pardo — e então temos Torrie.

Ele ergueu uma fotografia em preto e branco brilhante de vinte por vinte e cinco centímetros.

— Torrie Kruger. O passageiro do banco dianteiro que o pai conhecia. A conversa entre eles no momento em que a mãe e o garoto entraram no carro ainda está sendo revista com mais de uma testemunha. Estamos nos certificando de que nada mais foi dito que faça diferença. Mas o sr. Kruger parece ser o que a tevê chama de "advogado da máfia". E, como outros do tipo, ele tem apenas um cliente, e teve apenas esse único cliente nos últimos seis anos.

Ele ergueu uma segunda foto.

— Essa foi tirada há dois anos, quando a esposa do cara morreu. Sr. Anthony W. Cross. Shandise, Nova York. Cross nasceu em algum lugar da Itália, sessenta e nove anos atrás — ele disse. — Antonio Crossetti. Os pais imigraram, mas não com as massas miseráveis de Fire Island. Bem colocados, bem conectados. Mudou o nome para Anthony Cross depois que os pais morreram. Isso foi há trinta anos. E é sujo há muito tempo. Um homem de família, e sujo. Três vezes indiciado, mas sem condenações. Nunca esteve preso. Teve bons advogados, e se ligou a um, creio eu, Torrie Kruger. Então agora ele é apenas mais um aposentado rico de Nova York. Provavelmente vai à igreja aos domingos e todos sorriem para ele.

Ele voltou o olhar para padre Mark e disse:

— Até agora, ele não seria alguém que provavelmente a sra. Walker conheceria bem; concorda com isso, padre?

Padre Mark disse:

— Sim, eu acho que ela não o conhece.

O tenente enfiou a foto de Cross de volta na pasta e a colocou na mesa diante de si. Quando se virou novamente, disse:

— Anthony Cross se casou apenas uma vez. E se casou tarde. Uma mulher muito mais jovem que ele. Ela lhe deu um filho: Anthony Jr. E dois anos atrás ela morreu. Câncer. Foi quando a foto dele foi tirada. E então, não muito depois disso, Anthony Jr., que agora tem quinze anos, ficou doente também. Ele não vai à escola há quase um ano. E o motivo é, se vocês entendem aonde eu quero chegar... o motivo é que Anthony Cross Jr. está à beira da morte. Leucemia em fase terminal. Talvez já tenha até morrido.

Ninguém se mexeu.

— Os agentes federais em Nova York estão cuidando disso há cerca de uma hora. Eles interrogaram a enfermeira do garoto em Nova York meia hora atrás. Ela disse que, às oito e meia desta manhã, ela saiu do lado do garoto e da propriedade no horário habitual, mas dessa vez contra a vontade dela. Pediram que ela fosse embora, e assim ela fez. O médico de Cross estava com o garoto, ele e o sr. Cross, e foi Cross quem pediu que ela fosse embora. A razão pela qual ela não queria ir, segundo ela, especialmente hoje, era porque tinha certeza de que o garoto estava morrendo. "A qualquer minuto", ela disse aos agentes. Mesmo assim, fizeram com que ela saísse. Então, quando ela chegou em casa, ligou para os Cross. Ela estava furiosa, disse. Ela amava o garoto, queria saber o que havia acontecido. Ligou meia dúzia de vezes, ela disse, passou metade do dia ligando, mas não recebeu resposta. Mas ela tinha certeza disso, disse aos agentes. O garoto estava realmente morrendo. E isso às oito e trinta desta manhã.

Ele olhou para o relógio de pulso, que marcava 15h55.

— Eu disse quando começamos que estávamos bem perto de avançar. Isso porque os agentes em Nova York confirmaram que Cross decolou de Davenport, Nova York, em um Learjet particular de oito passageiros, às três e meia desta tarde, mesmo horário daqui. Três homens embarcaram com ele, identidades desconhecidas, embora tenhamos certeza de que um deles é o médico do garoto, um oncologista chamado Conlin. Anthony Jr. também embarcou, ou pelo menos o corpo dele, em uma maca. Seu rosto, testemunhas no aeroporto disseram, não estava coberto, mas se ele estava de fato morto naquele momento, eles não sabem. Seu corpo estava imobilizado em uma maca, é tudo o que sabem, é tudo o que sabemos.

Curry disse primeiro:
— Destino: C.J. Walker.

O cardeal Schaenner estendeu a mão e a pousou no braço de padre Mark. Ele sorriu um sorriso cansado e continuou olhando para frente.

— Destino — o tenente disse —, aeroporto de Detroit. Horário de chegada previsto: dezessete horas. O que significa que, em sessenta e cinco minutos a partir de agora, um homem chamado Anthony Cross vai nos levar direto a C.J. Walker.

* * *

Joe veio por trás de Lynn, andando silenciosamente, notando como suas mãos apertavam o parapeito que separava a parte alta no lado norte da casa, da sala que ficava na parte baixa.

Eles foram levados para uma casa grande e contemporânea a sessenta metros do lago St. Clair, na área montanhosa cinquenta ou sessenta quilômetros a norte de Detroit. Era uma estrutura de um único andar com muito terreno ao lado, e por todo ele a grama estava bem aparada, como num campo de golfe. Era uma casa bem mobiliada que parecia ter tudo, em duas alas quase idênticas, uma ao norte e outra ao sul. Tinha duas áreas confortáveis para recepção, duas salas de estar rebaixadas, duas salas de jantar, até duas lanchas ancoradas no píer, e oito quartos ao todo, de acordo com Kruger, quatro em cada ala.

Um longo deque de madeira de pinho ia dos fundos da casa até um estacionamento largo e coberto de pedregulhos atrás da lateral sul da casa. A área de estacionamento começava com uma velha garagem para seis carros, passando pela extremidade sul da casa e indo até a entrada de carros na frente. Isso, também de acordo com Kruger, era para que os convidados pudessem permanecer mais ou menos anônimos, ou, pelo menos, para que seus carros ficassem escondidos da estrada.

C.J. e dois homens de Kruger viam um programa em uma enorme tevê a seis metros de Lynn. C.J. estava sentado em uma grande almofada que fora colocada no chão perto da tevê, e os homens de Kruger, em um sofá branco um pouco atrás. Todos estavam assistindo a uma super-heroína de desenho animado que usava um uniforme apertado vermelho e dourado e saltava sobre telhados.

— O que você está pensando? — Joe sussurrou para Lynn, tocando seu ombro.

— Aquela coisa do hospital aterrorizou C.J. — ela sussurrou alguns momentos depois de pensar, sem se virar para encará-lo. — Você devia ter visto os olhos dele.

— Aquilo nunca deveria ter acontecido, como eu disse — Joe sussurrou, e Lynn permaneceu em silêncio. — Mas Cross está a caminho — ele disse. — E o que eu preciso perguntar agora...

Ele parou no meio da frase e fez menção para que ela o seguisse até o canto mais afastado da sala. Ela o seguiu e se sentou com ele a uma mesa decorada e coberta de feltro, onde ainda conseguiam manter um olho em C.J. e onde ele podia vê-los.

Uma vez sentado, Joe continuou, ainda sussurrando:

— O que eu quero saber agora, sinceramente, é se você está pensando que, já que ninguém mais está te seguindo, você pode aceitar o código de honra de Cross, ou sua gratidão, ou qualquer que seja o nome que você queira dar, além do dinheiro dele, é claro, e ir direto se esconder com C.J. Mas só você e ele.

Ele esperou. Como ela não respondeu, ele disse:

— Então esse é o seu plano agora ou o quê? Ou você nem tem um plano?

Sussurrando tão baixo quanto Joe, ela disse:

— Primeiro vou esperar para ver se Cross tem mesmo um filho. E aí vou ver se o C.J. ainda pode fazer alguma coisa. Depois, se nós sairmos daqui, seremos só eu e C.J., sim.

Ele a observou sem responder. Não parecia feliz.

— Isso não te surpreende, não é? — ela perguntou. — Ainda somos bons amigos, Joe, você e eu. Estou feliz que seja assim. E tudo bem se continuar desse jeito. Eu quero e pretendo continuar desse jeito. Você não pensou que íamos nos tornar um casal de novo só porque tem muito dinheiro na jogada, pensou?

Ele deu de ombros.

— Só não é o que eu tinha em mente, só isso. Não é como eu achava que fosse acontecer.

Ela disse:

— O dinheiro não vai ser capaz de fazer com que a gente se torne "nós" de novo, Joe. Essa talvez seja a última coisa que o dinheiro faria. Por favor.

Mais silêncio. Então ele disse:

— Mas eu também amo o C.J.

— Eu sei que ama — Lynn lhe disse. — E fico muito feliz por isso. Mas o fato de você o amar, e eu o amar, não vai fazer com que a gente fique junto novamente. Não como um casal feliz.

Outra pausa sem resposta de Joe, apenas um olhar fixo, os olhos estreitados — um olhar do tipo "preciso de um momento para pensar".

Lynn disse:

— Vou fazer tudo o que eu puder para garantir que essa seja a última vez que ele faça isso, juro. E você sabe disso. Pelo resto da vida, é o que vou tentar fazer. E você não seria capaz de aceitar se estivéssemos escondidos juntos e ele não fizesse mais isso. Você ia odiar. Sabe que ia. E ia acabar me odiando por ser quem está no caminho.

Ela lhe deu quase meio minuto para responder. Como ele ainda permanecia em silêncio, acrescentou:

— Além do mais, você vai ficar com dois milhões e meio de dólares, se dividirmos, e provavelmente vai dobrar essa quantia em um ano e se divertir pra valer fazendo isso. E ninguém vai estar te caçando. Não se esqueça disso. Eles não vão se importar com você se C.J. não estiver junto. Então você vai estar totalmente livre. Sério, você já pensou nisso tudo?

Ele assentiu, então disse:
— Mas eu preciso ver C.J. de vez em quando. Você não pode simplesmente desaparecer com ele e ficar tudo por isso mesmo.
— Eu não faria isso, nem com você, nem com C.J. — ela disse. — Eu vou ter de ceder em algum momento, mas, se encontrarmos um lugar seguro, nem que seja em outro país, Kruger pode ser um intermediário. Apenas se lembre de ser esperto, como você realmente é. Sem correspondência, sem ligações, sem olhos te vigiando, sem chips de localização enfiados nos sapatos. Sem rastros. Kruger deve conhecer esse tipo de coisa, tenho certeza. Ele se sairia melhor.
— Eu conheço também — Joe acrescentou rapidamente.
Ela se virou para olhar novamente para C.J. Os olhos dela se estreitaram, e ela disse:
— Ele quer sair dessa tanto quanto eu, Joe. Eu sei que ele quer. Então estará tudo acabado depois do filho de Cross. Acostume-se com isso, começando agora, porque é assim que vai ser.
Joe pensou por alguns segundos, então falou, inclinando a cabeça e soando melancólico:
— E o que você me diz sobre o lance de matar com o Kruger na van? Ele realmente pode fazer isso?
A resposta veio rápido:
— Ele não sabe. E me prometeu que nunca vai descobrir.
— Eu não me surpreenderia se ele já tivesse tentado — Joe disse. — Com um inseto ou algo do tipo. Não com uma pessoa. Mas eu não me surpreenderia.
— Ele disse que não tentou. E eu acredito.
Joe pensou naquilo.
— Pode não ser tão ruim se ele conseguisse, sabia? Se alguém tentasse sequestrá-lo ou alguma coisa assim. Talvez não fosse tão ruim se ele descobrisse logo, assim você não teria que adivinhar se realmente precisasse.
Ela fechou os olhos, crispou os lábios e balançou a cabeça lentamente, sem se incomodar em se virar na direção dele.
Joe franziu os lábios, meneou a cabeça várias vezes e se virou novamente para ver seu filho na frente da tevê.
A super-heroína tinha braceletes grossos que iam até os cotovelos, com botões dourados e interruptores de várias cores. Joe não tinha certeza do que todos aqueles botões faziam, mas sabia que lhe davam mais poder.
Todo mundo quer mais poder, ele pensou. E então: *Não, quase todo mundo.*

A super-heroína girava um bandido no ar e o jogava na rua, na direção de uma gangue de outros bandidos.

Boliche com os caras do mal, Joe pensou.

E começou a sorrir, mas rapidamente perdeu a vontade. Então se inclinou para muito perto de Lynn e disse:

— Você não pode deixar que encontrem vocês, nunca, você sabe.

Ela balançou a cabeça.

— Eu sei. Eles não vão nos encontrar, Joe.

— Mesmo que vocês tenham que mudar a cor da pele ou algo mais radical. Juro por Deus.

— Não vão nos encontrar.

— Eles não vão desistir de procurar vocês, sabe disso, certo? Não vão desistir nunca.

— Não vão nos encontrar, Joe. Eu prometo.

Ele assentiu lentamente e olhou para o filho. Um segundo depois, Lynn o ouviu sussurrar, com a voz baixa e amarga, embora para ninguém em particular:

— O governo vai descobrir se ele pode matar pessoas. Disso você pode ter certeza.

23

Lynn e C.J. estavam sentados um ao lado do outro à mesa de tampo de vidro na passarela coberta, perto das portas abertas, sem dizer nada. Suas limonadas intocadas foram empurradas para o meio da mesa. A baía de Saginaw se estendia do outro lado da porta diante deles, agora sob nuvens grossas e brancas que se moviam rápido. Joe andava de um lado para o outro atrás deles. Torrie Kruger estava sentado na sala de estar, visível para eles através da arcada atrás de Joe. Os outros três homens descansavam em sofás e poltronas ao redor dele — o homenzarrão ainda usava o terno marrom, a gravata vermelha ainda estava no lugar, e os outros dois usavam jeans e camisa de mangas curtas. Os casacos haviam sido jogados de lado horas atrás.

Eram 18h40. Cross havia pousado na hora certa e estava a caminho. Eles receberiam uma ligação, Kruger foi informado, quando estivessem perto. Imaginaram que isso seria por volta das 18h50. Teriam de lidar com o tráfego do fim do dia.

Ninguém dizia nada. Kruger tirou seu telefone de cima da mesa de centro, perto da janela da frente, e o colocou no braço da poltrona branca.

Joe se sentou à mesa de tampo de vidro na frente de Lynn e C.J. Verificou o relógio. Ergueu o olhar, mirando Lynn, e disse para C.J.:

— Você está indo bem?

O menino deu de ombros e assentiu.

Lynn passou o braço por sobre os ombros do filho. Aguardaram.

Ela sorriu para C.J. e retirou o braço. Descansou o queixo na ponta dos dedos, como se rezasse.

Joe se levantou e voltou a andar de um lado para o outro, dessa vez vagando para a sala de estar, a fim de olhar pela porta da frente. Ele imaginava como Cross chegaria. *Talvez em uma limusine*, pensou. Mas então mudou de ideia: *Não, não será uma limusine, não com um garoto morto para transportar.*

Ele esperava que não fosse em uma ambulância, chamaria atenção.

O toque do telefone foi como um disparo, e Joe girou para ficar de frente para ele.

Lynn, que já estava de pé na passarela, instintivamente esticou o braço para C.J. e segurou seu ombro, sentindo o próprio coração bater forte.

Todos olhavam para Kruger, que deixou o telefone tocar duas vezes antes de atender com um silencioso:

— Kruger.

Ele ouviu. Três segundos se passaram. Então assentiu e disse:

— Certo.

E desligou.

Os outros três homens estavam de pé, aguardando, mas Kruger não olhou para eles. Olhou para Lynn e C.J., que agora estavam parados sob a arcada da sala de estar, e disse por fim:

— Mais três minutos de estrada.

* * *

Os dois veículos se aproximaram vindo do sul. Dois Chevy Suburbans cinza-escuros viraram lentamente na entrada, sem parecer estar com pressa.

Um furgão laranja passou devagar pela estrada, não muito longe da casa. O slogan escrito na lateral dizia: "Oferecemos a você uma vida nova".

Lynn observava da janela frontal dupla, com C.J. ao lado. Joe com as mãos nos ombros do garoto, os quatro homens flanqueando-os como sentinelas. Ela pensou em seu pesadelo — pais carregando os filhos mortos até ela e C.J., e o horror que sentiu quando sonhou com aquilo. Ela se perguntou se Cross podia vê-la com seu filho, parados na janela. Se perguntou por que o som dos pneus esmagando os pedregulhos na entrada pôde ser ouvido tão claramente dentro da casa. Se perguntou o que Cross estava pensando e se seu coração também estava acelerado.

— Vamos — Kruger disse. Ele atravessou rápido a sala de estar na direção da passarela, onde deslizou as portas, abrindo-as para o deque dos fundos e para o estacionamento. Os dois outros homens vestiram o casaco e rapidamente passaram por ele para se posicionar no fim do deque dos fundos, perto do canto da casa onde poderiam ajudar a vigiar o grupo. Joe saiu com eles. Kruger olhou uma vez para C.J. e rapidamente seguiu para o deque para se juntar aos outros.

Apenas o grandalhão de terno marrom ficou, parado atrás de Lynn e de C.J., como um cão pastor. Ele se aproximou silenciosamente, pressionando-os a atravessar a porta aberta, de onde vinha o som dos cascalhos sendo esmagados. Um homem de Nova York e um garoto morto já faziam a curva no canto de trás da casa.

C.J. parou no deque, olhando fixamente para os Suburbans escuros.
Os veículos também pararam e os motores foram desligados.
Lynn colocou a mão nas costas de C.J. Ele não mostrou que havia notado o gesto. Parecia hipnotizado.

Ela ouviu um "Olá, sr. Cross" abafado, vindo de um dos homens de Kruger, que deu um passo à frente para abrir a porta do primeiro veículo, e um suave "Que bom te ver" de Kruger, que se moveu até a porta aberta com a mão direita estendida para o receber.

E com isso o sr. Anthony Cross saiu do carro, lentamente.

Ele usava um terno azul-escuro transpassado e uma camisa azul-clara com o colarinho desabotoado. A gravata de seda também era azul, escura como o terno. Ele não era um homem alto, e com a idade começava a se tornar mais roliço. O cabelo era grisalho e curto, a face redonda profundamente marcada, a expressão séria. Sobrancelhas grossas se impunham sobre olhos que pareciam sombrios e cansados. Ele parou ao lado do veículo enquanto apertava a mão de Kruger, e a porta foi fechada atrás dele, mas sua atenção já havia se desviado para o garoto que estava no deque de madeira a menos de dez metros, de mãos dadas com a mãe, estudando-o.

Uma rápida sequência de estalos metálicos soou atrás dele e ele se virou. Dois homens que vieram com ele descarregaram o corpo de Anthony Jr. da traseira do Suburban convertido. Um homem de meia-idade com óculos grossos permanecia por perto, observando a maca, sem dizer nada. Outros três homens saíram do segundo Suburban e se juntaram a eles, e, um segundo depois, a maca já deslizava e tremia levemente sobre o chão de cascalho, parando ao lado do sr. Cross.

Um lençol branco havia sido puxado até o pescoço do garoto, seu rosto estava descoberto.

Para Lynn, de seu lugar no deque, o garoto não parecia muito mais velho que C.J. — estivera muito doente. *Tão doente e tão magro por tanto tempo*, ela pensou.

O sr. Cross seguiu adiante e se aproximou do deque e de C.J. Walker. Sua mão ainda segurava o lugar de descanso de seu único filho. Seus olhos de velho, subitamente suaves e vulneráveis, estavam cheios de lágrimas.

C.J. se moveu também. Ele e foi na direção do velho de terno azul e de seu filho morto, de quinze anos, cujo nome era Anthony, ele se lembrou.

Para a surpresa de Lynn, aquele momento a atingiu como se fosse algo muito próximo do sagrado: o velho e o garoto indo um na direção do outro, os dois se olhando fixamente, se estudando, cada qual analisando o momento e o achando bom.

C.J. foi sozinho até a beira do deque e parou. Então olhou para trás subitamente, pedindo com os olhos que Lynn fosse com ele, e ela o fez, ficando atrás, mas sem tocá-lo.

O sr. Cross, ainda olhando fixamente para C.J., se adiantou os poucos passos que os separavam. Estendeu a mão e disse com a voz muito baixa, muito lenta e grossa:

— Meu nome é sr. Cross. Meu filho morreu.

E então, enquanto os dedos de C.J. se fechavam em volta dos dele, um som suave e novo surgiu da garganta de Cross, uma tosse baixa, quase um soluço, e as lágrimas começaram a rolar pelo seu rosto. Seus lábios se torceram na tentativa de contê-las.

Os olhos de Lynn também se encheram de lágrimas, enquanto ela observava C.J. descendo do deque e andando até a beira da maca do garoto que ele não conhecia, que estava morto como a sra. Klein estivera, ela e o sr. Turner.

Cross olhou para Lynn, estendeu as duas mãos e falou muito suavemente:

— Sinto muito mesmo pela maneira como tudo isso aconteceu, sra. Walker...

Lynn assentiu levemente.

Ela estava concentrada no sr. Cross, em C.J., no garoto de quinze anos na maca, na magnitude do momento, então não se concentrou nos sons, não àquela altura, mas eles estavam ali, fracos ao fundo, mas de alguma forma já perturbando a graça do momento, os primeiros indícios de um *tut tut tut tut* suave e repetitivo.

Ela parou, horrorizada. Os sons agora se aproximavam.

Sua boca se abriu. Ela girou para olhar a casa, de olhos arregalados. Olhou para o céu sobre o lago e então sobre o gramado. Não viu nada, então se virou novamente, sobre os carros e a casa. Os outros também se viraram, ouvindo o som e olhando para cima, começando a se mover, e então lá estava, deslizando sobre a casa e bem acima deles, tão escuro, enorme e violento que o chão tremeu com sua presença: *TUT TUT TUT TUT*.

Lynn se virou na direção da maca, gritando:

— C.J.!

O deque e a entrada de pedregulhos atrás dos Suburbans explodiram com o som de motores, todos rosnando sob o ruído que vinha do céu. Veículos negros fizeram a curva na estrada e entraram na casa pelos dois lados. Entraram rasgando pela grama e voando sobre o cascalho, com as sirenes ligadas. Homens equipados e de uniforme, todos empunhando armas, saltaram dos veículos e correram, gritando ao mesmo tempo:

— Mãos para o alto!
— Contra a parede!
— Agora!
— Mãos para cima!

Cross levou uma mão ao peito, e a outra agarrou o lençol que cobria o corpo de seu filho. Seus olhos davam a impressão de que ele havia sido atingido em um tiroteio. O homem de óculos tentou afastá-lo, mas parou, sem saber para onde ir. Ao mesmo tempo, Lynn agarrou C.J. pelo braço e gritou:

— Faça, C.J., agora! — Mas ele apenas olhou para ela, aterrorizado demais para se mover, e ela teve de gritar novamente: — Rápido, C.J., antes que eles nos alcancem!

Ela sentiu o ar que se deslocava do helicóptero pulsando e se impondo sobre ela, agora cheio de poeira que se levantava com força do chão contra seu rosto, braços e mãos. Viu Curry correndo, vindo do canto mais distante da casa, com uma arma na mão, e o homem da Força Aérea logo atrás. Os dois a viram e vieram correndo na direção dela e de C.J. Mas ela viu a mão de C.J. também. Ela a viu tremer e tocar o rosto do garoto, e viu seus lábios se moverem. Ela agarrou a lapela do homem de óculos que estava congelado perto de Cross, o sacudiu e gritou alto o suficiente para que os dois a ouvissem:

— Não contem que ele estava morto! Tudo depende disso! Digam que ele estava doente, não morto!

O homem de óculos estava boquiaberto.

Cross olhava fixamente, paralisado por perguntas terríveis.

C.J. se escondeu ao lado da maca, tentando alcançar a mão de Lynn e gritando:

— Mãe!

Um policial estadual agarrou o braço de Lynn e a puxou, enquanto outro agarrava C.J. A voz de Joe ecoou atrás:

— Ninguém fez nada de errado!

Em seguida Lynn viu Cross sendo puxado para longe e se deu conta de que Curry poria as mãos em C.J. em um piscar de olhos. Então ela se contorceu com força e se lançou para frente a fim de segurar o rosto de Cross com as duas mãos enquanto o empurravam.

Seus polegares apertaram com força as bochechas dele, e seus dedos envolveram as orelhas e as laterais da cabeça para mantê-lo imóvel. Ela forçou a boca para perto de sua orelha esquerda, e, enquanto ouvia o policial que a segurava gritar para que ela soltasse o homem e seguisse adiante, ela gritou numa voz desesperada e abafada, próximo ao ouvido do velho:

— Ele está vivo!

* * *

O cardeal Schaenner encontrou A. W. Cross na sala de estar, no lado sul da casa. Ele não estava algemado, e não estava só. Dois policiais estaduais estavam parados do lado de dentro, de braços cruzados, vigiando o homem andar de um lado para o outro da sala, lentamente, como um touro moribundo. Ele estava sendo detido, a polícia disse ao cardeal quando ele pediu permissão para conversar com o homem em particular, mas somente até que seus advogados de Detroit chegassem, o que todos sabiam que seria em breve.

A explosão inicial da força policial durou menos de dez minutos, mas o cardeal podia sentir o choque ainda tremendo no ar, mesmo naquela sala, no fundo da casa.

Lynn, C.J. e Joe estava esperando por ele na viatura que os levaria para o posto policial de Wayne County mais próximo para os depoimentos necessários. O agente federal Curry e seu companheiro da Força Aérea estariam lá, segundo o que lhes foi dito. A pedido de Lynn, o cardeal Schaenner poderia acompanhá-los também, embora sua presença durante os depoimentos não fosse permitida.

Mas, primeiro, o cardeal havia pedido três minutos a sós com o sr. Cross. Primeiro, o cardeal precisava saber.

Assim que entrou na sala, ele percebeu que estava olhando para um homem que havia se liberado de suas amarras, uma alma chocada e estremecida, uma pessoa com a qual o cardeal adoraria passar longas horas orando e aconselhando na tentativa de ajudá-lo. Mas não naquele momento.

Ele fez um aceno de cabeça para os policiais parados ao lado da porta, perguntando com um gesto se poderiam deixar os dois a sós. E então se aproximou lentamente de Cross, se convidando para lhe fazer companhia com um sorriso e um simples estender de mão.

O velho pousou a mão grande na palma do cardeal gentilmente, e então a apertou e segurou firme. Sua expressão ainda trazia resquícios de raiva por não poder acompanhar seu filho quando o levaram às pressas para o hospital, mas ele também parecia vulnerável e confuso.

Ele sussurrou com a voz rouca:

— Padre.

Seu olhar se suavizou, e ele sorriu um sorriso sem alegria, com a cabeça baixa.

O cardeal passou seu longo braço em volta do ombro do homem e o levou para longe dos policiais, guiando-o até o canto da sala, onde poderiam se passar por dois irmãos, juntos em oração.

— Tenho um apelo a lhe fazer — o cardeal sussurrou. — Um apelo pela verdade, por mim e pela Igreja. E pelo garoto e a mãe dele.

À menção do garoto e de sua mãe, Cross arqueou as sobrancelhas e ergueu a cabeça. Seu queixo tremeu.

O cardeal retirou o braço do ombro do homem. Ele se virou para verificar os policiais perto da porta com um olhar rápido, então se voltou um pouco para a esquerda, deixando-os bem atrás de si. Estreitou os olhos e sussurrou numa voz direta e cheia de urgência:

— Eu lhe suplico pela verdade. Seu filho estava morto? Ele foi declarado morto por um médico? Clinicamente morto? Por favor!

Cross piscou e devolveu o olhar fixo do cardeal, a boca entreaberta.

— Anthony estava morto? — o cardeal perguntou, mais alto e soando ainda mais desesperado.

Cross tentou se afastar, mas o cardeal estendeu as mãos e segurou os dois braços do homem. Ele olhou ainda mais intensamente para o pai do garoto de quinze anos, forçando-o, insistindo na verdade.

Houve um longo momento de silêncio. Nenhum dos dois se moveu. Um observava a expressão do outro. Os dois angustiados. E então o queixo de Cross se enrugou mais uma vez. Seus lábios se contorceram. As lágrimas surgiram novamente em seus olhos cansados e então irromperam por suas pálpebras e correram pelos profundos vincos de seu rosto. Ele não tentou impedi-las. Seus ombros tremiam. Ele assentiu uma vez.

— Sim, padre — sussurrou suavemente, mas com firmeza. — Anthony estava morto.

* * *

Foi uma epifania. E chegou até Lynn com tanta clareza que ela prendeu o fôlego enquanto pensava nisso, só para se certificar de que a incorporaria antes que qualquer parte lhe fugisse. Chegou a ela depois que a viatura policial a levou com C.J., Joe e o cardeal para a I-696 na direção de Detroit e Royal Oak, depois que negaram a acusação de que haviam sido sequestrados e insistiram que não sabiam de nada a respeito do carro roubado, depois que disseram aos oficiais que os interrogavam que não tinham como saber se o garoto Cross estava doente, que dirá morto, e depois que o agente federal e seu colega da Força Aérea começaram a seguir de perto a viatura onde estavam, aparentemente para lembrar a Lynn e Joe de sua missão de levar C.J. para baixo da asa do governo, quer seus pais alegassem inocência nos últimos acontecimentos ou não.

Veio a ela depois que a batida policial a deixara destroçada ao fazê-la se dar conta, naqueles poucos e aterrorizantes minutos de motores, armas, gritos, ordens e prisões, de que qualquer esperança que ela tinha de que Cross pudesse resgatar a ela e a seu filho havia sido perdida. Agora eles seriam levados novamente para casa, ela sabia, onde viveriam como prisioneiros, sabe-se Deus até quando, porque ninguém com o histórico de Cross no submundo e nas manchetes teria alguma chance de fazer com que ela e C.J. passassem a salvo pelos agentes federais ou pelo cardeal e seus amigos, nem por metade dos repórteres do sudeste de Michigan ou pela multidão que, naquele momento, devia estar cercando a casa.

E a multidão estaria nervosa dessa vez, ela se deu conta também. A história que já havia sido divulgada era de que, enquanto C.J. era impedido por seus pais de ajudar uma multidão enorme de necessitados, que vinha implorar ajuda a menos de dez metros de sua porta, ela e Joe haviam de bom grado fugido do hospital para levá-lo correndo da cidade, em uma fuga obviamente planejada, para que C.J. despertasse o filho de um ricaço de Nova York que tinha um longo histórico de laços com a máfia na costa Leste e em outros lugares.

Ela chegou até a imaginar quando as primeiras pedras atravessariam suas janelas e, com isso, se sentiu fisicamente mal. O que deveria esperar para C.J. depois disso? Mas foi nessa hora que tudo ficou claro para ela. A epifania foi despejada de uma vez só, veloz como uma luz se acendendo na escuridão.

O cardeal se virou no banco de passageiro e lhe disse:

— Sabe, com o impacto que este dia certamente terá, eu sugiro que você considere ficar no Seminário de São Marcos, onde podemos mantê-los a salvo até que vocês possam tomar o avião para Roma.

Nesse ponto, Joe se inclinou para perto do ouvido dela e sussurrou, começando antes mesmo que o cardeal terminasse de falar:

— Só não se esqueça quem é que lhe deve agora, Lynn, e quanto ele lhe deve, e sempre vai dever, mesmo quando tudo estiver acabado.

E, rápido assim, lá estava. A janela aberta. Depois de todos os altos e baixos, a melhor saída. Não apenas de Royal Oak, mas de Roma, depois que o cardeal os colocasse em segurança fora do país.

Ela respondeu ao cardeal, soando completamente calma:

— Obrigada, mas vamos ficar em casa esta noite. Eu quero que C.J. saiba em que cama ele está dormindo. E quero estar em casa também.

E então ela se recostou para pensar em tudo, começando com Cross, ou "Crossetti", como ela se lembrava de Joe dizendo o nome verdadeiro do homem, em como ele ainda tinha família, raízes profundas e conexões poderosas na Itália. Conexões influentes, talvez até no Vaticano.

Então, sim, ela deixaria que o cardeal os levasse para longe de Curry, do governo, dos repórteres e das multidões, porque naquele momento ele era a única pessoa que poderia fazer aquilo. E tanto ele quanto ela queriam fazer aquilo imediatamente, antes que a cirurgia em Turner provasse tudo e causasse ainda mais caos, despertando mais atenção sobre eles, e antes que a mídia transformasse a vida deles em um novo tipo de inferno com a nova descoberta de que "a família Walker escolheu uma conexão criminosa" nas manchetes.

Eles partiriam para Roma o mais rápido possível, mas ela se recusaria a permitir que C.J. despertasse mais alguém quando chegassem lá, a qualquer custo. Ela nunca havia prometido o contrário. Não havia concordado que haveria uma ressurreição por lá. Tudo o que o cardeal pudesse estar imaginando era de responsabilidade dele, fruto de sua própria imaginação. E eles não poderiam forçar C.J. a fazer nada. E não poderiam forçar Lynn a fazer com que seu filho fizesse nada. Então, quanto tempo levaria para que, se ninguém mais testemunhasse o ato, as pessoas começassem a desacreditar no dom de C.J. e até a esquecê-lo? Seis meses no máximo? Especialmente com as coberturas jornalísticas rareando mais a cada dia?

Ela e C.J. estariam seguros lá, longe das notícias, e Cross poderia estar lá da noite para o dia, e estaria se ela precisasse, ela tinha certeza disso. Então ela pediria que ele planejasse um jeito de tirá-los de Roma para que tivessem uma vida normal em algum outro lugar. Eles poderiam tingir o cabelo quando chegasse a hora, ela poderia fazer C.J. engordar um pouco, esperar que ele crescesse mais. Ele estava naquela idade de rápidas mudanças e estirões de crescimento, então, no fim das contas, muito em breve não seria tão facilmente reconhecido. Aquilo funcionaria, e seria muito mais fácil Cross ajudá-los a fugir de alguma instalação da Igreja na Itália do que fazê-los passar por todas as redes que haviam sido jogadas sobre sua casa em Royal Oak.

O cardeal interrompeu sua linha de pensamento novamente, dessa vez para dizer:

— Estou ansioso por nosso encontro amanhã de manhã em sua casa, às oito horas, se estiver bom para você.

— Claro — ela disse. — Às oito está ótimo.

Ela olhou para Joe, que a encarava fixamente, com a expressão congelada. Ela apertou a mão de C.J. e se recostou, sorrindo.

Pelo menos agora ela sabia como aquilo ia acabar.

* * *

Às onze horas daquela noite, na frente da janela de seu quarto escuro, no segundo andar de sua casa em Palmer Park, o cardeal ergueu a cortina de renda branca com a mão esquerda e observou uma única nuvem em forma de canoa deslizar sobre a lua minguante, cobrindo-a brevemente com a pequena protuberância na parte de trás, e então flutuar para longe, para o leste. Ele observou a nuvem por mais alguns segundos, depois olhou fixamente para a lua por um longo tempo. Mas ele não estava pensando na lua ou na nuvem. Estava pensando sobre coisas eternas, coisas possivelmente mais significativas que a lua, ou os planetas, ou até as profundezas do próprio espaço.

E então, com um ar de determinada resignação, ele deixou a cortina cair de volta no lugar.

Ele não dormiria naquela noite, tinha certeza disso, mesmo sendo tarde, e provavelmente não dormiria em várias noites dali em diante, talvez muitas mais.

O mundo havia mudado para ele. Mudara naquele singelo momento em que ele aceitou sem sombra de dúvida o juramento feito para ele por Anthony Cross de que seu filho, Anthony, realmente havia morrido, e que C.J. Walker havia de fato sido aquele que o chamara de volta à vida com um simples toque de sua mão e uma prece de três palavras.

Era de tirar o fôlego. Era inexplicável. Mas havia acontecido.

A história havia sido mudada, e, em questão de mais quarenta e oito horas, a enormidade daquela mudança não seria apenas evidente para todo o mundo; seria irreversível.

O plano que havia surgido diante dos olhos de sua mente fora como o soar de milhares de sinos. A história havia sido mudada, e seria mudada novamente, ele pensou, mas não em Roma. Bem ali, em sua própria diocese, antes da fuga, antes da captura, antes das interferências, antes do medo, da dúvida ou de qualquer poder terreno que se movesse para impedir. O que ele imaginou estaria em movimento às cinco horas da próxima manhã, e seria um evento tão inimaginavelmente brilhante, ele tinha plena certeza, que teria o poder de virtualmente destroçar culturas, elevar reinos, ressuscitar do sono da morte não apenas pessoas, mas civilizações inteiras, civilizações como a sua própria, que havia se tornado tão confortável com a decadência que as pessoas existiam agora como frutas, morrendo de dentro para fora; civilizações que poderiam, sob a resoluta luz de uma única experiência que ele tinha em mente, ficar tão chocadas que suas descrenças e negações seriam forçadas a se erguer novamente, totalmente novas, cheias de fé e centradas em Deus e nas maravilhas a presenciar!

Ele estava na crista do futuro, e era glorioso.
Não, ele não dormiria naquela noite.
Pelo menos agora ele sabia como aquilo ia acabar.

* * *

Estava tarde, escuro e silencioso.

Lynn se deu conta de que dormira e sonhara. Mas agora ela já não estava sonhando com as visões sombrias da mesa cinzenta de depoimentos da polícia, ou com os policiais de uniforme gritando com C.J. para que ele os tocasse e os trouxesse de volta à vida. Agora ela estava sonhando com alguém batendo na parede bem perto dela. Depois batendo de novo. Mais três batidas rápidas: *rap rap rap.*

Ela abriu os olhos. Seu coração estava acelerado do susto de ter sido acordada no meio da noite e pensar que havia perdido algo incrivelmente importante, ou a chance de fazer algo que deveria ter feito.

Ela se sentou e se deu conta de que estava no quarto de C.J., de que havia subido com ele assim que contara a Nancy e a Burr um resumo dos acontecimentos do dia. Ela se perguntou, em um aterrorizante momento de semiconsciência, se a cirurgia de Turner havia terminado mais cedo ou se haviam confirmado que o garoto Cross estivera morto, e Curry agora estava no corredor, esperando, batendo suavemente com meia dúzia de agentes federais armados atrás dele, com um sorriso no rosto e uma folha de papel na mão, tornando a abdução de C.J. legítima.

Ela procurou o relógio de C.J. e viu que eram apenas 23h10. Notou que ainda estava vestida, com sua calça jeans e sua camisa amarela amarrotada. Ela se levantou e andou rapidamente até a porta e até quem quer que estivesse enchendo o quarto de medo ao bater novamente, mais três vezes, não muito alto, mas rápido, querendo atenção.

Era padre Mark. Ele estava sozinho sob o brilho da luz noturna no corredor do segundo andar, a camisa clerical aberta, sem o colarinho romano. Tinha a aparência de quem não dormia havia uma semana, mas não parecia assustado, nem como se os agentes federais estivessem prontos para atacar.

— Cross está aqui — ele sussurrou. — Joe pediu para avisar a você. Ele me disse que você estava aqui com C.J. Ele perguntou por você, o Cross.

Ela suspirou e fechou os olhos por um momento, recobrando a compostura. E então foi até o corredor, fechando com cuidado a porta atrás de si.

— Quem mais está com ele?

— Mais três homens. Estão na cozinha com Joe.

— Como eles passaram pela multidão lá fora?

— Motorista e seguranças. Homens dele. E a multidão está um pouco menor a essa hora.

Eles começaram a descer a escada juntos, em silêncio, Lynn fazendo perguntas atrás dele, em sussurros.

— Joe está com ele agora?

— Joe está com os três caras. Nancy está dormindo com Burr, se é que estão conseguindo dormir. No quarto de hóspedes.

Ela parou no fim da escada conforme Cross vinha em sua direção do outro lado do corredor. Ele parecia sério enquanto se aproximava.

— Vou falar com ele sozinha — Lynn disse.

* * *

A conversa de Lynn e A. W. Cross durou quase vinte minutos.

O homem já mais velho com um filho de quinze anos que havia voltado à vida e que tinha o nome do pai ainda usava o mesmo terno azul. Sua gravata azul-escura ainda estava no lugar, e seus olhos ainda estavam úmidos, do mesmo modo que da última vez em que ela o vira de perto, ao lado da maca na casa do lago St. Clair.

Eles conversaram com as cadeiras bem próximas, no canto mais distante da sala agora vazia.

Ao fim de seus poucos minutos sozinhos, Lynn levou Cross e seus homens até a porta lateral. O velho, cujos olhos estavam quase fechados de cansaço, parou e ficou imóvel por um longo momento, apenas olhando fixamente para ela.

Talvez fosse a força do apreço que os dois estavam sentindo, ou um sentimento comum de alívio, ou talvez o fato de que eles agora compartilhavam algo para além de qualquer compreensão, Lynn realmente não sabia. Mas pareceu a coisa certa a fazer. Sem dizer mais nada, Lynn se inclinou e o abraçou, e ele aceitou, abraçando-a gentilmente em resposta.

Ela sentiu que aquilo era algo de mãe para pai e vice-versa, e soube que calou fundo no coração.

24

Lynn acordou cedo, pouco depois das seis horas. O estrondo de um trovão próximo e a percepção de que uma chuva matinal escura entrava pela janela aberta a obrigaram a sair da cama.

De sua janela, ela viu que a multidão lá fora havia diminuído por causa da noite e da chuva, mas não tanto quanto ela gostaria.

Ficou diante da janela por vários minutos, ainda sonolenta, hipnotizada pelo que pareciam várias centenas de estátuas molhadas pela chuva; muitas pessoas ainda estavam agrupadas nas calçadas, paradas, mal-humoradas, nos três gramados e ao longo das sarjetas, ainda esperando pela salvação que C.J. lhes traria.

Ela se perguntou se aquela persistência teria algo a ver com as notícias da noite passada sobre Anthony Cross Jr. Imaginou se aquelas pessoas acreditavam que, se ela notasse sua determinação, mudaria de ideia e levaria até elas o garoto e a cura que tão desesperadamente queriam. Ela se perguntou se alguma delas sentia que se apenas ficasse e sofresse um pouco mais finalmente obteria o merecimento. Ela vestiu rapidamente seu jeans e um pulôver azul e desceu. Havia tanto o que fazer, tanto o que pensar, planejar, e muita coisa de que se despedir.

Encontrou Joe na sala de estar, vendo tevê com o som muito baixo.

— Eu dormi no sofá — ele disse. — Mark foi embora por volta de meia-noite e meia, mas a chuva estava começando, então pensei: *Que se dane*.

Ele também sabia que logo o cardeal viria para ver Lynn. Ela havia lhe contado. E ele pensou que seria inteligente ficar, foi o que disse a ela, além do conselho de "tome cuidado".

Ela havia dito que entendera e que não correria nenhum risco desnecessário. Também o lembrou que ele era mais paranoico do que dez pessoas juntas, mas que estava tudo bem. Ela tomaria cuidado.

— Preciso começar a embalar algumas coisas — ela disse.

— Schaenner não deve ter muito o que embalar — Joe disse. — As roupas são sempre as mesmas, aonde quer que ele vá. Um cara como aquele, se perder as próprias coisas, é só usar as de outro padre. Quem vai saber? — E então, ao notar que começava um editorial na tevê, ele apontou e disse: — Isso foi gravado ontem à noite. Eles não gostaram do lance do Cross, vou te dizer.

Ela se virou para assistir.

O diretor de notícias do Canal 2, com uma foto em preto e branco granulada de Cross em destaque atrás de seu ombro esquerdo e a palavra "Editorial" na parte inferior da tela, parecia um homem determinado a corrigir um erro. Ele dizia:

— Do nosso ponto de vista, foi uma seleção espantosa por parte da família de C.J. Walker. Com centenas de milhares de cidadãos comuns doentes e à beira da morte suplicando por ajuda a menos de dez metros da casa deles em Royal Oak, eles aparentemente concordaram com uma fuga frenética do Hospital São Paulo a fim de evitar os olhares do público enquanto davam a um milionário de Nova York, com um histórico comprovado de associação com a máfia, livre acesso a quaisquer poderes que C.J. Walker tenha para compartilhar. O preço exato pago por esses serviços, se podemos assumir que um preço foi pago, ainda é desconhecido. Mas não podemos evitar de nos espantar e pensar em *O poderoso chefão*. O que será que essa família está pensando?

Lynn resmungou:

— Bem, sabemos o que eles estão pensando de nós, com certeza.

Joe disse:

— Ele só quer alavancar a audiência do programa.

Lynn encarou solenemente a tela por mais cinco segundos, e então disse, ainda num tom pouco acima de um sussurro:

— Mas eu não tenho certeza... Eu sei que não aconteceu desse jeito. Mas não sei... se eles não têm o direito...

* * *

O cardeal chegou com o monsenhor Tennett na casa de Lynn às 8h05. O humor da multidão que testemunhava sua chegada havia, de fato, começado a se deteriorar. Já surrada pelas horas e pelo tempo, cansada de carregar a dor de seus entes queridos, frustrada pela falta de qualquer reação significativa de C.J. ou de sua família, e agora amargurada por conta da "fuga para ajudar a máfia" que era destaque das últimas notícias, a multidão aparentava um desespero que claramente se desenvolvia para algo sombrio e mais ativo.

O cardeal sorriu e ergueu a mão em um pequeno aceno enquanto descia do sedã preto, mas apenas alguns no meio da multidão responderam com um cumprimento verbal. Outros em meio à agitação não foram tão graciosos. Alguns exigiram quase gritando que o cardeal mandasse C.J. sair e ajudá-los. Outros perguntaram aos gritos por que C.J. salvava pessoas especiais e não eles. Um jovem gritou:

— Eu pago! Posso ver o garoto agora?

Os mais próximos ao rapaz se juntaram a ele com seus próprios gritos.

Inquieto, mas focado, ele entrou na casa de Lynn de modo reverente, como entraria em um templo. Depois de oferecer olás silenciosos e agradecer Lynn por recebê-lo, perguntou por C.J. Lynn disse que seu filho ainda estava dormindo.

Ela notou que ele parecia completamente tenso — mais que animado, quase enlouquecido, mas dando duro para conter sua energia. *Tudo bem*, ela pensou. *Também estou enlouquecida.*

E estava. Diante do fato de que muito provavelmente ela teria que abandonar sua casa e possivelmente seu país pelo resto da vida e da de C.J., seus nervos já estavam no limite. Ela estava assustada e se esforçando para se segurar.

Os dois queriam conversar em algum lugar onde pudessem ficar a sós, então ela lhe ofereceu um café, o qual ele declinou. Em seguida ela o levou ao mesmo canto longe do raio de audição onde conversou com Cross na noite passada.

O monsenhor foi até a cozinha com Joe.

A sós com o cardeal, Lynn não deixou espaço para conversa fiada.

— Eu gostaria de partir para Roma o mais rápido possível — ela disse enquanto se sentavam de frente um para o outro. — Imediatamente. Estaremos prontos em algumas horas, depois que C.J. acordar. Temos muito pouco que precisamos levar, eu já embalei as roupas e alguns objetos pessoais necessários, fotos e vídeos de família, esse tipo de coisa. Provavelmente as únicas coisas com as quais me importo. Fora isso, não tem muito para embalar, mas depois de ontem é importante que a gente siga em frente, então estamos prontos.

— Sim — o cardeal disse, encarando as costas da mão e em seguida o chão, pensativo, antes de olhar novamente para Lynn. — Sim — ele disse novamente.

Ela estremeceu. Algo estava acontecendo.

— Mas me permita fazer uma sugestão — ele disse suavemente. — Vamos esperar até sexta. A manhã da operação do sr. Turner. Mas mais cedo. Bem antes que a cirurgia aconteça. Seria bom para você, não é? Daria mais tempo para você se preparar, se despedir, tudo isso.

Lynn o olhava como se ele tivesse acabado de falar um idioma estrangeiro.

— O que quer dizer com isso? — ela perguntou. — Por que esperar?

— Não vai ser um problema, sra. Walker. Não precisa se preocupar com nada, eu prometo. Na verdade, eu garanto que ninguém vai interromper nossos planos, se essa é a sua preocupação.

Ela se contorceu na cadeira, transtornada e sem medo de demonstrar.

— Mas por que esperar mais dois dias?

— É... uma consideração — ele disse.

— Cardeal Schaenner — ela falou. — Estou sentada na beira de um abismo, prestes a mudar meu filho de país de uma hora para outra, sem saber exatamente o que vamos encontrar. Então, por favor, me diga o que está acontecendo.

— Sinto muito — ele disse e se inclinou para frente com os olhos em alerta e subitamente estreitados. — Sim, há uma razão para escolhermos a sexta em vez de hoje ou amanhã, é verdade. Mas é uma razão, e me sinto absolutamente confiante em dizer a você, que a deixará tão entusiasmada quanto eu. São minhas súplicas mais profundas e minhas mais profundas expectativas.

Lynn mordeu o lábio. Suas mãos tatearam e se fecharam em torno dos braços da cadeira.

O cardeal a encarou por alguns segundos silenciosos, e então, falando ainda mais lentamente do que antes, como um adulto falaria com uma criança, ele disse:

— O que você acha que teria acontecido com a história humana, sra. Walker, se Jesus tivesse esperado até hoje, esta época, esta era, para vir à terra e despertar Lázaro dos mortos?

Suas mãos estavam apertadas. Ela sussurrou:

— Do que está falando?

— Estou dizendo... Qual seria o impacto se Jesus tivesse despertado Lázaro dos mortos, não diante de um pequeno e anônimo grupo na Israel antiga, mas aqui e agora, hoje, ao vivo, em uma transmissão de tevê de alcance global?

Lynn ficou aturdida, sentindo como se o ouvisse debaixo d'água.

— Que tipo de impacto — ele continuou — você acha que teria no curso da fé das pessoas e do comportamento delas nos dias de hoje, no presente momento, com som e vídeo instantâneos e reproduzíveis na tevê em todo o mundo, e em computadores, na internet, em tablets, smartphones, pen drives, e assim por diante...?

Ela sussurrou:

— Não acredito que você está dizendo isso...

O cardeal permanecia iluminado por sua visão conforme se aproximava e dizia:

— O que eu quero propor a você, sra. Walker, não é nada menos que, na manhã desta sexta-feira, ao nascer do sol, em cerca de quarenta e cinco horas a partir de agora, o maior ato de evangelização na história do mundo se dê no santuário da Catedral do Santíssimo Sacramento, bem aqui em Detroit. Uma ressurreição pública. Bem cedo pela manhã. Ao nascer do sol. Bem antes da operação de Galvin Turner. A ressurreição pública de um homem oficialmente registrado pelas autoridades médicas mais respeitadas não só como morto, mas também embalsamado. Uma autêntica ressurreição televisionada ao vivo para todo o mundo. Imagine o que isso significará, sra. Walker! A influência desse ato!

— Eu não acredito que você está dizendo isso — ela respondeu, ainda sussurrando, mas agora lutando contra o pânico crescente.

— Por mais que isso pareça ir contra a razão humana, sra. Walker — o cardeal continuou —, nós dois sabemos com certeza que Marion Klein estava morta. Não apenas morta, mas embalsamada. E também sabemos com certeza que o sr. Turner estava morto e embalsamado. Os registros são indiscutíveis. As fotos e o vídeo de seu embalsamamento são indiscutíveis. O testemunho do padre Mark a essa condição, e o testemunho em primeira mão vindo de você, de seu marido, do diretor da funerária e de seu filho, do homem sendo despertado dos mortos, inteiro e saudável, é indiscutível!

Ele fez uma breve pausa e então disse:

— Eu entendo que, se organizarmos uma ressurreição com transmissão global, existe uma chance de que isso venha a ser um erro. Pode ser um dom temporário de seu filho, um poder temporário, sejam lá quais tenham sido as razões de Deus. Eu sei disso. Mas o dom é real, não temos mais dúvida. E colocando isso na balança, diante dos ganhos de todo o mundo testemunhando uma provada, documentada e incontestável morte, seguida de uma provada, documentada e incontestável ressurreição dessa morte... bem... podemos imaginar o impacto disso?

A mente de Lynn se acelerou ao imaginar aquilo, e ela teve de lutar para manter a compostura. O que ele via era um mundo melhor. O que ela via era um incêndio fora de qualquer controle, apontando para C.J. pelo resto da vida.

Ela se esforçou para respirar fundo, a fim de não deixar sua expressão mostrar o que estava sentindo e permanecer concentrada no que o cardeal estava dizendo. Que era:

— Jesus enviou seus discípulos e ensinou a cada um sua missão. E qual foi a missão deles? Jesus disse que no poder de Deus eles sairiam e curariam os doentes... Você se lembra disso? Eles deveriam curar os doentes e os leprosos. E deveriam *despertar os mortos*!

Ele rapidamente juntou a palma das mãos numa atitude de prece, com as pontas dos dedos estendidas sob o queixo.

— Pense seriamente nisso, por favor — ele disse. — Só dez minutos, dez minutos, não mais, no que Deus deu ao seu filho... o poder que Deus deu a seu filho pode alcançar e influenciar as crenças, o comportamento e a vida inteira de mais de cem mil vezes o número de pessoas que viram e ouviram o próprio Jesus em todos os seus trinta e três anos de vida e ministério! *Mais de cem mil vezes o número que o próprio Jesus alcançou, em toda a sua vida humana!* Ora, isso me deixa quase sem fôlego, só de imaginar que pode realmente acontecer, mas pode! E a oportunidade nos foi dada, aqui e agora! Para você e para o seu filho! Hoje!

Ele fez uma pausa para apertar os lábios por um momento e abriu as mãos como se fossem asas.

— Então, só estou lhe pedindo isso. Estou pedindo que faça uma completa, deliberada e devota consideração dessa simples pergunta. O que você pensa, sra. Walker, que Deus está querendo fazer pelo mundo através de você e de C.J., neste momento tão terrível da nossa história? *O que Deus está querendo fazer?*

Ele olhou fixamente para ela, e ela o encarou de volta, ambos imóveis. Passou-se quase um minuto antes que Lynn mudasse de foco.

— Você já escolheu alguém que morreu — ela disse. — Não é? Se está planejando fazer isso na sexta de manhã, já deve ter tudo planejado, não é?

O cardeal abaixou a cabeça por um momento, então disse:

— Um senador americano morreu em Ohio. A morte passou despercebida por aqui, com toda a cobertura de Detroit dando atenção a Anthony Cross e C.J. Mas foi o senador Paul Thessler. Imagino que já tenha ouvido falar dele. Ele morreu em casa, em Findlay, na noite passada. Um bom homem. Teve um ataque cardíaco. Ele era...

Lynn o interrompeu.

— E a família dele realmente disse a você que deixaria esse tipo de coisa acontecer?

— A família é muito devota e tem muita fé. Com a minha garantia pessoal de verificar a autenticidade do dom de C.J., sim, estou convencido de que vão permitir. Eles o querem de volta. Eles vão permitir. Se não por outro motivo, não vão escolher enterrá-lo e passar o resto da vida se perguntando o que teria acontecido se tivessem simplesmente dito sim.

Lynn sentiu o cerco se fechando sobre ela.

— O papa? O Vaticano? Eles realmente vão deixar você fazer algo do tipo? Assim, sem nem hesitar?

— Perguntas serão feitas — o cardeal disse calmamente —, e eu vou responder. — Ele então inalou e exalou rapidamente antes de acrescentar: — Sra. Walker, Deus e a Igreja me fizeram o bispo desta diocese. Minha primeira missão, como eu sabia que seria, não é tentar descobrir o que posso fazer por Deus. É tentar reconhecer o que Deus quer fazer através de mim. E estou convencido, do fundo de minha alma, de que sei o que Deus quer de mim neste caso extraordinário. Eu tenho dois padres em Findlay, padres que conhecem os Thessler muito bem, prontos para se aproximar da família no momento em que eu deixar sua casa nesta manhã. O embalsamamento do senador será testemunhado por autoridades médicas do Centro Médico de Cleveland. A catedral em Detroit já está pronta. O corpo do senador será transportado para lá sem qualquer problema ou grande comoção. Os familiares e parentes serão transportados e hospedados pela diocese. A mídia, para um evento como esse, estará pronta na metade do tempo, se for preciso. A segurança dentro e fora da catedral também estará pronta na metade do tempo. Quanto a uma possível interferência externa, o anúncio desse evento vai garantir que isso não aconteça. Os agentes federais podem estar a caminho de sua porta para colocar o seu filho sob proteção federal neste exato momento, pelo que nos consta. Mas, no instante em que anunciarmos o plano, nessa hora e nesse local, acredite em mim, eles não vão ousar se intrometer. Na verdade, eles mesmos vão querer estar lá para ver a prova do que vai acontecer.

Lynn sentia o coração acelerado enquanto admitia seu maior medo para o cardeal.

— Quantas pessoas você acha que verão isso? Certamente vocês já pensaram nisso.

Ele não pôde evitar de sorrir ao pensar em sua gloriosa visão, e disse:

— Há sete bilhões de pessoas no mundo hoje. Isso significa que certamente algo entre dois e três bilhões, e provavelmente um bilhão a mais quando as imagens derem a volta ao mundo, em cinco ou seis dias. Em todo caso, o alcance será bem mais que espetacular. Mas por tudo isso, o evento deverá estar completamente sob controle. Não tenha dúvida. Assim como aconteceu com a sra. Klein e o sr. Turner, podemos contar no máximo dez minutos do instante em que C.J. tocar o corpo até o momento em que teremos evidências visuais de que o senador realmente voltou à vida. E então partiremos. Imediatamente, nos primeiros segundos desse intervalo.

Eles ouviram um ruído no corredor, acompanhado de uma risada. Era C.J., descendo apressado para tomar o café da manhã com Burr.

Lynn se sentiu fisicamente mal. Cinco bilhões de pessoas vendo C.J., vendo seu rosto. Ela virou a cabeça, mas o cardeal não deixou passar.

— Assim que C.J. fizer sua oração, nós levamos você, C.J. e Joe para a sacristia nos fundos do altar, e então saímos pelo porão sul da catedral. Você ainda estará em território da Igreja, lembre-se, e em minha companhia, sob forte segurança.

Lynn se lembrou de um pardal que eles encontraram preso na casa dois anos atrás, de como ele voava pelos cômodos loucamente, tão assustado e aprisionado, sem saber como havia ido parar naquele lugar nem como encontrar uma saída. Eles tentaram espantá-lo com os travesseiros até a cozinha, onde a janela estava aberta, mas ele não conseguiu. Eles encontraram o corpo do pássaro algumas semanas depois, no armário do andar de cima.

— No gramado dos fundos da catedral, que é grande, isolado e completamente cercado, haverá um helicóptero pronto para decolar, com nosso próprio piloto. Eu lhe garanto que, dentro de dez minutos após a oração de C.J. pelo senador, dez minutos no máximo, você e seu filho estarão cruzando a fronteira com o Canadá.

— Eu preciso perguntar para o C.J. — ela disse humildemente. — Ele pode não querer.

— Eu duvido muito que ele negue um pedido seu, sra. Walker — o cardeal respondeu. — Não se você disser a ele como isso seria importante para muita, muita gente. Não se você prometer a ele que você e o pai dele estarão por perto o tempo todo, sem nenhuma chance de algo dar errado.

Suas mãos se juntaram no colo. Ela olhou para elas, não para o cardeal. Ela sabia que ele estava certo — C.J. faria se ela pedisse.

— O voo leva apenas cinco minutos. Apenas isso. E vocês estarão a salvo no Canadá, rápido assim. Entendeu?

E, quase num sussurro:

— Entendi.

— Vamos organizar tudo com antecedência, do começo ao fim, daqui para lá e para fora novamente. Do Aeroporto Windsor, vamos levar vocês, sob a mais estrita segurança, em um voo particular para Roma. Sem escalas. Sem interrupções. Sem complicações.

Vai ser assim para sempre, ela pensou. *Isso nunca vai ter fim.*

Ela o ouvia falar, como se estivesse numa sala distante.

— Apenas a oração, sra. Walker. E em seguida vocês estarão livres.

— Eu entendi.

— Será como um replante da consciência humana. Como um recomeço da cultura humana. Mais do que uma mudança de atitude, será algo que mudará o mundo.

Ela olhou fixamente para ele em silêncio enquanto sua mente continuava a flutuar através de cada cômodo da casa, buscando...

Estavam na jogada final. Os dois sabiam disso.

Depois de quase cinco minutos, Lynn respirou fundo novamente e soltou a respiração devagar. Em seguida disse ao cardeal, suavemente e sem emoção:

— Isso vai fazer o que aconteceu com Marion Klein parecer quase irrelevante, não é?

O cardeal irradiou um sorriso vitorioso.

Ele disse:

— Vai fazer com que inúmeras coisas neste mundo pareçam irrelevantes!

25

Bastaram dez minutos para que C.J. concordasse em despertar mais um homem, dessa vez em uma catedral em Detroit. O pedido de sua mãe superou seu asco ao pensar em mais multidões se impondo sobre ele. Uma hora depois, o cardeal recebeu um telefonema avisando que a família do senador Paul Thessler também havia concordado com a proposta. O Centro Médico de Cleveland estava sendo contatado para garantir que as maiores autoridades médicas confirmassem o embalsamamento do senador.

O cardeal instruiu que monsenhor Tennett coordenasse a parte de comunicação através do Escritório de Comunicações Diocesanas com a Nunciatura Apostólica em Washington, D.C., a diocese de Findlay, Ohio, e o restante da arquidiocese de Detroit, incluindo, destacadamente, o reitor da Catedral do Santíssimo Sacramento. Ele também recebeu a função de verificar os preparativos para a transmissão internacional. Bennington Reed foi incumbido, sem fôlego como um colegial, de trabalhar com as autoridades federais, estaduais e locais para verificar a segurança e o transporte de C.J. e sua família até a catedral. Ele também cuidaria pessoalmente dos arranjos para que o helicóptero atravessasse o rio Detroit até o Canadá, e os arranjos necessários para o voo do Canadá até Roma. Foi pedido ao padre Mark que ficasse próximo da família, mantendo todos concentrados e calmos, certificando-se de que cumpririam a promessa de Lynn e C.J. de cooperar.

Às 9h50, o cardeal deu a Lynn, Joe, padre Mark e Nancy Gould, que havia sido convidada por Lynn, as instruções particulares. C.J. ficou no andar de cima com Burr.

Ele começou a explicar o plano enquanto andava de um lado para o outro, com as mãos tão animadas quanto suas palavras, seus olhos reluzindo com as possibilidades maravilhosas que via à sua frente.

Os outros ouviam como se fossem estátuas.

— O embalsamamento do senador Thessler — ele anunciou — se dará nesta tarde, às dezesseis e trinta, em Findlay, Ohio, onde ele morava. Será testemunhado por uma equipe de três médicos que inclui o chefe da administração do Centro Médico de Cleveland.

Ele fez uma pausa, deixando o nome da respeitável instituição médica ecoar, com o rosto iluminado de satisfação.

Joe era o único que tomava notas, rabiscando em um pequeno bloco que havia retirado do bolso traseiro.

— O senador receberá a prece de C.J. no santuário da Catedral do Santíssimo Sacramento em Detroit ao nascer do sol, que deve acontecer às 5h42 da manhã, na sexta-feira, daqui a aproximadamente quarenta e duas horas.

O cardeal sorriu novamente, dessa vez para C.J., que havia acabado de descer as escadas e olhava fixamente para ele com os olhos escuros estreitados e as mãos abertas pressionadas contra as coxas. Em seguida, saboreando o momento tanto quanto as expectativas que tinha, continuou:

— Será o mais notável e abençoado evento que vivenciaremos em toda nossa vida, eu prometo a vocês — ele disse. — E o horário, bem cedo, não apenas vai nos permitir agir bem antes da operação do sr. Galvin Turner como vai nos garantir que a maior parte da audiência esteja na Europa e em outras partes do mundo, incluindo Roma.

Lynn fechou os olhos lentamente.

A mão direita do cardeal se abriu e se estendeu diante do peito para a esquerda, então ele a balançou suavemente, fazendo um arco completo para a direita enquanto dizia:

— A cobertura dos canais vai começar mais cedo. C.J. e os pais, vocês três, sairão daqui às quatro e meia da manhã e serão escoltados até a catedral em Detroit.

Ele olhou para Lynn em busca de aprovação.

Ela assentiu e fechou os olhos novamente.

— Os motoristas serão policiais estaduais, armados, mas à paisana. A polícia estadual, a de Royal Oak, a de Detroit e os homens do xerife de Oakland County vão atuar como escolta ou no controle da multidão e do tráfego. Mas tudo vai se desenrolar sem problemas, prometo a vocês.

— Não vai haver agentes federais em algum lugar? — Joe perguntou.

— Sim — o cardeal respondeu. — Eles também vão estar lá, como parte da escolta principal. — Ele esperou para ver se havia mais alguma dúvida. Como não havia, acrescentou: — Vamos receber mais instruções da polícia antes de sairmos para a catedral, e todos os detalhes serão checados, tenho certeza.

Como ainda não havia mais perguntas ou comentários, ele continuou:

— Um único helicóptero da polícia também acompanhará a comitiva motorizada, e os helicópteros da imprensa transmitirão nosso progresso, com todos os serviços de notícias compartilhando os vídeos ao vivo, é claro.

Mark olhava fixamente para Lynn, mas ela não notou. Ainda não havia aberto os olhos.

— Chegaremos à catedral o mais tardar às cinco da manhã — o cardeal disse. — Pouco mais de meia hora antes do nascer do sol e da ressurreição do senador.

Padre Mark observou:

— Pelo que entendi, haverá cobertura da mídia dentro da catedral.

— Claro. O objetivo de todo esse evento é a evangelização. Queremos que o mundo veja e acredite. Queremos as maiores organizações globais de notícias representadas dentro da catedral, assim como em uma série de locais fora, mas... — ele ergueu a mão como se fosse um aviso — tenho certeza de que qualquer coisa que for organizada não vai diminuir a santidade do evento por si só.

Lynn abriu os olhos novamente.

— E então, assim que C.J. disser as palavras...

O cardeal assentiu.

— Assim que C.J. disser as palavras e tocar o corpo do senador, retiramos você e seu filho do santuário. Vou estar com vocês, do mesmo modo que padre Mark e monsenhor Tennett. Então embarcaremos no helicóptero que vai estar nos esperando no gramado dos fundos, contratado pela arquidiocese, com nosso próprio piloto e segurança, e decolaremos imediatamente para Ontário, no Canadá, e de lá para Roma. Sem demora, tanto na catedral quanto em Ontário.

Joe começou a fazer uma pergunta, mas parou. O "você e seu filho" o atingiu com força. Não havia surpresa naquilo, mas ainda assim o atingiu com força. Ele inclinou a cabeça lentamente e esperou o restante.

Os pensamentos de Lynn haviam novamente se afastado até o pardal, ainda voando pelos cômodos, procurando.

* * *

O plano de uma ressurreição transmitida ao vivo da catedral católica de Detroit foi noticiado primeiramente como um rumor pela rádio WXYZ, da cidade, às onze e meia da manhã. Sem que houvesse negação, nem da família do senador Thessler em Ohio, nem das fontes arquidiocesanas em Detroit, a especulação disparou pelas transmissões jornalísticas nacionais e internacionais, e pela internet durante a noite.

No momento em que Bennington Reed acompanhou o diretor de Relações da Arquidiocese com a Comunidade à reunião de pauta da quarta à tarde, onde os fatos foram publicamente confirmados, a programação de tevê, rádio e as salas de bate-papo da rede já estavam agitadas pelas renovadas especulações a respeito das ressurreições, com muitas perguntas implorando por respostas, a maioria começando com "e se". "E se o garoto curasse todos que estiverem na catedral enquanto ele estiver lá?", "E se organizassem algo como uma loteria mundial da vida semanal, na qual os ganhadores pudessem pedir que alguém fosse trazido de volta dos mortos e os lucros fossem destinados a alimentar os pobres?", e mesmo a temível questão: "E se as iniciais do garoto forem uma pista, mas estiverem de trás para frente, indicando que, na verdade, esta é a segunda vinda de Jesus Cristo?"

Porta-vozes de instituições religiosas, incluindo o Vaticano, traçaram estratégias de se posicionar a uma distância segura do que já estava se tornando uma controvérsia. De um lado, organizações baseadas na fé apelavam publicamente por orações; de outro, denúncias alardeavam que qualquer tráfico com os mortos era imprudentemente profano. O gabinete da Chancelaria Católica de Detroit e as paróquias locais foram inundados não apenas de perguntas, mas também de pedidos por um assento na catedral. As ligações eram originárias dos escritórios de respeitados líderes empresariais, autoridades médicas e políticos importantes. Um rumor na capital da nação sugeria que o subsecretário de Saúde Pública dos Estados Unidos estaria ali. Duvidaram publicamente, mas, de novo, ninguém negou.

O prefeito de Detroit e o governador de Michigan apelaram publicamente para que os meios de comunicação resistissem a um "exagero estilo Super Bowl", passível de criar um nível tão alto de febre de ressurreição que a vida e as propriedades na área da catedral poderiam ser ameaçadas. Mesmo com tão poucas horas de espera, o prefeito demonstrou sua preocupação de que "podemos ver um homem sendo ressuscitado e três mil sendo mortos, pisoteados na correria para tocar o garoto".

Às cinco horas da tarde, uma vigília à luz de velas foi proposta por um grupo de representantes de Michigan do Conselho Mundial de Igreja, para as três horas anteriores ao nascer do sol, às 5h42 da manhã daquele que as fontes da mídia popular já referiam como o "Dia da Ressurreição".

Às cinco e meia da tarde, uma centena de pessoas já havia se posicionado ao redor da Catedral do Santíssimo Sacramento, marcando território, guardando comida e bebida em caixas térmicas, mantendo contato através do celular com familiares e amigos a respeito de provisões mais substanciais, esticando mantas no chão para guardar seus lugares durante a noite, aprontando suas câmeras e filmadoras. Eram apenas as primeiras pessoas do que as autoridades da cidade esperavam que pudesse se tornar, ao romper daquela manhã de sexta-feira, uma multidão de mais de trinta mil pessoas, toda ela espremida na esquina da Boston Boulevard com a Woodward Avenue, na parte norte de Detroit, antes do amanhecer do dia seguinte, toda ela determinada a conseguir pelo menos um rápido vislumbre da vinda de Jesus à terra.

Às seis horas da tarde, Joe havia não só firmado um acordo com a CBS News, mas puxado Lynn para o lado para lhe contar os detalhes. Por que não? Era algo que deixaria qualquer um se sentindo animado. Confirmado o autêntico despertar de um morto, ele disse a ela, eles pagariam cinco milhões de dólares em troca de uma exclusiva de Joe, com comentários ao vivo direto da catedral na sexta de manhã, assim como mais três horas de entrevistas exclusivas em vídeo, em datas futuras.

— Te dou um pedaço desse bolo se você precisar — Joe disse a Lynn.

— Acho que não vamos precisar — ela respondeu.

— Não — ele disse. — Também acho que não.

Ele não lhe contou que também havia se comprometido a fornecer fotos e vídeos de C.J. nunca antes exibidos na tevê ou publicados, material que se tornaria propriedade exclusiva da CBS News.

— Mas me prometa mais uma vez — ele disse — que vai entrar em contato comigo assim que possível, certo? Eu sei que você vai ter que esperar um pouco, mas quero ver vocês dois. É só Cross arranjar tudo, assim ninguém vai ficar sabendo onde eu vou te encontrar, certo?

Ela assentiu.

Até deixou que ele a abraçasse.

— Vai ficar tudo bem — ele sussurrou.

— Espero que sim — ela disse.

De sua parte, ele mal conseguia conter a vontade de festejar. O maior evento em dois mil anos estava prestes a acontecer, e ele estava bem ali, no centro de tudo — ele e um pote de ouro de dez milhões de dólares, tudo acontecendo porque foi ele quem descobriu o que C.J. podia fazer e foi esperto o suficiente para lidar com isso. Ele ia ver o milagre, ia vê-los indo para Roma, ia vê-los novamente em alguma ilha paradisíaca, todos eles infinitamente mais ricos.

Depois de todos aqueles anos, ele pensou, Kirk's Kiss finalmente ganharia a corrida na lama.

* * *

O ar do fim da tarde estava quente e parado. Não havia brisa, nem mesmo um suspiro. Algumas finas faixas de nuvens pairavam acima do topo das árvores no céu, incapazes de se mover. Brilhavam com tons de rosa e roxos, como uma atadura fluorescente.

Joe e C.J. estavam sentados à mesa de piquenique, no quintal dos fundos, perto da garagem. Era a oportunidade de ficarem um tempo juntos — um curto encontro entre pai e filho, apenas os dois, convite de Joe.

C.J. virou a aba de seu boné do Red Wings para trás, os cotovelos apoiados nos joelhos, os pulsos pressionados contra as bochechas.

Eles podiam ouvir o burburinho da multidão em frente à casa, para lá da garagem, com algumas vozes gritando nomes e direções em berros curtos e desconexos. Ocasionalmente uma sirene soava. Um helicóptero pulsava ao longe. Um segundo depois, podia ser ouvido em outra direção, a quilômetros de distância.

Joe esticou o braço para afagar o ombro esquerdo do garoto, em seguida pousou os dedos ao redor dele.

— Então, como está se sentindo a respeito da catedral, Ceej? — perguntou sorrindo. — E do cara que vai estar lá? Sente que está tudo bem a respeito disso?

C.J. assentiu e disse:

— Sim.

Mas ao mesmo tempo se afastou da mão do pai e se levantou para sentar na mesa, com os pés apoiados no banco.

Joe fez o mesmo, sem se apressar e observando C.J. o tempo todo, sentando-se agora mais perto de seu filho, com os ombros praticamente encostados. Ele disse suavemente:

— Então você está se sentindo bem. — Aquilo soou como uma ordem, feita em silêncio. — Sente que com certeza pode fazer aquilo de novo. Que ainda está aí e tudo o mais.

Outro meneio de cabeça de C.J., dessa vez com uma rápida análise da expressão de seu pai.

— Estou bem.

Joe lambeu o lábio inferior e assentiu.

— Tudo bem.

— Eu sei que ainda posso fazer. É isso que você está perguntando?

— Só estou perguntando como se sente.

— Estou bem.

— Vai ser a primeira vez com tanta gente assistindo e tal. Por isso estou perguntando.

C.J. se retraiu. Sem mais nada interessante para fazer, começou a quicar o calcanhar lentamente na beirada do assento. Então disse:

— Podemos entrar, pai?

— Só mais um minuto, tudo bem? Eu queria conversar com você só mais um minuto. Você e sua mãe vão para a Itália, você sabe que vai demorar um tempo antes de a gente se ver novamente. Ela te disse isso, não é?

C.J. assentiu e mordiscou o lábio inferior.

Joe pousou a mão no ombro do garoto novamente e forçou um sorriso leve.

— E você ainda é capaz de fazer com certeza, né?

C.J. o encarou.

— Qual é, pai? — sussurrou.

— É, bom, é que é importante para mim. Dessa vez em especial, quer dizer. Só quero que você saiba disso. Precisamos que dessa vez funcione com certeza, sabe? Então, contanto que você esteja bem...

C.J. não respondeu. Seu olhar ficou mais sombrio. Ele se afastou da mão de Joe, encolheu os ombros e se moveu alguns centímetros na direção da beirada do banco. A cabeça estava baixa, os olhos fixos no chão, uma expressão de dor no rosto.

Joe se aproximou um pouco.

— Qual é o problema? — perguntou, tentando soar animado.

Mas C.J. não parecia animado. Quando ele ergueu a cabeça e virou o rosto para o pai, seus olhos estavam cheios de lágrimas. Seu queixo estremeceu uma vez, com força, e o lábio inferior se contorceu enquanto ele começava a falar, tão baixo quanto um sussurro. Ele disse:

— Por que você só está preocupado se eu ainda posso fazer e nunca com o que as pessoas podem fazer comigo?

Joe sentiu como se tivesse levado um tapa na cara. A dor óbvia nos olhos tristes de seu filho, em sua voz e em seus lábios, que os fazia tremer como estavam tremendo, partiu seu coração, e ele se retraiu, com a boca e os olhos abertos em súbita dor.

Piscou. Olhou novamente para C.J. e então para a grama, e em seguida para a casa. Trocou o peso do corpo e se inclinou para frente no banco, com os cotovelos apoiados nos joelhos e as mãos juntas.

— Nossa... — ele disse suavemente, algo que não dizia provavelmente desde que tinha nove anos. Mas foi tudo que disse, apenas "Nossa...", e então se levantou.

Novamente se lembrou do grande número de pessoas na frente da casa, muitas delas olhando de longe, do canto da casa, para ele e C.J. Ouviu alguém gritar o nome de um Dale, e uma buzina tocando, e alguém gritando "Mãe" com uma voz de mulher. E notou novamente os olhos de C.J., ainda brilhantes da umidade e das dúvidas que o incomodavam. E nesses poucos segundos em que uma nova proximidade e uma nova dor surgiram, algo dentro dele o lançou de volta a velhos lugares e a velhos e ternos sentimentos, e ele soube exatamente o que aconteceria com C.J. na catedral.

Ele soube, não apenas o que o cardeal disse que ia acontecer ou o que esperava que acontecesse, mas o que o cardeal acreditava que ia acontecer. E não era o que o homem havia dito a Lynn e a C.J.

Desnorteado, ele se virou e olhou para a casa. Viu alguém parado, imóvel, observando pela tela da porta da varanda. Reconheceu Bennington Reed.

E ouviu sua própria voz sussurrando:

— Ah, meu Deus!

***

Eles se encontraram no quarto de Lynn, apenas os dois. O sol estava se pondo lá fora, e o primeiro andar da casa estava estranhamente quieto. Apenas Joe e Lynn.

A expressão dele a alarmara, porque ele parecia assustado, como Lynn nunca vira antes: um Joe nem um pouco convencido, nem mesmo tentando fazer parecer como se tivesse tudo sob controle, os olhos arregalados, quase embaçados, a cabeça baixa, a voz tensa e urgente, dizendo para ela na cozinha:

— Preciso falar com você agora. Não daqui a cinco minutos. Imediatamente. No seu quarto. Aqui embaixo não. Algo que você ainda não sabe, mas precisa saber.

O sol já se escondia atrás das árvores e casas, e o quarto começava a ficar escuro, mas Lynn não acendeu a luz. Talvez quanto menos o visse, melhor. Em vez disso, ela foi até a cadeira perto do armário e se sentou, os braços cruzados como uma forma de defesa.

Joe puxou a cadeira da penteadeira e se sentou de frente para ela.

— Fala — Lynn disse, respirando fundo e soltando lentamente.

Joe a encarou na luz baixa por vários segundos. Nenhum deles se moveu. Então ele disse:

— É possível que C.J. não esteja indo para Roma, Lynn. É possível que ele vá com o governo. Que Schaenner o deixe ir com eles.

Lynn ficou estupefata. Ela começou a recuar e disse:

— Do que você está falando?

— Lynn, estou tentando fazer algo bom aqui — Joe disse rapidamente.

— Por favor, me ouça.

Ele se endireitou na cadeira e estendeu a mão diante do peito, como se tentasse manter o mundo estável por apenas mais um minuto. E disse:

— O único objetivo de Schaenner é fazer com que a ressurreição aconteça em frente às câmeras e que seja exibida para o mundo inteiro, não é levar C.J. para Roma. Vamos começar por aí. O que conta para ele é ter o milagre acontecendo para que aqueles bilhões de pessoas das quais ele tanto fala possam ver que o poder existe de verdade e subitamente comecem a acreditar em Deus. Isso é mais importante para ele, Lynn, do que o que acontece com você; é mais importante do que o que acontece com C.J.; é mais importante do que o que acontece com ele mesmo. — Seus punhos se apertaram com força, e ele disse: — Você entende isso?

Lynn queria mandá-lo parar, mandá-lo que a deixasse fazer essa única coisa sem ter que pensar mais, planejar mais ou ter mais medo. Mas não disse nada. Ela permaneceu sentada, paralisada, imaginando o cardeal sorrindo para ela na sala de estar e dizendo com aquela voz suave como aquilo faria tantas outras coisas do mundo parecerem irrelevantes.

Joe continuou:

— Do ponto de vista dele, ele está salvando o mundo. Não está fazendo algo ruim. Na mente dele, ele está trabalhando com Deus e talvez haja bilhões de almas em risco. E os dois sabem, ele e Deus, que, se Schaenner não conseguir que esse milagre aconteça agora, não vai importar muito se C.J. acabar em Roma ou com o governo, porque ninguém vai deixar isso acontecer, nunca mais, nem em Roma, nem em nenhum outro lugar. Ele sabe disso. Então ele armou toda essa coisa com Deus; é assim que ele vê: ele e o Todo-Poderoso, como se fosse um pacto particular entre os dois para deixar de lado qualquer um e assegurar que essa coisa aconteça para o bem da humanidade.

— Mas por que entregar C.J. desse jeito? — ela sussurrou. — Eu simplesmente não acredito em você.

— Não estou dizendo que ele quer isso. Ele não vai amordaçar o garoto e enfiá-lo num saco. Provavelmente vai tentar ajudar C.J. a fugir de alguma forma, como está dizendo. Mas e se no fundo ele souber que não vai conseguir? Esse é o ponto. E se no fundo ele souber que vão pegar nosso filho? E em vez de dizer o que ele sabe, está se permitindo seguir com isso de qualquer forma porque sente que o mundo precisa ver esse milagre acontecendo na catedral, custe o que custar?

Ele a encarou, notando a escuridão, sem se importar, se aproximando, vendo-a balançar a cabeça, sabendo que ela ainda não acreditava nele.

— Ele terá todas as peças ali — ele disse —, tudo em ordem, o helicóptero no gramado e tudo o mais. Talvez até tenha se permitido pensar que Deus vai operar outro milagre, fazendo meio milhão de pessoas ficarem cegas ou algo do tipo, quebrando todas as câmeras para que você e C.J. consigam escapar de lá inteiros. Mas no fundo, vou dizer novamente, ele é esperto demais para não se dar conta de que o plano de tirar vocês de lá provavelmente não vai funcionar. E agora você e eu temos que ser espertos também.

Ele se levantou, vendo o rosto dela sumir na escuridão. Depois se inclinou e pousou as mãos sobre as dela. Sua voz era baixa e intensa.

— Os federais já sabem que você está planejando fugir, Lynn. Pense nisso. Eles têm que saber. Eles têm que saber sobre o Canadá; você não pode simplesmente voar de um país para outro sem ter um plano de voo, permissões e outras coisas.

Subitamente ele apertou com força as mãos dela e acrescentou com um sussurro alto:

— Acho que aquele helicóptero vai ser colocado lá para ajudar a te convencer a ir *para* a catedral, Lynn. Não para te ajudar a *fugir* de lá.

Ela sentiu a mente, o coração e a respiração se acelerarem, e quis bater em Joe por fazer isso acontecer.

— Mas vamos estar em território da Igreja — ela sussurrou, se recusando a ceder. — Com um cardeal em território da Igreja.

— Lynn, estamos falando do governo americano estar perto de possuir o único poder na face da Terra mais forte que a morte. Tendo esse poder bem ao alcance das mãos. Ninguém o tem. Um poder de verdade, como ninguém nunca viu. Você diz "território da Igreja", eles dirão "defesa nacional". Aquelas coisas que eles disseram em casa aquele dia, sobre ditadores do Oriente Médio colocarem as mãos em C.J., sobre duplicar o poder, talvez, sobre manter todas as pessoas importantes vivas, sobre trazer de volta à vida exércitos inteiros e milhares ao mesmo tempo e tudo aquilo... Eles sabiam que aquilo podia valer para eles também.

— Eles nem têm certeza se C.J. pode mesmo fazer essas coisas.

— Eles não têm certeza se ele *não pode*, esse é o ponto. Mas sabem que ele talvez possa. E sabem que o cardeal, que não é bobo, já acredita que ele pode. Então imaginaram... O que eles fariam se tivessem acesso a tudo isso? Aumentar o poder de guerra de um país, para dar apenas um exemplo? Deste ou de qualquer outro país? E eles são capazes de imaginar isso, eu te digo, e estão imaginando. Um dos grandes dons que a raça humana já teve. Então você realmente acha, com tudo isso em jogo, que eles vão ligar para um cara de gorro vermelho? Acha que vão ligar se você chorar e disser: "Ah, mas é território da Igreja", como se de repente estivéssemos de volta à Idade Média?

Ela encarou o rosto sombrio de Joe. Tirou as mãos suavemente de debaixo das suas e as pousou no colo, uma segurando a outra.

— Nem eu mesmo vi isso no começo. Mas fiquei pensando, desde que o cardeal começou a ficar em cima de você na casa dele... por que ele queria tanto que C.J. fosse àquele hospital? Você não achou aquilo estranho? Eu sei que concordei, mas fiquei pensando que devia haver uma razão que ele não estava nos contando, porque toda aquela pressão nunca fez sentido de verdade. E então eu percebi, era por ele! Ele queria ver acontecer com seus próprios olhos, alguém sendo despertado! Devem ter falado para ele de Roma para manter C.J. calado até que o levassem para lá, mas dessa maneira ele poderia dizer: "Bem, eu disse a eles para não deixar acontecer", e ele te colocou em uma posição em que C.J. não poderia resistir. Ele chega lá e o garoto quebra as regras. Ele é uma criança. Você é uma mãe, tem um coração enorme. O cardeal ouviu que todos nós acreditávamos, mas queria ver com os próprios olhos, porque estava prestes a tomar a maior decisão de sua vida. Coisa grande. Coisa grande, Lynn. Ele estava pensando nisso já naquele dia, o milagre na tevê. O Vaticano talvez nem esteja sabendo disso, mas, se estiver, talvez ele fizesse mesmo que eles proibissem, porque Deus quer, e porque então ele saberia! Coisa grande. Mesmo naquele dia o plano já estava na cabeça dele. Daí eu pensei: *Meu Deus, eu devia estar cego.* Acho que eu estava pensando em todo aquele dinheiro e, como você disse, eu só pensava naquilo e fiquei cego. Mas cacete, Lynn, os federais, eles veem o que vai acontecer na catedral, o homem acordando naquele caixão, e podem colocar uma arma no bolso de alguém na multidão se acharem que é preciso. Vão levar C.J. e dizer que é para a proteção dele. Podem fazer alguns disparos e dizer que tem algum militante enlouquecido, culpar algum cristão doido ou um muçulmano radical, vão fazer o que for preciso. Vão criar uma desculpa para levar o C.J., eu garanto. Isso vai ser muito maior do que qualquer coisa que você já tenha ouvido que o governo fez, tenho certeza. E no mínimo vão colocar um piloto deles no helicóptero. Ou vão estar no helicóptero com você e, uma vez que estiverem no ar, vão levar vocês para a Base de Selfridge ou algo parecido. Você acha que eles não podem te forçar a isso? — continuou. — Acha que não vão te forçar a isso, mesmo que não tenham seu próprio piloto? Tem muitos pilotos de aluguel por aí, com mulher e filhos, que não querem perder a licença, ir para a cadeia ou tomar um tiro na cabeça; acha que não vão ameaçar o cara para o resto da vida e fazer ele levar vocês para outro lugar que não o Canadá, ou no mínimo manter vocês na catedral até verem o homem de Ohio retorcer o dedinho? E quando isso acontecer...

Ele parou. Suspirou. E disse:

— É assim que o mundo do nosso filho vai acabar, Lynn. Um homem de Ohio vai retorcer o dedinho.

O quarto estava tão escuro que Joe mal podia ver os lábios dela, separados agora, e imóveis. Ela estava ouvindo sem se mover. O olhar fixo no espaço diante de si, sem ver nada.

— O cardeal provavelmente sentirá muito quando isso acontecer, depois do milagre — disse Joe, falando mais suavemente do que antes. — Ele vai pedir a Deus que proteja vocês ou algo parecido, e vai pedir a Deus que o perdoe se ele estiver fazendo a coisa errada e tal. Mas ele não acredita realmente que está fazendo a coisa errada. Porque bilhões de almas valem o que quer que aconteça. E isso, para esse homem, é o ponto principal.

Abalada, Lynn esperou por um longo tempo em silêncio, então se forçou a ficar em pé e cambaleou até a janela, tateando pelo caminho. Ele a seguiu. O quarto agora exibia apenas silhuetas negras.

— E sabe o que é pior? — ele perguntou. — O pior é que esses bilhões de pessoas não vão de repente começar a acreditar em Deus, mesmo se virem o que C.J. faz. O cardeal acredita nisso porque quer muito ver isso acontecer dessa maneira, todos correndo para se aproximar de Deus e tudo o mais. Mas ele está errado. Toda essa gente... eles não vão acreditar em Deus. Vão acreditar em C.J. Walker.

Ela continuou olhando fixo pela janela. A multidão agora trazia lanternas e luminárias acesas. Tanta gente. Tantas câmeras e policiais e tanta loucura.

— Duas semanas atrás — ela disse, com a voz tão baixa quanto um sussurro —, C.J. estava jogando futebol no quintal. Batendo a bola na parede da garagem. Eu pedi para ele parar porque estava deixando marcas de lama na pintura. — Ela se deteve. Cinco segundos depois, prosseguiu: — Era com isso que eu me preocupava há duas semanas. Manchas de lama na garagem.

Ela ficou quieta e o silêncio se estendeu. Sem se virar, ela disse:

— Para que isso serviu, Joe? Quer dizer, de que serviu C.J. ter essa coisa, se não for para a catedral? Pelo menos quero que tenha uma boa razão para ter sido ele.

Joe se aproximou.

— Só porque é a maior coisa que qualquer um de nós já viu, não significa que não possa ter acontecido apenas por uma ou duas pessoas — ele disse. — Talvez tenha sido principalmente por C.J. ou Marion. Pode ter sido principalmente por ela. Ou por Turner, ou o filho de Cross. Como podemos saber? Talvez tenha sido na verdade pelo próprio Cross, ou por uma das mulheres com câncer no Fremont.

Ela pensou naquilo.

— Talvez seja um erro — sussurrou. — Ou talvez o erro seja eu, mesmo estando no meio de tudo isso.

Ele colocou as mãos em seus ombros e disse:

— Talvez tenha sido por você, querida. Ou por você e C.J.

Ela sorriu suavemente no escuro. Não pôde evitar. Joe estava filosofando. Mas, de alguma forma, ela podia sentir que algo mais estava acontecendo com ele além da boa conversa. De alguma forma, Joe estava tentando pensar em C.J., realmente tentando ajudar. Talvez nem estivesse pensando direito, mas tentando colocar C.J. à frente de si mesmo, e fazer com que fosse real, fazer com que C.J. fosse ainda mais importante que seu acordo com a CBS. Talvez querendo que ela também fosse mais importante que aquilo.

Ela não podia ter certeza se estava acontecendo daquele jeito mesmo, e se devia confiar que aquilo ia durar, seja lá o que fosse. Mas sentia que era real, pelo menos naquele momento, e estava grata por isso.

— Talvez tenha sido por você, Joe — ela sussurrou.

Ele tirou a mão do ombro dela. Os dois ficaram em silêncio por vários segundos, deixando o momento passar.

— Não temos muito tempo, querida — ele disse. — O que você quer que eu faça?

Outra longa pausa, e ela finalmente disse:

— Você pode me ajudar a entrar em contato com Cross novamente? Quer dizer, sem que ninguém saiba?

— Eu tenho um celular que veio dele — ele disse. — Você deve ter um também. Estou com ele aqui. O pessoal dele que configurou, então deve ser o mais confidencial possível. Mas eles estão te vigiando bem de perto para te deixarem ir com ele. Você sabe disso, não é?

— Sei — ela disse e parou por quase cinco segundos, depois repetiu, com a voz mais suave do que antes: — Eu sei.

26

O sol nasceu na manhã de quinta-feira, Lynn notou, às 5h42, o mesmo horário em que voltaria a nascer dali a vinte e quatro horas, com uma diferença de segundos. Ela estava deitada de lado da cama, um lençol leve sobre as pernas, as mãos dobradas sobre a barriga. Exatamente da maneira que faria para sinalizar, como é que o cardeal havia chamado...? O maior ato de evangelização da história do mundo moderno.

Ela se virou de costas, movendo-se lentamente. Sentiu um nó no estômago e decidiu que não tentaria comer nada aquele dia.

Um minuto passou se arrastando. Ela se virou novamente de lado.

Notou que as cortinas balançavam levemente na frente da janela aberta e pensou na leveza da brisa, em como C.J. costumava respirar levemente enquanto dormia, principalmente quando ele era apenas um bebê. Ela pensou que não havia nada no mundo mais suave como o modo que C.J. costumava respirar enquanto dormia quando era apenas um bebê.

Ela sabia que havia motores de carros murmurando na rua lá fora, motores e vozes baixas, e que a luz começava a dominar a manhã e a multidão começava a ganhar vida.

Vinte e quatro horas, exatamente.

Ela se perguntou se C.J. ainda estaria dormindo, ele e Burr juntos em seu quarto. Essa combinação foi feita como mais uma tentativa de fingir que tudo em seu mundo permanecia normal.

A cortina se ergueu mais uma vez, e ela se deu conta de que aquela seria a última vez em que ela veria aquela cortina se erguendo sobre sua cama ao nascer do sol, em sua casa na Westlane Avenue.

Hoje vai ser o dia das últimas vezes, pensou. *Vai ser o meu dia de uma última vez.*

Ela se sentiu levemente enjoada, mas sabia que não estava doente, somente nervosa. Se fosse uma doença, poderia pedir para C.J. curá-la.

Perguntou-se se ele poderia curar crises nervosas, mas achou melhor não tentar descobrir.

Ela se virou para a esquerda novamente e olhou para o relógio; eram 5h46. Agora faltavam menos de vinte e quatro horas.

* * *

Lynn desceu às 6h50 com uma camiseta da Universidade de Eastern Michigan que cobria uma parte de seu jeans e com uma expressão que demonstrava quanto estava temerosa e exausta.

Joe, que havia passado a noite ali, estava sentado em silêncio no sofá da sala de estar, com uma xícara de café frio nas mãos, olhando fixamente para a janela.

— Está bem movimentado lá fora — ele comentou.

Ela foi até a janela e espiou.

A polícia já estava a postos no jardim, reunindo mais homens na calçada em frente, diante da varanda. Meia dúzia deles andava de um lado para o outro, e outras pessoas se movimentavam além das fitas de proteção com rádios, fones de ouvido e semblantes fechados. Pessoas que não deveriam estar ali, falando baixo, trocando segredos na frente da casa e pela rua, até a esquina do lado sul.

Logo eles estariam à sua porta, ela estava certa disso: policiais e outros oficiais, agentes federais, várias pessoas da Igreja, todos se intrometendo cada vez mais daquele momento até que tudo acontecesse, vindo para fazer planos, dar ordens, reforçar a segurança, confirmar detalhes, levá-los direto para o local exato, na hora exata: Catedral do Santíssimo Sacramento, ao nascer do sol, na manhã seguinte.

Entretanto, para sua surpresa, não foi a polícia quem bateu primeiro em sua porta, às sete horas da manhã. Foi Bennington Reed.

O colaborador do cardeal estava parado na varanda como um muro, seu tamanho bloqueando a visão dos oficiais parados atrás dele. Estava sorrindo e, como sempre, impecavelmente vestido, com um rico terno marrom-claro e gravata estampada. Ele parecia tão animado quando Lynn abriu a porta que ela se tocou de que aquele homem, parado ali tão expansivo, tão arrumado e alegre, era a absoluta antítese de tudo que ela estava sentindo.

Ele sorriu e a cumprimentou:

— Bom dia, sra. Walker! Como está C.J. hoje?

Lynn abriu para espaço para que ele entrasse e começou a dizer que C.J. ainda estava dormindo, quando ele a interrompeu e lhe perguntou rapidamente:

— Ele está bem? — Então ergueu o queixo e soltou um alto: — Ha! — E disse com o próximo fôlego, antes que ela pudesse responder: — Mas como ele poderia não estar bem? Se ele estiver doente, é só dizer para si mesmo ficar bem! — Suas sobrancelhas subiram e desceram velozmente num tipo de surpresa zombeteira, e ele acrescentou: — Não estou certo? — Em seguida riu novamente e olhou em busca de aprovação para Joe, que ainda estava no sofá.

Joe olhou fixamente para Reed, mas não sorriu e não se levantou para cumprimentá-lo. Continuou sentado ali com a cabeça levemente inclinada para a direita, apenas observando, com os olhos estreitados, como se tentasse se decidir sobre algo importante.

Lynn deixou a porta aberta enquanto Reed passava por ela, com a mão ainda na maçaneta. Ela disse:

— Eu sei que é um grande dia, mas tem alguma razão específica para você estar aqui, sr. Reed? E tão cedo?

Reed pareceu não ter ouvido a pergunta e disse:

— Vão olhar para o dia de amanhã como hoje olhamos para a assinatura da Carta Magna, você se dá conta disso? Ou da Declaração de Independência. Mesmo assim parece que estou diminuindo, não é?

Lynn deixou a porta se fechar com um estalo.

Reed deu apenas um passo na direção da sala de estar, seu sorriso insistindo que Joe retribuísse. Mas Joe continuou a observá-lo. Sem sorrir, sem nenhuma palavra de boas-vindas.

— Por favor. O que podemos fazer por você? — Lynn perguntou.

Reed se virou de frente para ela lentamente, como um navio.

— Sinto muito — ele disse suavemente, com o sorriso já sumindo. — Eu sei que é cedo, mas queria acalmar sua mente a respeito da segurança, no caso de você ter qualquer preocupação nesse sentido. Fui encarregado de organizar a segurança, você sabe.

Lynn balançou a cabeça e disse:

— Não estou preocupada com isso. Tenho certeza de que será como deve ser. E agradeço por tudo que tem feito nesse sentido.

— Estamos fazendo mais que o suficiente — Reed disse. — E já está tudo certo. Foi por isso que vim, para lhe garantir isso. "Uma rede de proteção", um dos oficiais chamou assim a operação, mas acho que não está correto, e eu disse isso a ele. Porque uma rede tem buracos, eu disse, e o que colocamos em volta daquele garoto não tem.

Ele parou e começou a sorrir novamente, dessa vez aprovando a própria analogia. E então seu rosto assumiu novamente uma expressão bem mais séria. Ele deu um passo na direção de Lynn, com as costas largas voltadas para Joe, e disse num tom de voz confidencial:

— Quero que se sinta segura, sra. Walker. Só isso. Sei muito bem o que esse acontecimento significa para o mundo, e quero dar a minha palavra de que temos muita segurança envolvendo você e o seu filho, agora e daqui para frente, tanto que vocês nem vão precisar dos anjos de Deus para protegê-los.

* * *

Padre Mark chegou à onze horas da manhã. Ele mal havia passado pela porta lateral quando Lynn lhe perguntou, com uma voz discreta, se eles poderiam conversar em particular.

Ela o levou até o quintal dos fundos. Eles se sentaram próximos e falaram baixinho perto da garagem, do outro lado de onde ficava a mesa de piquenique.

— Agradeço o apoio que você nos prometeu, Mark — Lynn lhe disse. — Quero que você saiba disso, certo?

Mark assentiu, sorriu levemente e respondeu:

— Mas não fui capaz de fazer muito, não é? — E acrescentou: — Você sabe que estou surpreso por você ter concordado com tudo isso, não sabe? Do jeito como você encarava as coisas... simplesmente me pegou desprevenido.

Ela encarou o gramado, e então olhou novamente na direção da casa.

— Como dizem, pareceu uma boa ideia naquele momento.

Mark a analisou, observando seu olhar, principalmente.

— E como parece agora, Lynn? — perguntou em voz baixa. — O que está acontecendo agora, hoje?

Ela olhou ao redor mais uma vez, primeiro para a esquerda, depois para a direita, e então se colocou de lado, de costas para a casa. Esticou o braço, fechando o espaço entre eles. As pontas de seus dedos tocaram o braço do padre, pouco acima do pulso. E então ela falou:

— Você disse que ficaria do nosso lado não importa o que decidíssemos fazer.

Ele respirou fundo. Assentiu. E então perguntou mais uma vez, com a voz mais baixa e mais urgente que antes:

— O que está acontecendo, Lynn?

— Não importa o que decidirmos fazer — ela disse. Mordeu o lábio inferior, pensativa, e em seguida finalizou: — É só isso, Mark. Sinto muito.

* * *

Joe, mais que os outros, estava interessado em assistir pela tevê ao desenvolvimento do que acontecia na catedral conforme o dia se arrastava. Ele assistiu à tevê antes e depois de John Ball, o chefe da polícia de Royal Oak, chegar e sair com meia dúzia de oficiais para reiterar o que o cardeal lhes dissera a respeito do combinado e da chegada, às 4h35, da escolta de máxima segurança que os levaria até a catedral. Ele assistia à tevê enquanto os outros petiscavam, bebericavam ou se reuniam em conversas à meia-voz nos cantos distantes da casa, Lynn e Nancy principalmente, as duas agindo como se quisessem recuperar o tempo que viriam a perder. Ele assistia à tevê enquanto a polícia ia e vinha com suas questões, cuidados, instruções e com rádios que estalavam com estática e vozes distantes. Ele assistiu à tevê durante toda a tarde e o começo da noite. Assistia com o controle remoto na mão, trocando de um canal para o outro.

Foi Ruth Cosgrove quem chamou sua atenção, a portadora original do segredo de C.J. Walker, com seus cabelos loiros presos para trás, firmes e lisos, sua expressão sóbria, animada e corada de segredos e satisfações ao mesmo tempo. Ela estava na catedral, vestida com um terninho vermelho-escuro que a fazia se destacar como uma tocha contra as pedras cinzentas das paredes da igreja.

— A Catedral do Santíssimo Sacramento de Detroit é uma estrutura magnífica — ela garantiu aos espectadores. Era uma mulher que claramente gostava de seu ofício, uma repórter cobrindo não apenas a maior história de sua vida, mas uma reportagem que ela havia descoberto e amava continuar noticiando, especialmente agora que planava rumo a um território profundo e desconhecido. — Uma casa de oração com capacidade para mil e trezentas pessoas, concluída em 1939, principal igreja da Arquidiocese Católica Romana de Detroit.

A câmera que a cobria começou a virar, seguindo sua liderança. A mão direita segurava o microfone próximo, a esquerda apontava as linhas da estrutura e a congregação que já se reunia. Ela a estendeu, como uma versão feminina de Jesus acalmando as águas revoltas.

— Estas grandes torres de arcos góticos pairam acima de quarenta e duas fileiras de bancos de mogno ricamente esculpidos, tudo sob estes extraordinários vitrais de cinco metros, vinte e quatro deles, vitrais que, em menos de doze horas, se iluminarão ao sol nascente da manhã de uma nova sexta-feira para brilhar as coloridas representações de Jesus, Maria e da mão de Deus, bem aqui e por toda a extensão, com suas nuvens, seus anjos e seus muitos santos!

Close-up. Sua voz subitamente sumiu, e ela se virou mais uma vez, de modo bem dramático, dessa vez com um generoso gesto da mão livre, a câmera ainda seguindo sua direção.

— E bem ali — ela disse —, daqui a poucas horas, conforme nos foi informado, entre três e três e meia da manhã, a apenas três metros do altar de mármore, no espaço entre aquelas duas velas altas, os restos embalsamados do popular senador republicano de Ohio, Paul Thessler, serão colocados à espera do jovem C.J. Walker.

Pausa. A câmera se manteve, e então lentamente se fechou em um close-up do espaço entre as velas.

Joe se inclinou para frente, hipnotizado. A amiga de Lynn, Nancy Gould, estava atrás dele, na porta da cozinha. Ela sussurrou:

— Que Deus nos ajude.

Outro close-up em Ruth, sua voz ainda sussurrada:

— A família do senador chegará aqui na mesma hora, é claro: sua esposa há trinta e sete anos, Eleanor; as filhas, Katlin, de vinte e quatro, e Caroline, de vinte e dois; e o filho Brian Paul, estudante do segundo ano na Universidade Estadual de Ohio.

A câmera desviou de Ruth e fez uma longa volta, mostrando os bancos frontais vazios. Exibiu uma placa pequena e branca, em que se lia "Reservado" na beira de um dos acentos, virada para frente. Parou e mostrou com detalhe a placa, então voltou a girar. Ruth entrou em cena e apontou a placa.

— Eles vão assistir daqui — ela disse —, deste banco na frente, enquanto Christopher Joseph Walker, de nove anos de idade, tenta fazer o impossível e trazer esse marido e pai de volta para casa, são e salvo.

Joe se levantou, ainda olhando fixo para a tela. Visualizou a família, visualizou-os olhando para o corpo no espaço entre as velas, visualizou-os olhando para o homem morto, imaginando, esperando.

A câmera passou pelos bancos e foi para os agrupamentos de câmeras ao longo do lado norte da catedral. Depois se moveu para o balcão. Mais câmeras. Câmeras, microfones e outros repórteres já murmurando para ouvintes e telespectadores de todo o mundo.

— Este lugar de solene louvor — Ruth continuou — foi transformado, como podem ver, em um teatro movimentado pelas tecnologias da comunicação.

Joe tentou avistar a CNN, mas não conseguiu. Não importava.

— Redes públicas. Via cabo. Serviços de comunicação particulares. E lá em cima, no balcão, todos eles: as redes internacionais. Vocês podem ver que algumas emissoras já estão transmitindo, muitas delas para lugares onde já está amanhecendo.

A câmera desceu novamente, agora até o outro lado da igreja.

Mais câmeras. Mais pessoas ocupadas com cabos e microfones. E outras pessoas também: homens de uniforme e homens de terno, observando cuidadosamente, alguns com aparelhos de comunicação, falando em fones, outros em rádios.

— Podemos ver a polícia e outros oficiais — Ruth disse. — A segurança é extraordinária, não só aqui, mas lá fora, que mostraremos daqui a alguns minutos. Polícia estadual. Polícia de Detroit. Patrulheiros do xerife de Wayne County, todos nas ruas. E esses homens que vemos em roupas civis? Muitos deles são oficiais federais: agentes federais e agentes especiais do FBI, entre outros. Novamente, uma presença extraordinária para um evento extraordinário.

A câmera estava de volta em Ruth, que confirmou sua nova direção, dizendo:

— Vamos levá-los para fora agora. O sol ainda não se pôs completamente, e ainda podemos ver a multidão. É simplesmente estarrecedor.

Joe se sentou novamente. Ele olhava fixo para o terninho dela, se lembrando das aulas de religião em sua escola católica, como roupas vermelhas na Igreja sempre tinham um significado especial. Eles usavam vermelho pelo sangue dos mártires.

* * *

Lynn estava em seu lugar favorito no mundo: a cama de C.J., apenas com a luz noturna e com seu filho deitado confortavelmente a seu lado, sob a luz fraca e a calma abençoada.

Ela havia fechado os olhos e, muito cuidadosamente, tentava apreciar o que poderia ser a última sensação de paz e quietude que aproveitaria em um longo tempo.

Ela tentou mais uma vez perguntar a Deus se um dom tão inimaginável quanto o de C.J. podia ser devolvido, mas desistiu. Já havia perguntado diversas vezes, então de que adiantava? A pressão do que estava prestes a tentar fazer começou a pesar novamente, como se quisesse roubar seu fôlego, e ela inalou profundamente e conteve o ar por alguns segundos antes de soltar.

C.J. ainda estava acordado. Ele olhou para ela e sussurrou:

— Você está bem, mãe?

— Estou, querido. E você?

— Acho que sim. Você vai ficar comigo amanhã o dia todo, certo?

— Absolutamente positivo, com certeza — ela disse. — E não apenas amanhã. Absolutamente positivo, querido.

Ela pegou a mão dele. Ele se aconchegou nela, estremeceu levemente algumas vezes e adormeceu logo.

Lynn ficou com ele. Seu lugar favorito.

Em seguida se pegou pensando sobre todas as coisas que eles deixariam para trás em Royal Oak, coisas que ela achava que nunca mais veria novamente. Pensou nas coisas de bebê ainda em caixas no quarto dos fundos, onde ela guardava suas antiguidades. Pensou nas manchas de lama na garagem e nos piqueniques com seu filho de seis meses sobre um cobertor verde no quintal, nos verões que se foram. Mas também se deu conta de que, de tudo o que sentiria falta, não havia muito que ela gostaria de levar consigo. As únicas coisas realmente importantes eram as fotos e os vídeos na prateleira do armário em seu quarto. Tudo o mais poderia ser facilmente substituído, mas não as imagens das melhores partes de sua vida.

E então ela pensou no dia que a aguardava. À espreita e esperando por ela, ela se pegou imaginando o dia que estava por vir. À espreita na catedral, esperando por ela. Com isso, a pressão dos planos do dia seguinte começou a lhe parecer tangível novamente, espantando as boas lembranças e roubando seu fôlego.

C.J. estremeceu e apertou sua mão durante o sono.

Ela o puxou para perto.

* * *

Por volta da meia-noite, na catedral, seis agentes federais já haviam tomado suas posições em três times. Eles cobririam a porta principal e as laterais da igreja, incluindo a porta que levava para fora da sacristia até o gramado sul. Todos estavam armados. Todos possuíam um rádio e um fone de ouvido. Todos entendiam a natureza crítica daquela missão.

Não poderia haver erros.

Lá dentro, as polícias estadual e local observavam nervosamente a multidão que ainda entrava para preencher os três corredores e se acotovelava pelos bancos escuros que já se enchiam de conversas em voz baixa. A pesada presença federal deixou os veteranos da força policial ainda mais apreensivos do que ficariam em outras ocasiões.

Às duas da manhã, no centro do santuário, a três metros do altar principal, a luz suave das velas já brilhava de dois altos e dourados castiçais, enquanto as luzes bruscas das câmeras de televisão se enfileiravam nas paredes externas, onde eram testadas.

Às três, o caixão contendo o corpo do senador de Ohio foi colocado perto do altar. Seus familiares, assustados e desesperadamente inseguros, e algumas figuras políticas locais e federais pairavam por perto, tentando ao máximo mostrar apoio uns aos outros naquele momento excruciantemente tenso de suas vidas.

Tudo o que podiam fazer agora era esperar.

Atrás do caixão, no lado norte do santuário, um discreto coral de sete membros já se reunia enquanto os músicos se preparavam e começavam a tocar suavemente "Sleepers Awake", de Bach.

Às quatro horas da manhã, outros convidados de honra foram colocados em segurança em seus assentos reservados, incluindo a sra. Welz e a sra. Koyievski, ainda saudáveis depois de ter sido curadas de seu câncer no Hospital Fremont, além de alguns paroquianos selecionados da Igreja de St. Veronica e funcionários da escola. Atrás deles, uma multidão insistente de centenas de pessoas, muitas delas tremendo com uma ansiedade quase palpável, forçava-se pela porta agora aberta e se apressava, algumas correndo para encontrar lugares de onde pudessem ver melhor o caixão.

Algo extraordinário estava prestes a acontecer, eles estavam certos disso. Estava no ar. Algo muito além de tudo o que imaginavam possível.

Fora do edifício, a multidão já passava e muito das centenas. Elas se espremiam na direção das entradas de todos os lados da igreja, invadindo as ruas e agora os estacionamentos e gramados próximos. Alguns poucos hinos podiam ser ouvidos ao mesmo tempo em meio à multidão. Dezenas de pessoas que alegavam conhecer bem Deus subiam em caixas e pregavam em voz alta para os grupos próximos, dois deles com megafones. Policiais com alto-falantes lembravam à multidão de três em três minutos que respeitasse o cordão de isolamento. Sirenes soavam intermitentemente, e refletores iluminavam os diversos grupos, no intuito de manter a ordem, quando não a calma, e deixar livres as duas pistas na Woodward Avenue, que iam da catedral até a Davison Expressway, para o garoto que ia mudar a vida de todos para sempre.

Perto das portas da catedral, tanto na frente quanto na lateral sul da igreja, grupos com transmissores móveis, operadores de câmera e paparazzi brigavam sem parar pelos melhores lugares. Havia luzes e microfones por toda parte. De madrugada, os repórteres entrevistaram pessoas que haviam vindo presenciar um pedaço da história e da eternidade naquela extraordinária manhã em Detroit. No alto, dois dirigíveis comerciais, contratados para pairar a quatrocentos metros da catedral, exibiam tudo para o mundo, de um ponto de vista que um de seus anunciantes sugeriu ser "apenas um pouco mais perto do céu".

No escuro gramado sul da catedral, naquele que seria o único ponto sem nenhum movimento, cinco agentes federais se aproximaram do helicóptero da arquidiocese, que jazia em silêncio, como um grande inseto, o pesado corpo negro com marcas brancas, as longas asas levemente inclinadas e imóveis, à espera.

Eles abriram com brutalidade as portas da aeronave. Identificações foram mostradas. Algumas palavras trocadas, baixas mas firmes. O piloto foi retirado e afastado. Ele reclamou, mas sem muito alarde. Dois seguranças particulares, contratados para coibir ações de vândalos, mas não de agentes federais do governo, se apressaram em entrar para avisar ao reitor da catedral, ou pelo menos a um dos vigias, o que estava acontecendo.

Nesse meio-tempo, um novo piloto tomou seu lugar silenciosamente na cabine do helicóptero. Um segundo agente federal se sentou no banco atrás do piloto.

As portas foram fechadas.

Trinta segundos depois, o grande inseto repousava novamente na única área deserta que circundava a grande catedral.

27

Lynn e C.J. se despediram de Nancy e Burr no segundo andar, no quarto de Lynn — as mulheres com um abraço e lágrimas, os meninos com um aperto de mãos e alguns socos no braço. Quando desceram, prontos para sair para a catedral, cada um carregava apenas uma mala, a de C.J. repleta de música, jogos eletrônicos e roupas, e a de Lynn contendo algumas roupas, objetos de uso pessoal e não muito mais. A despedida deles estava praticamente encerrada.

O Chrysler sedã preto da arquidiocese que apareceu para pegá-los teve de parar na porta lateral. O policial à paisana que conduziria Lynn e C.J. à catedral levou a bagagem até o porta-malas.

Formaram-se cordões de isolamento para protegê-los enquanto eles saíam solenemente da privacidade da casa para o veículo. Uma multidão maior do que qualquer um esperava, formada por pessoas que queriam ver o Garoto Lázaro, mas não queriam competir por espaço com os milhares que já estavam na frente da catedral, se pressionava contra a frágil fita de contenção e chamava C.J. com gritos altos e apelos cadenciados.

Velas foram acesas e erguidas em todos os lugares.

A multidão rosnava enquanto Joe, Lynn e C.J. cruzavam apressadamente os poucos metros que separavam a porta lateral de sua casa e o assento traseiro do carro que os aguardava. C.J. tinha o boné vermelho do Red Wings enterrado na cabeça, quase tampando os olhos, para se esconder. O braço de Lynn envolvia com força o ombro do filho.

Joe fechou a porta atrás de si e espiou pela janela do carro. Com o rosto tenso, observou a multidão e as velas tremeluzindo na brisa. Ouviu a canção que começava a aumentar e a se espalhar, substituindo os gritos por uma prece. Era "Amazing Grace".

O cardeal e padre Mark estavam no sedã bem atrás. Padre Mark deu ao cardeal bastante espaço no banco traseiro ao resolver ir no banco da frente.

Monsenhor Tennett e Bennington Reed ficaram na catedral durante a noite toda, para se certificar de que tudo estaria pronto.

Os policiais de Royal Oak, designados para acompanhar os veículos enquanto estes saíam da casa, se colocaram em suas posições e em seus veículos. Dois ficaram na porta lateral da casa, três na saída da garagem e seis em frente à casa, suas lanternas se movendo da direita para a esquerda como espadas de laser.

Curry ligou o motor do carro. Capitão Shuler estava em silêncio ao lado dele. O veículo já estava posicionado na frente da casa, pronto para seguir logo atrás do carro dos Walker.

As duas viaturas de polícia que os liderariam pararam vinte metros mais à frente na rua, dando espaço para os dois Chrysler saírem da casa.

— *The Lord has promised good to me...* — cantou a multidão, com as velas erguidas, enquanto os veículos davam ré na saída da garagem. Os policiais focaram suas lanternas na traseira do Lincoln, iluminando Joe, Lynn e o boné de C.J., que era tudo que conseguiam ver.

A multidão se apertou, na tentativa de dar uma última olhada, e muitos se ajoelharam.

Enquanto o carro dava ré, Lynn subitamente se inclinou para frente e gritou:

— Espere!

O policial pisou no freio e se virou para olhá-la, assustado.

Ela já estava se inclinando por sobre o colo de C.J., alcançando a porta do lado de Joe.

— Abra a porta! — disse, séria, e então se voltou para o motorista. — Peça que esperem só um minuto. Diga que sinto muito, mas eu esqueci de pegar meus álbuns de foto e meus vídeos, e não vou sem eles.

Joe disse:

— Pelo amor de Deus, Lynn! — Mas abriu a porta e saiu do carro ao mesmo tempo.

Os dois policiais parados na lateral da casa correram até Joe, alarmados. Três outros vieram correndo pela entrada da garagem.

O motorista falava ao rádio, com a voz nítida e firme:

— Requisito pessoal nos fundos da casa. Temos um atraso de rotina, repito, atraso de rotina. A mãe está voltando para pegar algo. Novamente: questão de rotina.

Joe correu para destrancar e abrir a porta lateral, a mão livre erguida, pedindo calma. Ele gritou para os policiais que se aproximavam:

— Só um minuto! Só vamos pegar uma coisa. — E se lançou para dentro da casa.

O boné vermelho de C.J. brilhava como uma chama sob os fachos de luz das lanternas dos policiais enquanto ele se apressava em seguir seu pai e sua mãe de volta para dentro da casa, com os dois oficiais originalmente posicionados na porta em seu encalço.

O grupo de observadores se forçou para frente, assustado com o que podia estar errado. Alguns começaram a perguntar aos gritos o que estava acontecendo, então berraram uns para os outros, se fazendo a mesma pergunta, em seguida gritando que algo de ruim estava acontecendo com C.J., enquanto suas velas eram largadas no chão e a fita amarela de contenção se esticava e se rompia diante deles.

Curry saiu do carro e atravessou a rua correndo na direção da calçada e do gramado, gritando para os curiosos se afastarem e agitando os braços. Mas seus gritos e seus gestos agressivos apenas aumentaram o pânico, e sua voz foi sobrepujada por uma nova onde de gritos da multidão.

Subitamente, um homem e uma mulher enormes irromperam na frente do agente federal. Eles seguiam na direção da casa, apenas dois metros adiante de Curry. Gritavam pedindo para C.J. sair, dizendo:

— Por favor, só nos deixe tocar em você!

Curry segurou o ombro do homem, exigindo que ele parasse, mas o homem subitamente girou e agarrou o agente pelo braço com uma mão forte, virando-o de costas e implorando:

— Por favor! Por favor!

A esposa do homem também gritava, seguida por um pequeno grupo de pessoas que correu na frente da multidão.

O capitão Shuler e quatro policiais de Royal Oak caíram em cima do homem que segurava Curry. Três deles sacaram suas armas, um lhe dando voz de prisão, em seguida citando seus direitos aos gritos.

Mas a esposa do homem não havia sido contida. Ela saltou em cima do capitão Shuler, golpeando-o com os punhos na lateral da cabeça e soltando gritos curtos e furiosos a respeito da brutalidade da polícia.

O pânico dominou a maioria dos espectadores. Alguns berravam para a polícia parar. Uma pequena minoria alertava para o fato de armas terem sido sacadas.

— Meu Deus! Vão atirar em nós!

Poucos foram adiante para ajudar seus amigos, gritando a plenos pulmões.

Os dois policiais que haviam entrado na casa atrás dos Walker já estavam prestes a subir as escadas atrás de Lynn e C.J., com as armas em punho em reação à gritaria lá fora, quando Joe apareceu na frente deles e ergueu a mão para fazê-los parar. Ele esticou o braço, passando pela arma de um dos policiais, e pressionou a mão contra o peito do homem. Seu tom era tenso, mas forçadamente calmo, e seu rosto exibia um sorriso intencional.

— Dê um tempo para eles, por favor — ele disse. — Já vão descer. — E em seguida: — Por favor! A última coisa que queremos é criar pânico aqui.

Os policiais hesitaram. Eram jovens e inseguros, designados para manter a ordem e nada mais.

Lynn gritou do alto da escada:

— Já pegamos! Estamos indo!

Seus passos soaram apressados enquanto eles desciam as escadas.

Lá fora, o homem que atacara Curry estava de cara na grama, sendo algemado. Sua esposa estava de joelhos atrás dele, sendo contida por dois policiais que também a algemavam, quando outras três mulheres de repente atravessaram o cordão policial e marcharam na direção dos oficiais mais próximos da casa. Pararam sem encostar neles, mas gritando:

— Deixem os dois em paz!

— Parem com isso!

— O que estão fazendo?

Os policiais que faziam a guarda da rua ainda estavam no gramado, contendo as pessoas, algumas ameaçando com gritos e lanternas erguidas.

Joe se afastou da escadaria para lhes dar espaço e levou os policiais de volta para a cozinha. Eles hesitaram por um segundo e então passaram por Joe, para garantir a segurança da mãe e do garoto.

Lynn e C.J. já estavam entrando no carro novamente quando os dois policiais saíram pela porta. Joe, logo atrás deles, bateu a porta lateral e os seguiu até o carro, falando calmamente enquanto entrava:

— Está tuuuudo bem! Ela já pegou o que precisava. Desculpe por isso, mas muito obrigado. — E então, com a voz mais baixa, se dirigiu ao motorista: — Vamos dar o fora daqui! Vamos! Mexa-se!

Curry havia se afastado do grupo que já se acalmava no gramado, bem a tempo de ver Joe e os outros entrarem rapidamente no Chrysler e os dois policiais no controle fecharem a porta do sedã e voltarem a seus lugares na frente, prontos para partir. O motor acelerou. Outras duas mulheres subitamente correram para tentar alcançar a lateral do veículo. Os policiais se adiantaram em contê-las enquanto Curry corria, gritando:

— Vamos lá, oficiais! Para a estrada!

Ele se aproximou da lateral do Chrysler enquanto o carro dava ré na direção da rua e, por um rápido momento, correu ao lado dele com a mão na porta, tentando espiar lá dentro, tentando se certificar, nos poucos segundos disponíveis, se a sacola que eles viraram e esvaziavam no colo realmente continha álbuns de foto e vídeos caseiros.

Continha.

Ele se afastou do sedã e correu para se juntar a seu parceiro, que já voltara para trás do volante e ligara o motor.

— O cara sujou todo o meu terno de terra — ele reclamou enquanto saltava para dentro do veículo e batia a porta atrás de si. — Sorte que ele não acabou baleado.

O capitão Shuler sorriu.

Sirenes soaram sob as luzes azuis e vermelhas piscantes, e eles partiram.

Curry se colocou num profundo e determinado silêncio. Em apenas quinze minutos, ele pensou, todos chegariam à catedral, onde outra multidão muito maior e o corpo de um senador americano de Findlay, Ohio, estariam esperando por eles.

— De agora em diante — ele resmungou, mais para si mesmo que para o parceiro — é melhor que os mocinhos saibam bem o que estão fazendo.

* * *

Às 5h06, trinta e seis minutos antes do nascer do sol, a comitiva entrou na Woodward Avenue, em Detroit, e começou a percorrer uma ravina de observadores em direção ao sul e à grande, cinzenta e já visível torre da Catedral do Santíssimo Sacramento.

Aplausos irromperam em meio à multidão, a maior que a área da catedral já testemunhara. Ouviram-se gritos, cumprimentos e súplicas. Flashes de câmeras particulares espocavam. Refletores convergiam para eles. Câmeras viraram para novas posições. Repórteres e fotógrafos tentavam avançar.

A polícia liderou o caminho até a entrada norte da catedral e parou ao lado. Os dois sedãs estacionaram. Enquanto as portas do primeiro se abriam, o nome de C.J. irrompeu da multidão como uma onda, todos querendo vê-lo através da neblina da manhã, até mesmo os policiais que mantinham o cordão de isolamento.

Mas o olhar foi breve. Cinco segundos foi tudo que levou para Joe, que seguia na frente, subisse correndo os sete degraus de concreto até a grossa porta de madeira da catedral. O cardeal e os outros saltaram do segundo veículo e os seguiram o mais rápido que podiam.

A longa e ansiosa fila de recepção, que se iniciava bem ao lado da porta, serpenteava por quase vinte metros no corredor lateral do santuário. Em grande parte pela força do aval do próprio cardeal ao evento, a fila incluía o núncio adjunto da Nunciatura Católica Apostólica Romana; o embaixador da Igreja em Washington, D.C.; quatro bispos auxiliares católicos da arquidiocese de Detroit; o prefeito da cidade; cinco membros da Câmara dos Vereadores; representantes do gabinete do governador, assim como do Senado e da Câmara de Michigan, em Lansing; além de representantes-chave estaduais da Federação Judia, do Conselho Islâmico, do Conselho Nacional de Igrejas, da Comissão da Assembleia Pentecostal da área triestadual e uma longa lista de outros líderes espirituais, políticos, empresariais e comunitários do estado e de fora dele.

Os aplausos da multidão lá fora parecia atravessar as paredes e, em questão de segundos, as pessoas que se apertavam dentro do edifício já estavam de pé, aplaudindo. E então, subitamente, como se fossem uma única mente, todos se deram conta do corpo que jazia ali, do local e do momento sagrado onde estavam, e mergulharam em silêncio novamente, deixando que as pessoas se empurrassem caladas para conseguir uma visão melhor, enquanto o coro começava a cantar baixinho:

— *Amazing grace, how sweet the sound...*

As luzes das câmeras inundaram a área da recepção ao mesmo tempo em que as vozes baixas dos apresentadores se erguiam no fundo. E então ouviu-se pela primeira vez a pergunta, feita bem atrás da fila de entrada, bem perto da porta lateral, numa voz pouco mais alta que um sussurro:

— Mas onde está C.J. Walker?

Joe se virou para o cardeal, que rapidamente se colocou atrás dele, e falou depressa, apresentando o homem à melhor amiga de Lynn, Nancy Gould, que estava bem-vestida, arrumada e muito parecida com Lynn em seu tailleur azul-escuro, idêntico ao que Lynn estava usando na casa. Em seguida, ele apresentou o melhor amigo de C.J., Brendan, cujo apelido era Burr, e que estava vestido com um terno azul-escuro e uma gravata vermelha, segurando um boné vermelho do Detroit Red Wings na mão esquerda — um garoto que não só parecia aterrorizado como, conforme o cardeal e aqueles próximos a ele se davam conta, se parecia muito com C.J. Walker.

Uma voz atrás de Joe se dirigiu a todos eles em tom de exigência:

— Mas onde está C.J. Walker?

Os rádios da polícia e dos agentes ganharam vida.

O cardeal parecia confuso e subitamente muito assustado.

Bennington Reed foi o primeiro a gritar:

— Mas onde está o garoto, Christopher Walker? — Havia um claro pânico em sua voz.

Os seguranças pessoais correram para fechar as portas. A polícia lá fora correu até os sedãs estacionados.

Nancy e Burr se afastaram. Padre Mark se dirigiu à multidão para oferecer pelo menos um pouco de apoio e proteção.

Olhares constrangidos. Os observadores forçavam passagem. A pergunta foi feita repetidas vezes, num tom cada vez mais alto, agora se movendo como uma corrente através da congregação, que já havia passado da perplexidade para o alarme.

Nancy e Burr se espremiam no corredor ao lado de padre Mark, na direção dos bancos cheios de paroquianos da Igreja de St. Veronica, que se moveram para deixá-los entrar.

Alguém segurou Joe pelo braço. Era o cardeal. Parecia que estava em estado de choque.

Tanta coisa em risco. Santo Deus! Que caos.

Joe puxou o braço com força, sem falar nada, e se dirigiu o mais rápido que pôde, tentando abrir caminho pela multidão, aos dois degraus no centro do santuário e ao microfone no pódio que havia sido preparado para o bispo auxiliar Thompson, que ia introduzir as preces solenes que precederiam o evento da ressuscitação. Ele agarrou o microfone e gritou:

— Tenho um anúncio a fazer! — Mas o aparelho ainda não estava ligado.

Ele o virou e procurou os botões que o ligavam. Desejou que seu coração não estivesse batendo tão forte, então gritou novamente, dessa vez numa voz amplificada que foi transmitida para o mundo todo:

— Tenho um anúncio a fazer!

O cardeal Schaenner deu três passos incertos na direção da cadeira de encosto alto e estofado vermelho que havia sido reservada para ele no santuário, e então parou. Esticou o braço, segurou o do monsenhor Tennett e se apoiou. Olhava fixamente para Joe, atordoado e aterrorizado pelo impensável desastre que se desdobrava como o apocalipse diante de seus olhos.

Dos bancos, repetidamente, e agora vindo da família horrorizada do morto, ouvia-se:

— Mas onde está C.J. Walker?

Com a voz trêmula, Joe enfiou a mão no bolso de trás e tirou uma carta, enquanto dizia:

— Por favor, peço a atenção de todos! Tenho uma carta para ler!

Bennington Reed se moveu até o corredor central, seus olhos faiscando de choque e de raiva, sabendo exatamente o que havia acontecido e certo de que sabia como, certo de que aquela troca traiçoeira estava toda ligada ao criminoso sr. Anthony Cross — todas aquelas pessoas no gramado gritando e causando confusão, e os ternos azuis novos entregues a Lynn e C.J. sendo duplicados na mesma entrega para a tal Gould e seu execrável filho, tão parecidos com Lynn e C.J., com seus cortes de cabelo diferentes agora, e o cabelo da mulher tingido de uma cor mais clara para aumentar a incrível semelhança com Lynn. Ele não só estava certo da traição como tinha certeza de que tanto padre Cleary, um sacerdote, pelo amor de Deus, como o próprio pai de C.J. estavam por trás daquilo. E, na verdade, também estava convencido de que provavelmente Joe orquestrara tudo aquilo — Joe Walker, com sua mente sorrateira, trabalhando para lucrar com a situação, agora deixando que um criminoso roubasse a criança mais importante do mundo em dois mil anos.

Subitamente ele se sentiu inundado pelo sacrilégio de tudo aquilo, pelo ultraje que testemunhava, pela destruição do pacto sagrado, pela profundeza e pela escuridão da perda que seria anunciada naquele lugar sagrado para toda a humanidade, por aquela cobra traiçoeira disfarçada de pai.

Seus olhos cintilaram e ele se esforçou para conter a respiração, para evitar que começasse a gritar.

Joe segurava a carta aberta na mão esquerda e começou a ler o mais alto que pôde:

— Esta é uma carta da mãe de C.J., sra. Lynn Walker. Ela diz: *Quero expressar meu mais profundo pesar e compaixão pela família do senador Thessler, e oferecer minhas mais sentidas desculpas não apenas a eles, mas ao cardeal Schaenner, a quem respeito muito, e a todos que estão assistindo e esperando no mundo inteiro.*

Ele ergueu o olhar rápida e nervosamente. O cardeal Schaenner. Reed. Padre Mark. A polícia. Todos os padres. Todos os dignitários. Todas as pessoas. Todos boquiabertos, sem conseguir acreditar. Mas não por muito tempo, ele sabia disso.

— *Não haverá outra ressurreição envolvendo meu filho, C.J. Walker* — ele leu, e desejou que sua voz não estivesse trêmula. — *C.J. e eu agradecemos a Deus pelo dom dado à nossa amiga Marion Klein, ao sr. Galvin Turner, a Anthony Cross Jr., à sra. Welz e à sra. Koyievski. Mas acreditamos que dons verdadeiros são dados sem exigências. Nós acreditamos nisso porque acreditamos na bondade de quem nos ofereceu o dom, de quem me deu a responsabilidade primordial de amar C.J. e protegê-lo de ser usado ou manipulado, da maneira que me for possível. Acredito de todo o coração que é isso que estou fazendo neste momento. Acredito que não tenho escolha a não ser fazer isso deste modo, e que nenhum outro caminho é possível para mim. Estou tentando, da melhor forma que conheço, proteger* meu filho do que outras pessoas o obrigarão a fazer e o obrigarão a se tornar, simplesmente em prol de seus próprios interesses e de seus próprios pontos de vista, por mais bem-intencionadas que possam ser. Com isso em mente, C.J. e eu partimos. E não vamos voltar. E, se Deus estiver disposto a nos deixar partir em segurança e viver sem interferências, anonimamente, em algum outro lugar, pedimos que todos que estão ouvindo esta carta se disponham a fazer o mesmo.

Joe fez uma pausa, então leu as últimas palavras de Lynn:

— Pedimos que Deus abençoe todos vocês. E pedimos a vocês, se possível, que rezem por nós, como rezaremos por vocês. — Ele ergueu o olhar, trouxe o microfone para mais perto dos lábios e disse: — Esta carta é assinada pelos dois: sra. Lynn Walker e Christopher Walker.

Em seguida baixou a carta e o microfone.

Ele sabia que o silêncio que ainda dominava a estupefata congregação se estilhaçaria em questão de segundos, e sabia que isso seria terrível. Buscou outro lugar para onde olhar, algum lugar que não o fizesse encarar diretamente todos aqueles olhos. Ele notou os santos e os anjos nos vitrais acima dele, notou que já começavam a brilhar, e se deu conta de que o dia amanhecia, e que Lynn, C.J., Cross e seus amigos haviam ganhado tempo suficiente para escapar em segurança, e ficou feliz. Mais que feliz, ficou orgulhoso por estar em pé, altivo, diante de tamanho choque e ultraje. Ele havia feito algo realmente heroico. Havia defendido seu filho e Lynn como um campeão, e sabia disso.

E também sabia qual seria o preço a pagar pela liberdade deles. Mas não sabia de tudo.

Conforme baixava o olhar, ele ouviu a multidão murmurando como uma única coisa viva, então viu a mão de Reed levantando e apontando para ele. Havia algo nela. Que diabos? Ele congelou, prendeu a respiração e viu Reed gritar seu nome, não "Joe", mas "sr. Walker!". E então a mão de Reed deu um, dois, três coices rápidos.

A primeira bala estilhaçou a costela de Joe e atravessou seu pulmão direito, bem ao lado do esterno, fazendo seus braços voarem e lançarem o microfone para o chão diante dele. A segunda arrancou a ponta do queixo de Joe e lançou sua cabeça com força para trás, pouco antes de seu corpo atingir o chão de mármore, a cinco metros do corpo ainda morto do senador Paul Thessler, de Findlay, Ohio.

Gritos. Gritos aterrorizados e ecos dos gritos, mas ninguém se moveu.

Reed largou a arma e se lançou para frente, os braços retos para cima, como se quisesse se render, sua voz gritando que ele não estava armado, enquanto policiais e agentes federais se lançavam sobre ele vindos dos corredores laterais. Ele se aproximou do corpo de Joe e viu seu rosto, incapaz de evitá-lo, e de repente chorou enquanto via o sangue já empoçando sob o maxilar de Joe, as pequenas gotas espalhadas no rosto de sua vítima, o sangue sujando seu cabelo negro como uma espécie de pólvora vermelha mortal, e viu seus olhos, os olhos de Joe, ainda abertos e olhando para ele, incrédulo.

Reed engasgou com força e se abaixou, pegando o microfone do chão no momento em que os oficiais e observadores caíam em cima dele, todos de uma vez. Mas ele era poderoso, e agora estava enlouquecido. Ele se agachou, tentando se proteger, de costas para a congregação, se recusando a cair e se recusando a ser levantado, protegendo o microfone e em seguida começando a gritar nele:

— Não há assassinato se ninguém morreu! Não há assassinato se ninguém teve a intenção de matar!

A congregação gritava e irrompia pelos corredores, alguns fugindo do horror, outros correndo em sua direção, querendo ajudar. A esposa do senador e suas filhas estavam no primeiro banco, em pé com o rosto coberto, emitindo sons, mas não palavras.

Nove homens tentavam levantar Reed. Um deles tentou dar uma chave de braço nele, mas não conseguiu erguê-lo. Os gritos de Reed se tornaram berros no microfone ainda ligado:

— Vocês não percebem? Christopher Walker não virá para trazer de volta o senador de Ohio! Vocês não entendem? Ele não ama o senador de Ohio! Mas ele *virá* trazer de volta seu próprio pai!

Houve uma súbita quebra na intensidade da situação, e os homens pararam de tentar lutar com ele. Um instante de incerteza, alguma coisa instintiva que os manteve afastados por um segundo apenas, por conta do que o homem havia acabado de gritar no microfone.

Reed estava chorando tanto que precisou se esforçar para recuperar o fôlego.

— Christopher! — ele berrava ao microfone. — Eu sei que você pode ouvir o que aconteceu! Seja lá para onde o tenham levado, eu sei que você e sua mãe estão ouvindo! Ah, por favor, filho, por favor, volte! Depressa, C.J.! Seu pai precisa de você!

E então ele virou a cabeça e gritou mais uma vez, numa terrível e genuína dor, como um animal prestes a morrer:

— Ah, Christopher, venha rápido! Seu pai está morrendo!

28

C.J. gritou:
— Mãe! — E agarrou o braço de Lynn. Puxando-o com força, gritou novamente: — Mãe!

Houve um estrondo e vozes altas xingando e gritando no rádio do furgão quando o microfone de Reed caiu no chão de mármore da catedral e os seguranças e policiais o imobilizaram.

E então um locutor começou a gritar freneticamente, descrevendo o momento em que o pai de C.J. havia sido baleado, para seus milhões de ouvintes, incluindo Lynn, C.J., o sr. Cross e seu filho, Anthony Jr. — que ainda estava pálido e vestido com roupas quentes, mas acordado e alerta —, Torrie Kruger e o motorista de ombros quadrados do furgão Chevy que os levava pela I-75 na direção de Ohio, mas que agora havia desviado para a pista da direita e começava a desacelerar.

A. W. Cross se virou no banco do meio para olhar para Lynn, sentada em choque ao lado de C.J. no último banco. Torrie Kruger se virou para olhar para Cross, esperando instruções, mas não ouviu nenhuma. Ninguém dizia nada, exceto C.J., que ainda gritava em meio às lágrimas, nervoso, incrédulo e trêmulo. Ele puxou com força o braço de Lynn e a sacudiu.

— Mãe! Ele atirou no papai!

Lynn ouviu os gritos de C.J., apesar de estarem muito, muito longe. Ela sentiu que ele puxava seu braço e ouviu seus gritos, se inclinou para frente, buscando incerta o sr. Cross, esperando em seu torpor que em vez dele encontrasse Joe, para que pudesse sair de tudo aquilo, despertar daquela loucura...

O locutor tentava descrever o caos que emergira em volta do homem que havia acabado de atirar, aparentemente matando o pai de C.J. Walker, quando Lynn subitamente ergueu o olhar com firmeza, agora chorando muito, e gritou:

— Desligue isso!

A voz do apresentador desapareceu em um clique, e a voz do sr. Cross surgiu em seu lugar.

— Sra. Walker? — ele disse. Nada mais.

Lynn olhava fixamente para C.J., agora o segurando apertado pelos pulsos, imóvel, sem dizer nada, enquanto o garoto se contorcia e gritava com ela num tom histérico, repetidas vezes:

— Volta! Volta! Eu posso salvar o papai, mãe! Volta!

Seria monstruoso para ela ter de voltar naquele momento, quando C.J. já estava livre, e sabendo que, se ele voltasse, seria levado. Não apenas levado, mas eles o veriam salvar Joe, e ele nunca mais seria capaz de fugir. Não podia ser verdade, mas ela sabia que era. Ela sentiu que mal podia respirar.

— Mãe! O que você está fazendo? A gente precisa voltar!

Cross tomou a palavra.

— Você vai voltar, sra. Walker? — Palavras duras ditas de modo suave.

Ela se sentiu desmoronar. Sentiu como se fosse desmaiar, mas se recusou a ceder.

Começou a chorar, com força, e fechou os olhos quando disse:

— Temos que voltar.

C.J. parou de gritar. O sr. Cross colocou a mão no braço de Lynn e o apertou levemente. Ela escutou Kruger ligar para a emergência e dizer:

— C.J. Walker está em um furgão Chevy cor de vinho com placa de Michigan, 485-YVJ. Estou ligando do furgão. Estamos encostando ao sul da I-75, na Sibley Road, e vamos nos dirigir para o norte pela mesma rodovia em trinta segundos. Requisitamos escolta policial imediata até a Catedral do Santíssimo Sacramento.

Lynn ainda não havia aberto os olhos.

* * *

Joe reconheceu padre Mark, seu rosto estava bem perto.

O padre estava com o braço sob a cabeça de Joe, segurando-a em seu colo, ajoelhado sobre a poça de sangue no chão de mármore e inclinado bem perto de Joe, dizendo palavras suaves de encorajamento.

Joe também ouvia outras vozes, então sentiu mãos rasgarem sua camisa e soube que devia ser a equipe de apoio médico que estava estacionada nos fundos da igreja para cuidar do senador de Ohio, só para garantir — o senador não precisaria mais deles.

A dor começou a vibrar como um sino em seu peito, doendo terrivelmente, de súbito; e então seu queixo, a mandíbula, toda a metade inferior do rosto; e em seguida toda a cabeça, como se estivesse pegando fogo, mas ele não podia mover os braços para apagá-lo.

Ele começou a chorar. Tentou ficar consciente e concentrado no que estava acontecendo, e começou a chorar. Ele se deu conta de que havia sido alvejado, mas não se lembrava de ter caído. Ele se lembrava de Reed gritando seu nome. Foi realmente Reed quem atirou nele?

Além do rosto do padre Mark e daqueles da equipe média, ele viu os vitrais da catedral brilhando, agora com anjos vívidos e santos de cores azul, vermelha, amarela e verde, alguns com coroas, outros em pé sobre demônios que cobriam seus pés, tentando se esconder, outros em nuvens, vitoriosos e em ascensão.

Tentou olhar para eles e não para os rostos ao seu redor, mas estava com tanto medo. E era tão difícil respirar. E doía tanto.

E então havia outras pessoas ali, suas vozes soando cada vez mais longe de Joe, suas mãos o pressionando onde o fogo agora se acalmava, e ele começou a dizer para si mesmo, repetidas vezes:

— Isso realmente aconteceu. Isso realmente aconteceu. Isso realmente aconteceu.

E começou a chorar com mais força quando pensou em C.J. E pensou que não queria morrer.

Quis gritar esse pensamento, para eles, ou para Deus, ou para qualquer um em qualquer lugar. Isso não era certo! Que diabos era isso? Ele não queria ser o único que teria de permanecer morto!

* * *

A primeira viatura da polícia se emparelhou com o furgão quando ele entrava na rampa de acesso da I-75 sentido norte e voltava para Detroit, rumo à catedral, a poucos minutos de distância. O motorista do furgão meneou a cabeça para a viatura. Os policiais exigiram ver o garoto.

C.J. olhou para fora e encarou o policial, parecendo assustado, tentando não chorar. O policial cobriu o rosto do garoto com o facho de luz de sua lanterna e acenou para o furgão continuar.

Mais duas viaturas esperavam à frente e outras duas surgiram atrás, com as luzes girando e as sirenes soando. Outras aceleraram mais à frente para se juntar às viaturas que já se adiantavam pelas ruas distantes, na intenção de desobstruir algum possível bloqueio. Helicópteros de notícias rosnaram ao sul para acompanhar a caravana matutina com suas lentes de longo alcance e seus repórteres falando a bordo. A câmera do dirigível comercial conseguiu encontrá-los primeiro, porque a luz da manhã já havia melhorado.

O sol estava quase nascendo.

* * *

Joe estava seguro na maca. Seu coração estava acelerado, mas batia suavemente. Viu que Mark estava novamente muito perto e se esforçou para ficar concentrado, para não desmaiar. Ouviu as instruções finais da equipe médica. Eles iriam tirá-lo dali o mais rápido possível.

Mas outros ruídos podiam ser ouvidos, ruídos da multidão. De repente, as pessoas na catedral estavam gritando coisas que ele não podia distinguir, e ele ouviu rádios também. Ele se perguntou onde estava Reed, se C.J. já estava longe, e olhou para cima em busca dos santos e anjos novamente. Então ouviu sirenes, e Mark gritando:

— C.J. está voltando, Joe. Ele está a caminho. Está quase chegando!

A maca parou. Joe se esforçava para assimilar o que estava acontecendo. Ele imaginou, entrando e saindo daquele pensamento num piscar de olhos, como seria morrer e então não estar mais morto por causa de C.J., como acontecera com Marion. Ela sabia como era.

Mas C.J. estava voltando! E Joe pensou: *Não! Não! Não!*

Em um instante de clareza, ele subitamente vivenciou uma onda terrível de pesar, tão profunda quanto sua alma. C.J. seria levado por causa dele, no fim das contas. C.J. voltara e seria levado, contido, usado, e nunca mais sairia. E não era um senador de Ohio que serviria de armadilha para ele; era o próprio Joe!

Um ronco surgiu no céu e ondulou para oeste e para norte, conforme a multidão no lado sul da catedral ouvia as sirenes. Agora as luzes das viaturas se aproximavam e finalmente se via o furgão que trazia o garoto que era mais forte que a morte. Só mais três minutos e ele estaria com eles novamente, talvez menos que isso.

C.J. Walker. Ele estava vindo!

* * *

O ruído das sirenes passava pela porta aberta da catedral ao mesmo tempo em que chegavam os aplausos vindos da multidão. A congregação lá dentro havia se tornado uma única massa viva ao se virar e encarar as portas. Alguns se juntaram aos gritos vindos de fora. Alguns gritavam orações curtas de agradecimento, outros as sussurravam. Alguns choravam. E todos ficaram ali parados, olhando, prendendo a respiração.

Um dos homens da equipe médica argumentou que eles tinham de levar Joe imediatamente; outro, falando pelo rádio com o Hospital Henry Ford, dizia que tinham "menos de um minuto" e começou a colar uma fita no rosto de Joe para segurar melhor o curativo em sua mandíbula.

Joe pediu para Mark se aproximar, esforçando-se para se mover.

— Peça para C.J. continuar — ele sussurrou. — Por favor. Peça para ele ficar longe daqui.

— Ele já está aqui, Joe — Mark disse, confuso.

— Ah, Deus.

— Ele está bem ali fora.

— Me ajude a fazer isso, Mark.

O padre encostou a testa na de Joe. Seus olhos estavam cheios de lágrimas. Joe olhava fixamente para além dele, para os anjos e os santos de vidro reluzindo ao nascer do sol.

— Peça a Deus que não me deixe voltar — ele sussurrou, fraco. — Não importa o que C.J. faça, me deixe ficar lá.

Ele fechou os olhos e se foi ao mesmo tempo em que alguém na porta aberta da catedral gritou:

— Ele chegou! C.J. está aqui!

A multidão se ergueu nos apoios de joelho e começou a se dirigir para os corredores; todos tensos, inclusive a família do senador, apertada em volta do caixão do morto, erguendo-se na ponta dos pés.

Era a hora do milagre.

* * *

— Pai! — C.J. se livrou de Lynn com um puxão e correu até o corredor principal, chorando. Lynn correu atrás dele, empurrando as pessoas que se aproximavam demais, tentando ao máximo estar ao lado de C.J. quando ele visse seu pai de perto, mas não foi rápida o bastante.

O silêncio era absoluto agora. Todos estavam quietos, à exceção de C.J., que gritou:

— Pai! — Ele parou de repente perto do primeiro banco, com a boca entreaberta, os olhos na maca, em seu pai e no padre que ele conhecia, parado ao lado de Joe e com aparência de quem também havia chorado.

Viu a boca aberta do pai e sua mandíbula cheia de curativos ensanguentados. Viu a camisa aberta, e mais curativos ensanguentados. E viu sangue. E viu os braços de seu pai, largados na maca, e suas mãos e seus lábios. E viu seus olhos fechados. Buscou as mãos da mãe e começou a chorar com força enquanto Lynn se ajoelhava e o abraçava. A força daquela visão terrível havia acabado com ele. Ele tremia, se encolhia, balançava a cabeça e gemia suavemente dentro da proteção criada pelos braços da mãe. Sua respiração era rápida. Ele arfava.

Lynn prendeu a respiração, a boca entreaberta. Joe estava morto, e ela não tinha ideia do que aconteceria a seguir.

Monsenhor Tennett se aproximou para cobrir Joe até o pescoço com uma vestimenta branca obtida na sacristia. Outro padre o ajudou a estendê-la. Mark recuou para o lado, com o olhar pousado sobre Lynn e C.J.

Não havia um único ruído na igreja.

Lynn inclinou a cabeça na direção de C.J. e disse, sem fôlego:

— Ah, C.J. Você vai ficar bem, querido. Você vai ficar bem.

Mas C.J. havia visto o sangue, e agora via a vestimenta branca ganhar pequenos círculos vermelho-escuros que aumentavam também. E sentiu a pressão da multidão, e viu as pessoas olhando fixamente para ele e as luzes fortes, o ar pesado e espesso, e todos assistindo pela tevê, inclusive os garotos da escola. Subitamente, ele sentiu o lugar girando e desaparecendo. Sentiu que ia desmaiar, algo que já havia feito uma vez antes, quando acharam que ele tinha escarlatina. Mas ele não queria desmaiar. Ele lutou para não desmaiar naquele momento, para não ficar enjoado, para se levantar e engolir o próprio choro, porque seu pai estava morto e ele precisava ajudá-lo.

Ele era o único que poderia.

Lynn olhava fixamente para Joe, tremendo sob o peso de tudo que havia dado tão errado. Ela olhou para o lado e viu a família do homem de Ohio no primeiro banco à direita, a esposa a encarando, parecendo aterrorizada e profundamente exausta. As duas filhas do morto estavam com os braços em volta da mãe, tentando ao máximo protegê-la de mais dor. Lynn olhou para a esquerda e viu o cardeal parado em frente a uma cadeira alta e vermelha no altar. Ela viu que o homem estava imóvel, tomado pelo medo, com monsenhor Tennett mais uma vez a seu lado. Viu a polícia, as câmeras e as pessoas que usavam túnicas e cantavam no coral.

Todos olhavam de volta para ela, e olhavam para C.J., e esperavam.

E então ela viu Bennington Reed, que ainda estava ali, perto da saída norte, em seu terno de seda escuro, com as mãos algemadas para trás, agora cercado pela polícia que queria ver a cena com seus próprios olhos, quase tanto quanto o próprio Reed, quer ele fosse acusado de assassinato ou não.

Por um breve e terrível segundo, seus olhos se encontraram: os de Reed desesperados e ansiosos, suplicando que Lynn e seu filho o salvassem, e os dela, sombrios e implacáveis.

E então, movendo-se subitamente, C.J. se soltou e se adiantou.

Lynn forçou as pernas para acompanhar o filho. Sua mão tocou o ombro dele novamente. Andaram lentamente, a cada centímetro juntos.

C.J. parou e olhou para baixo, para Joe, por um longo momento, sem dizer nada, sem se mover. Lynn se ajoelhou. Parecia algo que ela devia fazer. Mas sua mão nunca desgrudou do braço de C.J.

Todas as câmeras estavam transmitindo, mas todos os repórteres estavam em silêncio. Cada um na congregação estava em silêncio. A maioria da multidão lá fora estava em silêncio.

C.J. se preparou, ansioso para operar o milagre. Ele estremeceu, então estendeu a mão direita. Deixou as pontas dos dedos pousarem sobre o ombro direito de seu pai e sussurrou:

— Fique bem, pai.

Lynn prendeu a respiração. Aqueles que estavam perto da mãe e do filho se inclinaram para frente. Todos aguardavam.

Quatro minutos se passaram. Então cinco. E seis.

Subitamente, um grito alto perto da porta norte quebrou o silêncio do santuário. Reed, que estava sendo empurrado na direção da porta por seis oficiais, berrou mais uma vez. Ele gritava que o poder era real. Ele chorava e gritava:

— Eu nunca mataria Joe Walker, nem qualquer um, nunca! Pelo amor de Deus! O que vocês pensam que eu sou?

Com um súbito e feroz berro, ele tentou se soltar e olhar mais uma vez para Joe, cujo corpo ainda não havia se movido. Gritou novamente para que o homem, por favor, acordasse e jurou que aquilo ainda ia acontecer — jurou, suplicou, exigiu. E então a porta da igreja se fechou atrás dele, e Bennington Reed se foi.

Mais quatro minutos se passaram.

Devagar, C.J. se aproximou de Joe novamente. Lynn o soltou. Ele passou os dedos primeiro pelos ombros de Joe, e então, depois de hesitar um pouco, deixou-os cair em sua bochecha, onde a pele ainda estava quente. Ele disse as palavras novamente, um pouco mais alto que antes:

— Fique bem, pai.

Lynn se enrijeceu. Ele nunca havia dito as palavras uma segunda vez.

Dez minutos, onze minutos, doze minutos...

O cardeal viu, entendeu e recuou. Um passo. Dois passos. Sentiu a cadeira encostando nas pernas, e as pernas se dobrando até se sentar. A mão direita se ergueu lentamente até o peito, o braço esquerdo caiu sobre o apoio da cadeira.

A esposa do senador engasgou com um grito curto e tentou se levantar para abandonar o banco. Ela parecia assustada, confusa e terrivelmente nervosa. Suas filhas suplicaram que ela esperasse. Como saberiam quanto tempo levaria? Só haviam se passado alguns minutos.

Ela concordou em se sentar novamente, muito magoada para discutir, mas começou a chorar mais forte, e seu choro se espalhou através dos bancos, onde o burburinho do alarme inicial já se transformava em perguntas fortes sussurradas atrás de mão curvadas.

Lynn entendeu o que havia acontecido, e queria tempo. Ela queria ser capaz de falar com C.J. a respeito do que havia se dado conta, e queria fazer isso antes que a multidão e o clero e a mídia roubassem o momento. Queria contar a C.J. o que Joe havia feito por ele. Queria afastá-lo às pressas e ficar a sós com ele, e lembrá-lo que, quando estavam no furgão de Cross, quando podiam ter escapado, C.J. escolhera voltar para aquele lugar do qual tinha tanto medo porque quis, acima de qualquer outra coisa, ajudar o pai. Ela queria tentar explicar aquilo para ele agora, antes que tivessem de partir, que era isso que seu pai havia feito por ele — explicar que, às vezes, amar alguém de verdade significa abdicar da própria vida, porque você ama essa pessoa mais do que ama a si mesmo. Ela queria explicar que o amor de C.J. e seu pai era grande assim, e era o amor mais maravilhoso do mundo. Ela queria lembrá-lo que as pessoas não morrem de verdade, e que o amor que ele tinha por seu pai, e o amor que seu pai tinha por ele, era tão forte que nunca morreria.

Mas ela não tinha tempo.

Monsenhor Tennett abriu caminho para lhe fazer a pergunta que todos queriam fazer. Ele disse:

— Não vai acontecer? — Tentou soar forte e estável, mas soou assustado, porque estava.

C.J. se apertou ao lado da mãe, e Lynn balançou a cabeça tão levemente que o padre mal notou o movimento. Mas ele entendeu suas palavras. Ela sussurrou:

— Nós sentimos muito.

O ar explodiu atrás deles. Ouviu-se um único e agudo grito; primeiro um, depois outros. Expressões de confusão e lástima, preces curtas e sofridas se ergueram num coro mudo.

Mark deu um passo à frente e abraçou C.J.

A esposa do senador se levantou e começou a tremer de repente. Ela gritou algo para o cardeal, que ainda estava aos cacos em sua cadeira, distante, no santuário, sobre como aquilo havia sido terrível para ela, para sua família e para todo mundo. À beira da histeria, ela lutou contra as filhas, que tentavam acalmá-la. Que terrível o corpo de seu pobre esposo ter sido exposto daquela maneira. Que terrível havia sido aquela farsa. Que terrível seria aquela lembrança para todos eles, pelo resto da vida. E então, gemendo sob o reconhecimento do público mortificado e arrasado, ela abriu caminho agitadamente enquanto sete representantes da chancelaria, todos eles horrorizados, se fechavam em volta dela, tentando freneticamente não apenas acompanhá-la, mas também confortar e acalmar a mulher.

Nancy Gould abriu caminho às cotoveladas pela multidão para se juntar a Lynn e a C.J. Burr estava agarrado ao seu lado.

Nos bancos e nos corredores, alguns choravam desapontados; outros se afundavam nos bancos, sentindo pena e vergonha pelos outros e por si mesmos; alguns explicavam através de parcos sorrisos sem humor que já sabiam o tempo todo, é claro, que não era possível algo como aquilo ser verdade; alguns simplesmente sofriam em solidariedade ao garoto e à sua mãe, à esposa e à família do senador de Ohio, e até à Igreja e ao próprio cardeal.

A palavra "farsa" passava de banco a banco como uma arma.

No santuário, sentado em sua cadeira, o cardeal era um homem devastado. Imóvel, apenas continuou olhando em silêncio na direção do ponto onde Joe morrera, a expressão neutra pelo peso de tantas esperanças, e por tudo tão completamente destruído.

O agente federal Paul Curry encostou sombriamente na parede norte do santuário, os olhos meio fechados, a expressão exausta. Seu rádio estalava com palavras que ele podia ignorar, e ignorou. Havia sido real, e ele sabia. E agora havia desaparecido. E ele sabia disso também.

Ruth Cosgrove e as quase duas dúzias de repórteres que narravam os acontecimentos tinham o trabalho mais difícil. Eles transmitiam a notícia de que ninguém ia voltar à vida naquele lugar. Nem o senador. Nem mesmo o próprio pai do Garoto Lázaro.

Era uma notícia terrível de dar. Significava que a morte que se aproximava deles próprios, e de todos que os acompanhavam pela tevê ou pelo rádio, seria irrevogável, no fim das contas.

C.J. Walker não estaria lá para salvá-los.

Mark se aproximou. Quando Lynn estivesse pronta para se afastar do corpo, ele queria estar lá por ela e por C.J. Ela hesitou. Sabia que, quando se afastasse, seria seu último adeus. Ela não iria ao velório. Não iria ao funeral. Nem à missa. Ela não encararia mais câmeras, luzes, multidões e perguntas. Ela nunca mais veria o rosto de Joe, não depois daquele momento, e C.J. também não.

E o garoto também sabia disso. Ele olhou para o pai, o tocou, até sussurrou as palavras mais uma vez, mas sabia que seu poder havia sumido. Começou a chorar novamente, em silêncio. E, novamente, Lynn o puxou para perto.

A equipe médica e a polícia se aproximaram prontamente, mas sem insistência.

De qualquer forma, a mensagem era clara. A ciência estava de volta ao comando.

29

Eles caminharam atrás da maca lentamente em direção à porta — uma longa e silenciosa caminhada. A multidão que havia deixado os bancos abria espaço para que eles passassem, e então se fechava de novo atrás deles, como o mar.

Lynn se virou de leve para Mark, que havia ficado ao seu lado de tantas maneiras.

— O que eles vão fazer? — ela perguntou com um sussurro triste. — Com você, quero dizer.

— Nada — ele disse em voz baixa. — Eu fui um bom padre hoje. Melhor do que tenho sido há um bom tempo. Vou ficar bem, prometo.

— Sinto muito — ela disse.

Ele balançou a cabeça e disse:

— Por vinte anos, eu duvidei de que veria um milagre. Hoje pude segurar um em minhas próprias mãos.

Ela se inclinou e o abraçou levemente. Então encontrou sua mão e, sem mais palavras, a apertou para agradecer e se despedir.

E, naquele momento, com aquele gesto, enquanto se despedia de Mark, ela se virou para observar o corpo de Joe sendo levado pelo corredor diante dela e viu os bancos e os tantos rostos familiares surgindo em seu campo de visão dos dois lados, se dando conta de tantas coisas de que estava se despedindo, de tantas maneiras.

Ela estava se despedindo do imprevisível amor do marido que outrora fora dono de seu coração, e que havia, de forma tão inesperada, aberto mão de tudo pelo filho que ele aprendeu a amar ainda mais do que a si mesmo. Dizia adeus a todos os seus amigos mais queridos. Dizia adeus a seu lar e a todos os lugares, imagens e sons que haviam sido seus durante toda a sua vida, porque ela nunca mais poderia voltar. Ela e C.J. partiriam com o sr. Cross e encontrariam um novo lar e uma nova vida longe daquele lugar onde até o poder da vida sobre a morte podia ser distorcido em algo mortal por pessoas que insistiam em seus próprios pontos de vista.

Mais que tudo aquilo, ela se deu conta de que dizia adeus ao menino de nove anos que havia sido seu, mas que nunca mais seria um menino de novo. Porque, daquele momento em diante, ela sabia, C.J. mudaria. Ele nunca mais seria o mesmo que era quando ela pediu que ele fosse com ela ao funeral da sra. Klein, há tanto tempo.

E ele ainda se perguntaria, para o resto da vida; ela sabia disso também. Mesmo que aquele fosse realmente o fim de tudo, mesmo que Deus estivesse convencido de que nenhum de nós está pronto para esse Poder Derradeiro, e ninguém nunca mais aparecesse para agitar os mortos de seu sono com uma palavra e um toque, mesmo que ninguém aparecesse para lembrar C.J. que havia sido ele, mesmo assim, toda vez que C.J. pisasse em uma formiga ou matasse um mosquito com um tapa, ele se perguntaria. Toda vez que ele visse um amigo morrer, por toda a sua vida, ele se perguntaria. E quando ela mesma morresse, seja lá como fosse, ele faria mais do que se perguntar. Naquele momento, ela sabia, ele tentaria novamente.

Na verdade, ela pensou, ela também se perguntaria, todos os dias de sua vida.

Ela se perguntaria se estivera certa de lutar contra o poder que seu filho não pediu para ter e que nenhum deles pudera entender. E se perguntaria o que poderia ter sido.

Estavam perto da porta. Ela esticou a mão, segurou a maca e disse:

— Esperem, por favor.

Eles esperaram.

Palavras e frases familiares ecoaram como sussurros em sua mente enquanto ela se inclinava para dar o último adeus, e persistiram: expressões como "Dia da Ressurreição" e "despertando Lázaro" e "a humanidade se erguendo para se tornar algo divino".

Ela pairou perto de Joe e, com uma súbita convicção além das palavras, se deu conta de que tudo aquilo havia realmente acontecido, afinal. Acontecera mesmo. Um despertar real que nem mesmo a morte poderia reivindicar novamente, como certamente faria algum dia para reivindicar Marion Klein, Galvin Turner e o jovem Anthony Cross. Outra pequena parte da humanidade se tornara realmente divina.

Ela fechou os olhos e os manteve bem apertados por um longo momento, se despedindo de Joe, então os abriu lentamente para olhar mais uma vez através das lágrimas para aquele que havia sido seu melhor amigo e em que ele havia escolhido se tornar por seu filho e por ela. Penteou os cabelos negros de Joe com a ponta dos dedos. Tocou seu rosto uma última vez, se inclinando para beijá-lo de leve nos olhos, e disse adeus sob um Jesus resplandecente, sob anjos que voavam e santos multicoloridos que celebravam bem alto acima dela, naquele momento e naquele lugar, em todos os momentos e em todos os lugares, com os mais altos anjos de nossa natureza, o dom de nosso despertar dos mortos.

* * *

A multidão lá fora se esforçava para se aproximar, pronta para a saída de C.J. O pulso forte do helicóptero da polícia soava acima deles. As vozes de repórteres e fotógrafos se erguiam e baixavam, conforme eles levantavam suas dezenas de microfones e câmeras.

Subitamente, o cardeal Schaenner estava lá, tocando o braço de Lynn, seu rosto parecendo uma máscara mortuária. Seus olhos estavam nublados com sua própria dor, mas ele não fez perguntas nem exigências.

— Ainda estamos com o helicóptero a postos — disse suavemente. — Nosso helicóptero, nossos pilotos. Não acho que você consiga passar com seu filho por aquela multidão.

Ela olhou fixamente para ele.

Ele disse:

— Há espaço para o sr. Cross e o filho dele também. E para o padre Mark. Os Cross estão nos fundos da igreja. — Ele olhava angustiado para Joe, mas continuava falando com ela, ainda muito suavemente. — Padre Mark pode levá-la de volta ao Seminário de São Marcos, se você quiser — ele disse. — A área está protegida, pelo menos você terá a chance de fazer seus planos lá. E pode ficar pelo tempo que precisar, e sair quando quiser. Vou manter contato para ver se há algo mais que eu possa fazer.

Os dois ficaram em silêncio por um longo momento, então ele ergueu o olhar e a fitou novamente, seus lábios apertados em uma linha fina. Ele balançou a cabeça lentamente, recolheu a mão que estava no braço dela e disse:

— Eu sinto tanto. Todos nós sentimos.

* * *

Conforme o helicóptero levantava voo por sobre a catedral, Lynn e C.J. observavam as pessoas nas ruas abaixo caminhando para os veículos que as levariam lentamente de volta ao modo como suas vidas e suas mortes sempre deveriam ter sido.

Eles haviam se despedido do cardeal e do pequeno grupo de amigos de sua igreja que haviam comparecido e se adiantado para abraçá-los e chorar com eles enquanto partiam, e de Nancy e Burr, que haviam sido tão bons amigos durante todo aquele tempo e que agora só poderiam manter contato a distância.

Lynn abraçava C.J., que estava próximo à janela, e que, apesar das palavras suaves de sua mãe ao saírem da igreja, ainda parecia devastado por seu fracasso. Mas não era hora para mais palavras. Não ainda. Era hora para coisas mais profundas que palavras.

Mark estava sentado de frente para C.J., ao lado do sr. Cross. Anthony Jr., que também havia tentado encorajar C.J. a caminho do helicóptero e fazer amizade com ele, estava sentado do outro lado de seu pai.

Lynn se inclinou sobre C.J. para olhar pela janela enquanto o helicóptero continuava a subir. Todas aquelas pessoas, ela pensou. Tanta gente. E tantas mais vendo o helicóptero sobrevoar, ainda apontando para ele, como se ainda esperassem de C.J. uma promessa que não se cumprira e nunca seria esquecida.

Ela olhou fixamente para os limites da cidade ao leste, onde o sol já estava grande e claro no horizonte; em seguida olhou novamente para a catedral e suas torres, e sussurrou quase em silêncio:

— Obrigada, Joe.

Apenas C.J. a ouviu. Ele se virou para olhá-la, se perguntando.

Ela tomou seu rosto entre as mãos e o beijou nos olhos e na testa. Levaria tempo, ela pensou, mas chegaria o dia. Um dia ele olharia para trás e se lembraria de Joe naquele dia e naquele lugar, e entenderia como fora amado ali, e ainda era.

— Eu te amo, C.J. — ela sussurrou e lentamente afastou o rosto do dele.

Ele se virou, também muito lentamente, e se inclinou à direita para olhar para fora, com a testa pousada contra o vidro.

E então ela o ouviu sussurrar. Para si mesmo, para as pessoas nas ruas lá embaixo, talvez até para seu pai, que havia ido muito além do ponto de espera, ela ouviu C.J. sussurrar:

— Nós não morremos de verdade. Esse é o dom.

Ela pressionou os lábios gentilmente contra o cabelo caloroso de seu filho.

O helicóptero virou e seguiu para leste, onde, sobre novos horizontes não muito longe, o sol estava sempre despertando.

Impresso no Brasil pelo Sistema Cameron da Divisão Gráfica da
DISTRIBUIDORA RECORD DE SERVIÇOS DE IMPRENSA S.A.